우리
신화
상상
여행

우리
신화
상상
여행

초판 1쇄 2017년 12월 21일
   3쇄 2021년 10월 9일

글쓴이 · 신동흔
그린이 · 젤리빈
펴낸이 · 김종필
디자인 · 서채홍

인쇄 · 한영문화사
출고 반품 · (주)문화유통북스 박병례, 윤영매, 임금순
종이 · (주)한솔 PNS 강승우

펴낸곳 · (주)도서출판 나라말
출판등록 · 제25100-2017-000044호
주소 · 03421 서울시 은평구 역촌동 83-25 정라실크텔 603호
전화 · 02-332-1446 전송 · 0303-0943-3110
전자우편 · naramalbooks@hanmail.net

© 신동흔, 젤리빈. 2017

ISBN 978-89-97981-24-3 03810

도서출판 나라말은 말과 글이 하나되는 세상을 꿈꿉니다.

이 도서의 국립중앙도서관 출판예정도서목록(CIP)은 서지정보유통지원시스템 홈페이지(http://seoji.nl.go.kr)와
국가자료공동목록시스템(http://www.nl.go.kr/kolisnet)에서 이용하실 수 있습니다.(CIP제어번호: CIP2017032967)

신화로 인문 읽기

신동흔 의
챌리빈

우리
신화
상상
여행

나라말

신화 여행을 떠나며

신동흔

다시 우리 신화를 돌아봅니다.

우리 신화와 오래 만나 왔지만, 볼수록 새롭습니다. 전에 안 보이던 것들이 툭툭 튀어나와서 "몰랐니?" 하고 말을 걸어요. 그래서 신화인가 봅니다. 신기하고 신통한 이야기!

나아가고자 하는 길은 처음부터 분명했습니다. 쉽고 편안하면서도 믿을 만한 신화 입문서. 아득히 잊었던 신화들이 조금씩 되살아오는 중이지만, 아직 시작일 따름이에요. 민간 구전신화가 있는지를 모르는 이들이 더 많고 그 세계로 향하는 길이 부족하지요.

2004년에 민간 신화 입문서로 《살아있는 우리 신화》를 냈어요. 내용이 성에 차지 않아서 이리저리 보완해서 2014년에 《살아있는 한국 신화》로 다시 냈지요. 나름 한국 신화 결정판으로 썼는데, 욕심을 내다 보니 책이 좀 무거워졌나 봐요. 초심자들이 선뜻 손에 잡기 어려울 정도로요.

청소년들이 우리 신화의 세계로 편안히 찾아 들어갈 만한 쉬운 지름길을 내 보자는 편집자의 제안을 뿌리칠 수 없었어요. 청소년들이야말로 앞으로 우리 신화를 살리고 키워 나가야 할 주역들이니까요! '그래, 쉽게 써 보자! 군더더기 떼어 내고 알짜만 제대로 담아서.' 이렇게 작업을 시작하게 됐습니다.

우리 신화를 안팎으로 차근차근 다시 돌아봤어요. 본풀이 구전신화 자료를 하나하나 되살피고, 건국신화도 다시금 들춰봤지요. 전에 좀 무심하게 대했던 마을 신

4

화들을 찾아보고, 신화와 맞닿아 있는 전설과 민담 자료도 둘러봤습니다. 그랬더니 신통하게 새 이야깃거리들이 착착 생겨나더군요. 새 여행을 즐겁게 시작할 수 있을 만큼요. 작업에 나서도록 설득해 준 '나 익은 수박(나익수)'님, 감사합니다!

여행에는 지도와 정보가 필요하고 안내자가 필요합니다. 내가 맡아야 할 몫이겠지요. 하지만 여행의 참 주역은 독자들 자신입니다. 이끌고 가리키는 대로 따라가기만 해서는 남는 게 없어요. 스스로 재미있고 가치 있는 것들을 찾아내서 특별한 스토리를 만들어 가는 게 여행의 참맛이지요. 이번 신화 여행이 그러한 즐거운 탐색의 여행이 되기를 기대합니다. 어깨에 힘 빼고서, 잘 안내해 볼게요.

이 방면 최고의 전문가를 파트너로 모셨어요. 신세대 웹툰 작가 젤리빈 님! 나를 완전히 감동시킨 최고의 작품 〈묘진전〉을 지으신 분이지요. 개인적으로 이 작품을 '묘진본풀이'나 '막만본풀이'라고 말하곤 해요. 현대판 신화라고 말하기에 부족함이 없는 감동적이고 신령스러운 작품입니다. 작가님하고 함께 작업을 하게 된 일이 마치 꿈만 같아요.

이제 함께할 신화 여행의 길에서, 잠시 발걸음 멈추고 무언가를 찬찬히 들여다봐야 할 때에, 작가님이 특별한 퍼포먼스를 보여 주실 거예요. 여러분들이 즐겁게 함께하면서 마음 깊이 새겨서 간직할 수 있게끔요. 여행은 그만큼 더 행복하고 충만해지겠지요.

하나의 구경거리로만 생각할 바가 아니에요. 각자 좋은 실마리를 찾아서 또 다른 멋진 상상의 날개를 펼쳐 낼 때 비로소 여행은 자기 것이 되지요. 그렇게 한 걸음씩 나아가다 보면, 신화는 어느새 여러분 마음속에 깊이 들어와 앉을 거예요. 영혼의 들판에 아름답고 풍요로운 숲을 피워낼 신령한 씨앗으로요.

그럼 떠나 볼까요? 무궁무진 신기하고 신통한 상상의 여행. 따로 돈도 들지 않고 스트레스 받을 일 없으면서 행복한 깨우침이 늘 함께할 최고의 여행을요!

신화 여행을 떠나며

젤리빈

안녕하세요

포털 '다음'에서 〈묘진전〉이라는 웹툰을 연재했던 젤리빈입니다.

제가 신동흔 선생님으로부터 청소년을 위한 신화책 제의를 받은 것은 한창 차기작 시나리오에 몰두해 있던 시기였습니다. 저는 전공자가 아니었기 때문에 함께 작업하겠다는 답변을 드리기까지 고민이 많았습니다. 다행히도 선생님께서는 기존의 한국 구전신화를 기반으로 숨겨진 이야기와 이후 이야기를 상상해 보는 만화 작업이라는 숙제를 던져 주셨어요. 저에게는 익숙한 과제였지요. 더불어 기존 신화 삽화들도 보여 주셨어요. 덕분에 정말 즐겁고 유익한 경험을 하였습니다. 신동흔 선생님, 나익수 편집장님 감사합니다.^^

책 구성에서 전문적인 부분을 신동흔 선생님께서 든든하게 받쳐 주신 덕분에 저는 마음껏 기존의 구전신화를 가지고 다른 이야기를 상상할 수 있었습니다. 결국 제 작업은 '그러나'와 '만약에'를 찾아내는 일이었다고 할 수 있겠는데요. 그래서였는지 개인적으로 다양한 고민거리를 만날 수 있었습니다.

제 발걸음이 멈춘 곳은 주로 전근대적 가치관이 뚜렷하게 드러나는 대목에서였습니다. 그 지점들은 저에게 "이 신화들이 그저 자료가 아닌, 공감받고 사랑받는 신화 혹은 이야기로서 어떻게 해야 살아남을 수 있을까?" 하는 질문을 던져 주었기 때문입니다. 아무래도 저는 만화를 그리는 사람이기 때문에 이야기의 지속 가능성을 고민할 수밖에 없나 봅니다.

분명 여러분도 이 책을 읽으면서 자기만의 이유로 마음에 특별히 와닿는 신화와, 의문이 드는 신화가 생기겠지요? 아무쪼록 재미있게 읽어 주시면 좋겠습니다!

목차

신화 여행을 떠나며   4

제1부   이 세상을 빚어낸 신들

제1편   미륵, 천지를 가르고 인간을 받아 내리다_창세가   15

제2편   해와 달을 활로 쏜 대별왕 소별왕_초감제 · 천지왕본풀이   23

제3편   이승과 저승이 가로막힌 내력_허웅아기   34

        ▶ 저승은 어디쯤에 있을까?   39

제4편   전설이 된 창조여신 '할망' 이야기_설문대할망 외   41

제5편   세상을 삼킨 홍수와 신인류의 시작_대홍수 전설 외   48

제2부   신령한 세계의 주재자들

제1편   오늘이, 적막한 들에서 원천강으로_원천강본풀이   61

제2편   할락궁이와 서쪽 하늘의 꽃밭_이공본풀이   71

제3편   땅귀? 어둠의 신으로 불러 다오!_삼두구미본   82

        ▶ 한국 신화 속 지하세계 탐구   96

제4편   또 하나의 신령한 세상, 바다의 신들_토산일뤳당본풀이 외   98

제3부 이 땅에 나라들이 생겨난 사연

제1편   단군, 하늘과 땅을 품어 새 세상을 열다 _단군신화   109

제2편   동방의 빛! 해모수와 유화, 그리고 주몽 _동명왕신화   114

제3편   신성의 땅, 신라 서라벌의 신들 _혁거세신화 외   127

제4편   하늘에서 온 왕과 바다를 건너온 왕비 _수로왕신화   135

    ▶ 역사시대의 건국신화와 저항신화   140

제4부 탄생에서 죽음까지, 생로병사의 신들

제1편   홀로 세 아이를 낳은 처녀, 삼신이 되다 _당금애기   145

    ▶ 영원한 라이벌 삼승할망과 저승할망   162

제2편   무서운 질병신 손님마마의 두 얼굴 _손님굿   164

제3편   산천 동티를 풀어낸 붉은선비 영산각시 _산천굿   172

제4편   이승차사 강림이 저승차사 된 내력 _차사본풀이   182

제5편   죄 많은 영혼들의 갸륵한 수호신 _바리공주   191

제5부   인간사 운명과 희로애락, 그리고 신

제1편   궁산이와 명월각시, 그 운명의 실타래 _일월노리푸념   209

제2편   인간은 무엇으로 사는가. 운명신 가믄장아기 _삼공본풀이   220

제3편   어둠 속에 울던 형제, 세상의 빛이 되다 _숙영랑 앵연랑 신가   229

제4편   복 없던 삼 형제가 장수하고 신이 된 내력 _황천혼시   236

제5편   덧없는 인생, 놀고나 가세! 도깨비 영감 신 _영감본   245

   ▶ 한국설화 속 귀신과 괴물, 그리고 도깨비   250

제6부   삶의 터전을 돌보고 마을을 지키는 신

제1편   하늘과 땅 사이, 농사의 신 자청비 _세경본풀이   255

제2편   소천국과 백주또의 후예들, 그리고 _송당본향 외   279

제3편   용에 맞서 삶의 터전을 지킨 영웅들 _백두산 전설   291

   ▶ 신화는 전설, 민담과 어떻게 다른가   302

제4편   방방곡곡, 마을마다 신이 있었다! _한반도의 당신화들   304

제7부 가정을 비춰 주고 보살피는 신들

제1편   부부신 황우양씨와 막막부인이 사는 법_성주풀이   317

제2편   먼 길 돌아와 가신이 된 성조씨 안심국_성조푸리   329

제3편   영원한 라이벌 조왕신과 측신, 그리고_문전본풀이   338

　　▶ 성주신에서 철융신까지, 집안에서 모신 여러 신   349

제4편   업(業)이라는 이름의 미물, 또는 신! _업 설화   351

또 다른 여행을 위해   364

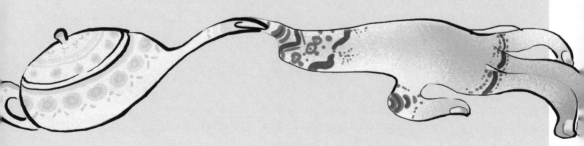

제1부

이 세상을 빚어낸 신들

제1편 미륵, 천지를 가르고 인간을 받아 내리다

제2편 해와 달을 활로 쏜 대별왕 소별왕

제3편 이승과 저승이 가로막힌 내력

　　▶ 저승은 어디쯤에 있을까?

제4편 전설이 된 창조여신 '할망' 이야기

제5편 세상을 삼킨 홍수와 신인류의 시작

우리 신화를 찾아 떠나는 상상 여행,

그 첫 여행지는 태초의 세상입니다.

과연 이 세상은 어떻게 태어나고 인간은 어찌 생겨났을까요?

신화라면 빼놓을 수 없는 사연이지요.

우리 신화도 그에 관한 놀라운 이야기를 전합니다.

그 출발은 하늘과 땅이 뒤섞여 하나였던 시절이에요.

하늘과 땅이 하나라면 어떤 모습일지 상상이 되나요?

그 하늘과 땅이 어떻게 갈라져 세상이 시작됐는지,

인간이 세상에 태어나 살기까지 어떤 우여곡절이 있었는지,

상상이라는 타임머신을 타고서 태초의 세계로 훌쩍 날아가

이 세상을 이룩하고 질서를 세운

갸륵한 창조의 신들을 만나 보기로 해요.

제1편

미륵, 천지를 가르고 인간을 받아 내리다

창세가

아득한 옛날, 하늘과 땅이 처음 생길 때 거대한 신이 함께 태어났다. 뒷날 사람들이 미륵님이라고 부르게 된 신이다.

처음에 하늘과 땅은 둘이 아니라 꽁꽁 붙어서 한 몸이었다. 그 하늘과 땅을 미륵이 나누었다. 거대한 신 미륵이 땅으로부터 하늘을 붙잡아 떼자 가운데가 솥뚜껑 꼭지처럼 도드라졌다. 미륵은 땅의 네 귀퉁이에 거대한 구리 기둥을 세워서 하늘을 떠받쳤다.

본래 한 몸이던 하늘과 땅은 끊임없이 서로를 향해 움직였다. 하늘에서 햇살과 볕이 내리고 비와 눈이 내렸다. 땅에서 열기가 오르고 풀과 나무가 돋아나 하늘을 향해 자라났다.

그때 그 시절은 지금 세상과 아주 달랐다. 새와 짐승들이 너나없이 말을 했으며, 돌과 나무도 여기저기로 걸어 다니며 말을 했다. 말 머리에 뿔이 나고 소 머리에 갈기가 돋았으며, 닭 머리에 귀가 자라고 개 머리에 붉은 벼슬[1]이 돋았다.

미륵이 옷이 없어서 옷을 지으려는데 옷감도 실도 없었다. 미륵은 이 산 저 산으로 뻗어 넘어가는 칡을 베어서 껍질을 벗겨 익힌 다음 잘게 갈라서 실처럼 만들었다. 하늘에 베틀[2]을 받쳐 놓고 구름 속에 잉아[3]를 걸고서 옷감을 짜내어 칡 장삼[4]을 마련했다. 옷섶이 다섯 자에 옷깃만 석 자였다. 고깔이 작아서 석 자 세 치로 키우니까 비로소 맞았다.

미륵님 시절에는 불이 없어 생 낟알을 먹었다. 미륵이 한꺼번에 한 섬씩 먹고 한 말씩 먹는데 날것으로 먹기 불편해서 물과 불의 근본을 찾아내기로 했다. 미륵이 풀메뚜기를 잡아다가 형틀에 올려놓고 매를 때리면서 물의 근본과 불의 근본을 아느냐고 묻자 풀메뚜기가 말했다.

"밤이면 이슬 받아먹고 낮이면 햇발 받아먹고 사는 짐승이 어찌 알겠습니까? 나보다 한 번 더 먼저 본 풀개구리를 불러 물어보십시오."

미륵이 풀개구리를 잡아다가 형틀에 올려놓고 매를 때리면서 물과 불의 근본을 묻자 풀개구리가 말했다.

"밤이면 이슬 받아먹고 낮이면 햇발 받아먹고 사는 짐승이 어찌 알겠습니까? 나보다 두 번 세 번 먼저 본 생쥐를 잡아다 물어보십시오."

미륵이 생쥐를 잡아다가 매를 때리면서 물과 불의 근본을 묻자 생쥐가 말했다.

"물과 불의 근본을 알려 주면 나한테 무슨 보답을 하시렵니까?"

"네가 온 세상의 뒤주를 차지하게끔 하마."

"금덩산 들어가서 한 손에 차돌 한 손에 쇳덩이를 들고 툭툭 치니까 불이 솟아났습니다. 소하산 깊은 산속에서 샘물이 솔솔 흘러나오니 물의 근본이 됩니다."

---

1   벼슬: 볏. 닭이나 새의 이마 위에 세로로 붙은 날개 모양의 살 조각.
2   베틀: 삼베, 무명, 비단 같은 옷감을 짜는 틀.
3   잉아: 베틀의 날실을 한 칸씩 걸러서 끌어 올리도록 맨 굵은 실.
4   장삼: 스님들의 웃옷. 길이가 길고 품과 소매를 넓게 만든다.

그렇게 불과 물의 근본을 알아낸 미륵은 인간을 마련하는 일에 나섰다. 미륵이 한 손에 은쟁반 한 손에 금쟁반을 들고서 하늘에 축원을 올리자 하늘에서 벌레가 떨어져 내렸다. 금쟁반에 금벌레가 다섯이고 은쟁반에 은벌레가 다섯이었다. 그 벌레가 자라나서 금벌레는 사내가 되고 은벌레는 여자가 되었다. 사내와 여자를 짝 지어서 부부로 마련하니 세상에 사람들이 퍼지게 되었다.

미륵의 세월에는 인간 세상이 별일 없이 태평했다. 그러던 어느 날 새로 생겨난 큰 신이 미륵을 찾아와 말을 걸었다. 뒷날 석가님으로 불리게 된 신이었다.

"이제 그대의 세월은 다 갔습니다. 나한테 세상을 넘기십시오."

"아직은 나의 세월이지 그대의 세월이 아닙니다."

"더는 그대 세월이 아닙니다. 이제 나의 세월입니다."

그러자 미륵이 말했다.

"그대가 세월을 가져가겠다면 우리가 내기를 해 봅시다. 줄에 병을 달고 바다에 드리워서 나의 줄이 끊어지면 그대 세월이고 그대의 줄이 끊어지면 내 세월입니다."

동해 바다에서 미륵은 금줄에 금병을 달아 드리우고 석가는 은줄에 은병을 달아 드리웠다. 한동안 있으니까 미륵의 줄은 멀쩡한데 석가의 줄이 툭 끊어졌다. 그러자 석가가 말했다.

"다른 내기를 한 번 더 합시다. 그대가 한여름 성천강을 얼릴 수 있습니까?"

둘이 성천강 얼리기 시합을 할 때에 미륵은 동지(冬至) 기운을 불어넣고 석가는 입춘(立春) 기운을 불어넣었다. 미륵의 강물은 얼고 석가의 강물은 얼지 않아서 이번에도 석가가 졌다.

"한 번만 더 합시다. 우리 둘이 한 방에 누워서 무릎에 모란꽃을 모락모락 피어올리는 쪽이 세월을 갖기로 합시다."

둘이 누워서 잠을 잘 때에 미륵은 온잠을 자고 석가는 반잠을 잤다. 미륵의 무릎에 모란꽃이 모락모락 피어오르자 석가가 눈을 뜨고 일어나 꽃줄기를 톡 꺾어다가 자기 무릎에 꽂았다. 잠에서 깨어난 미륵이 그 모양을 보고 화를 냈다.

"내 무릎의 꽃을 꺾어 그대 무릎에 꽂았으니 앞으로 꽃이 피어서 열흘을 못 가고 꽃을 심어서 십 년을 못 갈 것입니다."

미륵은 석가의 성화를 받기 싫어서 세월을 넘겨주면서 말했다.

"그대의 세월이 되고 나면 마을마다 솟대⁵가 서고, 가문마다 무당과 백정이 나고 과부와 역적이 나며 벙어리와 백치가 날 것입니다. 세상이 어지러워서 말세가 될 것입니다."

미륵이 사라진 뒤 석가가 종자들을 거느리고 산중으로 들어가니 노루, 사슴이 보였다. 석가는 노루를 잡아 삼천 개 꼬치로 만든 다음 커다란 고목을 잘라서 장작불을 피우고 종자들과 함께 구워 먹었다. 다들 고기를 먹을 때에 두 명이 성인(聖人)이 되겠다며 고기에 손을 대지 않았다. 그 둘은 죽어서 산마다 바위가 되고 소나무가 되었다.

석가의 세상이 된 뒤에 나무와 돌과 새와 짐승은 말을 못 하게 되었다. 해와 달이 사라지고 온 세상이 어둑나라가 되어 사람이 살 수 없었다. 석가가 메뚜기를 잡아와서 해와 달이 있는 곳을 묻자 말 못 하는 메뚜기가 앞장서서 석가를 이끌었다. 석가가 수미산에 들어가 놋쟁반으로 달을 내고 금쟁반으로 해를 냈는데, 욕심이 나서 해와 달을 두 개씩 냈다. 그러자 밤이면 세상이 얼어 가고 낮에는 세상이 타들어 가서 살기 어려웠다. 석가가 달 하나 해 하나를 부수어서 별로 만들자 비로소 살 만한 곳이 되었다.

석가는 그렇게 자기 세상을 이룬 뒤에 동서남북과 중앙으로 목(木) 금(金) 화(火) 수(水) 토(土) 오행(五行)을 이루고 동쪽에 사성(四星), 서쪽에 오성(五星), 남쪽에 육성(六星), 북쪽에 칠성(七星)을 내고 삼태성과 오별상을 이루었다. 세상에는 미륵 시

5 　솟대: 마을 수호신과 경계를 나타내기 위해 세운 장대. 끝에 나무로 만든 새를 붙인다.

절에 없던 새로운 신령들이 생겨났다. 국수당성마누라 칠기당성마누라와 호구별상 마누라가 청옥으로 만든 배에 백옥으로 돛을 달고 왕모래로 닻줄을 드리워 해동으로 들어와 동네방네 다니면서 고운 아들 고운 딸들 얼굴에 연지곤지 바르듯 손님마마[6]를 시키기 시작했다.

자료

이 이야기는 한국 창세신화의 기본 자료로 손꼽히는 〈창세가〉의 내용을 정리한 것이다. 〈창세가〉는 1930년대에 보고된 김쌍돌이 구연본과 전명수 구연본이 있는데, 김쌍돌이본을 바탕으로 하고 전명수본을 일부 보태어 내용을 정리했다. 〈창세가〉와 관련성이 큰 강춘옥 구연 〈셍굿〉의 내용도 일부 가져왔다. 태초에 돌과 나무, 짐승들이 말을 했다는 것은 전명수본과 강춘옥본에 나오는 내용이며, 두 개씩이던 해와 달을 석가가 조정했다는 것도 전명수본과 강춘옥본을 따랐다. 김쌍돌이본에서는 미륵이 해와 달을 하나씩 부수어 별로 만들었다고 되어 있다. 미륵이 하늘과 땅을 가른 뒤 물과 불의 근본을 찾아내어 옷을 지은 일, 하늘로부터 인간을 내려 받은 일, 석가와 대결을 세 번 치른 뒤 예언을 남기고 사라진 일 등은 모두 김쌍돌이본을 따랐다. 단, 이야기 끝부분에서 석가가 오행의 질서를 이룬 내용과 손님신이 생겨난 사연은 전명수본에서 가져왔다.

[출처] 김쌍돌이본 〈창세가〉 : 손진태, 《조선신가유편》, 향토문화사, 1930. 전명수본 〈창세가〉 : 《신가정》 1936년 4월호(손진태 정리). 강춘옥본 〈셍굿〉 : 임석재·장주근, 《관북지방무가》(추가편), 문교부, 1966.

---

6   손님 마마: '천연두'를 일상적으로 이르는 말.

🔍 이야기 속으로

머나먼 옛날, 하늘과 땅이 갈라져 이 세상이 생겨나고 인간이 태어난 사연을 전하는 신화입니다. 창조신화 가운데서도 바탕이 되는 이야기지요. 세계 창조에 관한 신화라서 '창세신화(創世神話)'라고 일컫기도 합니다. 자료 원제목인 〈창세가〉에도 '창세'라는 말이 들어 있어요.

이야기는 처음에 하늘과 땅이 하나로 딱 붙어 있었다고 합니다. 아직 우리 사는 세상이 생겨나기 전 모습입니다. 하늘 땅 사이에 틈이 없으니 사람이나 동식물이 머물 곳이 없는 상태이지요. 그러니까 인간의 입장에서 볼 때, 하늘과 땅이 갈라진 순간이 곧 세상이 생겨난 시점이 됩니다. 하늘과 땅 사이에서 양쪽의 기운을 함께 받는 가운데 수많은 조화가 펼쳐지는 곳, 그곳이 우리 사는 세상이지요.

이야기는 미륵이라는 크나큰 신이 하늘과 땅을 갈랐다고 합니다. 그 신은 우주 천지에 깃든 거대한 기운과 조화를 상징한다고 볼 수 있습니다. 인간이 쉽게 헤아리기 힘든 경이로운 힘이지요. 그래서 이를 신(神)이라고 하는 것이고요. 그 이름이 '미륵'으로 된 것은 불교가 들어와 퍼진 뒤의 일이겠지만, 이 신화는 불교가 들어오기 훨씬 전부터 있었을 가능성이 큽니다. 거인 신의 조화로 하늘과 땅이 갈라졌다는 것은 동아시아 여러 민족 신화에서 볼 수 있는 아주 오래된 화소이지요.

거인 신의 창조 작업은 하늘과 땅을 가르는 일만이 아니었습니다. 물과 불의 근본을 찾아내고 옷을 마련하며 인간을 내려 받는 과정이 이어지지요. 불을 사용하고 옷을 마련하는 일은 문화의 발전 과정을 반영한 내용인데, 그 과정에 작은 동물들이 한몫을 한다는 사실이 흥미롭습니다. 생쥐가 뒤주의 곡식을 먹는 일이 창조신한테서 받은 권리라는 사연이 이채로워요. 세상만사 모든 일에 신적 조화가 깃든다는 것이 신화가 세상을 보는 방식입니다.

인간이 생겨난 사연이 독특합니다. 금벌레 은벌레 열 마리가 내려와서 남녀가 되었다는 내용은 다른 나라에서 보기 힘들지요. 인간이 창조신과 하늘신의 특별한 조화로 이 땅에 태어났다는 사실이 눈길을 끌며, 열 명이 한꺼번에 생겨났다는 얘기도 인상적입니다. 여기서 10은 '많음'을 나타내는 숫자로, 인간이 처음부터 다양한 개성을 지닌 존재로 태어났음을 말해 줍니다. '벌레'라는 말이 걸릴지 모르겠는데, 이는 '원초적 생명체'를 뜻하는 표현이지요. 벌레가 인간으로 자라났다는 얘기는 과학적이고 진화론적인 상상력이라 할 만합니다.

미륵과 석가가 세상을 놓고 시합을 벌이는 사연이 특이합니다. 석가가 갑자기 나타나서 세상을 내놓으라는 것도 그렇고, 꽃을 훔쳐서 세상을 차지하는 것도 그렇고, 선뜻 이해가 안 됐을지 몰라요. 세상은 때가 되면 바뀌는 게 순리이지요. 창조신의 역할이 있고 또 다른 신의 역할이 있어요. 석가는 세상의 질서를 새롭게 세우고자 한 신이었지요. 다만 때가 좀 일렀나 봐요. 아직 미륵의 일이 남았는데 무리해서 세상을 넘겨받다 보니 혼란과 부작용이 생겨났어요. 해와 달이 없어지고 또 두 개씩 생겨난 일이나 천한 사람과 병자들이 생겨난 일 등이 그렇습니다. 무서운 전염병 손님마마가 생겨난 것도 그러하고요. 만약에 미륵의 세상이 이어졌으면 어땠을지 궁금합니다.

주재자가 석가로 넘어간 데 따른 어지러움은 역사의 발전 과정에서 겪는 혼란을 상징한다고 볼 수 있습니다. 자연 상태에서 문명의 질서로 넘어가는 과정에서 발생하는 일이지요. 이야기는 사람들이 산에 가서 노루 사슴을 잡아 구워 먹었다고 해요. 짐승을 사냥하고 나무를 베는 일은 태초의 자연적 조화 상태를 벗어나 인간 중심의 새 질서가 만들어지는 과정을 나타냅니다. 그 무렵부터 돌과 나무, 그리고 짐승들이 말을 못 하게 됐지요. 이는 자연과 인간의 야생적 소통이 상실된 상황을 나타냅니다. 인간과 자연이 서로 다른 존재가 된 것이지요. 그와 더불어 인간들 사이에도 귀한 자와 천한 자의 차별이 생겨납니다. 역사에서 말하는 계급 발생과 연결시킬 만한 내용이지요. 신화 속에는 이렇게 인간의 역사가 깊숙이 새겨져 있습니다.

'석가'라는 이름은 '미륵'과 마찬가지로 뒷날 붙었다고 볼 수 있어요. 그럼 왜 하필 석가일까요? 석가모니 부처님이 꽃을 훔친다거나 사슴을 잡는다니 뭔가 안 어울리잖아요? 이는 불교적 맥락보다 신화적 상징으로 읽는 쪽이 어울립니다. 이 신화에서 석가는 '태초의 질서'를 상징하는 미륵에 대하여 '현 세상의 질서'를 상징하는 신으로 등장했다고 볼 수 있습니다. 야생 상태를 넘어선 문명사회 삶의 방식을 석가를 통해서 나타낸다는 뜻입니다.

　좀 어려운가요? 여러 신화 가운데도 창세신화 뜻풀이가 좀 어려운 쪽입니다. 하지만 찬찬히 되새기면 담긴 뜻을 하나씩 풀어낼 수 있을 거예요. 신화의 상징을 꿰뚫어 내는 일, 이거 무척 놀랍고 신명 나는 과업이랍니다. 신화 여행의 꽃이라고 할 수 있지요!

**상상하고,
이야기하기**

■ 미륵의 시절에 해와 달은 어떻게 생겨났을까? 그 해와 달은 뒤에 석가가 찾아낸 해와 달과 같은 것일까? 하늘에 해와 달이 두 개씩 떴다는 데는 어떤 상징적 의미가 담겼을까?

■ 금벌레 은벌레는 어떻게 만들어져서 내려왔을까? 벌레들이 쟁반 위로 내린 뒤 사람으로 자라나기까지에는 또 어떤 일이 있었을까?

■ 미륵과 석가가 벌인 세 가지 시합이 상징하는 바는 무엇일까? 특히, 모란꽃 피우기 시합에서 꽃이 나타내는 바가 무엇일지 말해 보자.

■ 만약 미륵의 세월이 쭉 이어졌다면 우리 사는 세상이 어떤 모습일지 상상해서 이야기해 보자. 세간에는 미륵이 다시 나타나리라 믿은 사람들도 많았는데, 만약 미륵이 다시 세상을 맡는다면 어떤 변화가 생겨날까?

해와 달을 활로 쏜 대별왕 소별왕

초감제·천지왕본풀이

태초에는 하늘과 땅이 쑥떡처럼 눌러 붙어서 뒤섞여 있었다. 하늘도 땅도 아닌 혼돈이었다. 어느 날, 거대한 신 도수문장이 한 손으로 하늘을 치받고 한 손으로 지하를 짓누르자 둘이 서로 갈라져서 천지개벽으로 세상이 열렸다. 새로운 세상은 큰 새가 동쪽으로 머리를 두고 서쪽으로 꼬리를 두며 남쪽 북쪽으로 날개를 펼친 모양으로 자리 잡았다.

천상과 지하 사이에는 산과 물이 생겨났다. 산속에 물이 나고 물속에 산이 나서 서로 한데 어울렸다. 산으로는 동해산 청태산 개골산 마구산과 청산 백산 적산 흑산 황산에 삼각산 금강산과 계룡산이 자리 잡고, 물로는 동해에 광덕왕 서해에 광신용왕 남해에 광해용왕 북해에 광환왕 여러 용왕이 깃들었다.

처음에 세상은 밤도 캄캄하고 낮도 캄캄해서 동서남북을 가릴 수 없었다. 그때 동방 땅에서 청의동자가 솟아났는데, 앞이마와 뒤통수에 눈이 둘씩 돋아 있었다. 하늘에서 도수문장이 내려와 청의동자 앞이마의 두 눈을 빼서 동쪽 하늘에 붙이자

해 두 개가 생겨나고, 뒤통수의 두 눈을 빼서 서쪽 하늘에 붙이자 달 두 개가 생겨 났다. 그 덕에 세상이 밝아졌으나 사람과 곡식이 햇볕에 타서 죽고 달빛에 얼어 죽어 서 살기가 어려웠다.

그때 인간 세상에 수명장자라는 사람이 사는데 멋대로 횡포를 부렸다. 그한테는 사나운 말과 소와 개가 아홉 마리씩 있어서 사람들이 욕을 봐도 대들 수가 없었다. 하루는 그가 하늘을 바라보며 호언장담으로 소리를 쳤다.

"이 세상에 누구든 나를 잡아갈 자가 있으랴!"

하늘 천지왕이 그 말을 듣고 괘씸하게 여겨 벼락장군 우레장군과 화덕진군을 앞 세우고 일 만 군사를 거느리고서 인간 세상으로 내려왔다. 천지왕이 수명장자 집 밖 청버드나무에 올라앉아서 조화를 부리자 소가 지붕에 올라가 울부짖고 밥솥이 문 밖으로 걸어 다녔다. 그래도 수명장자가 무서워하지 않자 천지왕은 관을 벗어서 수 명장자 머리에 씌웠다. 관이 머리를 깰 듯 조이자 수명장자가 종을 불러 명령했다.

"내 머리가 너무 아프니 도끼로 쳐서 깨부숴라."

천지왕은 어이가 없었다.

"그것 참 지독한 놈이구나."

하며 관을 벗겨서 쓰고 돌아올 때에 백주늙은할망 집으로 가 하룻밤 묵어가기를 청했다. 할망은 집이 누추하다며 걱정했으나 천지왕은 관계없다면서 굳이 그 집에 들었다.

그날 밤에 천지왕이 잠을 자려는데 옥빗으로 머리를 빗는 소리가 들려왔다. 천지 왕이 할망을 불러 누구냐고 물으니 자기 딸이라 했다. 천지왕이 불러서 보니까 월궁 선녀 같은 처녀였다. 천지왕은 그날 밤으로 그녀와 배필을 이루었다.

함께 사흘을 지낸 뒤 천지왕이 하늘로 올라가려고 하자 아내가 말했다.

"천지왕께서 올라가 버리면 저는 어찌 살며, 만약 자식을 낳으면 어찌합니까?"

"부인은 박이왕이 되어 인간 세상을 차지하고, 자식을 낳거든 이름을 대별왕 소별왕이라 지으십시오. 만약 나를 만나겠다고 하거든 이 박씨 두 알을 주고서 심으라 하십시오."

천지왕이 떠나간 지 열 달 뒤에 쌍둥이 아들이 태어나자 박이왕은 두 아이 이름을 대별왕과 소별왕이라고 했다. 형제가 나이 일곱이 되어 아버지를 찾자 박이왕은 천지왕이 아버지임을 알려 주고 박씨를 전해 주었다. 정월에 박씨를 심자 4월에 줄기가 하늘까지 뻗어 올랐다. 형제가 줄기를 타고 하늘로 올라가자 천지왕이 물었다.

"너희 이름은 무엇이고 어머니는 누구이며 증표는 무엇이냐?"

"우리 이름은 대별왕 소별왕이고 어머니는 박이왕이며 증표는 여기 있습니다."

천지왕이 그들이 아들임을 확인하고서 인간 세상의 일을 묻자 형제가 말했다.

"하늘에 해가 둘이고 달이 둘이어서 사람들이 햇볕에 타서 죽고 달빛에 얼어 죽습니다."

그러자 천지왕은 천 근짜리 무쇠 활과 화살을 주면서 해와 달을 조정하도록 했다. 그런 다음 각기 이승과 저승을 나눠 맡아 다스리라고 했다. 은대야에 꽃을 심어 키워서 꽃이 잘 자라는 쪽이 이승을 맡고 꽃이 시드는 쪽은 저승을 맡도록 했다.

대별왕 소별왕은 지상으로 내려온 뒤 동쪽 바다로 갔다. 대별왕이 활을 들어 앞에 돋은 해는 그냥 두고 뒤에 돋은 해를 쏘아 부수자 동쪽 하늘에 수많은 별이 생겨났다. 다음은 서쪽 바다였다. 소별왕이 활을 들어 앞에 돋은 달은 그냥 두고 뒤에 돋은 달을 쏘아 부수자 서쪽 하늘에 수많은 별이 생겨났다. 이때부터 하늘에 해도 하나 달도 하나가 되어 살 만한 세상이 되었다.

대별왕과 소별왕은 해와 달을 쏜 뒤 이승과 저승을 두고 시합을 시작했다. 은대야에 꽃을 심어서 키울 때에 대별왕의 꽃은 쑥쑥 잘 자라는데 소별왕의 꽃은 맥없이 시들어 갔다. 소별왕 생각에 자기가 이승을 맡으면 수명장자를 벌해서 행실을 가르칠 텐데 형은 그러지 못할 것 같아 걱정이었다.

"여보십시오, 형님. 우리 잠이나 푹 자고 일어나서 승부를 판단합시다."

"그건 그리하자."

대별왕이 누워서 깊이 잠이 들자, 자는 척만 하던 소별왕이 일어나 형의 꽃을 자기 앞에 놓고 자기 꽃을 형 앞에 놓았다. 대별왕이 잠에서 깨어나자 소별왕이 말했다.

"형의 꽃은 시들고 내 꽃은 번성하니 내가 이승을 맡아야겠습니다."

대별왕이 꽃이 바뀌었음을 알아차리고 화를 내자 소별왕은 말을 돌려 수수께끼 시합을 청했다. 대별왕이 응낙하자 소별왕이 물었다.

"동백나무 잎은 어찌하여 겨울이 되어도 떨어지지 않습니까?"

"속이 비지 않았기 때문에 그런 것이다."

"그 말이 그릅니다. 대나무는 어찌 속이 비었는데도 잎이 떨어지지 않습니까?"

소별왕이 다시 물었다.

"무슨 일로 동산의 곡식은 잘 안 되고 아래 밭곡식은 잘됩니까?"

"위의 흙과 물이 아래로 흘러오니 아래가 잘되는 것이다."

"그 말이 그릅니다. 그러면 어찌 사람의 머리카락은 길고 발등의 털은 짧습니까?"

대별왕이 대답을 못 하자 소별왕이 말했다.

"형님이 아니더라도 아우가 잘되면 좋지 않습니까?"

"오냐. 그러면 네가 이승을 차지해라. 나는 저승을 차지해서 맑은 법을 세우겠다. 만약에 네가 잘못하면 재미없을 것이다."

대별왕이 꽃을 바꾸어 주고서 저승으로 떠나자 이승을 차지한 소별왕은 곧바로 수명장자를 붙잡아다 형틀에 잡아 묶고서 꾸짖었다.

"네가 포악무도한 짓을 많이 하니 용서할 수 없다."

수명장자 몸을 베어 사지를 찢은 뒤에 뼈와 고기를 부수어서 허공에 날리자 모기가 되고 파리와 빈대, 각다귀[7]가 되어 날아갔다. 소별왕은 수명장자를 패가망신시킨

---

7   각다귀: 날아다니는 곤충의 한 종류. 모양은 모기와 비슷하나 더 크다.

뒤에 선악을 구별하고 복록을 마련하여 이승의 법도를 세웠다.

그렇게 하늘은 천지왕 땅은 박이왕이 차지하고, 저승은 대별왕 이승은 소별왕이 맡았다. 산신백관이 산을 차지하고 사마용신이 물을 차지했다. 이승에 삼불제석과 삼신할미, 금상, 대별상 등 여러 신이 자리 잡고, 저승에 진광왕, 초강왕, 송제왕, 오관왕, 염라왕, 변성왕, 태산왕, 평등왕, 도시왕, 전륜왕이 깃들었다. 천왕차사, 일직차사, 지왕차사, 월직차사, 용왕차사 여러 차사가 자리를 잡고, 세경신, 칠성신, 문전신, 본향신, 성주, 조왕, 터주신과 오방신장 여러 신이 곳곳에 깃들어 인간 만사를 주재하게 되었다. 사람들이 인정을 베풀면 문을 열어 주고 기원을 들어주게 되었다.

자료

〈초감제〉와 〈천지왕본풀이〉는 제주도에서 구전돼 온 창세신화로, 오늘날에도 굿판에서 구연된다. 〈초감제〉는 천지가 갈라지고 해와 달이 생겨난 뒤 대별왕 형제가 이를 조정하는 내용을 전하며, 〈천지왕본풀이〉는 천지왕이 수명장자를 혼낸 뒤 박이왕과 결혼하는 내용과 대별왕 형제가 시합을 거쳐 세계 질서를 세우는 내용을 전한다. 서로 자연스럽게 연결되는 내용이라서 한 이야기로 묶어 정리했다. 20편 가량의 자료 가운데 박봉춘 구연 〈초감제〉와 〈천지왕본풀이〉를 바탕으로 내용을 구성했다. 다만, 도수문장이 하늘과 땅을 가르는 사연은 고창학본 〈초감제〉에서 가져왔다.

[출처] 박봉춘본 〈초감제〉 및 〈천지왕본풀이〉 : 赤松智城·秋葉隆,《朝鮮巫俗의 硏究》상, 옥호서점, 1937. 고창학본 〈초감제〉 : 진성기,《제주도무가본풀이사전》, 민속원, 1991.

🔍 이야기 속으로

〈초감제〉와 〈천지왕본풀이〉는 제주도에서 구전돼 온 창세신화로, 〈창세가〉와 비슷하면서도 꽤 다른 내용을 담고 있습니다. 좀 더 인간적이라고 할까요? 수명장자라는 캐릭터가 재미있고 천지왕과 박이왕의 결혼 사연이 눈길을 끌며, 대별왕과 소별왕의 성격과 구실도 무척 흥미롭습니다.

〈창세가〉에서는 미륵이 하늘과 땅을 갈랐다고 하는데, 여기서는 그 일을 도수문장이 했다고 합니다. 한 손으로 땅을 누르고 한 손으로 하늘을 받쳤다니 미륵 못지않은 거대한 신이었겠지요. 재미있는 것은 그가 가른 하늘과 땅이 본래 '천지 혼합' 상태로 존재했다는 사실이에요. 맑음과 흐림, 가벼움과 무거움이 뒤섞인 상태이니 하늘도 땅도 아닌 혼돈 상태라 할 만합니다. 거대한 신의 조화로 맑고 가벼운 기운과 흐리고 무거운 기운이 나뉨으로써 카오스(chaos)로부터 코스모스(cosmos)로 넘어온 것이었지요.

암흑처럼 깜깜하던 세상에 두 개의 해와 달이 생겨난 사연이 인상적입니다. 청의동자의 네 눈이 해가 되고 달이 됐다는데, 그 눈은 얼마나 컸을까요? 아마도 청의동자는 미륵이나 도수문장 이상으로 컸을 거예요. '청의동자'라는 이름만 보면 앳된 소년 같은데, 내용을 보자면 '거대한 푸른 생명체'를 떠올리게 됩니다. 이야기는 그 생명체가 뒤에 어찌 됐는지 말하지 않지만, 그로부터 풀과 나무와 동물까지 여러 생물들이 생겨났을 것 같아요. 해와 달을 뱉어 낸 거대한 생명의 기운이 아무런 조화 없이 스러지지 않았을 테니까요.

두 개씩이던 해와 달이 줄어든 사연이 아주 놀랍습니다. 〈창세가〉에서 거인신이 해와 달을 하나씩 없앴다고 한 것보다 지상에서 태어난 형제가 해와 달을 조정했다는 내용이 왠지 더 마음을 끕니다. 대별왕 소별왕이 해와 달을 쏘아서 부순 일은 인간이 험난한 자연환경에 맞서 삶을 개척해 온 역사를 상징으로 보여 주고 있지요. 해와 달이 자연의 힘을 상징한다면 '활'은 문명의 힘을 상징한다고 볼 수 있어요.

소별왕이 수명장자를 죽인 일도 문명 발달 과정으로 해석할 만합니다. 수명장자가 사나운 짐승들을 앞세워 세상을 지배하는 모습은 윤리 규범이 서기 이전의 원시적 폭력 상태를 나타냅니다. 계급과 지배 질서가 처음 생겨나던 시절의 모습이라 할 수 있지요. 이에 대해 소별왕은 선악을 가르고 법도를 세움으로써 인간들이 질서 속에 공존하는 문명화된 세계를 열었다고 볼 수 있습니다. 약육강식의 생존경쟁 시대에서 법질서가 지배하는 시대로 옮겨 갔다고 생각하면 쉬울 거예요.

다만 그 과정이 그리 순조롭고 완전하지는 않았던 것 같습니다. 꽃 피우기 시합에서 승리한 대별왕이 이승을 맡는 것이 순리일 텐데 소별왕이 다소 무리하게 그 일을 맡은 것이 문제였지요. 소별왕이 법도를 세우고 수명장자를 다스린 것은 좋은데 그 과정에 부작용이 있었어요. 바수어진 수명장자의 몸이 사라지지 않고 파리와 모기, 빈대가 되어 인간을 괴롭히게 됐으니 말이에요. 이승의 질서가 불완전하였음을 이렇게 표현한 것이라 할 수 있습니다. 〈창세가〉에서 석가가 맡은 세상에 모순과 혼란이 생겨났다고 하는 것과 통하는 내용이지요.

이승을 동생한테 넘기고 저승을 맡았다는 대별왕이라는 신에 관심을 갖게 됩니다. 그가 저승에 세웠다는 '맑은 법'이 이승의 법과 어떻게 다를지 궁금하고, 소별왕이 잘못하면 재미없으리라고 했다는데 무엇을 어찌하겠다는 것인지도 궁금합니다. 대별왕이 저승의 시왕하고 어떤 관계인지도 의문이에요. 그 풀이는 각자의 상상에 맡기도록 하겠습니다.

상상하고, 이야기하기

■ 땅에서 솟아났다고도 하는 청의동자가 어떤 존재일지 말해 보자. 그는 어떻게 몸속에 크나큰 광명을 지니게 되었을까? 네 눈이 뽑힌 뒤 청의동자가 어찌 되었을지도 자유롭게 상상해 보자.

■ '쉬맹이'라고도 불리는 수명장자에 관해 논평해 보자. 그는 어떻게 사나운 짐승들을 지배하게 되었을까? 그가 하늘 신에게 도전한 것이나, 머리가 깨질 듯한 고통 속에서 천지왕에게 굴하지 않은 일을 어떻게 평가해야 할까? 수명 장자의 몸이 파리와 모기 등이 돼서 오늘날까지 활개치고 있다는 데는 또 어떤 뜻이 담겨 있을까?

■ 이야기에 따르면 소별왕보다 대별왕이 더 능력 있고 너그러운 인물처럼 보인다. 만약 대별왕이 이승을 맡았다면 세상의 법도를 어떻게 세우고 수명장자를 어떤 식으로 처리했을까? 그리고 우리 사는 세상은 어떻게 달라졌을까?

도수문장과 청의동자, 숨은 이야기

때는 태고라 불릴 수 있는 아주 오래 전.

하늘의 도수문장은
어느 것 하나 제대로 보이지 않는 컴컴한 세상이 재미가 없어

푸우... 푸우...

완전히 잠을 자는 것도 아니요,
완전히 깨어 있는 것도 아닌 상태로
하루하루가 구분되지도 않는 세월을 보내고 있었다.

반짝

도수문장의 눈을 번쩍 뜨이게 한 네 줄기 빛.

처음 본 빛에
욕심이 난 도수문장은

홀린 듯 빛에 이끌려
지상으로 뛰어 내려가

빛나는 구슬 네 개를
자신이 사는 하늘로
냅다 던져 버렸다.

그때였다.

아름다운 해와 달이 된
네 빛을 보며 도수문장은 기뻐했다.

도수문장이 세상을 울리는
구슬픈 소리를 들은 것은.

눈을 잃은 청의동자가
솟아났을 때처럼 녹아 내리고 있었다.

정신이 듦과 동시에 청의동자를 향한
죄책감이 든 도수문장은

도수문장이 휘두른 궤적을 따라

거대한 청의동자의
밑자락을 잡고

청의동자의 몸은
비단처럼 퍼져 나가

하늘로 휘둘렀는데

푸른 하늘이 되었다.

제3편

이승과 저승 사이가 가로막힌 내력

허웅아기

먼 옛날, 세상에 아직 많은 사람이 나오지 않았을 때의 일이다. 하늘에 해가 두 개 달이 두 개 있어서 낮에는 더워서 죽고 밤에는 추워서 죽던 시절이었다.

그때 한 마을에 허웅아기라는 각시가 살았다. 열다섯 살에 시집을 가서 한 살짜리 아기와 두 살짜리 아기가 있었는데, 어느 날 저승왕이 부르는 바람에 죽어서 저승으로 갔다. 허웅아기는 무명 짜는 일을 잘해서 늘 무명을 짜면서 살다가 죽었는데, 저승에 가서도 그 일을 했다. 허웅아기가 저승에서 구슬프게 울면서 무명을 짜고 있으니까 저승왕이 왜 그렇게 우느냐고 물었다.

"한 살 난 아기, 두 살 난 아기와 낭군님을 내버려 두고 혼자 오니까 자꾸 울음이 납니다."

저승왕이 불쌍히 여겨서 말했다.

"그러면 네가 밤이 되면 이승에 가고 낮에는 저승으로 와라. 날이 새기 전에 꼭 돌아와야 한다."

그리하여 허웅아기는 밤마다 이승으로 돌아올 수 있었다. 허웅아기는 밤에 아기들을 돌보며 머리를 갈라서 곱게 땋아 주었다. 아기들이 엄마 있는 아이처럼 곱게 머리를 하고 다니자 동네 할머니가 물었다.

"아기야, 머리를 누가 그렇게 해 줬느냐?"

"우리 엄마가 해 줬습니다."

"무슨 너희 엄마가, 죽은 엄마가 온단 말이냐?"

"밤이 되면 왔다가 다시 갑니다."

"아이고야, 너희 엄마가 오면 나한테 말해라. 너희 엄마가 가지 않게 해 주마."

밤에 집으로 온 허웅아기는 누가 볼까 봐 문을 탁탁 잠갔다. 밤에 아기가 할머니 말대로 밖으로 나가려 하니까 허웅아기가 오줌도 방에서 누라며 못 나가게 했다. 그렇게 밤을 지내고서 아기가 나가니까 할머니가 말했다.

"아기야, 어젯밤에 너희 엄마가 왔었느냐?"

"예, 왔다가 갔습니다."

"나한테 와서 말하라니까 왜 안 했느냐?"

"엄마가 못 나가게 문을 아주 잠가 버려서 못 왔습니다."

그러자 할머니는 은실 금실을 꺼내서 자기 발에 잡아매고 아기 발에도 매 주면서 말했다.

"밤에 누워서 자다가 엄마가 오거든 이 실을 종긋종긋 잡아당겨라."

아기는 집에 와서 누웠다가 밤에 엄마가 오자 실을 잡아서 살랑살랑 흔들었다. 그러자 할머니가 집으로 찾아 들어와서 허웅아기를 붙잡고 말했다.

"아이고, 설운 아기 네가 왔구나. 다시 가지 마라. 다시 가지 마라."

"아무리 해도 가야 합니다. 어떻게 해야 안 갈 수 있습니까?"

"우리가 집 밖에 가시나무를 쌓아 놓으면 차사들이 못 들어온다."

할머니는 허웅아기를 방에 머물게 하고 문을 잠근 다음 가시나무를 베다가 그 집

둘레에 수북이 쌓아 놓아서 사람도 귀신도 다니지 못하게 했다. 그렇게 허웅아기가 저승에 안 가고 버티고 있으니까 저승왕이 차사를 불러서 말했다.

"허웅아기가 꼭꼭 시간을 지켜서 오는데 오늘은 오지 않으니 괘씸하다. 가서 잡아 와라."

차사가 명을 듣고 허웅아기 집에 이르러 보니 문을 꼭꼭 잠가 놓고 가시나무를 빙 둘러쌓아서 들어갈 수가 없었다. 차사가 지붕 꼭대기로 펄쩍 뛰어 올라가서 보니 까 할머니가 허웅아기를 꽉 붙잡고 있었다. 차사는 지붕에서 허웅아기 머리카락 몇 올을 뽑아서 혼을 빼 가지고 저승으로 데려갔다. 그러자 허웅아기는 방 안에서 탁 쓰러져 몸이 굳어 갔다.

그 뒤로 저승과 이승은 서로 딱 끊어지고 말았다. 저승왕은 죽어서 저승으로 들어 온 사람이 다시 이승으로 가지 못하게 했다. 저승차사가 혼백을 빼낸 육신은 움직 이지 못하고 굳어서 썩어졌다. 그 전까지는 귀신도 사람처럼 움직이고 말을 해서 귀 신을 부르면 산 사람이 대답하고 산 사람을 부르면 귀신이 대답해서 분간하기 어려 웠는데 이때부터 둘 사이가 완전히 갈라졌다. 해와 달을 하나씩 쏘아 없앤 천왕은 이승 세상에 귀신이 다니지 않도록 했다.

사람이 죽어서 초혼(招魂)[8]을 할 때면 머리카락을 끊어다 놓고 손톱을 잘라 놓고 서 한다. 염[9]을 할 때는 종이 주머니를 만들어서 머리털을 넣고 손톱 발톱을 잘라 넣는다. 거기 혼백이 깃들어 있기 때문이다. 또 사람이 죽으면 흰쌀 일곱 톨을 물에 담갔다가 죽은 사람의 입속에 넣는다. 저승으로 간 뒤에 이승에서 이러저러했다는 말을 내지 못하게 하려고 두 턱을 물리는 것이다.

---

8   초혼(招魂): 사람이 죽었을 때에 소리를 쳐서 그 영혼을 부르는 일.
9   염: 시신을 수의로 갈아입힌 다음 베나 이불로 싸는 일.

자료

이 이야기는 제주도 지역에서 구전돼 온 신화로 〈허궁애기본풀이〉나 〈허웅애기본풀이〉 등으로 불린다. 주인공 이름은 다른 자료에서 '허웅애기'나 '허궁애기'로 돼 있는 경우가 많다. 여기서는 윤추월 화자가 설화로 구술한 〈허웅아기〉를 바탕으로 내용을 구성했으며, 강을생 구연본 등의 내용을 일부 반영했다.

[출처] 윤추월본 〈허웅아기〉 : 《한국구비문학대계》 9-3, 한국정신문화연구원, 1983. 강을생본 〈허궁애기본〉 : 진성기, 《제주도무가본풀이사전》, 민속원, 1991.

이야기 속으로

〈허웅아기〉는 흥미로운 내용이 많이 담긴 신화입니다. 특히 창세신화와 연결되는 사연이 들어 있어서 눈길을 끕니다. 해와 달이 두 개씩 떠 있었고 천왕이 해와 달을 쏘았다는 것은 〈초감제〉에 나오는 내용이지요. 여기서 천왕은 대별왕 소별왕을 일컫는 말로 볼 수 있습니다. 이승과 저승이 뚜렷이 나뉘지 않았고 귀신과 인간이 쉽게 분간되지 않았다는 내용도 아직 세상의 질서가 갖추어지기 전 태초의 상황을 반영한 사연이에요.

〈허웅아기〉는 얼핏 한 할머니가 공연히 저승왕과 맞섰다가 화를 불러온 사연을 전하는 이야기로 여겨집니다. 공연한 오지랖 때문에 허웅아기와 가족이 영이별을 하게 됐지요. 하지만 이를 단지 한 노파의 튀는 행동이라고 할 바는 아닙니다. 거기에는 인간의 보편적 욕망이 깃들어 있지요. 죽어서 저승으로 가지 않고 언제까지나 이승에 머물고자 하는 욕망 말입니다. 하지만 그것은 무모한 욕심이었어요. 죽음은 인간의 힘으로 피할 수 없지요. 억지로 죽음을 막으려는 몸짓은 더 큰 고통을 낳을 따름입니다.

이야기 속에서 인간이 괜한 욕심을 부리다 이승과 저승 사이가 가로막힌 것은 안타까운 일이지만, 달리 보면 그렇게 세상의 질서가 잡힌 것이라고 볼 수 있습니다. 산 것도 죽은 것도 아닌 상태보다는 삶과 죽음이 명확히 갈라진 상태가 법도가 분명히 선 쪽이라 할 수 있지요. 사람들이 죽은 사람의 입에 밥풀을 넣어서 이승과 저승의 삶을 가르는 풍속도 그러한 법도를 수용한 것이라 할 수 있습니다.

덧붙여서 한 가지. 이야기 속 저승왕에게서 왠지 대별왕의 모습이 보이는 것 같습니다. 허웅아기를 불쌍히 여겨 이승으로 돌아가게 하는 관대함이 이승을 동생에게 양보한 대별왕의 모습과 겹쳐지지 않나요? 그러한 모습을 우유부단함으로 볼 일은 아닙니다. 차사를 시켜서 허웅아기 넋을 빼 가고 이승과 저승 사이를 딱 자르는 모습에서 냉철한 과단성을 볼 수 있지요. 허용할 것은 허용하되 잘못은 확실히 다스리는 모습입니다. 드넓은 어둠의 세상을 주재하는 신, 그가 그리 만만한 존재일 리 없지요!

상상하고, 이야기하기

■ 사람이 죽어도 영혼과 육체가 분리되지 않아서 죽은 사람도 경우에 따라 이승으로 올 수 있는 상황을 가정하고 좋은 점과 나쁜 점을 이야기해 보자. 아울러, 그 시절에 죽은 사람과 산 사람을 구별할 수 있는 방법이 무엇이었을지도 상상해 보자. (참고로, 어떤 자료는 산 사람과 달리 귀신은 한 눈에 눈동자가 두 개라고 전한다.)

■ 이 이야기 속 저승왕이 〈천지왕본풀이〉에 나오는 대별왕과 같은 신일 수 있다는 풀이에 대하여 찬성 또는 반대 의견을 말해 보자.

보너스 이야기
저승은 어디쯤에 있을까?

세계의 수많은 종교와 신화들은 죽음 이후의 일을 말합니다. 사람이 죽어도 영혼은 사라지지 않고 저승으로 간다고 하지요. 그 저승은 어디에 있을까요?

여러 신화는 흔히 저승이 지하 세계 깊은 곳에 있다고 말합니다. 그리스 로마 신화는 하데스라는 신이 땅속 깊은 곳 저승을 다스린다고 해요. 저승이 땅속에 있다는 생각은 사람이 죽으면 그 몸을 땅속에 묻는다는 사실하고도 관련이 됩니다.

그렇다면 한국 신화에서 대별왕이 질서를 세웠다는 저승은 어느 곳에 있을까요? 역시 땅속 깊은 곳에 있을까요? 그리 보는 학자들도 있습니다. 저승이라고 하면 떠오르는 곳이 '지옥(地獄)'인데 '땅에 있는 감옥'이라는 뜻을 지니고 있지요. 이를 보면 저승이 땅속에 있는 것으로 보입니다. 하지만, 그리 단순치는 않아요. 저승에는 지옥 말고 극락도 있으니까요. 극락이 땅속에 있다니 이상하잖아요?

우리 신화 속 저승은 꽤 미묘하고 복잡한 곳입니다. 보면 지옥하고 극락만 있는 게 아니에요. 염라왕을 비롯한 시왕과 저승차사들이 사는 공간이 있지요. 죽은 사람을 살리는 생명수가 깃든 샘물도 저승에 있다고 해요. 사계절이 함께 모인 원천강이나 사람을 살리고 죽은 꽃이 피어난 서천꽃밭도 저승에 있는 것처럼 말해집니다. 저승이라면 '죽음'을 떠올리게 되는데 신화는 그곳을 '새로운 생명의 공간'처럼 말하곤 하지요.

저승에 관한 사연을 두루 종합해 보면, 저승이 있는 곳은 이승의 아래편보다는 이승 건너편 쪽으로 여겨집니다. 서쪽으로 한없이 가다 보면 저승에 다다른다고 해요. 그래서인지 어떤 신화는 저승을 '서천서역'이라고 부르기도 합니다. 해가 지는 방향인 서쪽에 죽음의 공간인 저승이 자리한다는 것은 무척 자연스러운 일이지요.

서쪽으로 한없이 가기만 하면 저절로 저승에 이르는 것은 아니에요. 이승과 저승을 나누는 특별한 경계가 있지요. 그 경계에는 보통 '물'이 놓입니다. 유수강이나 황천이라고도 하고 청수바다라고도 해요. 헹기못이라는 연못이 저승의 입구라고도 합니다. 저승으로 들어가려면 배를 타고 물을 건너거나, 외나무다리를 지니가거나, 연못으로 뛰어들어야 한다고 하지요.

이치를 따져 보면 이승에서 저승으로 넘어가는 일은 '공간 이동'이라기보다 '차원 이동'이라고 볼 수 있습니다. 한 순간에 전혀 다른 세계로 접어드는 식이지요. 물 어디쯤에 특별한 차원 이동 장치가 있는가 봐요. 들어갈 수만 있고 나올 수는 없도록 프로그램화된 상태로 말이에요.

하지만 옛날에 허웅아기가 저승과 이승을 오갔다는 것을 보면, 그리고 저승사자들이 여전히 이승과 저승을 오간다는 것을 생각하면 어디엔가 저승에서 이승으로 나오는 비밀 통로가 있을지도 몰라요. 가끔, 죽었다가 살아났다는 사람도 있잖아요. 나중에 대별왕이나 염라왕한테 잘 보이면 우리한테도 그런 일이 생겨날지 모르지요!

제4편

전설이 된 창조 여신 '할망' 이야기

설문대할망 외

설문대할망

먼 옛날 제주도에 설문대할망이라는 몸집이 큰 여신이 살았다. 선문대할망이나 설명주할망, 세명뒤할망, 쉐멩디할망 등으로도 불리는 신이었다. 할망은 키가 어찌나 컸던지 한라산에 걸터앉아 한 발은 소섬[우도]에 뻗고 한 발은 서귀포 앞 밤섬에 뻗고서 성산 일출봉을 빨랫돌로 삼아 빨래를 했다. 제주도에는 많은 오름들이 여기저기 흩어져 있는데, 이 오름들은 할망이 치맛자락에 흙을 담아서 나를 때 치마의 터진 구멍으로 흙이 흘러내려서 만들어졌다. 태초에 하늘과 땅을 가른 이가 할망이라고도 한다.

제주도 동쪽에 있는 소섬은 본래 제주도 땅에 붙어 있었다. 그 땅이 섬이 된 것은 설문대할망 때문이었다. 할망이 한쪽 발을 식산봉에 디디고 다른 발을 일출봉에다 디디고 앉아 소변을 보는데 오줌 줄기가 어찌나 힘찼던지 땅이 푹 패이면서 일부가 떨어져 나간 것이 소섬이 되었다. 제주도 본토와 소섬 사이는 지금도 바닷물의 흐름이 거세다. 거기서 배가 물살에 휩쓸려 부서지면 조각을 찾을 수 없다고 한다.

설문대할망은 배가 고프면 성산 앞바다 섭지코지 물속에 두 다리를 쩍 벌리고 앉았다. 그러면 물고기들이 할망의 아랫도리 쪽으로 우르르 헤엄쳐 들어갔다. 할망이 아랫도리를 다물고 나와서 땅에다 쏟으면 고기들이 잔뜩 떨어져 내렸다. 그곳은 고래도 많고 물개도 많고 생선도 많아서 할망은 늘 여기서 고기를 잡아서 먹었다. 그래서 제주 사람들은 이곳을 설문대할망코지라고도 불렀다.

설문대할망은 키가 굉장히 컸기 때문에 옷을 제대로 해 입지 못했다. 할망은 제주 사람들한테 옷을 한 벌 해 주면 육지까지 다리를 놓아 주겠다고 했다. 그렇게 서로 약속이 되어서 사람들은 옷감을 모으고 할망은 조천읍에서 육지 쪽으로 다리를 놓기 시작했다. 제주 사람들은 널리 옷감을 모아서 옷을 지었으나 겨우 할망의 잠방이[10]밖에 못 만들었다. 그래서 할망은 다리 놓는 일을 그만두고 말았다. 그때 다리를 놓던 자취가 지금도 남아 있다.

설문대할망은 바닷물이 얼마나 깊은가 보려고 바닷물 여기저기에 들어가 보곤 했다. 제주 용담동의 용소가 깊다는 말을 듣고서 들어가 보니 발등까지밖에 안 찼고, 서귀포 서홍리의 홍리물이 깊다고 하여 들어가 보니 무릎까지밖에 안 닿았다. 이렇게 다니다가 한라산 물장오리가 깊다는 말을 듣고서 그리 들어갔다가 그만 거기 빠져서 죽고 말았다. 물장오리는 밑이 터져서 한정 없이 깊다는 사실을 미처 몰랐던 것이다.

설문대할망의 죽음에 대해서 또 다른 사연도 전해진다. 할망한테 아들이 오백 명 있었는데 그들을 먹이려면 큰 솥에 죽을 끓여야 했다. 어느 날 할망이 죽을 끓이다가 실수로 솥에 빠져 죽고 말았다. 자식들은 그런 줄 모르고 그 죽을 먹었다가 어머니 몸을 먹은 것을 뒤늦게 알고 함께 죽어서 바위가 되었다. 영실기암의 오백장군이

---

10 잠방이: 가랑이가 무릎까지 내려오도록 짧게 만든 홑바지.

그들이 죽어서 된 바위라고 한다. 사람들이 등산할 때 오백장군 봉우리에서 큰 소리를 지르면 할망이 화를 내서 구름과 안개가 끼게 한다.

노고와 할미바위

노인들이 전하는 말에 따르면 옛날에 노고[11]가 있었는데 세상 산천을 전부 그가 만들었다고 한다. 손이 얼마나 크고 힘이 좋은지 평평한 데 가서 줄을 쭉쭉 그으면 산이 되고 골짜기가 돼서 사람들이 깃들어 살 수 있었다.

노고가 산천을 만드느라고 이리저리 손으로 그으면서 다니다 보니 한 곳에 커다란 암석이 생겨났는데 위가 평평한 게 보기가 좋았다. 노고는 그 위에다 바위 하나를 덜렁 들어서 얹어 놓았다. 그때 노고가 왼손에 커다란 담뱃대를 든 채로 바위를 드는 바람에 담뱃대가 있던 자리에 길게 구멍이 났다. 그 바위 이름이 할미바위인데, 몸을 기울여 살펴보면 담뱃대 자리에 생긴 구멍을 볼 수 있다.

평평한 바위 아래쪽으로 내려오면 바위가 아주 넓은데 그 속이 텅 비었다. 사람 수십 명이 들어가 있어도 될 만한 넓이다. 비가 올 때면 노고가 거기 들어가 있었다고 한다. 그 안에 보면 선반처럼 생긴 층층대를 볼 수가 있는데, 노고할머니가 만들어 놓은 것이라고 한다.

칠산바다 개양할머니

전라도 서해안 칠산바다는 물속에 골이 있어서 장소에 따라 물살의 빠르기가 다르다. 그 바다에는 조기가 엄청나게 많아서 연평도 못지않았다. 거기 사는 어민들을 늘 개양할머니가 도와주었다. 물이 많이 깊어서 안 좋은 데는 메워 주고 풍랑이 심하게 칠 때는 꿈에 미리 나타나서 알려 주었다.

---

11 노고(老姑) : 노파. 여기서는 거인 여신 마고(麻姑)를 일컫는 다른 말로 쓰였다.

개양할머니는 용왕하고 부부간이었다고 한다. 용왕은 바닷속에 있고, 할머니는 나와서 활동했다. 할머니는 딸 여덟을 낳았는데 한 명만 데리고 살고 일곱 딸은 위도와 혈도, 흑산도 등 일곱 개 섬으로 시집을 보내서 섬사람들을 보살피게 했다. 개양할머니를 모신 수성당에는 할머니와 함께 여덟 딸 팔선녀가 있고 용왕과 칠성, 산신령이 있다. 딸들이 간 섬들에도 당(堂)이 있다.

개양할머니는 키가 무진장 컸다. 수성당 아래에 용 굴이 있어서 무척 깊은데, 할머니가 거기 서면 물 높이가 무릎 아래에 닿았다. 서해를 이리저리 걸어 다니는데 물이 발목까지밖에 차지 않았다. 나막신을 신고 다니면 버선이 젖지 않을 정도였다. 다만 곰소 바다는 물이 아주 깊어서 거기 들어가니까 속치마가 젖었다고 한다.

개양할머니 막내딸은 성격이 까칠해서 제대로 인사를 드리지 않으면 화를 끼쳤다. 일본 사람들도 수성당 아래를 지나려면 그냥 가지 못하고 배를 멈추고서 인사를 드렸다. 지금도 변산반도 격포 사람들은 때가 되면 수성당할머니한테 정성껏 제를 지낸다. 그리고 여러 곳 무당들이 수시로 이곳을 찾아와서 치성을 드린다.

자료

〈설문대할망〉은 제주도 사람들이 널리 아는 전설로 많은 자료들이 보고돼 있다. 여기서는 제주시 고홍규 구연 〈설문대할망〉을 기본 자료로 삼는 가운데, 현용준 선생과 장주근 선생이 정리 보고한 자료를 보완해서 내용을 구성했다. 내용 가운데 설문대할망이 하늘과 땅을 나눴다는 것은 송기조 구연본을 반영한 것이다. 〈노고와 할미바위〉는 강원도 명주군에서 최종철이 구연한 전설을 바탕으로 내용을 정리했다. 〈칠산바다 개양할머니〉는 부안군 변산반도에서 전해 온 전설로서, 2012년 7월 12일에 신동흔 등이 부안군 변산면 격포리에서 신동욱, 정동욱·공순이, 정시금 화자 등으로부터 채록한 자료를 바탕으로 내용을 엮었다.

[출처] 고홍규본 〈설문대할망〉 : 임석재, 《한국구전설화》 9, 평민사, 1993. 송기조본 〈설문대할망〉 : 《한국구비문학대계》 9-2, 한국정신문화연구원, 1981. 기타 : 현용준, 《제주도전설》, 서문당, 1996 및 장주근, 《한국의 신화》, 성문각, 1962. 최종철본 〈노고 할미바위 이야기〉 : 《한국구비문학대계》 2-1, 한국정신문화연구원, 1980. 〈칠산바다 개양할머니〉 : 저자 현지조사 채록자료.

이야기 속으로

여기 소개한 이야기들은 종류로 보면 전설(傳說)에 해당하는 것들이에요. 마을 주민들이 예로부터 내려온 사연을 옮겨 전하는 이야기지요. 굿판에서 격식을 갖춰서 구연되는 본풀이 신화와 비교하면 전설은 신성성이 약합니다. "이랬다더라. 아니, 저랬다더라." 하는 식으로 각자가 기억하는 내용을 단편적으로 전하는 경우가 많지요. 하지만 전설은 그 속에 만만치 않은 의미를 담고 있습니다. 위의 세 이야기도 웬만한 신화에 못지않은 흥미로운 내용을 포함하고 있어요.

세 이야기의 두드러진 공통점으로 무엇을 들 수 있을까요? 몸집이 아주 큰 여인이 주인공이라는 점이 눈에 띌 거예요. 그들이 '할망'이나 '할머니'로 불린다는 점도 주목할 사항입니다. 두 번째 이야기의 '노고(老姑)'에서 '고(姑)'는 할머니를 뜻하는 말이지요. 아마 '마고할미'에 대해 들어봤을 거예요. 노고는 마고의 다른 호칭이라고 생각하면 됩니다. 왜 다들 나이 많은 노파들이냐고 생각할지 모르지만, 여기서 할망(할머니)은 나이가 많은 사람이 아니라 '여신'을 높여 부르는 말로 보는 것이 정설입니다. 설문대할망이나 개양할미는 젊은 여신일 수도 있으니 호호백발 할머니를 떠올릴 일은 아닙니다.

이 거구의 여신들은 창조신 성격을 지니고 있습니다. 세상을 만들고 조정하는 구실을 하지요. 설문대할망이 제주도의 여러 산을 만들고 섬을 이룬 일이나, 노고가 큰 손으로 산과 골짜기를 만든 일이 이를 잘 보여 줍니다. 개양할머니는 창조자 구실이 바다 깊은 곳을 메우는 일 정도로 얘기되고 있는데, 딸들을 보냈다는 여러 섬을 이룬 일에 관여했을 가능성이 큽니다. 세 여신 모두 워낙 몸집이 크다 보니 움직일 때마다 세상이 바뀌었다고 해도 좋을 거예요.

셋을 서로 비교해 보면, 노고할미가 산 쪽에서 움직이고 개양할머니는 바다 쪽에서 움직인 데 비해 설문대할망은 산과 바다 양쪽의 창조 작업에 두루 큰 구실을 한 터라서 활동 폭이 넓습니다. 자료에 따라서는 그가 하늘과 땅을 갈랐다고도 하니 세상의 근원과 맞닿아 있는 창조 여신이라 할 만하지요. 상상컨대, 태초의 세계 창조 과정에 여신들이 중요한 구실을 했을 가능성이 매우 큽니다. 〈창세가〉의 미륵이나 〈초감제〉의 도수문장이 원래는 여성이었을 가능성도 있지요.

이 이야기들 속 여신들에게서는 신화 주인공의 향기가 짙게 배어납니다. 상상력을 잘 발휘하면 남아 있는 내용 뒤에 숨어 있는 또 다른 이야기들을 그려 볼 수 있을 거예요. 대모신(大母神)이라 일컬어지는 크나큰 어머니 신이 완연한 주인공 구실을 하는 '잊혀진 창조 신화'들을 말이에요.

**상상하고,
이야기하기**

■ 엄청난 거구로 말해지는 세 여신의 모습을 상상해서 그림으로 나타내 보고, 그들이 행했을 갖가지 신기하고 흥미로운 일들에 대하여 이야기해 보자.

■ 설문대할망이 한라산 물장오리에 빠져서 죽었다는 내용과 죽이 끓고 있는 가마솥에 빠져서 죽었다는 내용을 어떻게 이해해야 할까? 할망은 그렇게 죽

을 수밖에 없는 운명이었을까? 할망은 그대로 사라진 것일까? 혹시 또 다른 신으로 다시 태어나지 않았을까?

■ 제주도에 설문대할망 전설이 많이 남아 있고, 내륙 지방에는 마고할미나 노고할미의 자취가 남아 있는 곳이 많이 있다. 이들에 관한 또 다른 전설을 찾아서 소개하고 그 속에 깃든 창조 신화적 사유를 헤아려 보자.

- -

제5편
세상을 휩쓴 홍수와 신인류의 시작

대홍수 전설 외

대홍수 전설

옛날 이 세상에 큰 홍수가 나서 온 세계가 바다로 변하고 사람들이 다 물에 빠져 죽었다. 어떤 오누이만이 겨우 배를 타고 살아나서 백두산같이 높은 산꼭대기에 흘러 다다랐다.

시간이 흘러 물이 걷힌 뒤 남매가 세상에 나와 보았으나 사람 자취는 조금도 찾을 수 없었다. 온 세상에 둘뿐이었다. 남매가 생각하니 만약 그대로 있다가는 사람의 씨가 끊어질 것 같았다. 그렇다고 오누이가 결혼해서 함께 살 수 없는 일이었다. 어찌해야 할지 한참을 고민하던 오누이는 각각 나란히 서 있는 봉우리로 올라갔다. 봉우리 꼭대기에 다다르자 누이는 구멍이 뚫린 암맷돌을 굴려 내리고, 오라비는 가운데가 뾰족 나와 있는 수맷돌을 굴려 내렸다. 그러면서 하늘에 기도를 올렸다.

"우리 둘이 결혼해서 짝을 이루는 것을 허락한다면 두 맷돌이 합쳐지게 해 주십시오."

두 봉우리에서 굴러 내려간 암망 수망[12] 두 맷돌은 산골짜기 아래에서 서로 만나 일부러 포개 놓은 것처럼 딱 합쳐졌다. 오누이는 하늘의 뜻을 짐작하고 서로 혼인하여 부부가 되었다. 오누이가 그렇게 결혼을 한 까닭에 사람의 후손이 끊이지 않고 이어지게 되었다. 지금 세상을 살고 있는 인류의 조상은 이 남매라고 한다.

광포(廣浦) 전설

함경남도 정평군 광포는 오늘날 작은 어촌이지만, 오백 년 전까지는 큰 도회지였다. 마을 안에 한 노파가 조그만 주막을 운영했는데, 어느 날 행색이 초라한 노인이 찾아와서 굶주림을 호소하며 음식을 청했다. 노파는 노인을 맞아들여 마음껏 음식을 먹게 해 주었다. 음식을 다 먹은 노인이 밥값이 없다고 하자 노파가 말했다.

"배고픈 사람한테 밥을 주었는데 값이 웬 말입니까. 걱정 마십시오."

그러자 노인은 한참 동안 서서 무엇을 생각하다 입을 열었다.

"지금부터 사흘치 양식을 준비해 두었다가 저 산에 있는 묘 앞의 동자석상 눈에서 피가 흐르면 곧바로 높은 산 위로 피난하십시오."

이렇게 말하고는 노인은 어디로 갔는지 모르게 떠나갔다.

노파는 노인의 말대로 식량을 준비해 두고서 아침저녁으로 동자석상에 피가 나는지 안 나는지 살피러 다녔다. 마을 청년들을 볼 때마다 그 이야기를 전하면서 피난할 준비를 하라고 충고했다. 하지만 청년들은 노파의 말을 듣는 대신 그를 골려 주겠다면서 꾀를 냈다. 밤에 몰래 산으로 가 석상의 눈에 붉은 칠을 해서 피처럼 보이게 만들었다. 그리고 이튿날 노파한테로 가서 그 일을 말했다.

산에 올라가 석상 눈에서 피를 확인한 노파는 깜짝 놀라서 양식을 가지고 산 위로 피난했다. 청년들은 웃으면서 노파의 주막으로 들어가 마음껏 술을 마시고 크게 취

---

12 망(암망, 수망) : 맷돌의 방언. 암망은 곡식을 넣는 구멍이 있고 가운데 부분에 홈이 파인 윗돌을, 수망은 가운데 부분
이 뾰족 튀어나온 아랫돌을 일컫는다.

했다. 그때였다. 갑자기 커다란 해일이 몰아닥치더니만 순식간에 온 고을이 바다로 변하고 말았다. 광포는 완전히 함몰하고 청년들은 물에 휩쓸려서 죽었다. 지금 광포 하구(河口)는 그때 마을이 무너지면서 생겨난 것이다.

홍수와 목도령

옛날 어떤 곳에 커다란 나무 하나가 있었다. 그 그늘에는 늘 하늘나라 선녀 한 명이 내려와 있었다. 선녀는 목신(木神)의 정기를 받아 임신을 해서 아들을 낳았다. 아이는 나무를 아버지로 삼아 그 품 안에서 놀면서 자랐다.

아이가 일고여덟 살쯤 됐을 때였다. 선녀가 천상으로 돌아간 뒤 갑자기 큰 비가 내리기 시작했다. 여러 날 여러 달을 쉬지 않고 내린 비는 세상을 바다로 만들어 버렸다. 선녀가 놀던 큰 나무도 비바람에 넘어지고 말았다. 나무는 넘어지면서 목도령에게 말했다.

"어서 내 등에 타라."

목도령은 나무에 올라타고서 정처 없이 물결을 따라 표류했다. 보이는 것은 온통 물뿐이었다. 그렇게 한참을 가는데 어디선가 살려 달라고 외치는 소리가 들렸다. 살펴보니 홍수에 무수한 개미들이 떠내려오고 있었다.

"아버지, 개미들을 어떻게 할까요?"

고목은 개미들을 얼른 구해 주라고 했다. 목도령은 개미들을 건져 나뭇가지와 잎사귀 위에 올라가게 했다.

다시 얼마를 가다 보니 처량하게 호소하는 소리가 들렸다. 모기떼가 살려 달라고 부르짖고 있었다. 목도령이 다시 묻자 고목은 그들을 살려 주라고 했다. 목도령이 부르자 모기들은 나뭇가지와 잎사귀 위로 내려앉았다.

개미와 모기떼를 싣고 방향 없이 흘러가는데 또 다시 애원하는 소리가 들렸다. 목도령과 비슷한 또래로 보이는 남자아이가 살려 달라고 외치고 있었다. 목도령이 아이를 구하려 하자 고목은 그대로 놔두라고 했다. 아이가 다급하게 외쳤지만 고목의 대답은 같았다. 아이가 세 번째로 살려 달라고 했을 때 목도령은 더 견딜 수 없어 아버지한테 그를 살려 주자고 애원했다.

"그렇게까지 말하니 할 수 없다만 뒤에 후회할 날이 있을 것이다."

목도령은 손을 내밀어 그 아이를 고목 위로 끌어올려 주었다.

한참을 흘러가던 고목은 어느 조그마한 섬에 다다랐다. 그것은 섬이 아니라 세상에서 가장 높은 산봉우리였다. 홍수로 산까지 다 물에 잠겨 그 봉우리만 겨우 머리를 내밀고 있었다. 다들 섬에 내린 뒤 개미와 모기떼는 목도령에게 인사를 하고서 제 갈 곳으로 가버렸다.

두 아이는 섬에서 외딴 초가집을 발견했다. 그 집에는 노파 하나와 소녀 둘이 살고 있었다. 소녀들은 나이가 두 소년과 비슷했다. 한 명은 노파의 친딸이고 한 명은 수양딸이었다. 마침내 비가 그치고 홍수가 물러간 뒤 산 아래로 내려와 보았으나 세상에는 사람의 자취가 없었다. 다른 사람들은 홍수에 다 죽고 남은 사람은 그들뿐이었다.

두 소년이 어른이 되자, 노파는 두 청년과 딸들을 부부로 삼아서 사람의 대를 잇고자 했다. 두 청년은 모두 예쁘고 착한 친딸을 좋아하고 있었다. 노파는 친딸을 어느 청년하고 짝지을지 정하기 어려웠다. 그러던 어느 날 목도령이 없는 틈을 타서 다른 청년이 노파에게 말했다.

"목도령은 세상에 둘도 없는 재주를 가졌습니다. 좁쌀 한 섬을 모래밭에 흘려 놓아도 몇 나절 만에 모래 한 톨 안 섞이게 주워 모을 수 있지요. 하지만 아주 친한 사람 아니면 재주를 보이지 않아요."

신기하게 생각한 노파는 목도령에게 재주를 보여 달라고 청했다. 목도령이 그런 재주가 없다고 하자 노파는 목도령이 자기를 무시한다고 생각해서 화를 냈다. 만약 그 일을 하지 않으면 자기 딸과 결혼시키지 않겠다고 했다.

할 수 없이 좁쌀 한 섬을 백사장에 흩어 놓은 목도령은 대책 없이 그걸 들여다보고 있었다. 그때 난데없이 개미 한 마리가 와서 목도령의 발꿈치를 깨물면서 무슨 걱정이 있느냐고 물었다. 사연을 전해들은 개미가 말했다.

"그것은 아주 쉬운 일입니다. 살려 주신 은혜를 이제야 갚게 됐군요."

개미는 어디론가 사라지더니 잠시 후 수많은 개미떼를 거느리고 왔다. 개미마다 좁쌀을 한 알씩 입에 물고 와서 가마니에 넣자 금방 좁쌀이 원래대로 한 섬이 되었다. 모래 한 톨 섞이지 않았다. 개미들이 간 뒤에 목도령이 좁쌀 섬을 지키고 있자니 노파가 청년과 함께 찾아왔다. 노파는 깜짝 놀라며 목도령의 재주에 탄복했다.

노파는 목도령과 친딸을 결혼시키려고 했으나 다른 청년이 자꾸 반대했다. 고민하던 노파는 어두운 밤에 두 처녀를 동쪽과 서쪽 방에 나누어 들어가게 했다. 그리고는 두 청년한테 원하는 방으로 찾아가서 제 복대로 짝을 얻으라고 했다.

두 사람이 어느 방으로 갈지 고민하고 있을 때 모기떼가 날아와서 목도령의 귀에 속삭였다.

"동쪽 방으로 엥당당글."

모기가 알려 준 덕분에 목도령은 동쪽 방으로 가서 노파의 친딸을 배필로 삼을 수 있었다. 서쪽 방으로 간 청년은 수양딸과 결혼했다. 오늘날 세상 사람들은 모두 이 두 부부가 낳은 자손이라고 한다.

자료

여기 실은 이야기들은 손진태 선생이 1923년에 채록한 뒤 정리 보고한 것들이다. 각기 〈대홍수 전설〉과 〈광포 전설〉, 〈홍수설화〉로 제목이 붙어 있다. 홍수로 온 세상이 물에 잠겼다는 이야기는 여러가지 내용으로 전해 오는데, 남매가 결혼하는 내용이 들어있는 것은 〈대홍수 전설〉이 대표적이다. 〈광포 전

그때 목도령이 다른 선택을 했다면…

'반드시 후회할 날이 있을 것이다'

저는 그 말에 말문이 막혀
더는 물에 빠진 아이를 구하자고
조르지 못했습니다.

저 아이는 절 봤을까요?
저 아이는 지금
무슨 생각을 하고 있을까요?

아버지는

저것 때문에

저 소년을
구하지 말라고 했을까요?

어쩐지 무서운 눈동자.

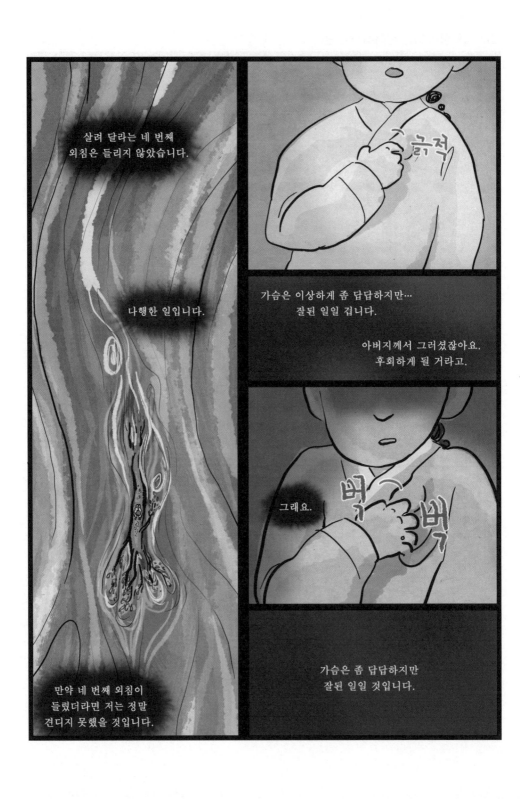

설〉은 홍수 대신 해일이 등장하지만, 넓은 의미로 홍수 설화에 포함된다. 〈홍수와 목도령〉은 〈나무도령〉 유형에 해당하는 유명한 설화로서 대개 민담으로 전해지지만 내용상 신화적 면모를 짙게 지니고 있다.

[출처] 손진태, 《한국 민족설화의 연구》, 을유문화사, 1947.

🔍 이야기 속으로

대홍수에 얽힌 이야기는 동서양에 다양한 신화가 전해 옵니다. 구약성서의 〈노아의 방주〉 이야기가 유명한데, 실은 그 이전 메소포타미아의 길가메시 서사시에도 비슷한 홍수 신화가 들어 있어요. 그리스 신화에는 제우스가 내린 대홍수에서 단 둘이 살아남은 데우칼리온과 그의 며느리 피라가 등 뒤로 돌멩이를 던져 사람을 만들어 냈다는 이야기가 있습니다. 중국에는 뇌공이 내린 큰비로 온 세상이 잠겼을 때 호리병 속으로 들어간 복희와 여와가 살아남아 인류의 대를 이었다는 신화가 있지요.

한국에서 대홍수 이야기는 주로 전설과 민담으로 전해 옵니다. 위의 세 이야기들은 그 가운데서 가려 뽑은 것들이지요. 그 자체로 신화라 하기는 어렵지만, 내용을 보면 신화적 요소가 짙습니다. 세상이 온통 물에 잠겼는데 신의 선택을 받은 몇몇 사람만 살아났다는 것은 홍수 신화의 전형적인 내용이에요. 그들이 인류의 새 조상이 되었다는 것도 그렇고요. 조금 단편적인 내용이지만, 상상력을 잘 발휘하면 위 이야기들 속에서 오롯한 홍수 신화와 만날 수 있을 거예요.

이 이야기에서 세상을 뒤덮은 홍수는 '세상을 씻는' 구실을 하고 있어요. 타락한 세상을 씻어 내고 새 세상을 이루는 과정이지요. 〈광포 전설〉에서 이를 잘 볼 수 있습니다. 이야기 속 해일은 불신과 교만의 존재인 청년들을 쓸어버리는 징벌의 의미가 강합니다. 〈홍수와 목도령〉을 보면 고목이 목도령한테 사람을 구하지 말라고 하는데, 이 또한 하늘이 타락한 인류를 징벌하려고 홍수를 내렸음을 말해 줍니다. 하늘은 홍수를 통해서 신의 뜻과 다르게 변질되는 세상을 새롭게 구성하고자 한 것이지요. 그런 면에서 홍수 신화는 창조 신화의 성격을 지닙니다. '갱신과 재창조의 신화'라고 할 수 있지요.

〈대홍수 전설〉은 그 재창조 과정에 얽힌 딜레마를 보여 줍니다. 세상에 살아남은 남녀가 하필 남매라니 이건 무슨 일인지요! 결혼을 안 하면 인류의 대가 끊기고, 결혼을 하면 윤리에 어긋나는 일이 되니 참 곤란한 처지였어요. 이때 신의 선택은 남매가 짝을 이루라고 하는 쪽이었습니다. 신화적 상징으로 보면 이는 '형제'라는 문명적 윤리보다 '남녀'라는 자연적 본성을 선택한 것이라 할 수 있습니다. 본래의 자연적 질서를 회복하는 일을 이렇게 표현한 것이지요. 세계 신화에서 이와 비슷한 장면을 흔히 볼 수 있습니다. 그것은 '남매 사이에 결혼해도 좋다'는 것과 전혀 다른 이야기입니다. 신화적 상징을 곧이곧대로 현실로 연결하면 곤란하지요.

〈홍수와 목도령〉은 민담이지만 전형적인 홍수 신화의 구성을 잘 갖추고 있습니다. 목도령은 선녀와 나무 사이에서 태어났다고 하는데, 이는 그가 하늘의 신성함과 나무의 순수함을 지닌 인간임을 말해 줍니다. 세상의 더러움에 오염되지 않은 인물이지요. 그가 대홍수에도 나무에 의지하여 살아난 것은 신이 특별히 그를 선택한 것이라 할 수 있습니다. 커다란 고목 자체가 신적 존재라고 보아도 좋겠지요.

만약 목도령이 홀로 살아남아 인류의 새 시조가 됐다면 세상은 어떻게 됐을까요? 신의 뜻대로 세상은 깨끗해졌을 거예요. 그런데 이야기는 또 다른 소년이 함께 살아났다고 전합니다. 제 욕망을 채우려고 술수를 쓰는 타락한 인간이 말이에요. 결국 두 사람이 함께 자손을 낳아 인류가 퍼졌으니 세계가 신의 뜻대로 갱신되지 못한 셈이지요. 그나마 다행인 것은 목도령이 개미와 모기 덕분에 좋은 짝과 결혼

할 수 있었다는 점입니다. 글쎄요. 그가 구해 준 청년이 결과를 마음으로 받아들이지 않았을 테니 무언가 다른 분란이 일어났을지도 모르겠습니다.

〈홍수와 목도령〉에서 홍수를 통한 세계 바꿈이 온전히 이루어지지 못했다는 데는 여러 암시가 담겨 있어요. 우리 사는 세상에 선과 악이 공존한다는 사실을 나타내는가 하면, '또 다른 재창조'의 가능성을 보여 줍니다. 세상이 자꾸 타락해 가서 신들이 더 용납 못 하게 되면 다시 대재앙이 내릴 수 있다는 말이지요. 어쩌면 홍수보다 더 큰 재앙일지도 모릅니다. 그렇지 않아도 세상에 쓰나미나 지진 같은 일이 자꾸 벌어지고 있잖아요? 왠지 정신을 바짝 차려야 할 것 같습니다. 그래요. 신화는 오늘날 우리의 삶과 상관없는 허튼 옛날얘기가 아니랍니다!

상상하고, 이야기하기

- 〈대홍수 전설〉에서 세상이 홍수로 잠겨 오누이만 남았을 때 그들이 하늘의 뜻을 물어서 서로 결혼한 것은 최선이었을까? 그 일의 옳고 그름을 논평하고, 또 다른 가능한 방법에 대해 이야기해 보자.
- 〈광포 전설〉에서 석상이 실제로 피를 흘리지 않았는데 해일이 닥쳐서 광포가 함몰된 일을 어떻게 풀이해야 할까? 주막에 찾아온 노인은 어떤 존재이며, 노파는 그 뒤 어떻게 됐을지도 상상해서 말해 보자.
- 〈홍수와 목도령〉에서 목도령이 아버지의 만류에도 소년을 구해 준 것은 잘한 일일까? 만약 소년을 구하지 않고 혼자 살아남았다면 어떻게 되었을까?
- 만약 우리 자신이 신의 자리에서 현 세상을 개조해서 재구성한다면 어떤 부분을 어떤 방식으로 바꿀지 이야기해 보자. 각자 '대홍수'와 통하는 특별한 화소(話素; motif)를 생각해 내서 이치에 꼭 들어맞는 신화적 스토리를 구성해 보면 좋겠다.

제2부
신령한 세계의 주재자들

제1편 오늘이, 적막한 들에서 원천강으로

제2편 할락궁이와 서쪽 하늘의 꽃밭

제3편 땅귀? 어둠의 신으로 불러 다오!

▶ 한국 신화 속 지하 세계 탐구

제4편 또 하나의 신령한 세상, 바다의 신들

신화는 신령한 세계를 배경으로 펼쳐지는 이야기입니다.

신과 인간이 어울려 움직이는 낯설고 경이로운 세상.

우리가 사는 이승도 신화에서는 낯설고 특별한 세상이지요.

신들이 깃들어서 사람과 함께 부대끼는 곳이니까요.

그 이승 너머에 신계(神界)라고 할 만한 더 특별한 세계가 있어요.

하늘나라와 땅속나라, 물속나라, 저승 같은 데가 그곳이지요.

봄 여름 가을 겨울 사계절이 한데 모인 원천강이나

사람을 살리고 죽이는 꽃들이 피어 있는 서천꽃밭도 있습니다.

이제 그 낯선 세상에 깃든 신들을 찾아 길을 떠납니다.

즐거운 상상력을 마음껏 발휘해서, 자기만의 '신화 세계 지도'를

멋지게 그려 낼 수 있다면 좋겠어요.

제1편

오늘이, 적막한 들에서 원천강으로

원천강본풀이

먼 옛날에 적막한 들에 옥 같은 여자아이가 나타났다. 아이를 발견한 사람들이 물었다.

"너는 누구냐? 어디에서 왔으며, 이름은 무엇이냐?"

"저는 강림들에서 솟아나서 혼자 살았습니다. 성도 모르고 이름도 모릅니다."

"어떻게 지금까지 살아왔느냐?"

"학이 날아와서 한 날개를 깔아 주고 한 날개를 덮어 주며 먹을 것을 가져다 줘서 오늘까지 살아왔습니다."

"네가 오늘 우리를 만났으니, 오늘을 낳은 날로 하고 이름을 오늘이라고 하자꾸나."

세상으로 나온 오늘이가 이리저리 다니다가 박이왕의 어머니 백씨부인을 찾아가자 부인이 말했다.

"오늘아, 너의 부모님 나라가 어디인지 아느냐? 부모님 계신 곳은 원천강이다."

"원천강은 어찌하면 갈 수 있습니까?"

"서천강 흰모래마을 별층당에 높이 앉아 글 읽는 도령을 찾아가 물으면 알 길이 있을 게다."

오늘이는 바로 길을 나서서 흰모래마을 별층당을 찾아갔다. 저물 무렵에 별층당을 찾아 들어가자 청의동자가 나와서 누구냐고 물었다.

"나는 오늘이입니다. 부모를 찾아 원천강에 가고 있습니다. 그대는 누구입니까?"

"나는 장상이입니다. 하늘의 명으로 여기서 늘 글을 읽고 있습니다."

"원천강 가는 길을 알려 주십시오."

"연화못 가의 연꽃나무한테 물어보면 알 길이 생길 것입니다. 원천강에 가거든 왜 내가 늘 글만 읽고 성 밖을 못 나가는지 알아봐 주십시오."

"꼭 알아볼게요."

오늘이가 다음 날 아침에 길을 떠나 한참을 가다 보니 연화못 가에 연꽃나무가 보였다.

"연꽃나무님, 부모님을 찾아 원천강에 가는 길입니다. 어디로 가면 원천강을 갈 수 있나요?"

"청수바닷가에서 뒹구는 큰 뱀을 찾아가 물으면 알 수 있을 거예요. 원천강에 가거든 내 팔자를 좀 알아다 주세요. 나는 겨울에 움이 뿌리에 들고 정월이면 몸속에 들었다가 2월에 가지로 가서 3월이 되면 꽃이 피는데 맨 윗가지만 꽃이 피고 다른 가지는 피지 않으니 어찌 된 일인지 알지 못합니다."

오늘이는 원천강에 가면 꼭 알아보겠다고 약속하고서 길을 떠나 청수바닷가를 찾아갔다. 바닷가에서 이리저리 구르는 큰 뱀을 만나서 원천강 가는 길을 묻자 뱀이 말했다.

"길 인도하기는 어렵지 않으나 내 부탁도 들어주오. 다른 뱀들은 야광주를 하나 만 물고도 용이 되어 올라가는데 나는 세 개나 물고도 용이 못 되니 어쩌면 좋겠는지 모르겠다오."

오늘이가 응낙하자 큰 뱀은 오늘이를 등에 태우고 청수바다를 가로질러 건너편으로 이르렀다.

"가다 보면 별층당에서 글을 읽는 매일이라는 처녀가 있을 테니 길을 물어보구려."

오늘이가 큰 뱀과 작별하고 길을 가다 보니 한 처녀가 별층당에 높이 앉아 글을 읽고 있었다. 오늘이가 다가가 인사하고 원천강 길을 묻자 매일이가 말했다.

"길을 가다 보면 시녀 궁녀가 우물가에서 울고 있을 겁니다. 그들한테 말하면 소원을 이룰 거예요. 원천강에 가거든 내가 매일 여기서 글만 읽는 팔자가 어찌 된 일인지 알아봐 주세요."

"네. 그럴게요."

오늘이가 그날 밤을 지내고 일찍 길을 나서서 한참을 가다 보니 시녀 궁녀가 우물가에서 흐느껴 우는 것이 보였다.

"여기서 왜 이렇게 울고 계신가요?"

"우리는 하늘옥황 시녀로 죄를 지어 내려왔는데 이 우물물을 다 퍼내기 전에는 돌아갈 수가 없어요. 그런데 물을 푸려고 해도 바가지에 큰 구멍이 있어서 아무리 해도 되질 않습니다."

오늘이는 시녀들에게 길가의 풀을 뜯어서 덩어리를 만들게 한 다음 그것으로 구멍을 막고 송진을 녹여 칠한 뒤 하늘에 정성껏 기원을 올렸다. 그렇게 하고 물을 푸자 물이 한 방울도 새지 않아서 금세 우물물이 말라붙었다.

"그대 덕택에 살았습니다. 원천강에 간다고 하셨지요? 우리가 동행해 드리겠습니다."

시녀들이 앞장서서 길을 가다 보니 멀리 낯선 별당이 보였다. 시녀들은 그곳을 가리키고는 오늘이의 앞길을 축복하고서 하늘로 올라갔다.

오늘이가 원천강에 가까이 가서 보니 주위에 높다랗게 만리장성이 둘러 있고 대문이 꽁꽁 닫혔는데 무서운 문지기가 지키고 있었다.

"저는 인간 세상에서 온 오늘이입니다. 이곳이 부모 나라라고 해서 찾아왔습니다. 들어가게 해 주세요."

"여기는 아무나 들어갈 수 있는 곳이 아니야. 문을 열어 줄 수 없다."

문지기가 냉정하게 가로막자 오늘이는 하늘이 무너지는 것 같았다. 오늘이는 문 앞에 쓰러져 통곡하기 시작했다.

오늘이는 백만 리 인간 세상 먼 곳에서

어린 처녀 혼자서 외로이

산과 물을 건너고 온 고생 겪으면서

부모 나라라고 이런 곳을 찾아왔는데

이렇게도 박정하게 하는구나.

이 문 안에 내 부모 있으련마는

이 문 앞에 나 여기 왔건마는

원천강 신인들은 너무 무정하다.

빈 들에 홀로 울던 처녀

산 넘고 물 건널 적에 외로운 처녀

부모 나라 문 앞에 외로운 처녀

부모는 다 보았나, 제 할 일 다하였나.

박정한 문지기야 무정한 신인들아.

그립던 어머님아 그립던 아버님아.

오늘이가 하염없이 흐느껴 울자 돌 같은 문지기 심장에도 동정심이 우러났다. 문지기가 안으로 들어가 그 사실을 알리자 원천강 신인들이 슬픈 울음소리를 들었다면서 아이를 들이게 했다. 오늘이가 꿈꾸는 듯 안으로 들어가자 신인들이 물었다.

"어떤 처녀가 무슨 이유로 이곳에 왔느냐?"

그때 오늘이가 학의 깃 속에서 살던 일부터 지금까지 지나온 일을 하나하나 이야기하자 신인들이 다가와 오늘이 손을 잡고서 말했다.

"기특하구나. 우리가 너의 부모로다. 너를 낳은 날에 옥황상제가 우리를 불러 원천강을 지키라 하시니 어찌 거역할까. 할 수 없이 여기로 왔지만 항상 네가 하는 일을 보면서 너를 보호하고 있었단다."

서로 정담을 나눈 뒤 부모는 오늘이를 이끌고 원천강 구경을 시켜 주었다. 만리장성 둘러싼 곳에 문들이 나란히 달렸는데, 첫째 문을 여니까 화창한 날씨에 봄꽃이 만발하고, 둘째 문 안에는 뜨거운 햇살이 내리쬐며, 다음 문을 여니 황금 들판에 나무 열매가 가득하고, 또 한 문을 여니까 세상이 눈으로 하얗게 덮였다. 춘하추동 사시절이 그 안에 다 모여 있었다.

"이제 저는 왔던 길로 돌아가렵니다. 오면서 부탁받은 일이 많은데 어찌해야 할지 알려 주세요."

오늘이가 장상이와 연꽃나무, 큰뱀, 매일이의 사연을 이야기하자 부모가 말했다.

"장상이와 매일이는 부부가 되면 만년 영화를 누릴 게야. 연꽃나무는 윗가지 꽃을 따서 처음 보는 사람한테 주면 다른 가지에도 꽃이 만발할 것이고, 큰 뱀은 야광주 두 개를 뱉어서 처음 보는 사람에게 주면 용이 될 수 있지. 너는 연꽃과 야광주를 가지면 신녀가 될 게다."

오늘이는 돌아오는 길에 먼저 매일이를 만나서 원천강에서 들은 일을 말했다.

"하지만 장상이가 어디 있는지 모릅니다."

"내가 데려다 드릴게요."

매일이와 함께 길을 떠난 오늘이가 큰 뱀을 만나 원천강에서 들은 대로 말하자 뱀은 야광주 둘을 뱉어서 오늘이에게 주었다. 뱀은 곧바로 용이 되어 천둥소리를 내며

승천했다. 다시 연꽃나무를 만나서 답을 전해 주자, 연꽃나무는 윗가지 꽃을 꺾어 오늘이에게 주었다. 그러자 가지마다 고운 꽃이 피어나 고운 향기를 내뿜었다. 다음에 장상이한테로 가서 매일이와 서로 만나게 하니 두 사람은 부부가 되어 만년 영화를 누리게 되었다.

오늘이는 백씨부인을 만나 야광주 하나를 드린 뒤 옥황 신녀가 되어서 인간 세상 곳곳을 다니며 원천강 조화를 전해 주게 되었다.

자료

〈원천강본풀이〉는 현재는 전승이 중단된 제주도 무속 신화이다. '원천강' 이름을 지닌 본풀이는 박봉춘 구연 '원텬강본푸리'와 조술생 구연 '원천강본' 등 두 자료가 있는데, 내용이 크게 달라서 같은 신화라고 보기 어렵다. 여기 정리한 이야기는 박봉춘이 구연한 자료를 바탕으로 했다.

[출처] 박봉춘본 〈원천강본풀이〉: 赤松智城 · 秋葉隆, 《朝鮮巫俗의 研究》상, 옥호서점, 1937.

🔍 이야기 속으로

〈원천강본풀이〉는 잘 알려지지 않았다가 근래에 큰 관심과 사랑을 받게 된 신화입니다. 한 폭의 그림 동화 같은 아련한 이야기지요. 하지만 단순하고 소박한 이야기가 아니에요. 세상이란 어떠한 곳이며 사람이 살아간다는 것은 어떤 일인지를 밑바탕으로부터 돌아보게 하는 소중한 신화입니다.

이야기 속 오늘이 모습이 전해 주는 느낌이 어떠했나요? 이름도 나이도 모르는 어린 소녀가 홀로 사는 곳이 '적막한 들'이라는 사실이 마음을 싸하게 합니다. 부모도 친구도 없이 황량한 들판에서 혼자 얼마나 외로웠을까요? 세상에 자기가 왜 생겨났는지, 어디 가서 무엇을 해야 하는지, 두루 아득했을 거예요.

이 세상에서 무엇을 어찌해야 하는지 모르는 채 방황하는 존재는 오늘이만이 아니었어요. 벌을 서는 것처럼 책만 읽고 있는 장상이와 매일이도 슬픈 사람들이었지요. 꽃이 제대로 피어나지 않아서 고민하는 연꽃나무도, 아무리 애써도 용이 되지 못해 바닥을 구르는 큰 뱀도, 고향으로 돌아갈 수가 없어 울고 있는 선녀들도 다 외롭고 힘든 존재였습니다. '나는 왜 여기서 이러고 있는 걸까? 도대체 무엇을 어떻게 해야 하지?' 만약 여러분이 이런 고민을 해 본 적이 있다면 저들의 모습이 남의 일 같지 않을 거예요.

이들 가운데 오늘이는 좀 특별했어요. 다들 그 자리에 머물러 고민할 때에 오늘이는 답을 찾아 길을 떠나지요. 여기서 부모님을 찾아가는 일은 제 존재의 뿌리를 찾아가는 일과 같아요. 부모님이 있어야 자기가 존재하니까요. 쉽지 않은 여정이었지만, 오늘이는 마침내 부모님을 만납니다. 거기서 오늘이는 답을 찾았을까요? 적막한 들의 외로운 삶에서 벗어나게 됐을까요?

이야기를 보면 장상이 매일이와 선녀, 연꽃나무, 큰 뱀 등은 답을 찾아서 문제를 해결한 것 같은데 오늘이의 경우는 명확하지가 않아요. 부모님을 만나서 얘기를 나누고 원천강을 구경했다는 내용뿐이지요. 그러고는 다시 돌아왔다고 해요. 고생 끝에 힘들게 만난 부모님인데 그렇게 금세 헤어지다니 이해하기 어렵습니다. "다시는 헤어지지 말아요!" 이러면서 매달려야 할 것 같은데 말이에요.

이야기로 돌아가서 자세히 보면, 부모님은 오늘이한테 이렇게 말합니다. "항상 네가 하는 일을 보면서 너를 보호하고 있었다"고요. 비록 몸이 곁에 없고 눈에 보이지 않았지만, 부모님은 늘 오늘이와 함께였다는 말이에요. 얼핏 보면 엉뚱한 말 같지만, 잘 생각해 보면 고개를 끄덕이게 됩니다. 오늘이가 가진 것들, 그러니까 눈

코 입이나 팔 다리, 판단력 같은 것은 어디서 왔을까요? 그래요. 다 부모님한테서 왔어요. 그 힘으로 오늘이는 적막한 들에서 살아갈 수 있었지요. 늘 오늘이를 보살 폈다는 학은 오늘이가 부모한테 받은 능력을 상징한다고 볼 수 있습니다. 이렇게 보면, 늘 부모님이 함께였다는 말, 꼭 맞지 않나요? 단지 부모님만이 아닙니다. 오 늘이가 살아가도록 해 준 햇빛과 바람과 물과 열매와 풀……. 그 모든 것들이 늘 함 께였지요. '적막한 들'이라고 했지만 이 세상은 '충만한 들'이고 '생명의 들'이었던 거예요.

그 이치가 장상이와 매일이, 연꽃나무와 큰 뱀 등에게도 그대로 적용됩니다. 눈 앞의 자기 자신만 보고 있을 때 그들은 외로운 존재이고 세상은 적막한 곳이었지 요. 하지만 옆에 있는 다른 생명과 마음을 나누고 삶을 나누니까 그 자신 환하게 빛 나는 존재가 되고 세상은 아름다운 곳이 됩니다. 사실은 그것이 본모습이었지요.

이야기는 이 모든 답이 있는 곳이 '원천강'이었다고 말합니다. 이름도 독특한데 그 풍경은 더욱 특별해요. 춘하추동 사계절이 한데 모였다니 정말로 신기합니다. 사계절이 함께 모인 모습이란 어떠할까요? 무지개떡처럼 나란히 모여 있을까요, 색색의 꽃다발처럼 어울려 있을까요, 아니면 한데 뒤섞여서 자꾸 변하고 있을까 요? 할 수만 있다면 꼭 찾아가서 동영상으로 찍고 싶은 마음입니다.

이건 비밀인데요. 원천강을 찾아가는 일은 정말로 불가능할까요? 사계절이 한데 모여 있다는 원천강은 어쩌면 이 세상에 실제로 있는지도 몰라요. 그것도 아주 가 까운 곳에 말이에요. 한번 창밖의 들을 내다보세요. 어때요. 거기 사계절이 함께 있 지 않나요? 저 들은 봄 여름 가을 겨울을 겪으면서 싹이 나고 꽃이 피고 씨를 맺고 땅에 묻히고 또 싹이 나고 꽃이 피는 역사를 펼쳐 냈으니 그 안에 사계절이 있는 게 아닐까요?

우리 몸과 마음도 마찬가지입니다. 그 안에 지난 사계절의 경험과 느낌이 다 깃 들어 있으니 하나의 원천강이라고 할 만합니다. 앞으로 다가올 새로운 사계절 준비도 우리 몸과 마음은 이미 하고 있는 중이지요. '지금의 나'에 갇힐 때 사람은 외롭고 무력하지만, 과거와 미래를 향해 마음을 열 때, 그리고 세상 만물을 향해 몸을 열 때 사람은 무한하고 영원한 존재가 됩니다. 고독한 소녀 오늘이와 하늘 선녀 오늘이의 차이이지요. 오늘이가 사람들한테 전해 준다는 원천강 조화란 바로 이런 것이 아닐까요?

상상하고, 이야기하기

■ 오늘이가 태어났다는 강림들과 적막한 들은 같은 곳일까 다른 곳일까? 오늘이의 부모는 적막한 들에 있는 오늘이를 늘 지켜보며 보살폈다고 하는데, 그렇다면 원천강과 적막한 들은 어떻게 연결돼 있을까?

■ 장상이와 매일이는 둘 다 늘 글을 읽는 사람이었지만, '장상(長常)'이라는 이름과 '매일(每日)'이라는 이름을 보면 성격이 꽤 달랐을 것 같다. 둘은 어떤 책을 어떤 태도로 읽었을지 헤아려 보자. 둘이 부부가 되자 행복할 수 있었던 이유는 무엇일까? 결혼 후에 부부가 어떤 삶을 살았을지도 상상해서 이야기해 보자.

■ 큰 뱀, 곧 이무기가 물고 있었다는 야광주는 '여의주'라 할 수 있다. 그 여의주가 상징하는 바는 무엇일까? 큰 뱀이 여의주 두 개를 토해 내고 하나만 물고서 용이 되었다 하는데, 그가 물고 올라간 하나의 여의주는 무엇이었을까?

제2편

할락궁이와 서쪽 하늘의 꽃밭

이공본풀이

먼 옛날 한 곳에 짐진국과 원진국이 살았다. 한날 한때에 태어난 동갑인데 원진국은 아주 잘살았고 짐진국은 몹시 가난했다. 나무를 파서 그릇을 만들어 먹고살았다.

짐진국과 원진국은 둘 다 나이 마흔이 되도록 자식이 없었다. 어느 날 원진국이 짐진국에게 말했다.

"동계남 은중절에 정성을 드리면 자식을 얻는다 하니 함께 가서 빌면 어떠합니까? 만약에 아들과 딸로 자식을 낳으면 서로 사돈을 맺읍시다."

"그건 그리하십시오."

부유한 원진국이 많이 준비하고 가난한 짐진국은 조금 준비해서 은중절에 정성을 바치고 돌아온 뒤 두 집에 아기가 생겨나서 한날한시에 태어났다. 낳고 보니 짐진국 자식은 아들이고 원진국 자식은 딸이었다. 짐진국은 아들 이름을 사라도령이라 짓고 원진국은 딸 이름을 월광아미라고 했다.

두 아이가 한 살 두 살 자라나 열다섯 살이 되었을 때 두 집에서는 약속대로 둘을 부부로 맺어 주었다. 서로 배필이 된 지 얼마 지나지 않아 월광아미는 아기를 잉태했다. 그런데 산달을 앞두고 난데없이 하늘옥황에서 사라도령한테 꽃감관[13]을 하러 오라는 전갈을 보내왔다. 사라도령이 어쩔 수 없이 꽃감관을 살러 떠나려 하자 월광아미가 말했다.

"나 혼자서는 살 수 없습니다. 나도 같이 가겠습니다."

둘이 함께 차비를 차려서 옥황 꽃밭을 찾아가는데 길이 멀고 험했다. 월광아미는 발병이 나고 길병이 나서 더 움직이기 어려웠다. 서산으로 해가 져 날이 저무는데 황량한 들판에서 쉴 곳을 못 찾은 두 사람은 억새밭에 들어가 뜬눈으로 밤을 새웠다.

삼경 사경이 지나고 동틀 무렵에 어디선가 닭 우는 소리가 들려왔다.

"이게 어디서 나는 소리입니까? 누구 집에서 닭이 우는 소리입니까?"

사라도령이 보고 와서 말했다.

"만년 장자로 사는 재인장자 집에서 나는 소리입니다."

그러자 월광아미가 조청 같은 눈물을 비 오듯 흘리면서 말했다.

"재인장자 집으로 가서 나를 종으로 팔아 두고 가십시오. 발병이 나고 길병이 나서 갈 수가 없습니다."

사라도령은 안 된다고 하고 월광아미는 꼭 그리하라고 하며 서로 손을 잡은 채 눈물을 비 오듯 흘렸다. 두 사람은 결국 재인장자 문 앞으로 갔다. 사라도령이 주인을 찾으면서 종을 팔러 왔다고 하자 재인장자가 딸들을 시켜서 보고 오게 했다. 큰 딸은 나와 보고 집안 망할 종이니 사지 말라 하고, 둘째 딸도 집안 망할 종이니 사지 말라고 했다. 하지만 막내딸이 나와서 보고 이렇게 말했다.

"앞이마에 달님 받고 뒤통수에 해님 받고 양 어깨에 오송송 별이 박힌 아기씨를 종으로 안 사면 누구를 사겠습니까? 어서 사십시오."

---

13 꽃감관 : 꽃을 감독하는 관리. 신화에서 서천꽃밭의 책임자를 뜻한다.

그 말에 재인장자는 금 백 냥 은 백 냥 값을 치르고 월광아미를 종으로 샀다. 부부가 이별하며 마지막 밥을 먹으려 할 때 상을 따로 내주자 월광아미가 말했다.

"우리 동네에서는 종과 주인이 이별할 때 한 상에서 밥을 먹고 이별합니다."

그렇게 한 상에 밥을 차려서 먹고 이별할 때에 월광아미가 말했다.

"설운 낭군님아, 배 속에 있는 아이 이름이나 지어 주고 가십시오."

"남자아이를 낳거들랑 신산만산할락궁이라 하고 여자아이를 낳거든 할락백이라고 하십시오."

마침내 사라도령은 증표만 남기고서 길을 떠나고, 월광아미는 종살이를 시작했다. 그날 밤에 월광아미가 잠을 자는데 한밤중에 재인장자가 청사초롱을 들고 와서 문을 열라고 했다.

"이 밤중에 무슨 일입니까?"

"내가 너를 종으로 산 것이 아니라 말동무 잠자리 동무를 하려고 샀노라. 문을 열어라."

"여기는 어떤지 몰라도 우리 동네는 배 속 아기가 태어나 석 달 열흘이 지나야 몸 허락을 합니다."

그 말에 재인장자는 말문이 막혀서 그냥 돌아갔다. 그러다 월광아미가 아들을 낳아서 이름을 신산만산할락궁이라 짓고 백일이 지나자 장자는 다시 한밤중에 찾아와서 몸 허락을 재촉했다.

"여기는 어떤지 몰라도 우리 동네는 아이가 커서 대막대기 말을 타고 마당에서 놀 때라야 몸 허락을 합니다."

다시 시간이 흘러 할락궁이가 자라나 마당에서 대막대기 말을 타고 놀자 재인장자가 다시 찾아와서 문을 열라고 재촉했다.

"여기는 어떤지 몰라도 우리 동네는 아이가 열다섯 살이 되어 제 힘으로 쟁기를 끌어 너른 밭을 갈 때라야 몸 허락을 합니다."

그러자 화가 난 재인장자는 세 딸한테 종이 말을 안 듣는데 죽여야 할지 살려야 할지 물었다. 큰딸과 둘째딸이 말 안 듣는 종을 죽여야 한다고 할 때에 막내딸이 말했다.

"그 종 죽이기 아깝습니다. 차라리 일을 시키는 게 어떻습니까? 할락궁이는 노끈을 밤에도 쉰 동[14] 낮에도 쉰 동을 짜게 하고 월광아미는 낮에 비단 쉰 동을 짜고 밤에는 실꾸리[15]를 감게 하십시오."

재인장자가 그 말이 옳다고 여겨서 일을 시키자 할락궁이는 노끈을 밤에 쉰 동 낮에 쉰 동 짜 올리고 월광아미는 낮에 비단 쉰 동을 짜고 밤에 실꾸리를 감아 올렸다. 장자는 다시 할락궁이한테 황소 쉰 마리를 몰아가서 땔나무 쉰 바리[16]를 해 오게 했다. 할락궁이가 나무하러 갈 때에 황소 한 마리 길마[17]를 매면 쉰 마리가 매지고, 땔나무 한 바리를 하면 쉰 바리가 저절로 실어졌다.

어느 날 재인장자는 월광아미 모자한테 조 한 섬을 내주면서 밭에다 심고 오라고 시켰다. 모자가 좁씨를 뿌려 놓고 지쳐서 졸 때에 때 노루 사슴이 나와 이리저리 뿔 싸움을 하더니만 그 서슬에 좁씨가 다 심어졌다.

"좁씨 한 섬을 다 심고 왔습니다."

그러자 재인장자가 손가락을 오그렸다 폈다 헤아리는 척하고서 말했다.

"오늘 날짜가 안 좋은데 씨를 뿌렸으니 잘못됐다. 좁씨 한 섬을 그대로 주워 와라."

월광아미와 할락궁이가 조청 같은 눈물을 비 오듯 흘리면서 밭으로 올라가 보니 커다란 개미들이 좁씨 한 섬을 물어다 한 자리에 모아 놓고 있었다. 모자가 좁씨를 쓸어 담아서 가지고 오자 장자가 일일이 세어 보더니 씨 한 알이 모자란다며 찾아오

---

14 동 : 굵게 묶어서 한 덩이로 만든 묶음.
15 실꾸리 : 둥글게 감아 놓은 실타래.
16 바리 : 말이나 소의 등에 실은 짐을 세는 단위.
17 길마 : 짐을 싣거나 수레를 끌기 위해 소나 말의 등에 얹는 도구.

라고 했다. 월광아미가 집 밖으로 나서서 가다 보니 개미 한 마리가 뒤늦게 좁씨를 물고서 오고 있었다.

"이 개미야. 일찌감치 물어다 놔야 할 것 아니냐!"

속상한 마음에 개미를 밟았더니 몸 가운데가 꺼져서 그때부터 개미허리가 잘록해졌다.

하루는 비가 촉촉 내리는데 할락궁이가 신을 삼다가 말했다.

"어머님아, 장자 집에서 콩을 가져다가 콩이나 한 되 볶아 주십시오."

월광아미가 콩 한 되를 가져다가 솥에다 넣고 볶을 때에 할락궁이가 밖에서 누가 찾는다고 말하고는 주걱 젓개를 슬쩍 숨겨 놓았다. 월광아미가 들어와서 보니 콩이 타들어 가는데 저을 것이 없었다.

"어머님아, 자식 먹을 콩을 볶는데 급하면 손으론들 못 젓습니까?"

월광아미가 손으로 콩을 저을 때에 할락궁이가 다가와서 어머니 손을 솥바닥에 꾹 누르면서 물었다.

"우리 아버지는 어디로 갔습니까?"

"재인장자가 네 아버지로다."

"장자가 아버지면 어찌 우리를 이렇게 괴롭힙니까? 똑바로 말해 주십시오."

그러자 월광아미가 더 숨기지 못하고 말했다.

"알려 주마. 너희 할아버지 외할아버지는 짐진국 원진국 대감이고 아버지는 사라도령인데 하늘옥황 서천꽃밭에 꽃감관을 살러 가셨다. 내가 배 속에 너를 지니고 함께 가다가 발병 길병이 나서 가지 못하고 이 집에 종으로 머물러서 너를 낳았노라."

월광아미가 사라도령이 증표로 남긴 다리토시와 팔토시를 내주자 할락궁이가 챙겨 넣고서 말했다.

"내일 아버지를 찾아가려 하니 짜디짠 범벅[18] 두 덩이만 해 주십시오."

월광아미가 아들을 잡지 못할 줄 알고 소금을 잔뜩 넣어서 범벅을 해서 주자 할락궁이가 떡을 싸가지고 집을 나서서 아버지를 찾아갔다. 재인장자가 할락궁이가 없어진 줄을 알고 천리둥이 만리둥이 개를 보내서 쫓아가게 하자 할락궁이는 개한테 범벅을 던져 주었다. 천리둥이 만리둥이가 범벅을 먹고 너무 짜서 천 리 만 리 물을 먹으러 간 사이에 할락궁이는 서둘러 천 리를 가고 만 리를 갔다.

할락궁이가 하염없이 길을 가다 보니 발등까지 차는 물이 나오고, 잔등까지 차는 물이 나오고, 목까지 차는 물이 나왔다. 할락궁이는 그 물을 다 건너가서 수양버들 위에 올라앉았다. 그러다 서천꽃밭 궁녀들이 나와서 물을 길을 때에 손가락의 피를 내서 물동이에 떨어뜨렸다. 궁녀들이 그 물을 가져다가 물을 주자 한창 피어나던 꽃들이 다 시들어 갔다.

"변고로다. 어쩐 일로 시드는 꽃이 되었느냐?"

"웬 총각 하나가 수양버들 위에 앉아 손가락의 피를 물동이에 떨어뜨리더니 시드는 꽃이 되었습니다."

"가서 그를 잡아와라."

궁녀들이 할락궁이를 붙잡아 데려오자 꽃감관이 물었다.

"너는 어디서 왔느냐? 누군데 이런 부정한 일을 하느냐?"

"저는 신산만산할락궁이입니다. 할아버지는 짐진국 대감이고 외할아버지는 원진국 대감이며 어머니는 월광아미입니다. 아버지는 사라도령인데 꽃감관을 살러 갔습니다."

할락궁이가 팔토시와 다리토시를 내놓자 꽃감관이 다른 짝을 내왔는데 딱 맞아서 어김이 없었다.

---

18 범벅 : 곡식 가루를 된풀처럼 쑨 음식. 떡과 닮은 음식이다.

"네가 내 자식이 분명하다."

"아버지가 떠난 뒤로 어머니하고 둘이서 갖은 설움을 겪었습니다."

"내가 어찌 모르랴. 너는 몰랐겠지만 내가 여기서 너희 모자를 도왔노라. 명주 쉰 동이가 짜이고 땔 나무 쉰 바리가 실어지고 좁쌀 한 섬이 거둬진 것이 어찌 저절로 그리 됐으랴."

"그런 줄 몰랐습니다."

"네가 올 때 발등에 찬 물과 잔등 차는 물, 목에 차는 물이 있지 않더냐? 그게 너희 어머니가 재인장자한테 죽임을 당할 때 삼세번 다짐 받으면서 흘린 눈물이다. 어서 가서 어머니를 살려라."

"어머니를 어떻게 살립니까?"

그때 사라도령이 할락궁이를 데리고 서천꽃밭에 들어가니 갖은 꽃들이 피어 있었다. 사라도령은 할락궁이한테 힘오를꽃 살오를꽃 피오를꽃과 오장육부생길꽃, 말가를꽃을 꺾어 주고 또 웃음웃을꽃과 멸망악심꽃을 꺾어 주었다.

할락궁이가 꽃을 품에 넣고서 인간 세상에 내려와 재인장자 집으로 들어오니까 장자가 집 나간 종이 들어왔다며 할락궁이를 죽이려 들었다. 그때 할락궁이가 말했다.

"내가 나가서 귀한 보물을 구해 왔습니다. 집안 식구가 다 모이면 보여 드리겠습니다."

재인장자가 솔깃해서 집안 식구들을 한자리에 모으자 할락궁이가 품속에서 웃음웃을꽃을 꺼내 보였다. 그러자 재인장자 일가족이 배를 잡고 한없이 웃다가 지쳐 쓰러졌다. 다시 할락궁이가 멸망악심꽃을 내보이자 재인장자 일가족이 서로 악심을 내서 싸우다가 다 죽어서 멸망했다.

그때 재인장자 막내딸은 홀로 방안에 숨어있었다. 할락궁이가 그녀를 찾아내서 어머니 있는 곳을 묻자 막내딸이 말했다.

"뒷산 동백나무에 목을 매어 죽이고 대밭에 버렸습니다."

할락궁이가 동백나무 아래로 가서 대나무 사이를 헤치고 보니 살은 다 흩어지고 뼈만 남아 있었다. 그 뼈를 차례로 모아 놓고서 힘오를꽃을 놓자 힘이 생겨나고, 살오를꽃 피오를꽃을 놓자 살과 피가 생겨났다. 말가를꽃을 놓고 웃음웃을꽃을 놓자 월광아미가 일어나 앉으면서 활짝 웃었다.

"설운 아기야, 내가 잠을 깊게 잤구나."

그때에 할락궁이는 어머니 누워 있던 흙을 속속들이 챙겨 넣고 동백나무 청대나무를 꺾어 든 뒤 재인장자 막내딸을 데리고 하늘옥황 서천꽃밭을 찾아갔다. 사라도령과 월광아미는 다시 부부가 되어서 살고, 할락궁이는 아버지 뒤를 이어 하늘옥황 서천꽃밭 꽃감관이 되었다. 재인장자 막내딸은 아이들 잡병을 맡는 신이 되었다.

자료

〈이공본풀이〉는 제주도의 주요 신화 가운데 하나로 여러 자료가 보고돼 있다. 여기서는 고대중 구연 자료를 바탕으로 이야기를 구성했으며, 세부 표현에서 다른 자료를 일부 반영했다. 고대중본은 주인공 이름이 '신산만산한락둥이'로 돼있는데, 일반 표기를 따라 '신산만산할락궁이'로 하고 '할락궁이'로 줄여서 썼다. 다른 자료에서 사라도령은 원강도령이나 사라대왕이라고도 하며, 월광아미는 원강아미나 원강암이, 원앙부인 등으로 불린다. 재인장자는 자현장자나 천년장자라고도 한다. 고대중본은 할락궁이가 서천꽃밭에서 어머니와 함께 잘 살았다는 식으로 이야기를 맺고 있는데, 일반적인 내용을 따라 할락궁이가 꽃감관이 된 것으로 했다.

[출처] 고대중본 〈이공본풀이〉: 장주근, 《제주도 무속과 서사무가》, 역락, 2001.

🔍 이야기 속으로

　이 이야기에서 가장 기억에 남는 부분이 어디였나요? 아내가 종으로 팔린 채 남편과 이별하는 부분, 어린 아들이 아버지 없이 힘든 종살이를 하는 부분, 아들이 아버지 있는 곳을 물으며 어머니 손을 누르는 부분 등등 인상적인 대목들이 참 많지요. 하지만 뭐니 뭐니 해도 서천꽃밭의 꽃이 특별한 것 같습니다. 죽은 사람을 살리는 살오를꽃 피오를꽃도 그렇고, 사람을 한없이 웃게 하는 웃음웃을꽃이나 서로 싸우다 죽게 만드는 멸망악심꽃이라니 정말 신기합니다. 다른 자료에는 사람을 탄생하는 생불꽃과 생명을 번성시키는 번성꽃 등이 나오기도 하지요. 이 밖에도 더 있을 것 같아요. 웃음꽃이 있으니 울음꽃도 있고 멸망악심꽃이 있으니까 선심꽃과 사랑꽃도 있지 않을까요? 만약 거기서 꽃을 딱 한 송이만 얻을 수 있다면 여러분은 어떤 꽃을 가져올까요?

　이야기는 그 꽃밭이 옥황에 있었다고 말합니다. 옥황은 우리 신화에서 하늘을 일컫는 다른 말이에요. 천상 세계에 이런 꽃밭이 있다니 정말 신기합니다. 뒤에 보게 될 〈세경본풀이〉에 따르면 하늘에 곡식이 자라는 밭도 있는 것 같아요. 꽃밭에 꽃감관과 물주는 시녀가 있으니, 곡식밭에도 관리자와 일꾼들이 있겠지요. 하늘나라에 지상과 비슷한 생명의 공간이 있다는 사실이 놀랍습니다. 돌이켜 보면, 사람의 생명이 유래한 것도 하늘이었지요. 사람이 된 금벌레 은벌레가 하늘에서 내려왔다는 창세신화의 내용 기억하지요? 하늘은 신들의 세상이고 만물의 원천이 되는 곳이니 생명력이 무척 강한 곳이라 볼 수 있어요. 이 신화 속 꽃들이 큰 힘을 내는 것도 그럴 만합니다.

　하늘에 있다는 신비한 꽃밭은 흔히 '서천꽃밭'으로 불립니다. 뜻을 풀면 '서쪽 하늘의 꽃밭'이지요. 이름만 보아도 역시 하늘과 관계가 깊어 보입니다. 그런데 사라도령이나 할락궁이가 서천꽃밭을 찾아가는 과정에서 하늘 위로 올라가는 모습을 보기 어려워요. 어디론가 하염없이 걸어가서 꽃밭에 들어가는 것처럼 보입니다. 그래서인지, 다른 자료에서는 서천꽃밭이 있는 곳이 하늘이 아니라 저승이라고도 합니다. 어렸을 때 죽은 아이들이 거기서 꽃에 물을 준다고 해요. 서천꽃밭이 하늘이 아닌 저승에 있다고 해도 신기하기는 마친가지입니다. 죽음의 공간에 생명의 꽃이 있는 셈이니까요.

이야기 속 할락궁이의 운명이 참으로 기구합니다. 하루아침에 종이 된 여인의 몸에서 아비도 없이 태어났으니 더없이 불행한 신세였지요. 그런 아이한테 세상은 왜 그리도 가혹했던지요! 어머니를 핍박하는 재인장자를 보면서, 험한 노동을 힘들게 감당하면서 어린 가슴속은 억압과 폭력에 대한 분노와 복수심으로 가득했을 거예요. 할락궁이가 콩을 젓는 월광아미의 손을 누르는 장면은 그가 얼마나 큰 한(恨)을 품고 있는지를 단적으로 보여 줍니다. 옛이야기는 본래 이런 식으로 사람의 내면을 표현하곤 하지요.

이야기는 할락궁이가 서천꽃밭의 꽃들을 재인장자 일가족한테 보여서 그들을 죽게 했다고 합니다. 배를 잡고 웃게 하고 악심을 내서 싸우다 죽게 했다니 놀랍고 무서운 복수였어요. 할락궁이는 무시무시한 복수의 화신처럼 다가옵니다. 이 신한테 잘못 보이면 안 되겠다는 생각이 들 정도예요. 하지만 재인장자 일가족이 죽은 까닭은 실상 그들 자신 탓이었습니다. 다른 사람 것을 빼앗고 괴롭히는 데서 웃음을 찾았으니 마음속에 '악심멸망의 씨앗'이 있었던 셈이지요. 그 씨앗이 꽃으로 활짝 피어나는 순간 속절없이 멸망하고 맙니다. 그러니까 이야기에서 저들이 스스로 싸우다가 죽었다는 것은 이치에 딱 맞는 일이 됩니다.

이렇게 보면 하늘옥황 꽃밭은, 또는 저승 서천꽃밭은 사람들 마음속에 있다고 말할 수 있겠습니다. 사람에 따라 아름다운 생명의 꽃밭도 되고 어두운 죽음의 꽃밭도 되지요. 한번 찬찬히 돌아볼 일입니다. 우리 마음속 꽃밭에 어떤 색깔 어떤 모양의 꽃이 자라나는지를요.

상상하고, 이야기하기

▪ 종의 자식으로 태어난 할락궁이가 신이 된 까닭은 무엇일까? 그는 왜 하필 서천꽃밭 꽃감관이라는 신이 되었을까? 이야기 속 꽃들이 상징하는 바와 연결해서 헤아려 보자.

▪ 재인장자 온가족이 싸우다 죽을 때에 막내딸만 홀로 살아남게 된 까닭은 무엇일까? 그녀는 할락궁이와 함께 서천꽃밭으로 가서 신이 되었다는데 그 심정은 어떠했을까? 재인장자 막내딸의 숨은 사연을 상상해서 새로운 이야기 한 편으로 풀어내 보자.

▪ 사라도령 월광아미가 살던 곳, 할락궁이가 태어나 자란 곳, 세 가지 물이 있는 곳, 서천꽃밭이 있는 곳, 옥황상제가 사는 곳 등을 그림이나 지도로 나타내 보자. 원천강과 저승을 함께 넣어도 좋겠다.

제3편

땅귀? 어둠의 신으로 불러 다오!

삼두구미본

먼 옛날 터주나라 터줏골에 삼두구미가 살았다. 사람도 아니고 귀신도 아닌 백발 노인이었다.

삼두구미는 함께 살던 각시가 죽자 새 각시를 얻으러 나섰다. 하루는 삼두구미가 산을 오르다 보니 나무꾼 하나가 삭정이[19]를 모으고 있었다.

"어떠한 자가 허락도 없이 내 땅에서 나무를 하느냐?"

"용서하십시오. 제가 딸 셋을 데리고 사는데 살림이 어려워 입에 풀칠을 하려고 그랬습니다."

"그렇다면 내가 중매를 해 줄 테니 값을 받고 딸을 부잣집에 보내는 게 어떠하냐?"

"그것도 좋은 일입니다."

나무꾼은 삼두구미를 집으로 데려와 값을 많이 받고 큰딸을 건네주었다. 그러자

---

19 삭정이 : 살아 있는 나무에 붙어 있는, 말라 죽은 가지

삼두구미는 큰딸을 제 각시로 삼아 깊은 산속에 있는 커다란 집으로 데려갔다. 삼두구미는 큰딸을 방에다 앉혀 놓더니만 자기 두 다리를 쑥 뽑아 주면서 말했다.

"내 각시가 되려면 내가 마을에 다녀오는 동안 이걸 다 먹어야 한다."

나무꾼의 큰딸은 놀라며 후회했지만 이미 늦은 일이었다. 그 다리를 먹지 못하고 무서움 속에서 시간을 보내다 보니 삼두구미가 돌아올 때가 되어 갔다. 큰딸은 마루 널판을 들고서 그 안에다 두 다리를 숨겼다. 그러고 나자 삼두구미가 돌아와서 물었다.

"내 다리를 어떻게 했느냐?"

"다 먹었습니다."

"내가 한번 시험해 보리라."

그때 삼두구미가 큰 소리로 '내 다리야!' 하고 부르니까 마루 널판 아래에서 '예!' 하고 대답 소리가 울려 퍼졌다.

"이 망할 것, 누굴 속이려고 드느냐?"

삼두구미는 삽시간에 머리가 셋에 꼬리가 아홉 달린 짐승으로 변해서 인정사정없이 큰딸을 때려서 죽여 버렸다.

큰딸을 죽인 삼두구미는 다시 백발노인으로 변한 다음 나무꾼의 둘째 딸을 꾀어서 집으로 데리고 왔다. 삼두구미는 먼젓번처럼 두 다리를 빼 주면서 자기가 돌아오기 전까지 다 먹으라고 했다. 둘째 딸도 다리를 먹지 않고 한구석에 숨겼다가 발각이 나서 삼두구미 손에 죽고 말았다.

삼두구미는 다시 나무꾼 집에 가서 셋째 딸을 꾀었다.

"네 언니들이 부잣집으로 시집가서 잘사는데 내일모레 친정에 문안 인사를 하려고 한다. 가져올 물건이 많아서 힘드니까 가서 도와주어라."

셋째 딸은 그 말을 믿고 삼두구미와 함께 길을 나섰다. 삼두구미가 산속 깊은 곳에 있는 대궐 같은 집으로 들어가자 속으로 무서운 생각이 들었지만 모른 척 따라 들어갔다.

"우리 언니들은 어디 있습니까?"

"어지럽다. 잔소리 말고 나랑 살자."

셋째 딸은 속은 줄을 알았으나 삼두구미를 달래야 된다고 생각해서 태연하게 말했다.

"제가 할 일이 무엇인지 말해 주십시오. 시키는 대로 하겠습니다."

그러자 삼두구미가 자기 양쪽 다리를 뽑아 주면서 말했다.

"내가 아흐레 동안 마을을 나갔다 올 테니 그 사이에 이걸 다 먹어라."

"알았습니다. 그러니까 영감님한테 제일 좋은 일이 이것입니까?"

"오냐. 나는 이 다리를 먹는 사람이 제일 좋다."

"그러면 제일 싫어하는 건 무엇입니까?"

"나는 날달걀과 동쪽으로 뻗은 버드나무 가지와 무쇳덩어리가 제일 싫다."

"그걸 왜 꺼려합니까?"

"그건 차차 알아질 것이다."

삼두구미가 마을로 간 뒤 셋째 딸은 울음으로 날을 보내다가 좋은 꾀를 생각해 냈다. 그녀는 장작불을 크게 피우고 삼두구미 두 다리를 불에 태운 다음 찌꺼기가 남자 그것을 전대[20]에 똘똘 말아서 자기 배에 감았다. 그리고는 날달걀과 버드나무 가지, 무쇳덩어리를 구해다가 숨겨 두었다.

열흘째 날 해 뜰 무렵에 삼두구미가 돌아오자 셋째 딸이 반가이 맞으면서 말했다.

"영감님 오시기를 내내 기다렸습니다."

"내 다리는 어떻게 했느냐?"

"다 먹었습니다."

삼두구미가 확인하려고 '내 다리야!' 하고 소리치자 셋째 딸 배에서 '예!' 하는 소

---

20 전대 : 돈이나 물건을 넣어 허리에 매거나 어깨에 두르기 편하도록 만든 자루.

리가 울려나왔다. 삼두구미는 셋째 딸이 자기 다리를 다 먹은 줄 알고 마음을 놓으며 칭찬했다.

"너는 내 아내가 틀림없다."

그러자 셋째 딸이 삼두구미한테 물었다.

"영감님 이름은 무엇입니까?"

"나는 삼두구미다. 사람들이 땅귀라고 부르는 신령이다."

"왜 달걀과 버드나무와 무쇳덩어리가 무섭습니까?"

"하늘귀신이 나한테 땅 일을 물어올 때 내가 다른 것은 다 휘어잡아도 달걀과 버드나무와 무쇠는 되지 않는다. 달걀은 '나는 눈도 코도 입도 귀도 없으니까 모르겠다'며 목을 흔드니 어쩌지 못하며, 동쪽으로 뻗은 버드나무 가지는 뻣뻣해서 그것으로 맞으면 사지가 저려 움직이지 못한다. 무쇳덩어리는 불에 넣어도 타지 않아서 내가 조화를 부릴 수 없으므로 꺼려한다. 날달걀을 얼굴에 맞추면 앞을 보지 못하고 무쇳덩어리로 가슴을 맞추면 숨이 막히니 그 일이 가장 무섭다."

셋째 딸은 그 말을 듣더니만 머리에 있는 이를 잡아주겠다며 삼두구미를 눕게 한 뒤 숨겨 놓은 버드나무 가지와 달걀과 무쇳덩어리를 꺼내 들었다.

"영감님, 이게 무엇입니까?"

그러자 삼두구미는 머리 셋에 꼬리 아홉인 괴물로 변해서 땀을 줄줄 흘리며 주저앉아 손을 내저었다.

"아이고, 치워라. 이거 빨리 치워 버려라."

"이게 무슨 말입니까? 내가 영감님 말씀이 참말인지 거짓말인지 알아보겠습니다."

버드나무 가지로 착착 때려서 삼두구미가 달아나니까 그 얼굴에 달걀을 쏘고 무쇳덩어리로 가슴을 다락다락 쏘았다. 그러자 삼두구미가 축 처져서 죽어 갔다. 셋째 딸은 먹을 갈아서 달걀에 '천평지평(天平地平)' 글자를 쓴 다음 삼두구미 겨드랑이에 끼워 두었다.

"설운 형님아, 어디 있습니까. 원수를 갚았으니 어서 나오십시오."

셋째 딸이 크게 부르니까 한 방에서 조그맣게 '여기 있다'고 대답이 들려왔다. 셋째 딸이 방문을 열어 보니까 두 언니가 죽어서 뼈만 앙상했다. 셋째 딸은 치맛자락에 뼈를 주워 담아서 집으로 돌아와 골목 밖에 모셔 두고 아버지한테 들어가 사실을 알렸다.

"아이고, 설운 내 자식아. 가난이 죄로구나."

칠성판21을 장만하고 뼈들을 차근차근 주워 놓은 다음 두 딸을 고이 묻어 주었다.

그때 나무꾼과 셋째 딸이 버드나무 가지를 한 아름 가지고서 산속으로 들어가 보니까 죽었던 삼두구미가 막 살아나려 하고 있었다. 아버지와 딸은 버드나무 가지로 백 대를 때려서 삼두구미를 쓰러뜨리고는 그 몸을 방아에 넣어 빻아서 가루를 허풍바람에 날려 버렸다.

그때 나온 법으로 지금도 묘를 옮길 때는 땅에다 제사를 지낸 다음 묫자리에 달걀 세 개와 무쇠 세 덩어리를 묻고 버드나무 가지를 꽂아서 삼두구미를 방지한다.

자료

이 이야기는 제주도에서 전승되던 본풀이 신화로 이춘자가 구연한 '삼두구미본'과 문창헌이 필사한 '버드남본' 두 자료가 있다. 구비설화로 보고된 자료도 두 편 있는데 한 자료에는 삼두구미가 '와라진 귀신'으로 되어 있다. 본래 경외와 숭배의 대상이었을 신령이 땅귀로 낮추어져 기피 대상이 되면서 의례가 약화되고 신화전승도 약화된 것으로 추정된다.

[출처] 이춘자본 〈삼두구미본〉 : 진성기, 《제주도무가본풀이사전》, 민속원, 1991.

___

21 칠성판 : 관(棺)의 바닥에 까는 얇은 나무판. 북두칠성을 본떠서 일곱 구멍을 뚫어 놓는다.

삼두구미, 그 각시가 죽기 전

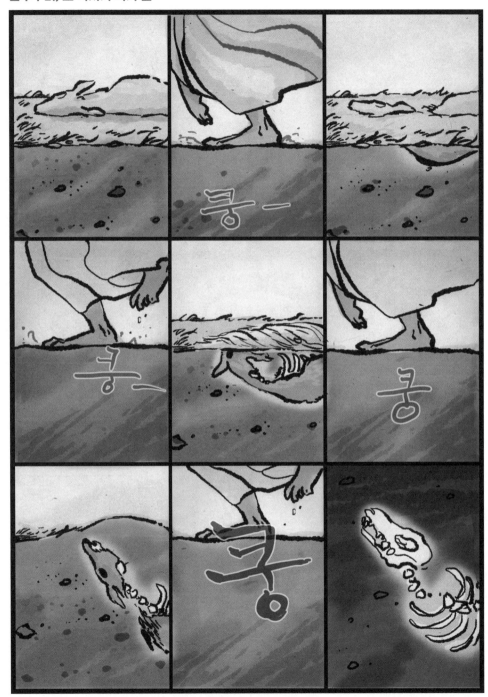

🔍 이야기 속으로

머리가 셋에 꼬리가 아홉이 달린 귀신이라니 모습이 참 흉측합니다. 모습도 그렇지만 그가 행하는 일은 더 끔찍해요. 제 다리를 쑥 빼주면서 그걸 먹으라고 하다니 소름 끼치는 일이지요. 완전히 겁에 질릴 만해요. 그럼에도 셋째 딸은 무서움을 이겨내고 삼두구미를 물리치는 데 성공하지요. 타고 남은 살을 배에 붙일 생각을 하다니 헤아림이 놀랍습니다. 괴물로 변한 상대한테 굴하지 않은 용기도 대단하고요. 그녀가 이 이야기의 주인공이라고 해도 좋을 정도입니다.

하지만 이 이야기의 제목은 '삼두구미본'입니다. 삼두구미의 근본을 풀어내는 이야기지요. 사람을 함부로 해치는 악귀가 신화의 주인공이라는 것은 좀 이상해 보이지만, 속내를 살피다 보면 고개를 끄덕이게 됩니다. 이야기에서 삼두구미는 흉한 괴물처럼 취급되지만, 그리 만만한 존재가 아닙니다. 내용을 보면 삼두구미가 하늘귀신과 웅대한다는 말이 있는데, 이는 삼두구미가 하늘신의 맞수가 될 만한 신령임을 보여주고 있지요. 하늘과 땅이 고르다는 '천평지평'이라는 말도 범상치 않습니다.

그렇다면 삼두구미는 어떤 신이었을까요? 그가 살던 곳이 '터주나라 터줏골'이라고 하고, 또 나무꾼한테 산이 자기 것이라고 말하는 걸 보면 땅과 깊은 연관이 있음을 알 수 있습니다. 사람들은 그를 '땅귀'라고 일컫지만, 혹시 그는 본래 '땅의 신'이었던 것이 아닐까요? 땅속에 깃든 크고 무서운 힘을 상징하는 신이요.

만약 삼두구미가 땅의 신이라면 왜 그가 두려움과 밀쳐냄의 대상이 된 것일지 궁금해집니다. 그것은 땅이 본래 어둡고 탁한 곳이며 죽음과 관련되는 곳이기 때문일 거예요. 사람은 죽으면 땅으로 돌아가게 돼있지요. 땅속으로 들어가는 일 자체가 죽음을 떠올립니다. 땅속으로 들어간 몸은 썩어서 사라지기 마련인데 사람들은 그것을 삼두구미가 하는 일로 생각한 것이 아닐까요? 살아있는 사람을 잡아끌어서 땅으로 돌아가게 하는 일까지도요. 그러니까 삼두구미는 땅의 신인 동시에 죽음의 신이 되는 셈이지요.

삼두구미가 세 딸을 각시로 데려간 뒤에 제 다리를 뽑아서 먹으라고 한 것은 대체 무슨 일일까요? 몸을 먹는 일은 신화에서 서로 같은 존재가 되는 과정을 상징합니다. 삼두구미가 자기 몸을 먹을 처녀를 구하는 일은 자기와 함께 죽음의 신 구실을 할 짝을 구하는 과정으로 생각할 수 있습니다. 세 딸이 모두 그 일을 기피했으니 그 짝 찾기는 실패한 셈이지요. 셋째 딸한테는 오히려 치명적인 공격까지 받습니다. 이렇게 보면 삼두구미는 사람들한테 외면당한 '외로운 죽음의 신'이라고 할 수도 있겠습니다.

이야기는 삼두구미가 날달걀과 동쪽으로 뻗은 버드나무가지와 무쇳덩어리를 무서워한다고 전합니다. 무슨 말인지 궁금한데, 이들이 다 '죽음 맞은편에 있는 존재'라고 보면 의문이 풀립니다. 무쇳덩어리는 불에 넣어도 파괴되지 않으니 죽음의 적이지요. 버드나무는 봄에 다른 나무보다 먼저 싹을 틔우며 가지를 꺾어서 땅에 꽂으면 새 나무가 될 만큼 생명력이 강합니다. 날달걀은 어떤가요? 달걀은 안에 생명을 담고 있지만 아직 눈 코 입이 하나도 없는 '원생명' 상태입니다. 죽음을 주려고 해도 줄 수 없으니 죽음의 신 입장에서 꺼릴 수밖에요.

여기서 수수께끼를 하나 내 볼까요? 만약 삼두구미가 땅의 신이고 죽음의 신이라면 머리가 셋에 꼬리가 아홉 달린 모습은 어떤 의미일까요? 그리고 그는 왜 하필 백발노인으로 나타나는 것일까요? 만만치 않은 수수께끼지만, 이리저리 상상하여 헤아려 보면 조금씩 답이 보일 것입니다.

저 삼두구미는 버드나무 가지에 맞아 죽은 다음 가루가 되어 날려졌다고 합니다. 삼두구미는 정말로 그렇게 죽어 없어진 것일까요? 어쩌면 아닐지도 모릅니다. 오늘날까지도 사람들이 삼두구미를 방지하는 일을 한다고 하는데, 이는 그가 여전히 살아 있다는 말 아닐까요? 사람이면 누구나 죽어서 썩어지는 일을 기피하지만 누구라도 그 일을 벗어날 수는 없습니다. 그러니 죽음의 신이 죽을 수는 없겠지요. 오히려 가루가 되어 흩어짐으로써 그 기운이 세상에 널리 퍼졌을지도 모릅니다.

땅과 죽음을 좀 더 생각해 보면, 땅은 죽음의 공간이라고만 할 바가 아닙니다. 죽음과 동시에 새 생명이 피어오르는 곳이 땅이지요. 사람을 비롯한 생물의 죽은 몸도 자연으로 돌아가 새로운 생명의 자양분이 됩니다. 한겨울의 차가운 땅은 죽음의 공간으로 보이지만, 봄이 되면 새 생명이 돋아납니다. 삼두구미로 상징되는 죽음의 힘은 그 이면에 영원으로 이어지는 새 생명을 간직하고 있지요.

어떻든 이 신화 속 삼두구미를 그냥 꺼리거나 미워하고 싶지 않아요. 땅이라는 신령한 세계를 주재하는 큰 신 가운데 하나로 보고 싶은 마음입니다.

상상하고, 이야기하기

■ 해설에서 제시한 수수께끼에 자기 나름의 답을 찾아보자. 만약 삼두구미가 땅의 신이고 죽음의 신이라면 그가 머리 셋에 꼬리 아홉 달린 모습을 하고 있다는 건 어떤 뜻일까? 그리고 그는 왜 하필 백발노인으로 변신하는 것일까?

■ 삼두구미가 젊은 처녀를 각시로 삼으려는 이유는 무엇이며, 왜 자기 다리를 뽑아서 먹으라고 하는 것일까? 만약 나무꾼의 딸이 진짜로 삼두구미의 두 다리를 먹었다면 어떤 일이 벌어졌을까?

한국 신화 속 지하 세계 탐구

한국 신화에서 천상 세계나 저승은 자주 모습을 보이는데, 지하 세계는 미지의 수수께끼 같은 곳으로 남아 있습니다. '지하국'이나 '지하궁'이라는 말은 많이 보이지만, 지하 세계를 구체적으로 묘사한 사례는 많지 않아요. 신화 속 지하 세계는 크고 흥미로운 탐구 대상입니다. 다음은 신화와 전설에 나타난 지하 세계의 특징을 정리해 본 내용이에요.

지하 세계는 언제 어떻게 생겼을까?

창세신화에 따르면, 땅은 본래 하늘과 한 몸이었습니다. 서로 뒤섞여서 하늘도 땅도 아닌 상태로 있었지요. 이때 거대한 신이 나타나서 하늘과 땅을 갈랐다고 합니다. 어둡고 무거운 기운은 가라앉아 땅이 되었지요. 그 뒤로 땅은 다시 하늘과 붙을 수 없었어요. 거인 신이 거대한 구리 기둥으로 하늘을 떠받쳐 놓았기 때문입니다.

땅속에 광대하고 밝은 공간이 있다고?

그래요. 지하 세계는 단지 흙이나 돌로 꽉 찬 곳은 아닙니다. 굴이나 구멍을 통해 땅속으로 들어가면 드넓은 공간을 만날 수 있다고 합니다. 천상이나 지상과 크게 다를 바 없는 세계지요. 땅속이 단순한 어둠의 세상이 아니라는 사실은, 태초에 땅에서 솟아난 청의동자의 두 눈이 해와 달이 됐다고 하는 데서도 알 수 있습니다. 땅속에 엄청난 열과 에너지가 깃들어 있다는 것은 과학적 사실이기도 하지요.

땅속나라에는 어떤 신들이 있나?

하늘나라 신들과 달리 땅속나라 신은 널리 알려져 있지 않아요. 하지만 신화 속에 지하 세계 신에 대한 언급이 종종 나옵니다. 하늘나라 천사랑씨와 결혼해 성주신 황우양씨를 낳은 지탈부인, 칠성님과 결혼해 일곱 아들을 낳은 매화부인 등이 지하국 출신이었다고 합니다. 지하국과 관련되는 신에 '지부사천대왕'이 있는데 꽤 강력한 신으로 생각됩니다. 어쩌면 옥황상제와 비견할 만한 신일지도 몰라요.

옷과 국수가 열리는 나무

지하 세계 사람들은 어떻게 입고 먹을까요? 〈성조푸리〉 신화에는 지하궁 종남산을 묘사한 흥미로운 대목이 나옵니다. 거기서는 돌멩이들이 두 발로 걸어 다니며, 갖가지 신기한 나무가 자란다고 합니다. 나무에 밥과 국수가 열리며, 옷이 열리는 나무도 있다고 합니다. 그런 나무가 있으면 정말 편하고 좋겠네요!

지하국의 불한당 아귀귀신

지하국에 무섭고 큰 도적이 산다는 얘기가 예로부터 널리 전해져 왔습니다. 지상에서 재물을 약탈하고 젊은 여인들을 납치해서 종으로 부려 먹는 존재입니다. 그중 '아귀귀신'이 유명합니다. 칼로 목을 자르면 목이 다시 철컥 붙는 무시무시한 괴물이지요. 아귀귀신 같은 도적은 지하 세계 중에도 지상과 가까운 곳에 살았을 것 같습니다.

지하 세계의 무서운 비밀, 흑룡

지하 세계 깊은 곳에 아귀귀신과 비교가 안 될 정도로 무서운 존재가 있으니, 바로 흑룡(黑龍)입니다. 흑룡이 땅을 뚫고 지상에 나타나면 커다란 재앙이 몰아닥치지요. 흑룡은 해를 삼켜서 세상을 암흑천지로 만들고, 물길을 다 막아 버립니다. 그는 화산의 신으로 해석되고 있어요. 용암을 움직이는 신 말이에요. 흑룡 이야기는 뒤에 더 자세히 만날 기회가 있을 거예요.

제4편

또 하나의 신령한 세상, 바다의 신들

토산일뤳당본풀이 외

바라못도와 용왕국 막내딸 _토산일뤳당본풀이

　제주도 표선 토산마을에 자리 잡은 신 바라못도는 송당마을 백주또와 소천국의 막내아들이다. 바라못도한테는 부인이 둘 있는데 큰부인은 일뤠중저이고 작은부인은 용왕황제국 막내딸이다.

　바라못도가 작은부인을 얻을 때 일이다. 아버지가 바라못도한테 죄목을 씌워서 돌함에 넣어 동해로 띄웠는데 그 돌함이 용왕국 산호수 윗가지에 걸렸다. 용왕국 청삽사리가 들면서 쿵쿵 나오면서 쿵쿵 자꾸 짖어 대자 용왕황제가 큰딸을 시켜 보고 오게 했다.

　"하늘에 별이 송송 달이 송송, 아무것도 없습니다."

　그래도 청삽사리가 자꾸 짖어 대자 이번에는 작은딸에게 보고 오게 했다.

　"담 구멍은 바롱바롱 나뭇잎은 반들반들, 아무것도 없습니다."

　용왕이 다시 막내딸을 시켜 보고 오게 하자 막내딸이 들어와서 말했다.

"산호수 윗가지에 난데없는 돌함이 걸려 있습니다."

용왕이 큰딸을 시켜서 돌함을 내리게 했으나 못 내리고 둘째 딸도 돌함을 못 내렸다. 그러나 막내딸이 청동 같은 팔뚝과 주먹으로 삼세번을 잡아 흔들자 돌함이 설설 내려왔다. 돌함을 여는데 큰딸 작은딸이 힘을 써도 꼼짝 안 하다가 막내딸이 삼세번 둘러치자 자물통이 저절로 스르렁 열렸다.

열고 보니 고운 도령이 앉아 있었다. 용왕이 도령더러 큰딸 방에 들라 했으나 거들 떠보지 않고 작은딸 방에 들라 해도 거들떠보지 않더니 막내딸 방에 들라고 하자 허 우덩싹 웃으면서 허울허울 들어갔다.

"그대는 무슨 음식을 먹느냐?"

"백미밥 백돌래떡과 소주에 계란 안주를 먹습니다."

"그런들 우리가 사위 하나 못 대접하리."

음식을 대접하는데 어찌 잘 먹는지 석 달 열흘이 지나자 동쪽 창고와 서쪽 창고가 비어 갔다. 용왕국에서는 감당할 수 없다며 돌함에 부부를 앉혀 바다로 띄워 보냈다. 돌함은 썰물 밀물에 동해와 서해를 떠다니다 제주 섬 한 귀퉁이에 이르렀다.

부부가 땅에 내려서 높은 곳에 올라 바라보니 백주또가 동산에서 콩을 다듬고 있었다. 바라못도가 주문을 외워서 어머니 눈에 콩깍지가 들게 하자 백주또가 딸들을 불러서 눈에 든 가시를 꺼내라고 했다. 딸들이 가시를 못 꺼내고 있을 때에 용왕국 막내딸이 다가갔다.

"어머니, 제가 내어 드리겠습니다."

용왕황제 막내딸아기가 시어머니 눈을 청부채로 허울허울 부치자 청안개가 걷히고 백부채로 부치자 백안개가 걷히고 황부채로 부치자 콩깍지가 도로록 떨어졌다.

"설운 아기야, 이 은덕을 무엇으로 갚겠느냐?"

"은도 싫고 금도 싫습니다. 땅 한 조각 물 한 조각 베어 주면 먹고살겠습니다."

그때 바라못도 큰부인 일뤠중저가 작은부인한테 땅을 얼마나 베어 주는가 하고 살펴보러 나갔다. 마침 목이 말라서 돼지 발자국에 고인 물을 먹다가 돼지털이 코로 들어갔는데 몸에서 돼지고기 먹은 냄새가 났다. 바라못도는 그 냄새를 맡고서 부정하다며 큰부인을 마라도로 귀양 보냈다. 그 일을 듣고서 용왕황제 막내딸아기가 말했다.

"그까짓 일에 귀양이 무슨 말입니까. 나는 하루에 몇 백 번씩 잘못된 일을 합니다. 귀양을 풀어 주지 않으면 그냥 고향으로 돌아가겠습니다."

그 말에 남편이 귀양 풀기를 허락하자 막내딸아기는 마라도로 큰부인을 데리러 갔다. 가서 보니 큰부인이 일곱 아기를 낳아서 데리고 있었다.

"나 같은 것을 귀양 풀어서 무엇 하겠습니까?"

"형님이 안 간다면 나도 돌아가지 않겠습니다."

"그러면 일곱 아기를 데리고 큰길로 가십시오. 나는 보말²²을 주워 먹으며 바닷가 길로 가겠습니다."

용왕황제 막내딸아기가 일곱 아기를 업고 안고 걸리며 돌아와서 세어 보니 한 명이 모자랐다. 급한 길에 찾으러 가 보니까 아기가 길에서 흙을 집어 먹으며 울고 있었다. 막내딸아기는 그 아이를 데리고 토산 서당팟으로 와서 신으로 좌정했다. 이 신한테 기원을 드리면 옴과 허물을 거둬 주고 이질과 복통을 낫게 해 주며 앓는 아기를 낫게 해 준다.

용왕의 삼형제와 매오름

먼 옛날, 제주 섬이 오늘날 모습으로 되기 전 일이다. 남해용궁 아들 삼형제가 용왕국의 법을 어긴 죄로 제주 섬으로 귀양을 왔다. 가난한 제주 섬사람들은 그들에게 따뜻한 밥 한 끼니도 제대로 챙겨 주지 못했다. 어느 날 용왕은 거북을 불러서 말

---

22 보말 : '고동'을 나타내는 제주도 말.

했다.

"지금 제주 섬으로 가서 내 아들들이 어떻게 지내는지 알아보고 와라."

거북사자가 명을 받아 제주 섬에 와 보니 귀양살이하는 삼형제의 고생이 이루 말할 수 없을 정도였다. 제주 섬사람들이 제 목에 풀칠하기 어렵다는 이유로 삼형제한테 남은 밥 한 그릇과 남은 옷 한 벌도 챙겨 주지 않고 있었다. 거북사자가 그 일을 알리자 용왕이 말했다.

"그 아이들이 그렇게 고생을 한다니 데려와야겠으나, 그 전에 삼형제가 신세를 진 사람이 있는지 알아보아라. 은혜를 갚아 두고 오는 것이 용왕국의 도리다."

거북사가 다시 명을 받고 제주 섬으로 와서 알아보니까 사람들이 용왕의 아들에게 대접한 일이라곤 박씨 성을 가진 사람이 먹다 남은 마 뿌리를 준 것이 전부였다. 그 말을 전해들은 용왕이 화를 내며 말했다.

"제주 섬사람들이 괘씸하구나. 그 땅이 모조리 돌밭과 가시덤불로 덮이도록 며칠 동안 바닷물에 잠가 버려라."

"박씨는 어떻게 하면 좋겠습니까?"

"제주 섬이 물로 잠기는 동안 산꼭대기로 피해 있게 해라."

거북사자는 제주 섬으로 와서 박씨에게 높은 봉우리에 올라가서 앉아 있으라고 했다. 하지만 박씨는 그리하기 싫다며 말을 안 들었다. 그러자 거북사자는 도술을 써서 박씨를 잠깐 매로 환생시켰다. 그는 매가 된 박씨에게 사흘 동안 물고기가 보여도 쪼아 먹지 말라고 신신당부했다.

다음 날 아침 거북사자가 남해용왕 삼형제를 데리고 바닷물로 들어가고 나자 바닷물이 갑자기 훌쩍 불어나 제주 섬이 온통 물에 잠겼다. 이때 거북사자가 보니까 매가 되어 봉우리에 앉아 있던 박씨가 앞에 있는 물고기를 먹으려고 고개를 내밀고 있었다. 거북사자는 박씨가 고개를 쭉 내민 순간 그를 바위로 만들어 버렸다.

제주 서귀포 표선면의 봉우리 꼭대기에는 매가 바다를 향하여 고개를 내민 듯한 바위가 있어서, 이를 매오름이라 부른다. 이는 매가 되었던 박씨가 변한 것이다. 그 때 용궁에서 벌을 내려 섬을 며칠간 바닷물에 잠가 버린 탓에 오늘날 제주도가 가시 덤불과 돌밭으로 가득한 거친 땅이 되었다고 한다.

용궁에서 얻어온 연적 _지하 도적 퇴치

옛날에 나라의 왕비가 궁녀와 함께 배를 타고 바다에 나갔다 섬에 사는 큰 도적한테 잡혀 갔다. 왕이 왕비를 찾아올 사람을 구하자 한 신하가 자청해서 나섰다. 섬으로 들어간 신하는 바위 문을 찾아서 땅속 깊은 곳으로 들어갔다.

왕비는 그 사이에 도적과 정분이 나 있었다. 왕비는 도적이 돌아오면 건네줄 생각으로 신하를 다락에 붙잡아 가두었다. 그때 궁녀가 몰래 그 신하한테 도적이 먹는 술과 음식을 가져다주었다. 그 음식을 여러 날 먹자 신하는 큰 장수가 되어서 도적을 이길 정도가 됐다. 마침내 도적이 돌아오자 신하가 그와 맞서 싸웠는데, 칼로 목을 잘라도 도로 날아가 붙었다. 신하는 도적의 목을 친 뒤 궁녀가 전해 준 금가루를 뿌려서 목이 다시 붙지 못하게 했다.

도적을 물리친 신하가 왕비와 궁녀를 굴 밖으로 내보낸 뒤에 따라 나가려 할 때에 입구가 덜컥 닫혔다. 왕비가 바윗돌을 굴려서 막은 것이었다. 아무리 해도 길이 열리지 않자 신하는 나가기를 포기하고 도적 소굴 안을 이리저리 살폈다. 보니까 물동이 속에서 잉어 한 마리가 그를 멀뚱멀뚱 쳐다보고 있었다. 신하가 그 잉어를 흐르는 물에 넣어 주니까 꼬리를 치며 사라지더니, 잠시 후 웬 선비가 나타나서 말했다.

"아까 그 잉어가 바로 접니다. 제가 용왕의 아들로 구경을 나왔다가 붙잡혀서 죽게 됐는데 덕분에 목숨을 구했으니 은혜를 어떻게 갚아야 할지요."

"내가 여기에서 나갈 길을 몰라서 걱정입니다."

"일이 이렇게 되었으니 저를 따라 용궁에 가시지요."

그가 용자[23]를 따라서 가다 보니까 바다가 나왔다. 용자를 따라서 물을 가르고 용궁에 들어가자 용왕이 사례하며 극진히 대접했다. 그때 용자가 신하한테 넌짓 말했다.

"아버지가 원하는 것을 말하라고 하면 연적[24]을 달라고 하십시오. 더없이 귀한 보물입니다."

정말로 용왕이 가지고 싶은 것을 말하라고 하자 신하는 용궁 연적을 달라고 했다. 용왕이 당황해서 머뭇거리자 용자가 나서서 연적이 아들보다 귀하냐면서 어서 주라고 재촉했다. 그렇게 해서 신하는 연적을 얻어서 나오게 되었다.

"그것이 보통 연적이 아닙니다. 안에 용궁 선녀가 들어 있어요. 밖으로 나오면 사람이 되고 안으로 들어가면 연적이 되지요. 하지만 삼 년 간은 불러내면 안 됩니다."

신하는 연적을 잘 챙긴 뒤 다시 도적 소굴로 돌아와서 나갈 길을 찾았다. 살펴보니 뒤꼍 과일나무에 열매가 주렁주렁 열렸는데 그 아래에 쥐들이 관을 쓰고 앉아 있었다. 그가 쥐를 부르니까 쥐들이 그에게 과일을 갖다 바쳤다. 늘 도적한테 빼앗기던 과일나무를 되찾은 데 대한 보답이었다.

"그것들은 필요 없고 나갈 곳을 알려 다오."

그러자 쥐들이 여럿 달려들어서 돌을 헤집고 문을 내서 그로 하여금 바깥세상으로 나갈 수 있게 해 주었다. 섬에서 벗어나 왕궁으로 가던 신하는 하도 궁금해서 연적한테 '여봐라!' 하고 말했다. 그러자 웬 눈부신 선녀가 나오더니 왜 벌써 부르냐며 연적 속으로 들어갔다. 신하가 다시 부르고 또 불러서 삼세번이 되자 선녀는 아이 하나를 그의 무릎에 앉혀 놓은 다음 연적과 함께 사라져 버렸다.

왕궁으로 돌아온 신하는 임금의 신임을 얻고서 용궁 선녀한테서 얻은 아이와 함께 잘 살았다. 말을 잘못해서 선녀를 잃은 신하는 왕비가 왕을 배반했었다는 사실을 끝까지 말하지 않았다고 한다.

---

23   용자(龍子) : 용의 아들.
24   연적 : 벼루에 먹을 갈 때 물을 따르는 용도로 쓰는 둥그런 그릇. 작은 물구멍이 나 있다.

자료

여기 실은 세 편의 이야기는 신화와 전설, 민담에서 뽑은 것이다. 〈바라못도
와 용왕국 막내딸〉은 제주도 토산마을 신화이고, 〈용왕의 삼형제와 매오름〉
은 제주도 표선 지역 전설이며, 〈용궁에서 얻어 온 연적〉은 '지하국 대적' 유
형에 속하는 민담이다. 모두 용궁과 바다 신에 관한 흥미로운 사연을 담고 있
는 설화들이다.

[출처] 신명옥 구연 〈토산일뤳당본풀이〉 : 현용준·현승환, 《제주도무가》, 고
려대학교 민족문화연구소, 1996. 오문복 제보, 〈용왕 아들 삼형제와 매오름
전설〉 : 제주도청 홈페이지 '신화/전설' 코너. 〈용궁에서 얻어 온 연적〉(지하
도적 퇴치) : 김균태·강현모, 《부여의 구비설화》2, 보경문화사, 1995.

🔍 이야기 속으로

한국의 옛이야기에는 바다와 용궁에 관한 사연이 꽤 많이 나옵니다. 삼면이 바다
로 둘러싸인 속에서 살아왔으니 당연한 일이지요. 섬이나 바닷가 사람들은 바다의
힘과 조화를 온몸으로 느끼는 가운데 이를 신성하게 여기며 존중해 왔습니다. 바다
가 크게 화를 내면 사람이 감당할 수가 없지요. 풍랑이나 해일이 얼마나 무서운지
는 세계 역사가 똑똑히 보여 줍니다. 〈용왕의 삼형제와 매오름〉 이야기에서 바닷물
이 제주 섬을 뒤덮어서 사람들이 죽고 섬이 돌과 가시덤불로 덮였다는 내용은 큰
해일을 연상시켜요. 상상 속 일이라지만, 섬사람들의 오랜 역사적 경험이 그렇게
담긴 것일 수도 있습니다.

바다의 신이라고 하면 용왕을 빼놓을 수 없습니다. 용왕은 한 명이 아니라 여러
바다에 다른 왕들이 있다고 말해집니다. 그래서 그냥 용왕이라 하기보다 동해용왕

이나 서해용왕, 남해용왕 등으로 일컫곤 하지요. 바다뿐만 아니라 큰 호수나 우물 속에도 용왕이 깃든 것으로 믿어 왔습니다. 물과 용은 뗄 수 없는 사이이지요.

신화를 비롯한 옛이야기 속에서 바다 용궁은 화려하고 윤택하며 물산이 풍부한 곳으로 묘사됩니다. 이는 바다의 특징을 반영한 것이에요. 바다 속은 본래 먹을 것이 풍부하고 보물이 많지요. 이야기 속의 용궁은 해산물만 아니라 모든 게 풍부하다고 돼 있습니다. 〈바라못도와 용왕국 막내딸〉을 보면 갖은 음식이 다 갖추어져 있음을 볼 수 있지요. 용궁의 풍요로움은 바다 보물인 연적을 통해서도 잘 볼 수 있어요. 작은 연적 안에서 용궁 선녀와 아들까지 나왔다니 말 다했지요! 연적에서 떨어지는 물방울 속에 '바다의 요정'처럼 선녀가 깃들어 있다는 상상력이 재미있습니다. 바다가 지닌 생명력을 그렇게 표현했다고 할 수 있어요.

하지만 바다는 아주 무서운 곳이기도 합니다. 바다는 언제 어떻게 변해서 사람을 삼킬지 모르는 큰 함정 같은 곳이지요. 갑자기 파도가 몰아치면 고깃배들이 뒤집어지기 일쑤고, 해산물을 따러 들어갔던 해녀들이 목숨을 잃는 일도 많습니다. 이런 특성이 바다 신들에게도 반영되어 있지요. 이야기 속 용왕은 대개 성격이 급하고 변덕이 심하며 화를 잘 냅니다. 위 이야기들 속에서도 이런 성격을 엿볼 수 있을 거예요. 그 험하고 무서운 신들을 잘 달래면서 어울려서 살아가고자 한 것이 옛사람들의 뜻이었습니다. 용왕굿이나 용왕제를 베풀어 바다 신을 달래곤 했지요.

그래도 사람들은 바다가 살아가는 데 큰 힘이 되고 도움이 되는 곳이라고 믿고 싶었던가 봅니다. 〈바라못도와 용왕국 막내딸〉을 보면 용왕황제 막내딸아기는 지혜롭고 기운이 세며 마음까지 너그럽습니다. 큰부인을 밀치지 않고 포용해서 함께 살아가려 하지요. 큰부인이 낳은 자식까지 나서서 챙기는 모습을 보면 보살처럼 생각될 정도입니다. 그렇게 너그러운 신이니 사람들을 잘 보살펴 주겠지요. 바다에서 온 신이 이렇게 사람을 잘 돌봐 준다는 데에는 바다를 크고 자애로운 어머니로 보는 생각이 반영돼 있습니다. 바다와 좋은 관계를 이루면 큰 힘이 된다는 믿음도 담겨 있고요.

신들이 깃든 신령한 세계의 모습에 대하여 〈용궁에서 얻어 온 연적〉은 한 가지 흥미로운 암시를 전해 줍니다. 지하 세계가 바다 용궁과 연결된다는 것입니다. 이야기에서 신하는 지하 굴속으로 들어갔다가 용자를 만나 용궁으로 가지요. 나올 때도 땅속으로 해서 지상으로 나옵니다. 아마도 땅속 깊은 곳에 흐르는 물이 바다와 연결된다는 데서 이런 상상이 비롯된 것 같습니다. 지하 세계에 용궁으로 이어지는 비밀 통로가 있다는 것, 재미있지 않나요?

**상상하고,
이야기하기**

■ 〈바라못도와 용왕국 막내딸〉에서 용왕황제 막내딸아기는 왜 용궁을 떠나 인간 세상으로 나왔을까? 그리고 작은부인 자리에서 고생을 감수할까? 그 사연 속에 담긴 뜻을 헤아려 보자.

■ 〈용왕의 삼형제와 매오름〉에서 가난하고 먹을 것이 없어 고생하던 제주 섬 사람들이 용왕한테 큰 벌을 받은 것은 합당한 일일까? 그 일로 제주 섬이 돌과 가시덤불로 쌓인 곳이 됐다고 하는 데는 어떤 뜻이 담겨 있는지도 토론해 보자.

■ 〈용궁에서 얻어 온 연적〉에서 육지와 섬, 도적의 굴, 바다 용궁이 있는 곳을 그림으로 그려서 연결해 보자. 통로를 잘 표현하면 좋겠다.

제3부
이 땅에 나라들이 생겨난 사연

제1편 단군, 하늘과 땅을 품어 새 세상을 열다

제2편 동방의 빛! 해모수와 유화, 그리고 주몽

제3편 신성의 땅, 신라 서라벌의 신들

제4편 하늘에서 온 왕과 바다를 건너온 왕비

▶ 역사시대의 건국신화와 저항 신화

하나였던 하늘과 땅이 갈라지면서 생겨났다는 이 세상,
하늘 높은 곳과 땅 깊은 곳에 신들의 세계가 있고
건너편 저승에 영혼의 세계가 있고,
여기 살아 있는 사람들의 세상이 있습니다.
사람들의 세상에는 수많은 나라들이 있지요.
사람들이 많아지고 문명이 발달하면서
새로운 힘과 질서가 생겨나 나라를 이루었지요.
한겨레의 터전인 한반도와 북방 대륙에도
고조선을 비롯한 여러 나라가 생겨났습니다.
나라를 세운 시조는 대부분 신의 자손이었어요.
그들이 나라를 이룩한 신성한 과정은 신화가 됩니다.
그 건국신화 속에는 우리가 잘 모르는 숨은 역사와
놀라운 뜻이 깃들어 있지요.
이제 그 신령한 창조의 현장으로 여행을 떠나서
겨레의 큰 조상들을 만나 보기로 해요.

제1편

단군, 하늘과 땅을 품어 새 세상을 열다

단군신화

아득한 옛날, 이 땅에 아직 나라가 생겨나기 전이었다. 하늘을 다스리는 환인(桓 因)에게 여러 아들이 있었는데, 환웅(桓雄)이 무척 지혜롭고 호기심이 많았다. 환웅 은 인간 세상에 관심을 두고 시간이 날 때마다 그곳을 내려다보며 사람들이 사는 모 습을 지켜보았다. 환인이 그런 환웅의 마음을 눈치채고 불러서 말했다.

"저 아래 인간 세상으로 내려가 사람들을 다스려 보지 않겠느냐? 살펴보니 태백산 솟아 있는 동녘 땅이 좋아 보이더구나. 그곳이라면 인간 세상을 널리 이롭게 할 수 있을 게야."

"이것이야말로 제가 바라던 일입니다."

환인은 하늘신의 신령함을 나타내는 거울과 칼, 방울 등 천부인(天符印) 세 개를 환웅에게 주어 인간을 다스리게 했다. 환웅은 하늘로부터 삼천 명의 무리를 이끌고 내려와 태백산의 신령한 박달나무 옆에 터를 잡았다. 환웅은 그곳을 신성한 곳이라 하여 신시(神市)라고 불렀다. 사람들은 그를 환웅천왕이라 일컬으며 높이 받들었다.

환웅은 곡식을 기르고, 병을 고치며, 옳고 그른 일을 분별하는 등 삼백예순 가지 세상사를 두루 다스렸다. 하늘에서 함께 내려온 바람의 신[풍백; 風伯]과 비의 신[우사; 雨師], 구름의 신[운사; 雲師]이 조화를 부려 환웅을 도왔다.

이때 곰과 호랑이가 같은 굴에 살고 있었는데, 사람이 되고 싶어 했다. 둘은 환웅을 찾아와 절을 하고서 빌었다.

"우리를 사람이 될 수 있게 해 주십시오."

그러자 환웅은 쑥 한 다발과 마늘 스무 개를 주면서 말했다.

"너희들이 오로지 이 쑥과 마늘만 먹으면서 백날 동안 햇빛을 보지 않는다면 사람이 될 것이다."

쑥과 마늘을 받은 곰과 호랑이는 햇빛이 들지 않는 깜깜한 동굴 속으로 들어가 그 속에서 시간을 보내기 시작했다. 깜깜한 굴 안에만 있자니 갑갑하고 불편했다. 쑥과 마늘은 쓰고 매워 삼키기 어려웠다. 그렇게 날이 흐르던 어느 날 호랑이는 더는 이렇게 살지 못하겠다며 동굴을 뛰쳐나갔다. 혼자 남은 곰은 외롭고 힘들었지만 쑥과 마늘을 씹으며 버텼다. 그렇게 스무하루가 지난 날, 몸에 이상한 기운이 뻗쳐오면서 곰은 여인으로 탈바꿈했다.

곰에서 사람으로 변한 웅녀는 아기를 갖고 싶어 했으나 짝을 이룰 남자가 없었다. 웅녀는 매일 박달나무 밑에서 아기를 낳아 기를 수 있게 해 달라고 기원했다. 그러자 환웅이 조화를 부려 잠시 남자의 몸으로 변해서 웅녀와 혼인을 이루었다. 웅녀는 환웅과 짝을 이룬 지 열 달 만에 아들을 낳았다. 그가 바로 단군왕검이다.

단군왕검은 평양성에 도읍을 정하고 '조선(朝鮮)'이라는 나라를 세웠다. 나중에 도읍을 백악산 아사달로 옮긴 뒤 1500년간 나라를 다스렸다. 단군은 뒤에 아사달 산신이 되었는데, 그때 나이가 1908살이었다.

자료

〈단군신화〉는 이전 기록은 유실되고 고려 후기에 일연의 《삼국유사》에 그 내용이 기록돼서 전한다. 이후 이승휴의 《제왕운기》와 《세종실록 지리지》 등에도 내용이 수록되었다. 《환단고기》 등에 더 길고 자세한 이야기가 기록되어 있지만, 뒷날 윤색하여 덧붙인 내용으로 보는 것이 정설이다. 여기서는 《삼국유사》의 기록을 이야기 형태로 풀어 썼다.

[출처] 일연(一然), 《삼국유사(三國遺事)》 기이편, '고조선(古朝鮮)' 조.

🔍 이야기 속으로

한국 신화라고 하면 누구라도 먼저 〈단군신화〉를 떠올릴 거예요. 수천 년 역사 동안 한겨레를 대표하는 민족 신화 구실을 해 온 이야기이지요. 우리 겨레의 신령한 역사를 담고 있는 더할 바 없이 소중한 신화입니다.

건국신화는 앞서 살핀 구전 본풀이신화들과 다른 점이 꽤 많습니다. 구전신화에서는 하늘신을 천지왕이나 옥황상제라고 하는데 여기서는 환인과 환웅이에요. 환웅과 웅녀의 아들 단군이 '조선'이라는 나라를 세운다는 것도 눈에 띄는 내용입니다. 구전신화에는 넓고 다양한 세상이 나오지만 나라를 세우는 내용은 없었지요.

하지만 건국신화와 구전신화는 서로 통하는 면이 있습니다. 창세신화에 미륵이 옷을 마련하고 불을 찾는 내용이 있었고 대별왕 소별왕이 해와 달을 조정한 다음 세상의 법도를 세우는 내용이 있었지요. 이런 내용은 문명과 문화의 발달 과정을 나타냅니다. 나라가 만들어진 일은 문명 발달 과정의 아주 큰 사건이지요. 그러니까 건국신화도 본래 구전신화와 같은 맥락에서 형성된 것이라고 할 수 있습니다. 사실 〈단군신화〉 시대는 아직 문자를 쓰기 전이라서 모든 신화가 구전신화였지요.

〈단군신화〉의 내용은 다들 알지만, 이야기 속에 담긴 의미를 깊이 헤아려 아는 사람들은 드문 것 같아요. 혹시 다음과 같은 의문에 답을 할 수 있겠어요? 왜 환인의 맏아들이 아닌 환웅이 지상에 내려왔을까? 왜 환웅이 아닌 단군이 고조선의 시조가 되었을까? 왜 환웅은 곰과 호랑이한테 굴에서 쑥과 마늘을 먹으라고 했을까?

첫 번째 질문에는 쉽게 답할 수도 있겠어요. 환인의 큰아들은 어디에 있을까요? 중국이나 다른 큰 나라로 갔다고 생각하면 오산입니다. 신화 시대 사람들은 자기가 사는 곳이 세상의 중심이라고 여겼지요. 〈단군신화〉도 마찬가지예요. 큰아들을 다른 나라로 보내는 것은 이치에 맞지 않습니다. 그는 아버지를 도와 천상의 일을 챙겨야 하므로 하늘에 남아 있는 것이라고 볼 수 있어요. 상대적으로 자유로운 다른 아들이 지상에 내려온 것이고요. 그렇게 하늘과 땅은 형제지간이 됩니다.

이야기는 환웅이 아닌 단군이 고조선의 시조가 되었다고 합니다. 환웅이 신시를 베풀었지만 그것을 나라라고 하지는 않아요. 단군의 시대에 비로소 나라가 열리지요. 환웅이 하늘에서 내려온 신적 존재이고 단군이 지상에서 태어난 인간적 존재라는 점을 생각하면 좀 의아합니다. 단군은 어떻게 환웅이 못 한 일을 해낸 것일까요? 그 답은 단군이 환웅의 힘과 웅녀의 힘을 함께 지녔다는 데서 찾을 수 있습니다. 서로 다른 힘이 결합됐으니 이전보다 더 큰 힘과 발전된 질서가 생겨나게 되지요. 그렇게 이 땅에 첫 나라가 탄생했다고 할 수 있습니다.

문제는 환웅과 웅녀의 결합이 그리 공평해 보이지 않는다는 점이에요. 환웅이 일방적으로 명령하고 곰은 말없이 복종하는 것 같아요. 깜깜한 동굴 속에서 쑥과 마늘만 먹으며 백날을 버텨야 한다니 참 어려운 일이었지요. 그렇게까지 해서 인간이 되고 자식을 낳아야 하는가 하는 생각이 들 정도예요.

이 의문을 푸는 데는 곰과 호랑이한테 주어진 과제에 담긴 신화적 상징을 이해할 필요가 있습니다. 햇빛이 없는 깜깜한 굴은 하늘과 대비되는 땅[地]을 상징하는 곳입니다. 쑥과 마늘 또한 땅에서 자라나는 것들이지요. 그러니까 환웅은 곰과 호랑이한테 제 짝이 될 만한 땅의 대표자로서 자격을 드러내 보이도록 한 것이라고 볼 수 있습니다. 마침내 웅녀한테서 그 신령함을 확인하고 서로 결합하게 되지요. 그러니까 둘의 결합은 하늘과 땅이라는 서로 다른 정체성을 바탕으로 한 대등한 결합이고 창조적인 통합이라 할 수 있습니다.

단군은 환웅의 자식이자 웅녀의 자식으로서 그 안에 하늘의 신성과 땅의 신성이 함께 깃들어 있습니다. 그는 하늘을 숭상하는 사람들의 대표인 동시에 땅을 숭상하는 사람들의 대표입니다. 그 전에 서로 다른 길을 걸어왔을 환웅과 웅녀의 길이 단군을 통해 하나가 되지요. 그러한 대통합을 통해 비로소 이 땅에 새 역사가 열렸으니 단군이 시조가 되는 것이 마땅한 일입니다. 단군이 2000년 가까이 살았다는 것은 그가 상징하는 신령한 창조적 통합의 힘과 정신이 그만큼 길게 이어졌다는 뜻으로 이해할 수 있지요. 그 힘과 정신이 오늘날에도 살아 있다면 단군왕검은 아직도 이 땅에 살아 있는 것이라 할 수 있습니다.

**상상하고,
이야기하기**

■ 환웅은 왜 세상의 수많은 땅 가운데 한반도 쪽이 널리 인간세상을 이롭게 할 만한 곳이라고 여겼을까? 그리고 사람들이 그렇게 말하는 데는 어떤 뜻이 담겨 있을까?

■ 곰이 환웅이 말한 백일보다 훨씬 빠르게 21일 만에 사람이 된 것은 어떻게 이해해야 할까? 호랑이도 그때까지 버텼으면 사람이 됐을까? 굴을 뛰쳐나간 호랑이는 그 뒤에 어떻게 됐을지에 대해서도 말해 보자.

■ 하늘과 땅의 신성한 결합을 통한 새 역사의 창조와 지속이라는 단군신화의 신화적 화두가 우리에게 전해 주는 의미는 무엇일까? 단군신화는 여전히 한 겨레 민족 신화로서 실질적 의의를 지니는 것일까?

동방의 빛! 해모수와 유화, 그리고 주몽

동명왕신화

해모수와 유화, 그리고 주몽

고구려 시조 동명성왕, 주몽이 태어나기 전에 북쪽 부여 땅은 해부루가 왕으로 나라를 다스리고 있었다. 어느 날 해부루의 신하인 아란불의 꿈에 천신이 나타나 말했다.

"이 땅에는 나의 자손이 나라를 세울 것이니 너희는 다른 곳으로 옮겨 가라. 동해 물가의 가섭원이 땅이 기름지고 곡식이 자라기에 알맞으니 도읍으로 삼을 만하리라."

꿈에서 깬 아란불이 그 일을 말하고 나라 옮기기를 권하자 해부루가 그 뜻을 따라 동쪽 바닷가로 나라를 옮겼다. 나라 이름은 동부여라고 했다.

해부루 왕은 늙도록 아들이 없어 왕의 자리를 물려줄 일이 걱정이었다. 그는 산과 강에 제사를 지내 대를 이을 자식을 찾았다. 그때 그가 탄 말이 곤연이라는 곳의 큰 돌 앞에 멈춰 서서 눈물을 흘렸다. 왕이 이상하게 생각하여 돌을 치우게 했더니 그 안에 금빛 개구리 모양을 한 아이가 있었다.

"이는 하늘이 나한테 자식으로 주신 것이다."

해부루는 그 아이를 아들로 삼고 이름을 금와라고 불렀다. 금와는 자라나서 태자가 되었으며, 해부루가 죽은 뒤 동부여 왕이 되었다.

그때 해부루가 떠난 북부여 옛 땅에는 천제의 아들 해모수가 내려와서 놀곤 했다. 해모수는 하늘에서 내려올 때 다섯 마리 용이 이끄는 수레를 타고 웅심산으로 내려왔다. 머리에는 까마귀 깃으로 된 모자를 쓰고 허리에는 용의 광채가 빛나는 칼을 찼다. 백 명이 넘는 시종이 하얀 고니를 타고 그 뒤를 따랐는데, 그들이 움직일 때면 채색 구름이 뜨고 음악이 들려왔다. 해모수가 아침에 내려와 일을 보고 저녁에 하늘로 돌아가니 세상에서 그를 '천왕랑(天王郎)'이라 했다.

이때 청하(青河)라는 물을 다스리는 하백(河伯)한테 세 명의 아름다운 딸이 있어 이름을 유화와 훤화, 위화라고 했다. 이들이 웅심산으로 놀러 나오는데 신령한 자태가 고이 빛나고 장식한 구슬이 울려서 자못 황홀했다. 이를 보고 해모수가 말했다.

"저 처녀들 가운데 왕비를 얻으면 아들을 둘 만하겠구나."

하지만 세 여인은 해모수를 보자 곧바로 물속으로 들어가 버렸다.

"왕께서 궁전을 지은 다음 여자들이 들어오게 하고서 문을 닫으십시오."

그 말을 들은 해모수가 말채찍으로 땅을 긋자 구리로 된 집이 생겨나 장관을 이루었다. 해모수가 방 가운데에 세 자리를 마련해 놓고 술을 준비해 두자 세 여인이 들어와 앉아 술을 마시고 크게 취했다. 이때 해모수가 나가서 길을 막으니 두 명은 놀라 달아나고 장녀 유화가 붙들려 궁궐에 머무르게 되었다.

그 소식을 들은 하백이 화가 나서 사자를 보내 꾸짖었다.

"너는 누구인데 감히 나의 딸을 머물게 하였는가?"

"나는 천제의 아들로 하백에게 딸과의 혼인을 청하고자 한다."

그 말을 전해들은 하백이 다시 사자를 보내서 말했다.

"네가 천제의 아들로서 혼인을 청하려면 마땅히 중매를 보낼 일이거늘 마음대로 내 딸을 붙잡아 둔 것은 어찌 실례가 아니냐?"

해모수가 부끄럽게 여겨 유화를 놓아주려 하자 유화가 떨어지지 않으려 하면서 말했다.

"오룡거가 있으면 함께 하백의 나라로 갈 수 있습니다."

이에 해모수가 하늘을 가리키자 다섯 용이 끄는 수레가 내려왔다. 해모수가 유화와 함께 수레에 오르자 풍운이 일어나는 듯하더니 하백의 궁전 앞에 이르렀다. 하백이 해모수를 맞이해서 물었다.

"만약 그대가 천제의 아들이라면 무슨 신이함이 있는가?"

"시험해 보면 알 일입니다."

이에 하백이 뜰 앞의 물에서 잉어가 되어 놀자 해모수는 수달로 변해서 이를 잡았다. 하백이 다시 사슴이 되어 달아나자 늑대가 되어 이를 쫓고, 하백이 꿩으로 변하자 매가 되어서 이를 잡았다. 그러자 하백은 해모수가 천제의 아들임을 인정하고 예를 갖추어 유화를 그와 혼인시켰다.

혼례를 마친 뒤 하백은 혹시 해모수가 유화를 안 데려갈까 걱정되어 술을 권하여 크게 취하게 했다. 그리고는 둘을 함께 가죽 가마에 넣고 오룡거에 실어서 승천하도록 했다. 하지만 수레가 물을 채 빠져 나오기 전에 술에서 깬 해모수는 유화의 머리에서 황금 비녀를 뽑아서 가죽 가마에 구멍을 낸 다음 홀로 나와서 하늘로 올라갔다. 그 말을 전해들은 하백이 크게 화를 내어 말했다.

"네가 나의 가르침을 따르지 않아서 가문을 욕되게 했으니 그냥 둘 수 없다."

하백은 좌우를 시켜서 유화의 입을 석 자 길이가 되게끔 잡아 늘인 다음 노비 두 사람을 붙여서 우발수 한가운데로 귀양 보냈다.

그때 우발수가 속한 동부여는 금와왕이 다스리고 있었다. 어느 날 어업을 맡은 관리 강력부추가 왕에게 아뢰었다.

"요즈음 물속에서 그물에 걸린 고기를 가져가는 자가 있는데 정체를 알 수가 없습니다."

그러자 금와왕은 그물로 그 괴물을 끌어내도록 명령했다. 하지만 그물만 찢어질 뿐이었다. 다시 쇠 그물을 만들어서 끌어내자 한 여자가 돌 위에 앉은 채로 나왔다. 여자가 입술이 길어 말을 못 하므로 입술을 세 번 잘라 냈더니 여자는 비로소 입을 열어 귀양 온 사연을 이야기했다. 금와왕은 이 일을 기이하게 여겨 유화를 별궁에 가두게 했다.

유화가 별궁 방에 머물러 있는데 햇빛이 몸을 비추었다. 유화가 몸을 옮겨 피하자 햇빛은 자꾸 따라와서 몸을 비췄다. 그 일이 있은 뒤로 유화는 아이를 잉태해서 배가 부풀어 올랐다. 열 달 만에 출산을 하는데 왼쪽 겨드랑이로 크기가 닷 되쯤 되는 알을 낳았다.

"사람이 알을 낳다니 상서롭지 못하다."

금와왕은 사람을 시켜서 알을 마굿간에 버리게 했다. 그러자 말들이 알을 밟지 않고 비켜났다. 다시 깊은 산에 버렸으나 여러 짐승이 알을 보호했다. 구름 낀 날에도 알에는 늘 밝은 빛이 비췄다. 왕이 알을 가져다가 가르려 했으나 깨뜨릴 수가 없었다. 왕은 할 수 없이 알을 어미한테 돌려주었다.

유화가 알을 고이 싸서 따뜻한 곳에 두자 어느 날 알에서 소리가 나며 한 사내아이가 껍질을 부수고서 나왔다. 아이는 골격과 외모가 영특하고 호걸다웠으며, 한 달이 못 되어서 말을 했다.

"파리들이 눈을 물어서 잠을 잘 수 없으니 활과 화살을 만들어 주십시오."

유화가 갈대로 활과 화살을 만들어 주자 아이는 물레 위에 앉은 파리를 쏘아서 백발백중으로 맞춰 잡았다. 그때 부여에서는 활 잘 쏘는 사람을 주몽이라 불렀는데, '주몽'으로 아이의 이름을 삼았다.

주몽의 재주는 나이가 들면서 더욱 신묘해졌다. 그때 금와왕한테는 아들 일곱이 있어서 주몽과 같이 사냥을 했는데 다른 이들이 함께 사슴 한 마리를 잡을 때 주몽은 혼자서 여러 마리를 잡았다. 왕자들이 이를 시기해서 주몽을 나무에 매 놓고서 사슴을 빼앗아 가자 주몽은 나무를 통째로 뽑아서 돌아왔다.

"주몽은 사람의 자식이 아니며 신령한 용맹이 있습니다. 일찍 없애지 않으면 후환이 있을 것입니다."

태자인 대소가 이렇게 말하자, 금와왕은 주몽에게 말 기르는 일을 시켜서 그 뜻을 시험하고자 했다. 말을 키우게 된 주몽은 마음에 한을 품고서 어머니한테 말했다.

"제가 천제의 자손으로 말을 먹이고 있으니 죽느니만 못합니다. 남쪽 땅으로 가서 나라를 세우고자 하나 어머니가 계셔서 감히 마음대로 할 수가 없습니다."

"이것은 내가 늘 고심하던 일이다. 먼 길을 가려면 준마가 있어야 할 게야. 내가 골라 주마."

유화는 주몽을 데리고 말 기르는 데로 가서 긴 채찍을 마구 휘둘렀다. 말들이 놀라서 달리는데 한 마리가 두 길이나 되는 난간을 훌쩍 뛰어넘었다. 주몽이 그 말의 혀끝에 몰래 바늘을 찔러 놓자 말은 물과 풀을 못 먹고 비쩍 야위어 갔다. 어느 날 금와왕이 말들을 돌아보고는 살찐 말을 자기가 갖고 주몽한테 그 말을 주었다. 주몽은 바늘을 뽑고서 그 말을 먹여서 준마로 만들었다.

마침내 주몽은 오이와 마리, 협보 등 세 사람과 함께 남쪽으로 길을 떠나게 되었다. 주몽이 차마 이별하지 못하고 주저하자 어머니가 오곡 씨앗을 전해 주면서 말했다.

"어미는 염려하지 말고 이것을 잘 간직해라."

주몽은 생이별하는 마음이 간절해서 그만 보리 씨앗을 잃어버리고 말았다. 그가 길을 가던 중에 큰 나무 아래서 쉬고 있는데 비둘기 한 쌍이 날아왔다.

"이것은 분명 신모(神母)께서 보리 씨앗을 보내는 것이다."

주몽은 활을 당겨서 화살 하나로 비둘기 한 쌍을 맞춰 떨어뜨린 뒤 목구멍을 열고 보리씨를 꺼냈다. 주몽이 물을 뿜자 비둘기는 다시 살아나 공중으로 날아올랐다.

주몽 일행이 길을 가서 엄사수에 이르렀을 때였다. 강물이 넓고 깊은데 타고 건널 배가 없었다. 뒤에는 병사들이 추격해 오고 있었다. 주몽은 채찍으로 하늘을 가리키며 말했다.

"나는 천제의 손자이고 하백의 외손자입니다. 고난을 피해 여기 이르렀으니 천지 신명은 나를 위해 다리를 보내 주십시오."

말을 마친 뒤 활로 물을 치자 고기와 자라들이 우루루 떠올라 다리를 이루었다. 주몽 일행이 무사히 강을 건넜을 때 추격병들이 말을 타고서 이르러 물을 건너기 시작했다. 이때 다리가 스르르 사라져 거기 올라섰던 자들은 물에 빠져 죽고 말았다.

주몽은 모둔곡에 이르러 세 사람을 만났다. 각각 삼베옷과 면화 옷, 마름 옷을 입고 있었으며, 이름을 재사와 무골, 묵거라고 했다. 주몽은 세 사람한테 각기 성씨를 내려 주었다.

"내가 나라의 기틀을 세우려 하는데 어진 사람들을 만났으니 하늘이 주심이로다."

그들과 함께 졸본 지역에 이른 주몽은 그 땅이 기름지고 아름다우며 형세가 단단한 것을 보고 그곳을 도읍으로 삼아 왕이 되었다. 나라 이름은 고구려라고 했다. 사방에서 많은 이들이 주몽의 명성을 듣고 찾아와 복종했다. 그 전에 졸본을 다스려 왔던 연타발은 주몽이 남다른 것을 보고 자기 딸 소서노를 아내로 주어 나랏일을 돕게 했다.

그때 비류국 왕 송양이 사냥을 나왔다가 주몽의 용모가 비범한 것을 보고 불러서 자리를 내어 주고 말했다.

"내가 바닷가 외진 곳에 있어 큰사람을 못 만났는데 오늘 보는구려. 그대는 어떤 사람이며 어디에서 왔습니까?"

"나는 천제의 자손으로서 왕이 됐거니와 그대는 누구를 이어서 왕이 되었습니까?"

"나는 선인(仙人)의 후예로 여러 대에 걸쳐 왕 노릇을 했습니다. 그러나 이 지역이

작아서 두 왕으로 나누기 곤란합니다. 그대가 나라를 세운 지 얼마 안 되었으니 합쳐서 내 밑으로 들어오는 게 어떻습니까?"

"나는 천제의 자손이니 그대가 내 밑으로 들어오지 않으면 하늘이 죽일 것입니다."

주몽이 거듭 자신을 천손(天孫)이라고 일컫자 송양은 의심을 품고서 재주를 시험하고자 활쏘기 시합을 청했다. 송양이 사슴을 그려서 백 걸음 안에 놓고 쏘았는데 화살이 사슴 몸에 들어가지 못하고 힘겨워했다. 이어서 주몽이 백 걸음 밖에 가락지를 걸고서 활로 쏘자 기와 깨지듯 가락지가 부서졌다. 활쏘기에서 진 송양이 나라를 세운 선후를 따져서 위계를 가리자고 주장하자, 주몽은 궁실을 일부러 썩은 나무로 지은 다음 송양을 청했다. 송양이 와서 보고는 다시 주장하지 못했다.

주몽은 서쪽으로 사냥을 나가 흰 사슴을 잡아서 거꾸로 매달아 놓고 말했다.

"하늘이 비를 내려서 비류국 도읍을 잠기게 하지 않으면 너를 놓아주지 않을 것이다. 살고 싶으면 하늘에 호소하라."

이 말에 사슴이 슬피 울어 울음소리가 하늘에 사무치자 비가 쏟아지기 시작했다. 장대비가 이레 동안 내리자 비류국 도읍지가 다 떠내려갔다. 송양왕과 백성들이 갈대로 만든 새끼줄을 붙잡고 연명할 때에 주몽이 채찍으로 물을 긋자 물이 줄어들었다. 마침내 송양은 나라를 들고 와서 항복했다.

그해 여름에 검은 구름이 골령[25]을 가득 덮더니 산은 안 보이고 수천 명 사람 소리와 나무 베는 소리만 들려왔다. 주몽이 이를 보고 하늘이 자기를 위해 성을 쌓는 것이라 했는데, 이레 만에 구름과 안개가 걷히고 보니 정말로 성곽과 궁궐이 이루어져 있었다. 왕은 하늘에 절하고 궁궐로 들어갔다.

뒷날 왕은 나이 마흔에 하늘로 올라가서 다시 내려오지 않았다. 나라에서는 왕이 남긴 옥 채찍으로 장례를 치르고 사당을 세워 제사를 받들었다.

---

25 골령 : 지명(地名). 고개의 이름.

주몽의 뒤를 이은 유리, 그리고 비류와 온조

주몽은 동부여를 떠나기 전에 예씨의 딸을 아내로 삼은 상태였다. 아이를 잉태 중이던 예씨는 주몽이 동부여를 떠난 뒤 사내아이를 낳아서 이름을 유리라고 했다. 유리는 어려서부터 기개가 강했다. 활로 새를 쏘아서 잡곤 했는데, 하루는 어떤 부인이 이고 있던 물동이를 쏘아 깨뜨렸다.

"아비 없는 자식이 어찌 내 동이를 깨느냐."

부인이 화를 내며 욕하자 유리는 크게 부끄러워하며 활로 진흙덩이를 쏘아서 물동이 구멍을 막은 뒤 집에 돌아와서 아버지가 누구냐고 물었다. 예씨가 아들 나이가 어림을 생각하고서 정해진 아버지가 없다고 하자 유리는 울면서 자결하려고 했다. 그러자 어머니가 놀라서 말했다.

"그 말은 농담으로 한 것이다. 너의 아버지는 천제의 손자이고 하백의 외손자이시다. 부여를 벗어나 남쪽 땅으로 옮겨 가서 새 나라를 세웠다. 네 아버지가 떠날 때 말씀하시길, '일곱 고개 일곱 골짜기 돌 위 소나무에 물건을 감춘 것이 있으니 그것을 얻은 자라야 나의 아들이다'라고 하셨다."

유리는 그날부터 산골짜기를 다니며 소나무들을 살피기 시작했다. 하지만 아버지가 말한 물건을 찾지 못하고 지쳐 돌아왔다. 하루는 그가 마루 위에 있는데 기둥에서 이상한 소리가 들려왔다. 살펴보니 기둥이 소나무로 되어 있고 그 아래 주춧돌이 일곱 모가 나 있었다. 유리가 일곱 고개 일곱 골짜기 돌이 일곱 모로 된 돌임을 깨닫고 기둥을 살펴보니 구멍 속에 부러진 칼 한 조각이 들어 있었다.

아버지의 유품을 얻은 유리는 옥지와 구추, 도조 세 사람과 함께 졸본으로 가서 아버지를 찾아뵙고 부러진 칼을 바쳤다. 주몽이 자기가 가지고 있던 칼 조각을 꺼내어 맞추자 두 칼 조각이 피를 흘리며 합쳐져 온전한 칼이 되었다.

"만약 네가 나의 아들이라면 어떤 신성함이 있느냐?"

주몽의 말에 유리는 몸을 들어서 공중으로 솟구치며 창을 타고서 해에 닿는 신령함을 보였다. 왕은 크게 기뻐하며 유리를 태자로 삼았다. 유리는 주몽이 하늘로 올라간 뒤 그 뒤를 이어서 고구려 왕이 되었다.

동부여에서 유리가 찾아와 태자가 되었을 때 주몽에게는 비류와 온조라는 두 아들이 있었다. 우태와 소서노 사이에서 태어난 자식으로, 소서노가 주몽과 결혼할 때 데려온 바였다. 주몽은 두 형제를 친자식처럼 아꼈으나, 유리가 태자가 되자 두 사람은 마음이 흔들렸다. 유리가 왕위를 잇게 되었을 때 비류가 온조에게 말했다.

"처음 대왕이 이곳으로 왔을 때 어머니가 나라의 기초를 세우는 일을 많이 도왔다. 이제 대왕이 돌아가시고 나라가 유리에게 돌아갔으니 우리가 여기서 쓸모없이 지내는 것보다 차라리 어머니를 모시고 남쪽으로 다서 도읍을 세우는 것이 좋겠다."

마침내 두 형제는 어머니를 모시고 남쪽으로 내려가 새로 도읍을 정했다. 비류는 바닷가 미추홀에 자리를 잡았고, 온조는 위례성에 도읍을 정했다. 미추홀은 땅이 습하고 물이 짜서 편히 살 수 없었는데, 위례성은 도읍이 안정되어 백성들이 편안히 살 수 있었다. 비류가 자기 결정을 뉘우치면서 죽은 뒤에 그 신하와 백성들이 모두 위례성으로 옮겨 와서 살았다. 새 나라의 왕이 된 온조는 나라 이름을 백제로 지었다. 그 뒤 백제는 고구려, 신라와 함께 수백 년을 이어 가게 되었다.

자료

〈동명왕 신화〉는 북부여에서 백제까지 맥락이 이어지는 길고 복잡한 건국신화다. '동명(東明)'은 부여계 나라의 신을 두루 일컫는 말로 이해되며, 비류와 온조 이야기도 동명신화로 포괄하는 것이 보통이다. 〈동명왕 신화〉는 《삼국사기》와 《삼국유사》에 비슷한 내용이 실려 있으며, 이규보가 쓴 〈동명왕편〉의 주석에 《구삼국사》를 인용한 이야기가 수록돼 있다. 여기서는 《삼국사기》와 《삼국유사》를 참고하는 가운데 〈동명왕편〉에 실린 이야기를 주 자료로 삼아서 내용을 구성했다.

[출처] 이규보, 《동국이상국집》의 〈동명왕편〉에 인용된 동명왕신화. 김부식, 《삼국사기》의 고구려본기 '시조 동명성왕' 및 백제본기 '시조 온조왕'. 일연, 《삼국유사》의 기이편, '북부여', '동부여', '고구려' 및 '남부여·전백제·북부여'.

🔍 이야기 속으로

활 잘 쏘는 주몽이 주인공으로 등장하는 〈동명왕신화〉는 다들 들어 본 적 있을 거예요. 그런데 위 이야기에 좀 낯선 내용들이 있지 않나요? 세상에는 《삼국사기》나 《삼국유사》에 실려 있는 신화 내용이 많이 알려져 있는데, 동명왕 신화의 본모습은 고려 후기 문인인 이규보가 서사시 〈동명왕편〉을 지으면서 옮겨 놓은 《구삼국사》 자료에서 잘 볼 수 있습니다. 해모수가 용이 끄는 수레를 타고 내려오는 장면으로부터 해서 신화다운 서사가 잘 살아 있지요. 위 이야기는 이를 바탕으로 정리한 것입니다.

이야기 속 여러 인물들 가운데 해모수의 모습이 눈에 확 뜁니다. 다섯 마리 용이 이끄는 수레를 타고 지상으로 내려오는 하늘신이라니, 창세신화의 천지왕을 연상시키지요. 하지만 해모수는 남다른 데가 있습니다. 아침에 나타났다 저녁이면 사라지는 신, 가죽 가마에 구멍을 내고 사라지는 신, 빛으로 잉태를 시키는 신……. 맞습니다. 그는 완연히 태양신의 성격을 지니고 있어요. 그가 오룡거를 타고 하늘을 오르내리는 모습은 해가 뜨고 지는 모습을 나타내며, 채색 구름 속에서 음악이 들린다는 것은 일출의 장관을 상징하지요. 그리스의 '아폴론'과 어깨를 나란히 할 만한 신이 해모수입니다.

해모수의 그런 면모는 자손들한테도 이어집니다. 주몽이 알로 태어나는데 그 알은 곧 태양의 상징입니다. 알이 구름 속에서도 환히 빛난 것은 우연이 아니지요. 유리가 창을 타고 해에 올랐다는 것도 태양신의 후예다운 모습입니다. 고구려는 천신의 나라이자 태양신의 나라였다고 할 수 있습니다.

하지만 하늘과 태양만이 아니었지요. 단군이 그랬듯 주몽도 하늘신과 지상신 사이에서 태어납니다. 지상신 유화는 특별히 물의 신이었지요. 그 아버지가 하백(河伯)이었는데 하백은 곧 수신(水神)을 뜻합니다. 유화도 물속에서 살았다는 걸 보면 수신임에 틀림없어요. 하지만 유화는 뒤에 땅의 신인 지모신(地母神) 구실을 하게 됩니다. 주몽한테 오곡 씨앗을 전해 줬다고 하는 데서 이를 잘 볼 수 있지요. 유화는 고구려뿐 아니라 동아시아에서 오래도록 큰 신으로 섬겨져 왔다고 해요.

주몽은 활을 잘 쏘는 영웅신이지만, 생산신의 면모도 지닙니다. 오곡 씨앗을 챙겨 왔으니 기름진 땅에서 곡식을 잘 재배해서 나라를 일으켰을 거예요. 이야기를 보면 주몽은 강물을 다스리고 비를 내리게 하는데 이 또한 농사에 꼭 필요한 능력입니다. 주몽의 생산신 능력은 어머니 유화한테서 받은 것이지만, 아버지인 하늘로부터 받은 것이기도 합니다. 비를 내리는 것은 하늘의 역할이니까요.

이야기 속 주몽은 사이사이에 아주 신이한 능력을 나타냅니다. 물을 뿌려서 죽은 비둘기를 살려 내거나 물고기와 자라가 강물에 다리를 놓게 하고, 저절로 궁궐이 지어지도록 하지요. 주몽의 이런 모습에서 큰 샤만을 보게 됩니다. 초월적 힘과 소통해서 세계를 움직여 조정하는 능력자지요. 창세신화에서 대별왕과 소별왕이 해와 달을 조정한 것과 통하는 능력이라 할 수 있습니다. 그러고 보면 소별왕 대별왕과 주몽은 활을 잘 쏜다는 점도 같네요!

신화는 주몽이 죽었다고 하지 않고 나이 마흔에 하늘로 올라갔다고 말합니다. 하늘의 자손이니 하늘로 돌아간 것이겠지요. 그는 곧 하늘신이 되었다고 이해할 만합니다. 주몽을 신으로 모신 사당을 '동명묘(東明廟)'라 불렀어요. '동쪽의 밝음'을 뜻하는 동명은 하늘에 아침 해가 떠오르는 모습을 나타냅니다. 어쩌면 주몽이 아버지를 대신해서 태양신이 된 것일지도 모르겠습니다. 물론 그는 이 땅에서 사라진 것은 아니에요. 그의 분신인 채찍이 땅에 묻혔으니 그의 신령한 힘은 지상에 깃들어 있는 셈이지요. 그는 고구려 역사에서 시조신이자 수호신이었다고 할 수 있습니다.

해부루와 금와왕, 주몽, 대소, 유리, 비류, 온조……. 그 말고도 수많은 인물들이 있고 나라가 있었을 것입니다. 그 가운데 살아남은 것은 사람들을 한데 모아 힘을 내도록 하는 데 성공한 능력자들입니다. 역사적으로 보면 영웅이고 왕(王)이지만 한 시대 한 나라의 큰 빛이 됐으니 곧 신(神)이라 할 수 있지요. 고구려 사람들에게 주몽은, 그리고 해모수와 유화는 더없이 신령하고 고귀한 신이었을 거예요. 신령하거나 고귀하지 않은 신은 없겠지만요.

상상하고, 이야기하기

■ 해설에서 설명한 것처럼 해모수가 태양신이고 유화가 수신이라면 둘의 결합은 어떤 의미를 지니는지 말해 보자. 유화는 왜 해모수와 함께 하늘로 올라갈 수 없었을까? 그리고 유화는 어떤 과정을 통해서 좋은 말을 구별하고 오곡 씨앗을 전해줄 수 있는 존재가 되었을까?

■ 역사적으로 볼 때 금와왕이 주몽의 친아버지였을 가능성이 있다는 견해가 있다. 금와왕과 주몽의 관계를 헤아려 보고 그런 해석이 실제로 가능할지 토론해 보자. 만일 그것이 사실이라면, 왜 주몽은 금와왕 대신 해모수를 아버지로 삼은 것일까?

■ 유리가 아버지를 찾아서 동부여에서 고구려로 건너온 다음 비류·온조와 유리 사이에, 그리고 주몽과 소서노 사이에 있었을 법한 일을 상상해서 이야기로 펼쳐내 보자.

제3편

신성의 땅, 신라 서라벌의 신들

혁거세 신화 외

혁거세 신화

옛날 진한 땅에는 급량부와 사량부, 모량부, 본피부, 한기부, 습비부 등 여섯 고을이 있었다. 각 고을 조상들은 모두 하늘에서 산을 통해 내려온 이들이었다. 어느 해 삼월 초하룻날 6부 마을 조상들이 각각 자식들을 데리고 함께 알천 언덕 위에 모였다.

"우리들은 백성을 다스릴 임금이 없어서 사람들이 제멋대로 움직입니다. 덕이 있는 이를 찾아서 임금으로 모시고 도읍을 정해서 나라를 세워야 합니다."

다들 뜻을 모아 임금 모실 일을 의논할 때, 높은 곳에 올라가 남쪽을 바라보니 양산 아래 나정(蘿井) 우물가에 기이한 모습이 보였다. 하늘에서 이상한 기운이 번개처럼 땅에 드리우더니 하얀 말 한 마리가 무릎을 꿇고 절하는 시늉을 했다. 사람들이 그곳으로 가서 살펴보니 커다란 자줏빛 알 하나가 놓여 있었다. 흰 말은 사람을 보더니 긴 울음소리를 내며 하늘로 날아 올라갔다.

"천마가 내려왔으니 이 알은 하늘이 내려보낸 것입니다."

사람들이 알을 쪼개자 단정하고 아름다운 사내아이가 나왔다. 동천(東泉) 샘물에 몸을 씻기니 아이의 온몸에서 밝은 광채가 났다. 새와 짐승이 모두 따라서 춤을 추고 하늘과 땅이 흔들리며 해와 달이 밝게 빛났다.

"하늘이 우리에게 임금을 내리셨습니다!"

사람들은 그 아이에게 세상을 밝게 빛낼 사람이라는 뜻으로 '혁거세'라는 이름을 지어 주었다.

"하늘의 아들이 땅에 내려왔으니 덕 있는 딸을 찾아서 짝을 정해야겠습니다."

바로 그날, 사량리 알영정 우물에 신기한 일이 있었다. 우물에서 닭 머리 모양을 한 계룡이 나타나서 왼쪽 옆구리로 여자아이를 낳았는데 생김새가 빼어났다. 하지만 입술이 닭의 부리처럼 뾰족하고 딱딱했다. 사람들이 아이를 월성 북쪽의 시냇물로 데리고 가서 목욕을 시키자 딱딱한 부리가 떨어져 나갔다. 그때부터 냇물의 이름은 '발천'이 되었다. 아이는 우물 이름을 따서 알영이라고 불렀다.

사람들은 경주 남산 서쪽 기슭에 궁실을 짓고 혁거세와 알영을 모셔 키웠다. 그나이 열세 살이 되자 사람들은 그들을 왕과 왕비로 모시고 나라를 이루었다. 나라이름은 서라벌이라 했다. 또는 계룡이 상서로움을 보였다고 해서 계림국이라고도 했다. 나라 이름은 뒤에 신라(新羅)가 되었다.

혁거세 왕은 나라를 다스린 지 61년 만에 하늘로 올라갔다. 하늘에 올라간 지 7일 뒤에 몸뚱이가 땅으로 흩어져 떨어졌으며, 알영 왕비가 또한 세상을 떠났다. 나라 사람들이 혁거세 왕의 흩어진 몸을 모아 장례를 치르려 하자 큰 뱀이 따라다니며 합치지 못하게 했다. 사람들은 왕의 머리와 팔 다리를 따로 묻어서 다섯 개의 무덤을 만들었다. 그 무덤이 곧 '오릉(五陵)'이며, '사릉(蛇陵)'이라고도 한다.

석탈해 신화

혁거세왕에 이어서 남해왕이 나라를 이어받았을 때 일이다. 가야국 바다 한가운데에 배 한 척이 떴다. 수로왕이 백성들과 함께 북을 쳐 환영하며 배를 머물게 하려 했으나 배는 나는 듯 달아나서 계림 동쪽 포구에 이르렀다. 고기잡이를 하던 아진의선이라는 노파가 그 배를 발견하고서 말했다.

"바다에는 바위가 없는데 무슨 까닭으로 까치들이 저 위에서 우는 걸까?"

노파가 배를 끌어당겨서 살펴보니까 안에 궤 하나가 있었다. 그 길이가 스무 자에 폭은 열세 자나 됐다. 노파가 하늘에 기원을 드린 다음 궤를 열었더니 사내아이가 하나 있고 칠보와 노비가 가득했다. 노파가 그들을 이레 동안 잘 대접하자 사내아이가 입을 열었다.

"나는 용성국 사람으로 부왕은 함달파이고 어머니는 적녀국 왕녀입니다. 어머니께서 기원을 드린 지 7년 만에 알 한 개를 낳았습니다. 왕이 상서롭지 못하다며 궤를 만들어서 그 속에 나를 넣고 배를 띄우며 인연이 있는 곳에 가서 나라를 세우라고 했습니다. 붉은 용이 배를 호위해 줘서 마침내 여기 이르렀습니다."

노파가 아이를 거두어 키우니 키가 아홉 자가 되고 용모가 준수하며 성품과 지혜가 남달랐다. 아이는 알을 깨고 나왔다고 하여 이름을 탈해라 하고, 까치 덕분에 궤를 열었다고 해서 까치 작(鵲) 글자에서 '석(昔)'을 취해서 성씨로 삼았다.

탈해는 고기잡이를 해서 어머니를 봉양하다가 어머니 권유로 학문을 닦았는데 지리에 능통했다. 어느 날 시종 둘을 데리고 토함산 위로 올라가 돌무덤을 만든 다음 산봉우리 아래 좋은 자리에 위치한 호공의 집을 찾아갔다. 탈해는 그 집 곁에 몰래 숫돌과 숯을 묻어 놓고는 이튿날 아침에 그 집에 가서 말했다.

"이 집은 우리 조상이 살던 집이니 내주십시오."

호공이 그게 무슨 말이냐며 화를 내니 다툼이 일어났다. 관청에서 관리가 나와서 탈해한테 그게 자기 집이라는 것을 증명하라고 하자 탈해가 말했다.

"우리 조상은 본래 이 자리에서 대장장이 일을 했습니다. 땅을 파서 조사해 보면 알 것입니다."

그 말대로 땅을 파니까 과연 숫돌과 숯이 나왔다. 이렇게 해서 탈해는 그 집을 빼앗아서 살게 됐다. 그곳이 지금의 월성(月城)이다. 남해왕이 탈해가 지혜로운 사람임을 알고서 그를 자기 맏딸과 짝지어 주고 벼슬을 내려주었다.

남해왕은 죽으면서 아들 유리와 탈해 가운데 어른 되는 쪽이 임금을 이어받게 했다. 유리가 탈해한테 왕위를 양보하려 하자 탈해가 말했다.

"이는 제가 감당할 바가 아닙니다. 지혜로운 이는 이빨이 많다고 하니 시험해 보십시오."

둘이 떡을 물어서 이빨 수를 시험해 보니 유리 태자가 더 많았다. 그래서 유리가 왕이 되었다. 유리왕은 나라를 다스린 지 34년 만에 세상을 떠나면서 자기 아들보다 탈해가 재능이 많으니 그를 왕위에 올리라고 했다. 그렇게 해서 탈해는 신라의 네 번째 왕이 되었다.

탈해가 나라를 다스리다 죽은 지 오랜 세월이 지난 뒤에 이상한 일이 있었다. 문무왕 꿈에 신이 나타나서 이렇게 말했다.

"나는 탈해왕이다. 내 뼈를 파내서 조각상을 만들어 토함산에 안치하라."

탈해의 묘를 파 보니 그 머리뼈가 석 자 두 치이고 뼈마디들이 아주 컸다. 왕은 신의 말대로 그 뼈를 부수어 조각상을 만든 뒤 토함산에 모셨다. 그 뒤 탈해는 토함산 산신이 되어 제사를 받았다.

김알지 신화

탈해왕 때 호공이 월성 서쪽에 있는 시림 숲속을 걷고 있는데 기이하고 밝은 빛이 보였다. 살펴보니까 자줏빛 구름이 하늘로부터 땅까지 이어져 있고, 나뭇가지에 황금 궤가 걸려 있었다. 빛은 그 궤에서 나오고 있었다. 나무 밑에서는 흰 닭이 울고 있었다.

　호공이 왕한테 이 일을 아뢰자 왕이 숲으로 가서 궤를 열었다. 안에 한 사내아이가 누워 있다가 일어나 앉았다.

　"하늘이 나에게 아들을 보내 주었으니 어찌 기쁘지 않겠는가!"

　아이를 데리고 대궐로 돌아오는데 새와 짐승들이 따르면서 춤을 추었다. 왕은 아이 이름을 알지라고 하고, 금 궤에서 나왔다 하여 성을 김(金)씨로 했다. 그리고 이때부터 시림을 계림(鷄林)이라 하고 이를 나라 이름으로 삼았다.

　왕은 날을 가려서 김알지를 태자로 삼았다. 하지만 알지는 뒤에 태자 자리를 다른 이에게 물려주고 왕의 자리에 오르지 않았다. 그의 칠 대 자손인 미추가 조부왕의 사위로 있다가 왕위에 오르니 비로소 김씨 성을 가진 왕들이 나왔다. 신라의 김씨 왕은 그 시초가 김알지로부터 비롯되었다.

자료

신라 건국 초기의 신화들을 한 자리에 모았다. 혁거세 신화는 신라의 건국신화이며, 혁거세왕은 박씨의 시조이기도 하다. 석탈해와 김알지는 각기 석씨와 김씨의 시조이며 신라왕들의 선조다. 이들 이야기는 《삼국유사》에 실려 있다. 원전의 내용을 살리는 가운데 표현만 조금씩 가다듬었다.

[출처] 일연, 《삼국유사》 기이편, '신라 시조 혁거세왕' 및 '탈해왕', '김알지'

이야기 속으로

여기 있는 이야기들은 신라의 성립과 형성에 얽힌 신화들입니다. 공식적인 건국 신화는 〈혁거세 신화〉이지만, 신라가 나라 기틀을 잡는 과정이 장기간에 걸쳐 이루어졌다는 점에서 〈석탈해 신화〉와 〈김알지 신화〉도 넓은 의미의 건국신화에 든다고 볼 수 있지요.

앞에서 본 부여와 고구려 쪽 신화와 비교해 보면, 신라 신화는 왕을 찾아 나라를 이루고 그 자리를 이어 가는 과정이 순탄하게 이루어지는 모습입니다. 집단 사이에 균형과 협력이 잘 이루어지고 있는 것으로 보여 눈길을 끌지요. 화백 제도로 이어지는 집단적 합의의 전통이 신화에서 시작됐다고 해도 좋겠습니다.

이 신화의 주인공들은 그 출신에서 신적 면모를 지닙니다. 혁거세와 석탈해가 알에서 태어난 것이나 혁거세와 김알지가 하늘로부터 내려온 것은 주몽의 경우와 통하지요. 김알지는 알이 아닌 궤짝이었지만, 하늘로부터 내려온 빛나는 금궤라서 성격이 비슷합니다. 세 인물 모두 천신이나 태양신의 후예라고 볼 수 있지요. 다만 석탈해에게서는 좀 다른 면모를 보게 됩니다. 알에서 태어났다지만 그 알이 하늘에서 내려온 것인지 분명치 않습니다. 그가 용성국 출신이고 배를 타고 바다에서 온 점을 생각하면 바다신일 것처럼 여겨지기도 합니다. 어쩌면 그 알은 용의 알일 수도 있겠어요.

세 이야기 가운데 역시 〈혁거세 신화〉가 눈길을 끕니다. 왕이 되는 혁거세와 왕비가 되는 알영의 내력이 함께 담겨 있어서 짝이 잘 들어맞지요. 같은 날 태어난 신이한 아들과 딸이니 똑같이 고귀한 존재라고 할 수 있습니다. 남자는 천신 쪽이고 여자는 수신 쪽이라는 점은 해모수와 유화의 관계하고도 비슷하지요. 다만 고구려에서는 둘 사이에서 태어난 주몽이 시조가 되는 데 비해 신라에서는 둘이 나란히 왕과 왕비가 됩니다. 신라의 경우 두 집단이 하나로 결합되는 쪽보다 각기 존재하면서 연합하는 쪽에 가깝지요. 신라가 연합체 사회였다는 사실이 신화에 반영된 것이라고 볼 수 있습니다.

나중에 혁거세가 하늘로 올라간 것은 신이 됐다는 뜻이겠지요. 그런데 왜 그 몸이 여러 개로 나뉘어 땅으로 떨어졌을까요? 큰 뱀이 혁거세의 몸을 합치지 못하게 했다는 것은 그것이 신의 뜻이라는 말인데, 거기 담긴 의미가 무엇일지 궁금합니다. 해석이 쉽지가 않은데, 혹시 혁거세로 상징되는 신성이 여러 곳에 고루 나뉘어 있음을 이렇게 표현한 것이 아닐까 생각해 봅니다. 그를 통해 서라벌의 여러 집단이 두루 신성을 유지하며 이어져 나갔다는 뜻이지요. 물론 이는 여러 추리 가운데 하나일 따름입니다. 어떤 다른 뜻이 담겨 있을지 함께 생각해 보면 좋겠습니다.

상상하고, 이야기하기

■ 〈혁거세 신화〉에서 서라벌의 여러 마을이 따로 살기보다 한데 모여서 나라를 세우려는 이유는 무엇일까? 당시 사람들에게 왕과 왕비는 어떤 의미를 가지는 존재였을까?

■ 석탈해는 천신과 해신, 산신, 대장장이 신 가운데 어느 쪽 성격이 두드러지다고 보는지 자유롭게 말해 보자. 그가 탄 배 위에서 까치들이 울었다는 데는 어떠한 의미가 있을까?

■ 세 신화에 나오는 천마와 용, 닭이 각기 어떤 신화적 상징을 지니는지 헤아려 보자.

제4편

하늘에서 온 왕과 바다를 건너온 왕비

수로왕 신화

하늘과 땅이 갈라져 세상이 생긴 뒤로 가야의 옛 땅에는 아직 나라가 없고 왕과 신하도 없었다. 아홉 촌장이 백성들을 이끌었으며, 사람들은 산과 들에 모여서 우물을 파 물을 마시고 밭을 갈아 곡식을 먹었다.

이들이 사는 땅 북쪽에는 산봉우리가 하나 있었는데 모양이 거북이를 닮아서 '구지봉'이라고 했다. 어느 날 촌장들을 비롯해 수백 명이 봉우리 아래 모였을 때 이상한 말소리가 들려왔다.

"여기에 사람이 있느냐?"

"예, 저희들이 여기 있습니다."

"지금 내가 있는 곳이 어디인가?"

"구지봉입니다."

"하늘이 나에게 이곳에 나라를 세우고서 왕이 되라고 명하셨다. 너희들이 봉우리 꼭대기의 흙을 파면서 '거북아 거북아, 머리를 내놓아라. 내놓지 않으면 구워 먹으리' 하고 노래하면서 춤추면 하늘에서 왕이 내려올 것이다."

사람들은 기뻐하면서 한데 모여 노래를 부르며 춤을 추었다. 그러자 얼마 후 하늘로부터 자줏빛 줄이 땅으로 드리워졌다. 그 줄 끝에는 붉은색 보자기로 싼 황금 상자가 달려 있었다. 사람들이 상자를 열어 보니 안에 둥근 황금알 여섯 개가 들어 있었다. 사람들은 놀라고 기뻐하면서 거듭 절을 올린 뒤 알을 싸 가지고 돌아왔다. 이튿날 상자를 열어 보니 황금알은 여섯 명의 사내아이로 변해 있었다. 사람들은 이들을 평상 위에 앉히고서 예를 갖추었다.

아이들은 무럭무럭 자라나 열흘 만에 키가 9척이 되었다. 얼굴이 용과 같고 눈동자가 두 겹이었으며 눈썹에서 오색이 빛났다. 사람들은 그들 중 가장 먼저 나온 이를 '수로(首露)'라고 불렀다. 수로는 그 달 보름에 새로운 나라 대가야의 왕으로 모셔졌으며, 나머지 다섯 사람도 왕이 되었다. 이렇게 해서 여섯 가야국이 이루어졌다.

이때 바다 건너 완하국 함달파왕에게 탈해라는 왕자가 있었다. 수로왕처럼 알에서 태어난 사람이었다. 그는 키가 작았으나 머리통은 보통 사람보다 훨씬 컸다. 탈해는 배를 타고 가락국으로 와서 수로왕에게 말했다.

"내가 왕이 되기 위해 왔으니 자리를 넘겨주시오."

"나는 하늘의 뜻으로 이 나라 왕이 되었다. 천명을 어기고 나라와 백성을 맡길 수 없다."

"그렇다면 기술로 승부를 결정합시다."

탈해는 잠깐 사이에 몸이 변하여 매가 되었다. 그러자 수로왕은 곧바로 독수리로 변해 매를 쫓았다. 탈해가 참새로 변하자 왕은 다시 새매가 되어 참새를 쫓았다. 그러자 탈해가 굴복하여 말했다.

"왕께서 독수리가 되고 새매가 되어서 저를 죽이지 않았으니 큰 덕을 알 만합니다. 저는 다른 곳으로 가겠습니다."

탈해는 배를 타고 떠나서 서라벌 계림으로 들어간 뒤 그곳에 터를 잡고 뒷날 신라의 왕이 되었다.

수로왕은 나라를 다스린 지 여러 해가 되도록 왕비가 없었다. 신하들이 걱정하면서 처녀를 뽑아 짝을 이루라고 하자 왕이 말했다.

"내가 여기 있음은 하늘의 뜻에 따른 것이니 왕후 될 사람도 하늘이 보내리라."

왕은 신하들한테 바닷가 섬으로 가서 왕비가 될 사람을 기다리도록 했다. 그때 바다 서남쪽에서 붉은 돛을 단 배가 붉은 깃발을 휘날리며 다가왔다. 배에는 왕비가 될 여인이 타고 있었다. 가야국 사람들이 그를 모시고 대궐로 가려 하자 여인이 말했다.

"내가 어찌 가벼이 움직여 따라가겠느냐?"

신하들이 돌아가서 그 말을 전하자 수로왕은 관리들과 함께 궁궐 밖으로 행차해서 산 옆에 행궁을 설치하고 여인을 맞이했다. 여인은 비단 바지를 벗어서 산신에게 바친 뒤 아랫사람들한테 보화를 짊어지게 하고 행궁으로 나아갔다. 수로왕은 예로써 그를 맞이했다.

"나는 아유타국 공주 허황옥입니다. 부모님 꿈에 상제가 나타나 나를 가락국 왕의 배필로 보내라고 명하셨으므로 여기에 왔습니다."

"그대가 멀리서부터 올 것을 알았기에 따로 왕비를 두지 않았습니다."

두 사람은 거기서 혼인을 맺고 이틀 밤을 지낸 뒤 함께 대궐로 돌아왔다.

그 뒤 수로왕은 허왕후의 도움 속에 나라의 기틀을 잡고 백성들을 돌보았다. 둘은 마치 해와 달이 함께 있는 것 같았다. 허왕후는 백쉰일곱 살에 세상을 떠났으며, 수로왕은 백쉰여덟 살에 세상을 떠났다. 사람들은 사당을 세우고 대대로 제사를 올렸다. 뒷날 신라 문무왕이 수로왕을 어머니의 조상으로 섬겨서 제사를 이어 가니 그 전통이 삼백 년 넘도록 이어졌다.

자료

가야 또는 가락국 신화는《삼국유사》에 수록된 〈가락국기〉에 자세한 내용이 기록돼 있다. 이 글에는 가락국의 제도와 문물에 관한 내용도 길게 서술돼 있는데 여기서는 이를 생략하고 신화적인 내용 중심으로 정리했다.

[출처] 일연,《삼국유사》기이편, '가락국기'.

이야기 속으로

한반도 남쪽, 백제와 신라 사이에 자리 잡았던 가야의 신화입니다. 가락국이라고도 하는 가야는 여섯 개 작은 나라가 함께 모여 가야 연맹을 이루었다고 해요. 여섯 나라의 왕이 하늘에서 내려온 여섯 개의 알에서 한꺼번에 태어났다는 내용이 독특합니다.

한국 신화에서는 '하늘'이 매우 중요합니다. 하늘을 만물의 원천으로 보았고, 천신을 특히 고귀한 신으로 숭상했지요. 수로왕 신화에서도 그러한 특징을 볼 수 있습니다. 여섯 가야의 시조가 모두 하늘에서 내려온 알에서 탄생했다는 것은 이들이 천신의 후예임을 잘 보여 줍니다. 그들이 내렸다는 구지산 봉우리는 하늘과 인간 세계를 잇는 통로라 할 수 있지요.

수로왕 신화에 탈해가 등장하는 것이 이채롭습니다. 석탈해는 신라의 네 번째 왕으로, 그를 주인공으로 하는 신화가 있지요. 그 신화 속 탈해왕은 지혜롭고 어진 능력자로 나오는데, 여기서는 가야를 빼앗으려다가 수로왕과의 시합에서 졌다고 합니다. 좀 의아하기도 하지만, 이치상 자연스러운 일입니다. 각 나라마다 자기 시조를 높이는 것이 당연한 일이지요.

이 신화에서 수로왕과 허황옥의 결혼을 전하는 사연이 아주 인상적입니다. 멀리 바다 건너에서 온 여인이 왕비가 됐다는 것은 고구려나 신라 신화에서 볼 수 없는 내용이지요. 이 화소는 가야가 개방적이고 역동적인 나라였음을 보여 줍니다. 드넓은 세상에서 크고 귀한 힘을 찾아내고 포용하는 것은 역사 발전의 중요한 동력이지요.

이는 수로왕 신화만 그런 것은 아닙니다. 단군신화와 동명왕 신화, 혁거세 신화와 석탈해 신화 등에도 본원적인 소통과 포용의 정신이 잘 담겨 있습니다. 천지왕본풀이나 원천강본풀이 같은 구전신화 또한 마찬가지지요. 앞으로 살필 많은 신화들에서도 그러한 모습을 만나볼 수 있게 될 것입니다.

**상상하고,
이야기하기**

■ 이 신화에서 사람들은 하늘로부터 왕을 맞이하기 위해 봉우리를 두드리며 노래를 불렀다고 한다. 사람들이 함께 모여서 춤을 추면서 노래를 부르자 왕이 내려왔다는 데는 어떤 뜻이 담겨 있을까? "거북아 거북아 머리를 내놓아라, 내놓지 않으면 구워 먹으리." 하는 노랫말과 연결해서 이야기해 보자.

■ 수로왕이 왕비를 가야국 안에서 찾지 않고 멀리 다른 나라에서 온 여인을 짝으로 맞이한 데는 어떤 신화적 의미가 있을지 말해 보자.

역사시대의 건국신화와 저항 신화

역사상 건국신화 시대는 고대(古代)에 해당하는 시기입니다. 신석기 농업혁명으로 생활환경이 크게 바뀌어 생활이 집단화되면서 나라가 만들어지던 시기에 많은 신화가 생겨났지요. 우리나라의 경우 고조선의 성립으로부터 삼국시대 초엽에 이르는 시기가 건국신화의 시대였습니다.

문화가 발전하고 법과 질서가 정비되면서 건국신화는 빛을 잃게 됩니다. 종교와 철학 등이 그 몫을 대신하게 되지요. 하지만 기존 사회질서가 허물어지면서 새로운 나라와 질서가 생겨날 때마다 건국신화와 비슷한 구실을 하는 이야기가 세상에 퍼지곤 했습니다. 통일 신라가 약화되면서 후백제와 태봉, 고려 등이 수립된 후삼국 시대가 대표적입니다. 후백제의 견훤과 태봉의 궁예, 고려 왕건의 조상에 관한 신화적 이야기들이 생겨났지요.

후백제를 세운 견훤에게는 독특한 출생담이 전해 옵니다. 견훤의 어머니가 처녀일 때 밤마다 누군가가 방으로 들어와 자고 갔다고 해요. 문을 꽁꽁 잠가도 소용이 없었지요. 그때 처녀의 아버지가 사내 옷에 긴 실을 꿴 바늘을 꽂아 놓게 합니다. 날이 밝은 뒤에 그 실을 따라가 보니까 큰 지렁이 몸에 바늘이 찔려 있었다고 해요. 지렁이라니 좀 이상하지만, 원래는 용이었을 거예요. 견훤이 신령한 용의 아들로 세상에 태어났다면 신화적 출생으로 잘 어울리지요. 견훤이 아기일 때 들판에서 호랑이 젖을 먹었다는 얘기도 있는 것을 보면 꽤 그럴듯한 신화적 이야기가 퍼졌던 것 같습니다.

후고구려(태봉)의 궁예는 본래 신라 왕실 출생이었어요. 헌안왕 아들인데 날 때 기이한 빛이 하늘로 이어져 있었다고 합니다. 나라에서 불길하다고 아기를 다락 아래로 던졌는데 유모가 급히 받은 덕분에 살아났지요. 다만 이때 손가락에 눈을 찔려 애꾸가 됐다고 합니다. 커서 승려 노릇을 하다가 양길 수하로 들어간 궁예는 결국 태봉의 왕이 되지요. 궁예가 스스로를 미륵불로 일컬었다는 것은 아주 유명한 이야기입니다. 포악을 일삼다가 죽임을 당했다지만, 궁예의 일대기는 영웅신화의 면모가 뚜렷합니다.

고려 태조 왕건은 그 조상들에 관한 신화적 이야기가 전해 옵니다. 왕건의 윗대 조상인 호경은 호랑이 덕에 목숨을 건지고 여산신의 짝이 되어 산의 대왕이 되었다고 해요. 호경의 손자인 보육의 딸은 오줌으로 온 세상을 덮는 꿈을 얻은 뒤에 중국 황제와 인연이 닿아 아들 작제건을 낳았다고 합니다. 작제건은 바다 가운데 섬에서 용왕을 괴롭히는 여우를 활로 쏴 물리친 뒤 용왕 딸과 결혼했다고 해요. 작제건과 용녀 사이에서 태어난 아들이 용건이고 용건의 아들이 왕건이지요. 이 이야기에 대해서는 왕권을 뒷받침하기 위해서 만들어 낸 신화라고 보는 견해도 있습니다.

고려가 망하고 조선왕조가 생겨났을 때도 왕건의 경우와 비슷한 신화적 이야기가 만들어집니다. 세종대왕이 짓게 했다는 〈용비어천가〉는 조선 태조 이성계와 그 조상들의 신이한 행적들을 전하고 있지요. 이른바 '육룡(六龍)'이 하늘 높이 날아오른 사연이에요. 신화 아닌 신화라 할 수 있습니다.

나라를 세운 인물들 외에 권력에 맞선 저항의 존재들에 얽힌 신화적 사연도 민간에서 구전돼 왔습니다. 정국이 혼란하고 살기 어려울 때면 세상을 바로잡을 구원자로서 미륵불이나 진인(眞人)에 관한 이야기가 퍼지곤 했지요. 임꺽정이나 장길산, 홍경래, 최제우 등 세상의 질서를 뒤바꾸고자 한 인물들에 관해서도 신화적 이야기들이 퍼졌던 자취가 남아 있습니다. 진심으로 믿고 따랐던 사람들한테 이들은 신화적 존재였다고 할 수 있어요. 역사 인물이 신화의 주인공이 된다는 것이 좀 낯설 수 있지만 충분히 가능한 일입니다. 사람 안에 신성이 깃들어 있다는 것이 한국 신화의 기본 철학이니까요.

제4부
탄생에서 죽음까지, 생로병사의 신들

제1편 홀로 세 아이를 낳은 처녀, 삼신이 되다
▶ 영원한 라이벌 삼승할망과 저승할망
제2편 무서운 질병신 손님마마의 두 얼굴
제3편 산천 동티를 풀어낸 붉은선비 영산각시
제4편 이승차사 강림이 저승차사가 된 내력
제5편 죄 많은 영혼들의 갸륵한 수호신

이 세상 곳곳에는 신들이 깃들어서 인생사를 돌본다고 합니다.
나랏일에서부터 가정사, 개인사까지 신의 손길이
안 미치는 곳이 없지요. 사람이 태어나서 죽기까지 모든 과정,
그리고 죽음 이후 과정까지도 신의 관할 범위에 듭니다.
이는 인간이 신들의 다스림 아래에 있다는 뜻은 아닙니다.
신들은 억누르는 이라기보다 보살피는 이에 가깝지요.
사람들이 고귀하게 태어나서 빛나게 살도록 하고,
죽은 뒤에 좋은 곳에서 잘 쉴 수 있도록 해 줍니다.
이제 탄생으로부터 죽음 너머에 이르는 인간사의 큰 행로에
어떤 신들이 어떤 구실을 하는지, 생로병사를 주재하는 신들과
만나려 합니다. 삶의 굴곡과 감정의 오르내림이 큰 신들이지요.
무섭고 냉정한 신도 있지만 겁낼 일은 아닙니다.
마음 열고서 다가가 손 내밀면 반갑게 맞아 줄 거예요.
사람들은 누구나 신들의 분신이고 자손이니까요!

제1편

홀로 세 아이를 낳은 처녀, 삼신이 되다

당금애기

삼한세존님은 앉아서 삼천 리 서서 삼천 리를 굽어보며, 자손들에게 복(福)을 주고 명(命)을 준다. 금자동이 아들아기와 옥자동이 딸아기를 점지하고 고이 태어나 탈 없이 자라게 한다.

옛날 옛적에 서천서역국에서 해동조선으로 쉰세 명 부처님이 나왔다. 바다를 건너는데 나무배와 흙배를 마다하고 돌배 세 척을 타고서 나왔다. 물결치는 대로 흔들리다 모진 풍파를 만나 강원도 해변으로 흘러온 뒤 금강산으로 흩어져 들어섰다. 바위 끝 나무 끝에 앉아 비를 맞다가 9년 만에 절 안으로 들어갔다.

절에서 부처님을 모시고 공양을 올리는데 쌀이 모자라 시주[26]를 받으러 나섰다. 삼한세존님이 시주를 얻으러 찾아간 곳은 곱기로 소문난 당금애기 집이었다. 세존님이 서천서역국에 들어서 당금애기 집에 이르러 보니 열두 담장이 둘러 있고 대문

---

26   시주 : 스님이나 절에 쌀이나 돈 같은 물건을 베풀어 주는 일.

이 꽁꽁 닫혀 있었다. 쇠를 울리면서 염불을 외자 별당에서 수를 놓던 당금애기가 놀라서 말했다.

"앞문에 옥단춘아, 우리 집에 인기척이 나고 염불 소리 요란하니 어서 내다보아라."

옥단춘이 보고 와서 스님이 시주를 하러 왔다고 하자 당금애기가 스님이 어찌 생겼는지 구경하고 싶은 마음이 생겨났다. 꽃단장을 하고서 문틈으로 살짝 내다보는데 서로 눈길이 딱 마주쳤다.

"아가씨요. 사람을 문틈으로 보면 다음 생에 벌레가 됩니다. 활짝 열고서 보십시오."

그때 당금애기가 방문을 열고 뜰로 내려서는데 돋아나는 반달 같고 넘어가는 해 같았다.

"스님요. 때를 못 맞추셨습니다. 아버지는 하늘공사 어머니는 지하공사 가시고 아홉 오라비는 나라공사를 가서 곳간 문이 잠겼으니 시주를 드릴 수가 없어요."

그때 스님이 짚고 있던 지팡이로 하늘을 겨누고 땅을 겨누면서 경을 읊으니까 잠겼던 문이 철커덩 철커덩 열렸다. 당금애기가 쌀을 뜨려는데 아버지 어머니 쌀독에는 청룡 황룡이 굽이쳐 뜰 수가 없고 아홉 오라비 쌀독에는 청학 백학이 알을 품고 있어 뜰 수가 없었다.

"아가씨 쌀독에서 거미줄을 이리저리 걷어 내고 한 그릇만 떠다 주십시오."

당금애기는 할 수 없이 자기 먹던 독에서 쌀을 한 그릇 수북하게 떠 와서 자루에 따라 주었다. 그런데 자루 밑이 터져서 쌀이 주르르 쏟아졌다.

"스님요. 밑 없는 자루에 시주를 받으면 어찌합니까?"

당금애기가 쌀을 빗자루로 쓸어 모아 체로 까부르려 하자 스님이 놀라서 말했다.

"아가씨요. 우리 부처님은 빗자루로 쓸고 체로 까부른 쌀은 받지 않습니다. 뒷동산 개똥나무를 꺾어다가 젓가락을 만들어서 담으십시오."

당금애기가 할 수 없이 개똥나무로 젓가락을 만들어서 스님과 함께 쌀을 주워 담다 보니 시간이 술술 흘러서 서쪽 산으로 해가 넘어가려 했다.

"스님요. 이제 다 되었으니 날 저물기 전에 어서 바삐 떠나십시오."

"아가씨요. 날 저무는데 집을 두고 어디를 갑니까? 하룻밤 묵고 가게 해 주십시오."

당금애기가 정 그렇거든 부모님 주무시던 방에서 자라니까 땀내 비린내가 나서 못 잔다 하고 아홉 오라비 자던 방은 땀내 누린내가 나서 못 자겠다고 했다.

"그렇거든 마당에서 자든지 마구간에서 자든지 뜻대로 자고 가십시오."

"아가씨 주무시는 별당 가운데에 병풍을 둘러치고서 내가 그 윗목에 자면 되지 않습니까?"

당금애기가 할 수 없이 방에 병풍을 둘러치고서 잠을 자는데 그 밤에 이상한 꿈이 꾸어졌다. 양쪽 어깨에 해와 달이 솟고 하늘에서 별 세 개가 떨어져 치마폭으로 들고, 구슬 세 개가 내려와 입으로 들어갔다. 놀라서 깼는데 생시의 일처럼 또렷했다. 아침이 되자 당금애기가 말했다.

"스님요. 내가 이상한 꿈을 꾸었습니다. 꿈 풀이를 해 주십시오."

"우리 인연이 이루어졌군요. 오른 어깨의 해는 내 직성(直星)²⁷이고 왼 어깨의 달은 아가씨 직성입니다. 별 셋이 내린 것은 세 신령이 응한 것이고, 구슬 셋이 입으로 든 것은 세 아들을 낳을 징조입니다."

"아니, 결혼도 안 한 처녀가 아이라니 그게 웬 말씀입니까?"

"하늘의 뜻입니다. 나중에 아이들이 아비를 찾으면 이 박씨를 전해 주십시오."

그렇게 스님이 떠나간 뒤 당금애기는 그 달부터 입맛이 달라지기 시작했다. 밥에서 비린내가 나고 물에서 흙내가 나며 간장 된장에서 날장내가 나서 먹지 못했다. 자꾸 신 것이 그리워서 뒷동산 개복숭아를 한 말씩 따다가 먹었다. 그렇게 아홉 달 열 달이 되어 가니까 배가 둥그렇게 부풀어 올랐다.

그때 하늘공사 지하공사를 가고 나라공사를 갔던 부모님과 아홉 오라비가 돌아

---

27 직성(直星) : 사람의 운명을 맡고 있다는 아홉 별.

온다는 전갈이 왔다. 당금애기가 몸이 무거워 나가지 못하고 누워 있자 어머니가 들어와서 팔 다리를 주무르면서 어디가 아프냐고 물었다.

"배 속에서 여기도 불쑥 저기도 불쑥, 뭔지 모르는 게 사방을 쥐어박습니다."

어머니가 놀라서 하늘무당을 찾아가 점을 치니까 그게 병이 아니고 아들 삼 형제를 낳을 징조라고 했다. 어머니가 화를 내며 지하무당을 찾아가 점을 치니까 아기 받을 준비를 하라고 했다. 어머니가 돌아와서 생각하다가 짐작 가는 데서 있어서 딸한테 물었다.

"애야, 엄마하고 못 할 말이 뭐가 있느냐? 어떤 일이 있었는지 똑바로 말을 해라."

그러자 당금애기가 울면서 말했다.

"어머니요. 도사 스님이 시주를 왔다가 하룻밤을 자고 갔는데 이렇게 됐습니다."

어머니가 깜짝 놀라서 남편한테 가서 그 말을 전할 때에 범 같은 오라비들이 썩 나서면서 소리쳤다.

"이게 무슨 소리입니까? 그게 사실이라면 당장 목을 칠 일입니다."

별당으로 우르르르 달려들어서 당금애기 머리를 휘휘친친 감아쥐고 마당으로 끌어낸 다음 망나니[28]를 시켜서 칼로 목을 치게 했다. 망나니가 칼춤을 추면서 야단법석을 할 때 갑자기 하늘에서 천둥 번개가 치며 그 손발이 얼어붙고 칼날이 뚝뚝 부러졌다. 흙비 돌비가 쏟아지며 난리가 나는데 당금애기 있는 곳은 햇빛이 밝게 비추었다. 그때 당금애기 어머니가 치마로 당금애기를 감싸며 말했다.

"얘들아. 당금애기를 죽이더라도 내 말 한마디만 듣고서 해라. 이 아이는 하늘이 아는 자식이니 여기서 피를 내어 죽이면 큰 화가 미칠 것이다. 뒷동산 돌함 속에 넣어 두면 추워 죽든지 배가 고파 죽든지 하늘이 알아서 할 터이니 그렇게 하자꾸나."

어머니가 애원하자 아홉 오라비는 당금애기를 데리고 뒷동산으로 올라가 돌함 속

---

28 망나니 : 사형을 집행할 때에 죄인의 목을 베던 사람.

에 사정없이 밀어 넣었다. 배가 남산만 한 당금애기는 깜깜한 돌함 속에 꽁꽁 갇힌 신세가 됐다. 그렇게 하루 이틀 사흘이 지났을 때 당금애기 어머니가 마음을 태우다가 뒷동산을 바라보니 동산에 서기가 어리고 무지개가 뻗쳤는데 청학 백학이 빙빙 맴돌고 있었다.

"아이고, 우리 당금애기가 죽어서 하늘로 올라가는가!"

어머니는 허겁지겁 뒷동산으로 올라가서 돌함 앞에서 소리를 쳤다.

"아가, 내 딸이야. 죽었느냐 살았느냐? 죽어도 말을 하고 살아도 말을 해라. 죽어도 만나 보고 살아도 만나 보자!"

문을 겨우 열고 들어가 살펴보니까 당금애기가 아들 셋을 낳았는데 청학 백학 세 마리가 내려와서 한 날개는 바닥에 깔고 한 날개로 아이를 덮어 주고 있었다. 당금애기 곱던 얼굴에 핏기가 가셔서 하얗게 죽어 가고 있었다.

"아가. 네가 이렇게 살았으니 꿈인가 생시인가. 어서 바삐 집으로 내려가자. 구메밥29을 먹여서라도 아이들을 키우자꾸나. 하나는 내가 업고 하나는 안을 테니 하나는 네가 업어라. 어서 가고 바삐 가자."

당금애기가 어머니를 따라 집으로 내려와서 아이들을 키울 때에 부처님 조화인지 아이들이 병 없이 잘도 컸다. 일곱 살이 되자 서당에 가서 공부를 하는데 재주가 남달랐다. 서당 아이들은 삼 형제를 미워해서 뱃놀이를 가자고 해서 물속에 차 넣고 산놀이를 가자고 해서 벼랑 밑으로 떠밀었다. 그래도 삼 형제가 죽지 않자 함부로 욕을 했다.

"애비 없는 후레자식들이 공부는 해서 무얼 하냐!"

참다못한 삼 형제는 집으로 돌아와 어머니 앞으로 달려들었다.

"어머니요! 다른 아이들은 아버지가 있는데 왜 우리는 없습니까. 아버지를 찾아

---

29 구메밥 : 옥에 갇힌 죄수에게 구멍으로 들여보내던 밥.

주십시오."

　그러자 당금애기는 꼭꼭 묻어 두었던 지난 사연을 말해 주고 스님한테서 받은 박 씨를 건네주었다. 삼 형제가 담장 옆에 박씨를 심었더니 이튿날 아침 박 줄기가 천길만길로 뻗어 있었다. 삼 형제는 가마를 만들어 어머니를 태우고 박 줄기를 따라 길을 나섰다. 산 넘고 물 건너 한없이 따라가니까 박 줄기가 압록강을 건너 해동조선 땅으로 들어가 온 고을을 감아 돌더니만 강원도 금강산으로 훌쩍 들어갔다. 삼 형제가 박 줄기를 따라서 한 절로 들어서자 상좌승이 깜짝 놀라서 법당으로 달려갔다.

　"큰스님요. 밖에 어떤 부인이 아들 삼 형제를 데리고 왔는데 스님을 꼭 닮았습니다."

　스님은 장삼을 걸치고 나아가 두 손을 합장하며 당금애기를 맞이했다.

　"나무아미타불 관세음보살. 여기까지 찾아오느라 수고가 많았습니다."

　그때 삼 형제가 스님 앞으로 나아가서 말했다.

　"우리 아버지 맞으시지요? 저희가 이름을 타려고 찾아왔습니다."

　"너희가 내 자식이라면 산 잉어를 잡아다가 회를 쳐서 먹은 뒤 산 채로 토해 내 보거라."

　아이들이 강에서 산 잉어를 잡아다가 회를 쳐서 먹은 뒤 산 채로 토해 내자 다시 말했다.

　"아직 멀었다. 강변에서 삼 년 묵은 소뼈를 모아다가 살아 있는 소로 만들어서 거꾸로 타고 들어와 보거라."

　삼 형제가 죽은 소를 산 소로 만들어서 한 마리씩 거꾸로 타고 들어오니까 또 말했다.

　"문종이로 버선을 만들어서 물 위로 걸어 다녀도 종이가 젖지 않아야 내 자식이다."

　삼 형제가 곧바로 문종이로 버선을 지어서 물 위를 저벅저벅 걸어 다니는데 물이 배지 않았다.

"아직 모자라다. 짚으로 북과 닭을 만들어서 북에서 소리가 나고 닭이 홰를 치며 울어야 내 자식이다."

삼 형제가 짚을 구해다가 북을 만들어 치자 하늘과 땅이 울리며 벼락 치는 소리가 났다. 짚으로 닭을 만들자 홰를 치면서 목청 높이 꼬끼오 울음을 울었다.

"우리가 은대야에 물을 떠 놓고 손가락의 피를 흘려서 서로 한데 뭉쳐야 내 자식이다."

삼 형제가 은대야에 물을 떠 놓고 손가락을 깨물어 피를 내어 흘리자 한군데로 모아졌다. 이어서 스님이 피를 흘리자 피가 구름같이 싸여 오면서 삼 형제 피와 합쳐졌다.

"그래. 너희들은 내 자식이 분명하다."

"아버지요, 우리 삼 형제 이름을 지어 주십시오."

"오냐. 큰 아들은 태산이라고 하자. 태산이 무너질 리 있겠느냐. 둘째는 평택으로 하자. 평생을 간들 땅이 꺼질까. 셋째는 한강이라고 하자. 세월이 가도 마를 리 없으리라. 너희들이 또한 될 것이 있다. 맏이는 태백산 문수보살이 되고 둘째는 사해 용왕이 되고 셋째는 각 마을 서낭신이 되어라. 신령이 되어 사람들을 돌보면 정성을 받아서 살 수 있을 것이다.

"어머니도 먹고 입을 수 있게 마련해 주십시오."

"너희 어머니 하실 일 있다. 각 마을 집집마다 삼신할미로 들어앉아서 자손을 점지하고 복과 명을 주어서 짧은 목숨 길게 잇고 긴 목숨 복되게 살도록 하자꾸나."

그렇게 해서 삼한세존 아기씨 당금애기는 삼신할머니가 되고 세 아들도 신령이 되어 길이 사람들을 보살펴 주고 기림을 받게 되었다.

아주 오랫동안 아기를 갖는 것은 여인네들로서는
그냥 받아들이는 제 인생의 한 부분이었기 때문이
아니었을까.
당금애기는 언제나 온 마음을 다해
새 생명과 그 어미에게 복을 기원해 주었지만
뒤를 돌아보지 않았다.

요즘 말로 하자면,
그것은 그저 당금애기의 직업이었을 뿐이요,
당연한 일이었으니까.

그러나 시대는 변하고 사람도 변한다.

당금애기는 자신처럼 사람들 곁에서 함께하던
많은 신들이 희미해져 가는 것을 보았다.

손님네들이 안 보인 게
언제부터던가?

측신은 언제 사람들의
집을 떠나갔지.

대신 얼마 전부터
새로운 꼬마들이
그들을 대신했다.

측간이 향기 나고 보송보송하도록
도와준다고 했다.

향기 나는 측간이라니.
예전이라면 상상도 못 할 일이지
아니, 이젠 화장실이나 욕실이라고 부르던가?

그래서 떠나지 못했다.

당금애기가
속 편하게 살기 위해선
그쯤에서 떠났어야 했을 것이다.

그 자리를 뜨지 못했기에 당금애기는
그녀가 자신이 생명을 잉태했음을
깨달은 순간을 목격하게 되었다.

온갖 혼란스러운 감정들이 폭풍우 치는 바다처럼 소용돌이 치고 있었다.

당금애기는 그 순간
가슴이 철렁 내려앉았다.
사라져 버린 신들이 생각이 났다.

나는 어떤 신인가.
나는 사랑받는 신인가.
나는 그녀들이 필요로 하는 신인가.

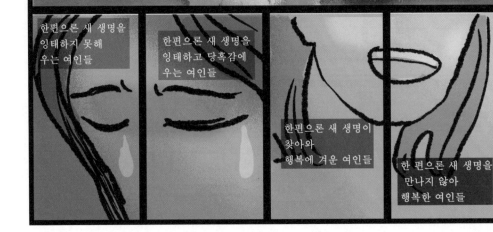

한편으론 새 생명을
잉태하지 못해
우는 여인들

한편으론 새 생명을
잉태하고 당혹감에
우는 여인들

한편으론 새 생명이
찾아와
행복에 겨운 여인들

한 편으론 새 생명을
만나지 않아
행복한 여인들

설계 사무소의 그녀 못지않게
당금애기의 머리와 가슴은 혼란으로 소용돌이쳤다

시간이 지나도 그 아이가 머릿속에서 떠나지 않아
그녀가 일하던 사무실을 다시 찾아갔을 때

당금애기는 그녀가 사무실의 다른 직원에게
자신의 프로젝트를 인수인계하고 사무실을 나서는 모습을 보았다.

물끄럼..

그녀 마음속 혼란은 가라앉아 있었고
대신 단단한 결심이 가슴 안에 자리잡고 있었다.

희망도 보였고 행복도 보였다.

다행이었고 기쁜 일이었다.

그러나 당금애기는 그 너머 보이던
그 아이의 아쉬움과 두려움을
놓치지 않았다.

자신이 설계하는 건물을 거듭 고민하던
그녀의 열정이 자꾸 눈에 밟혔다.

의술이 더 좋아져서
출산 후 변해 버린 몸을
원래대로 돌려보낼 수 있게
되었으면 좋겠다.

사회제도가 더욱 발전해
너와, 네 짝과, 네 아이가
많은 것을 포기하지 않아도 되는
삶을 살 수 있으면 좋겠다.

네 안의 열정이 꺼지기 전에
다시 네 가슴을 뛰게 만드는
직업 전선으로 돌아올 수 있었으면
좋겠다.

당금애기는 빌었다.

세상이 변했고
사람들이 변했다.

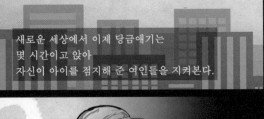

새로운 세상에서 이제 당금애기는
몇 시간이고 앉아
자신이 아이를 점지해 준 여인들을 지켜본다.

그들의 행복을,
절망을, 당혹감을,
혼란을, 가슴 벅참을,
희망을, 즐거움을,
지켜본다.

자료

〈당금애기〉는 '제석본풀이'나 '세존굿', '시준굿', '삼태자풀이' 등 여러 이름으로 불리는 신화로 전국에서 많은 자료가 전해 왔다. 보고된 자료가 100종이 넘는다. 큰 이야기 줄기는 서로 통하지만, 구체적인 내용은 자료에 따라 차이가 있다. 주인공 이름이 당금애기(당금아기, 당곰애기, 당금각시) 외에 서장애기(세장애기), 시준애기(세존애기), 제석님딸애기(제석님네맏딸아기), 상남아기 등으로 다양하며, 그가 만나는 남자도 제석님, 시준님, 석가세존, 황금대사, 송불통, 자장법사 등 여러 이름으로 불린다. 당금애기가 맡게 된 직책은 삼신이 됐다는 것이 유력하며, 특히 동해안 지역 자료들에서 삼신할미 신직이 분명히 제시된다. 여기서는 동해안 지역의 김석출 구연본을 바탕으로 사연을 정리했다. 원 자료는 내용이 아주 길고 자세한데 많이 간추려서 정리했다.

[출처] 김석출 구연 〈세존굿〉 : 김태곤 편, 《한국무가집》 4, 집문당, 1980.

🔍 이야기 속으로

'삼신할머니'라고 들어 본 적이 있을 거예요. 아기를 점지하고 돌봐 주는 신이지요. 위 이야기는 그 삼신의 내력을 전하는 신화입니다. 호호백발 할머니라고 생각했을 텐데 처녀인 채로 세 아이를 낳은 신이라니 좀 뜻밖이지요? 여기서 '할머니'는 설문대할망이나 개양할미에서처럼 '여신'을 높여 부르는 말로 볼 수 있습니다. 글쎄요. 지금쯤은 당금애기가 진짜 할머니가 됐을지도 모르겠네요.

열두 대문 속 당금애기는 세상의 티끌이나 죄악과 거리가 먼 존재였습니다. 아리따운 꽃처럼 사랑받던 딸이었지요. 그한테 어느 날 갑자기 큰 시험이 닥쳐옵니다. 시주승의 모습으로 별당에 찾아든 부처님의 신통력으로 배 속에 아기를 갖게 되지요. 날벼락 같은 일 앞에서 당금애기 심정은 어땠을까요? 배가 잔뜩 불러 올 때까지도 그럴 리 없다고, 다 거짓말이라고 믿고 싶었을 거예요.

처녀로서 아기를 가진 당금애기에게 세상은 어떻게 대했던가요? 이해하고 포용하려 한 사람도 있었지만 냉정하게 밀치고 억누르는 힘이 훨씬 크고 강했습니다. 당금애기를 죽이려고 한 아홉 오라비의 행동이 이를 잘 말해 줍니다. 배 속의 생명들이 아예 빛을 보지 못하게 하려고 했으니 참 매정하기 그지없어요. 이야기라서 과장된 면이 있지만, 그것이 세상의 인심이기도 하지요. 당금애기의 아들들을 '후레자식'이라고 욕하며 절벽으로 떠미는 서당 아이들도 마찬가지입니다.

하지만 당금애기와 아이들은 죽어 마땅한 이들이 아니었습니다. 그 반대였지요. 그들은 하늘이 낸 사람이고 세상의 빛이 될 존재들이었습니다. 당금애기와 삼 형제가 시련 끝에 고귀한 신령이 되는 반전은 아름답고 감동적입니다. 비록 처녀가 낳은 아이라 하더라도, 부모가 누구인지 모르는 아이라 하더라도, 모든 생명은 더없이 귀하고 소중한 법이지요. 어떤 놀랍고 큰 일을 하게 될지 모릅니다. 아비 없이 자란 삼 형제가 세상의 빛이 된다는 이 신화의 사연은 그러한 삶의 진실을 잘 보여 줍니다. 어쩌면 이들은 아비 없이 태어났기에 큰 신이 되었다고 볼 수도 있어요. 고통을 이겨 내면서 스스로를 세우는 과정이 곧 신성함을 펼쳐 내는 길이었지요.

삼 형제가 신이 된 것은 스스로의 노력에 따른 것이지만, 어머니 당금애기의 당찬 의지가 있었기에 가능한 일이었습니다. 대갓집 처녀로서 아이를 잉태한 절망적 상황에서 당금애기는 포기하지 않았어요. 깜깜한 돌함 속에 갇혀 굶주린 상태에서 혼자 힘으로 세 아이를 낳지요. 그 일이 얼마나 외롭고 아득했을지 상상하기 어렵습니다.

이야기는 당금애기가 돌함 속에서 아기를 낳을 때 하늘이 도와줬다고 말합니다. 하늘에서 무지개가 뻗쳤고 백학 청학이 내려와서 아기를 돌봤다고 하지요. 어떤 자료는 하늘신이 친히 내려와서 산바라지를 했다고도 해요. 이는 상징으로 보는 것이 어울립니다. '하늘'은 당금애기 내면 깊은 곳의 잠재력을 나타낸다고 볼 수 있지요. 까마득한 절망 속에서 당금애기는 자기 안에 있는 하늘을 불러냈고 그러자 하늘은 훌쩍 힘을 내서 그를 일으켜 주었다는 뜻입니다. 그렇게 그는 '어머니'가 되지요. 고귀한 생명의 신 말이에요. 생각해 보면, 귀한 생명을 낳아서 키우는 세상 수많은 어머니들이 곧 당금애기이고 생명의 신이라고 해도 좋을 것입니다.

이 신화를 가슴속에 간직해 온 여성들한테 삼신 당금애기는 그 존재만으로도 힘이 되는 신이었어요. 당금애기의 갸륵한 내력을 떠올리는 것만으로도 큰 힘을 얻게 되지요. "삼신할머니는 토굴 속에서 혼자 세쌍둥이를 낳으셨잖아! 나도 할 수 있어." "그분은 남편도 없이 갖은 박해 속에서 자식들을 훌륭히 키우셨어. 나도 더 힘을 내 보자!" 이렇게 당금애기는 이 땅 수많은 여성들의 지킴이가 되었다는 뜻입니다. 삼신할머니가 아기를 보살핀다는 것은 이와 같은 방식이 아닐까요?

상상하고, 이야기하기

■ 스님과 당금애기의 결합을 두고 스님이 땅에서 주워 준 쌀을 당금애기가 받아먹었다고 하고, 쌀을 줍는 동안 두 사람의 옷이 서로 감겼다고 하며, 스님이 도술로 꿈을 불어넣었다고 하고, 두 사람이 서로 껴안고 동침했다고도 한다. 어떤 내용이 이 신화의 본 모습을 잘 드러내는 것일지 토론해 보자.

■ 아홉 오라비가 당금애기를 죽이려 할 때 하늘에서 천둥번개와 함께 비가 내리며, 당금애기가 아기를 낳을 때 청학 백학이 날아와 보살핀다. 당금애기가 큰 어려움을 겪을 때마다 하늘이 도와준 일을 어떻게 해석해야 할까?

■ 이야기 속 삼 형제는 아버지와 만난 뒤 죽은 소를 살리고 짚으로 닭을 만드는 등 여러 시험을 치르게 된다. 그 시험들이 상징하는 바는 무엇일까? 그들은 언제 어떻게 신이한 능력을 가지게 된 것일까?

영원한 라이벌 삼승할망과 저승할망

아기를 점지하고 돌봐 주는 삼신의 내력을 전하는 신화는 한반도 내륙과 제주도에서 서로 다른 이야기가 전해 왔습니다. 제주도에서는 삼신을 삼승할망이라고 부르지요. 생불할망이나 이승할망이라고도 해요. 그 주인공은 명진국따님애기입니다. 당금애기와 달리 아기를 낳은 적이 없는 처녀신이지요.

아이들이 잘 나지 않아 세상이 적막하던 시절에 삼신 구실을 하려고 나선 인물은 동해용궁따님애기였습니다. 동해용궁 아버지와 서해용궁 어머니 사이에서 태어난 딸이었는데 어려서부터 버릇이 안 좋았대요. 아버지 수염을 뽑고 어머니 가슴을 잡아 뜯기 일쑤였지요. 아버지는 그 딸을 무쇠상자에 넣어서 동해바다에 띄워 버리게 합니다. 슬피 우는 딸한테 어머니는 인간 세상에서 삼신 구실을 하라며 아기를 잉태시키는 방법을 알려 주지요. 그런데 용왕의 재촉으로 상자가 닫히는 바람에 아기를 출산시키는 방법을 미처 듣지 못해요.

바다를 떠다니다 육지에 다다른 동해용궁따님애기는 임보로주 임박사에게 발견되어 상자에서 나옵니다. 그 보답으로 임박사 부부한테 아기를 잉태시켜 주지요. 문제는 출산이었어요. 아기를 낳을 때가 훨씬 지났는데 출산을 못 시키니까 산모가 하얗게 죽어 갔지요. 임박사가 하늘을 바라보고 통곡하며 애원하자 사정을 들은 옥황상제는 똑똑하기로 소문난 처녀 명진국따님애기를 불러서 삼신 구실을 맡깁니다. 아기를 잉태시키는 법과 출산시키는 법을 두루 알려 주지요. 그녀가 내려와서 보살핀 덕분에 임박사 아내는 무사히 아기를 낳습니다.

문제는 먼저 온 동해용궁따님애기였어요. 누구 맘대로 아기를 꺼내고 자리를 차지하냐며 명진국따님애기의 머리채를 잡아 흔들었지요. 그러자 명진국따님애기는 억울함을 하늘에 하소연했어요. 하늘에서는 두 처녀를 불러올려서 시합을 시켰지요.

나무를 키워 꽃을 피우는 시합이었습니다. 결과는 극과 극이었어요. 명진국따님애기 꽃나무는 가지가 무성하게 뻗어서 꽃이 가득 피었는데 동해용궁따님애기의 꽃나무는 땅속으로 뿌리만 무성하게 뻗었지요. 옥황상제는 명진국따님애기가 삼승할망을 맡도록 하고 동해용궁따님애기는 아이의 죽음을 맡는 저승할망이 되도록 했어요.

화가 난 동해용궁따님애기는 명진국따님한테 아기가 태어나면 백날 안에 다 저승으로 가겠노라고 말합니다. 명진국따님애기는 사람들이 바치는 재물을 나눠 줄 테니 그리하지 말라면서 달랬지요. 그러자 동해용궁따님애기는 마음이 누그러져서 저승으로 들어갔다고 합니다.

이 이야기에서 눈길을 끄는 것은 저승할망입니다. 애써 잉태하고 출생한 아기를 붙잡아 가는 신이니 삼승할망한테는 라이벌이라 할 만하지요. 사람들 입장에서는 차라리 없으면 좋을 꺼림칙한 신이라 할 수 있습니다. 하지만 삶과 죽음이란 빛과 그림자 같아서 뗄 수가 없지요. 아기의 일도 마찬가지입니다. 모두 다 건강하게 자라면 좋겠지만 병치레나 사고로 소중한 생명을 잃는 아기가 있기 마련이에요. 그래서 경사를 즐거워하는 일 못지않게 나쁜 일을 조심하고 방비하는 일이 중요합니다. 삼승할망뿐 아니라 저승할망도 마음을 써서 챙겨야 하지요.

너무 무섭고 어렵게 생각할 일은 아닙니다. 좋은 기회일 수 있지요. 삼승할망과 저승할망의 도움을 함께 받는다면 더 좋은 일이 될 테니까요. 그래요. 저승할망한테 잘 보이면 죽게 된 아이를 살려줄지도 몰라요!

제2편

무서운 질병신 손님마마의 두 얼굴

손님굿

해처럼 밝고 달처럼 맑은 명신손님은 강남대왕국 세천산에서 쉰세 명이 솟아났다. 강남국은 넓은 나라였지만 조밥과 피밥을 먹고 냄새나는 채소와 벌레 산적을 먹었다. 그와 달리 조선국은 오이씨 같은 쌀로 밥을 짓고, 고사리 호박나물 가지나물 도라지나물에 황소 뒷다리 산적과 문어 우럭 광어 명태 오징어까지 반찬이 찬란하고 과실도 풍성했다.

손님네가 조선국으로 건너오는데, 쉰 명은 남고 세 명이 왔다. 세존손님이 염불을 하며 나오고, 칼 잘 쓰는 호반손님과 아리따운 각시손님이 뒤를 따랐다. 각시손님 모양을 보면 백옥 같은 얼굴에 분세수를 곱게 하고, 삼단 같은 머리를 동백기름 광을 내서 틀어 얹었으며, 명주 바지 비단 치마에 범나비 주름을 내고 무지갯빛 노리개를 달았다. 세 손님네가 압록강에 이르러 이리저리 방황하며 배를 찾다 보니 한구석에 배 한 척이 보였다.

"여봐라 도사공아. 배를 잠깐 빌려 다오."

"여보시오 손님네요. 난리 통에 배가 다 부서지고 이것 하나만 남았는데 조선 사람들만 탈 수 있습니다."

아무리 사정해도 배를 내지 않고 버티다가 각시손님이 탄 가마를 빼꼼 들춰 보고서 말했다.

"손님네요. 각시손님이 하룻밤만 내 수청을 들면 뱃삯을 안 받고 건네주리다."

그 말을 들은 각시손님은 분이 치솟아서 단칼에 사공의 목을 잘라 압록강에 썩 던져 버렸다. 그러고도 모자라서 사공 집에 찾아가 아들 삼 형제 목을 쳐서 던져 버렸다.

손님네들이 다시 물을 건너려는데 흙배는 흙이 풀어지고 나무배는 밑이 썩어지고 쇠 배는 강 밑에서 끌어당겨서 건널 수가 없었다. 손님네들은 뒷동산으로 올라가서 댓잎을 따다가 배를 만들어 타고서 돛도 닻도 없이 염불을 하면서 강물을 건넜다.

조선 땅으로 들어온 손님네들은 이곳저곳을 정처 없이 흘러 다니다가 서울 장안으로 들어왔다. 많은 집을 다 버리고 마음 끌리는 데로 가다 보니 조그만 오막살이 집이 나왔다. 주인을 찾으니까 노구할미가 나와서 깜짝 놀라며 말했다.

"어진 손님네요. 여기 잠깐만 계십시오. 집을 얼른 치우겠습니다."

안으로 급히 들어가 방 안과 부엌을 구석구석 치워서 닦고 거적자리일망정 새로 잘 깔아 놓고서 손님네 세 분을 모셔 들였다. 대접할 것이 없는지라 김장자 집에 가서 나락 한 말을 꾸어다가 절구에 찧고 죽을 쑤어서 정성껏 대접했다.

이삼일 동안 대접을 잘 받은 손님네가 길을 나서면서 말했다.

"아들딸이나 며느리 사위가 있습니까? 친손자 외손자가 있습니까?"

"어진 손님네요. 내가 영감을 일찍 잃고 아들딸도 없고 친손자 외손자도 없습니다. 다른 아이는 어떻습니까? 내가 이리 사는 것이 김장자 댁 철응이 났을 때에 유모로 들어가 키운 덕입니다. 철응이가 손님마마를 가볍게 앓고 복을 받도록 해 주십시오."

"그러면 그리하십시다."

노구할미가 손님네들을 인도해서 김장자 집에 다다른 뒤 안으로 들어가 그 말을 전하자 장자가 벌컥 화를 내면서 말했다.

"요망한 것! 우리 같은 양반 집안에 손님네가 무슨 말이냐. 바삐 썩 나가라."

손님네가 밖에서 그 말을 듣고 분한 마음에 안으로 들어가려고 할 때에 김장자가 훼방을 놓았다. 닭똥을 흩어 놓고 쑥을 태우고 매운 고춧가루를 뿌렸다. 하지만 이를 겁낼 손님네가 아니었다. 손님네가 안으로 쑥 들어가서 책방에서 공부하던 아이한테 탈을 입히니까 아이가 비명을 지르며 쓰러졌다.

"아이고 머리야, 아이고 다리야, 아이고 배야! 어머니 아버지, 나 죽습니다."

김장자는 손님네가 집에 들어왔음을 눈치채고 급히 아들을 피신시켰다. 아이를 업고 뒷동산 연하사 절로 가서 스님한테 맡기며 손님네가 들어오지 못하게 해 달라고 했다. 손님네는 절에 들어갈 수 없었지만, 그리 해결될 일이 아니었다. 몰래 따라가 숨어 있던 각시손님이 엄마 목소리를 내서 철응이를 불러내니까 아이가 절 밖으로 나왔다. 그때 각시손님이 철응이 몸을 훑으면서 이곳저곳을 때리자 아이가 몸을 움직이지 못하고 자지러져 갔다.

"아이고 머리야, 아이고 다리야, 아이고 배야. 나 죽겠네! 안에 스님 계십니까? 우리 부모님한테 알려 주십시오. 내가 죽어도 집에 가서 죽고 살아도 집에 가서 살렵니다. 아이고 머리야, 아이고 다리야."

장자 집에서 그 소식을 전해 듣고 달려와서 철응이를 집으로 데려가니까 손님네가 머리맡에 앉아서 온갖 병을 채워 넣었다. 아이가 고통이 심해져서 하얗게 죽어 가는데 미련한 김장자는 기어코 손님네를 이기려고 날을 세웠다.

"아이고 아버지요. 날 좀 살려 주세요. 내가 죽으면 곳간의 재물을 누구를 주렵니까? 아이고 아버지, 나는 갑니다. 선생님한테 못 보고 간다고 전해 주세요. 아이고 아버지!"

그래도 김장자가 항복 안 하고 고집을 세우니까 손님네들은 철응이 목에 꺽쇠를 지르고 입을 막아서 아무 말도 못 하게 만들었다. 그래도 뻑뻑 고집을 세우고 버티자 손님네들은 더 참지 못하고 아이 목숨을 거두었다. 김장자가 눈앞이 캄캄해지면서 후회했지만 뒤늦은 일이었다.

그때 건너 마을에 영순생이라는 사람이 살았는데 아는 것이 많았다. 하루는 기척을 살펴보니 죄 없는 철응이가 부모 탓으로 손님네를 따라가고 있었다. 영순생은 손님네들 앞에 꿇어 엎드려 말했다.

"여보시오 손님네요. 그 아이가 삼대독자 외아들입니다. 부모의 잘못으로 생목숨이 죽었으니 이게 웬일입니까. 불쌍한 그 아이를 살려 주십시오."

온 정성을 다해서 빌자 손님네들이 말했다.

"그냥은 안 된다. 뒷동산에 대를 만들어서 아이 시체를 올려놓고 김장자가 밤낮으로 지킨다면 살아날 길이 있으리라."

그 말을 전해 들은 김장자는 뒷동산에 아들 시체를 옮겨 놓고서 밤을 낮 삼아서 정성껏 지키기 시작했다. 장자가 진심으로 뉘우치면서 빌자 손님네는 차차 마음이 풀어져서 죽었던 아이를 다시 살려 주었다. 철응이가 눈을 뜨자 부모가 너무나 좋아서 자식을 안고 업고 두리둥실 춤을 추었다.

마을로 돌아온 김장자는 사람들을 모아서 한바탕 손님굿을 베풀었다. 곳간을 헐어서 떡을 한가득 찌고 술을 빚어서 찬란하게 굿판을 벌였다. 철응이 부모는 좋아서 춤을 추고, 손님네들이 즐거이 음식을 먹고, 마을 사람들이 다 함께 신명을 나누었다. 그 뒤 철응이는 신령님네 도움으로 오래오래 건강하게 잘 살았다. 사람들한테 무서운 병도 주고 커다란 복도 주는 영험이 큰 손님네들이다.

이야기 속으로

사람이 태어나서 세상을 살다 보면 병을 피하기 어렵지요. 세상에는 참 많은 병이 있습니다. 감당하기 힘든 큰 병도 많아요. 요즘은 '암'이 공공의 적이지만, 예전에는 손님마마가 무서운 병의 대명사였습니다. 세상 아이들 누구라도 쉽게 비껴가기 힘든 병이었지요. 얼굴이 완전히 상하거나 심하면 목숨까지도 잃으니 큰 두려움의 대상이었어요. 옛사람들은 그 질병을 신의 조화로 여기면서 그에 관한 이야기를 전해 왔습니다. 그 신화가 바로 〈손님굿〉입니다.

이 신화 속에 나오는 손님들, 정말 사납고 무섭지요? 수청을 들 수 없겠느냐는 한마디 말에 뱃사공 목을 단칼에 베고 아들 삼 형제까지 죽여 버린 각시손님을 생각하면 소름이 쭉 끼칩니다. 죄 없는 아이를 엄마 목소리로 불러내서 잡도리하는 모습도 마찬가지예요. 겉모습은 아름답다는데 하는 행동은 잔인할 정도입니다. 잘 보면 각시손님만 그런 게 아니에요. 사정없이 철웅이를 잡아 죽이는 것을 보면 세 존손님과 호반손님도 아주 무서운 존재입니다.

이치를 따져 보면 손님네들이 이토록 무서운 것은 자연스러운 일입니다. 질병이 사람들을 괴롭히고 죽이는 데 인정사정이 있을 리 없지요. 불청객처럼 불쑥 찾아와서 큰 고통과 함께 온 삶을 뒤흔드는 것이 질병입니다. 손님네들이 뱃사공 일가족을 단칼에 죽인 일이나 죄 없는 철웅이를 고통과 죽음으로 내몬 일은 질병의 무서움을 잘 보여 주지요.

중요한 것은 질병을 대하는 태도입니다. 함부로 대하면 큰 재앙을 면할 수 없어요. 뱃사공이 각시손님한테 수청을 들라고 한 것은 질병한테 자기랑 놀아 보자고 한 셈입니다. 그 결과는 참혹한 죽음이었지요. 자기만이 아니라 자식들까지도요. 여기서 자식이 죽은 일은 병의 전염성을 생각하면 이해하기 쉽습니다. 병을 가볍게 여기다가는 자칫 가족이나 주변 사람들까지 엄청난 피해를 입지요. 어려운 손님을 대하듯 정말 조심해서 챙겨야 하는 것이 질병입니다.

질병 신을 대하는 방법을 잘 보여 주는 인물이 노구할미입니다. 할미는 손님네들을 기꺼이 맞이해서 최선을 다해 보살피지요. 집을 깨끗이 청소하고 음식을 정성껏 챙깁니다. 그렇게 하니까 손님들은 해를 끼치는 대신 그 은덕에 보답을 합니다. 위 이야기에는 안 나오지만, 다른 자료에서는 노구할미가 손님네 덕분에 큰 부자가 되고 잘살게 됐다고 해요. 질병을 세심히 잘 챙기면 전화위복의 인생 역전을 이룰 수 있음을 이렇게 말하고 있지요. 손님맞이의 이치와 같습니다. 귀하게 잘 대하면 덕이 쌓여 복을 받는 법이지요.

김장자는 질병신을 대하는 방법에서 서로 다른 두 모습을 보입니다. 처음에는 뱃사공처럼 손님네를 얕보고 함부로 대하지요. 자기 힘으로 충분히 이겨 낼 수 있는

양 고집을 세웁니다. 말하자면 그는 "에이, 그까짓 병쯤이야!" 이러면서 맞선 것이었지요. 하지만 그런 식으로 해서 이길 바가 아니었어요. 아이의 병은 깊어 가고 결국은 죽음에 이릅니다. 오늘날로 말하면, 아이들 병이 돈다며 예방주사를 맞히라 하는데 끝내 무시하다가 큰 화를 불러온 것과 같습니다. 그나마 다행한 일은 그가 뒤에 잘못을 뉘우치고 손님네를 정성을 다해 챙겼다는 점이에요. 늦게나마 정성껏 치료에 나선 일로 볼 수 있지요. 그렇게 태도를 바꾸자 죽음은 거짓말처럼 삶으로 바뀝니다.

이 일을 겪으며 김장자는 아주 큰 깨달음을 얻었을 거예요. '질병을 대하기를 귀한 손님처럼!' 그 깨달음은 이 신화를 마음속에 새겨 온 모든 사람들의 것이기도 합니다. 오늘날의 우리가 되새겨야 할 교훈이기도 하지요. 그래요. 꼭 병만이 아니지요. '모든 불청객 대하기를 귀인처럼!' 이렇게 말해도 좋겠습니다.

손님네는 신의 두 얼굴을 잘 보여 줍니다. 신들은 아주 무서운 존재이지요. 자기를 무시하거나 함부로 대하는 사람한테 사정없이 벌을 내립니다. 하지만 그들은 따뜻하고 자애로운 존재이기도 합니다. 겸손하고 정성스럽게 신을 대하는 사람들한테는 어김없이 복을 전해 주지요. 오랫동안 잘못을 해왔어도 마음을 고쳐먹고 행동을 바꾸면 곧바로 응답을 합니다. 김장자 아들을 살려준 일처럼 말이에요.

결국 모든 것은 사람들 하기에 달린 일이니 지레 겁먹을 일이 아닙니다. 신을 삶의 갸륵한 동반자로 삼는 지혜가 필요하지요. 질병신이나 죽음의 신까지도요!

상상하고, 이야기하기

■ 뱃사공의 목을 단칼에 베고 그 자식들까지 죽여 버린 각시손님의 지나온 삶에 어떤 사연이 있었을지 상상하여 이야기해 보자.

■ 이야기 속에서 손님네들을 잘못 대한 것은 김장자인데 직접 화를 당한 것은 아들인 철응이였다. 이러한 전개에는 어떤 세상사 이치가 담겨 있을까?

■ 오늘날에는 '암'이 대표적인 질병으로서 사람들의 건강과 생명을 위협하고 있다. 〈손님굿〉 신화를 현대적으로 패러디해서 '암의 신'을 주인공으로 한 스토리를 만들어 보자.

제3편

산천 동티를 풀어낸 붉은선비 영산각시

산천굿

　붉은선비의 근본은 하늘나라였다. 옥황상제 앞에서 연적의 물을 따르다 벼룻돌을 지상으로 떨어뜨린 탓에 귀양을 내려와 영산국 고개 밑에서 오 대 독자로 태어났다. 영산각시 근본도 하늘나라였다. 옥황상제한테 물을 떠 가다가 대야를 땅에 떨어뜨린 탓에 귀양을 내려와 불치고개 밑에서 딸로 태어났다.

　붉은선비가 열네 살 되고 영산각시가 열여섯 됐을 때에 두 집 사이에 결혼 말이 오갔다. 세 번 만에 허락이 나서 약속을 이루고 날짜를 잡았다. 4월 초파일에 갖은 비단과 청실홍실로 예단을 보내고, 6월 유둣날에 초례상[30] 고이 차리고 맞절을 해서 평생을 함께 할 부부가 되었다.

　그해 칠석날에 붉은선비는 아무래도 공부를 더 해야겠다며 영산각시와 작별하고 길을 떠나 안해산 금상절로 올라갔다. 거기서 삼 년 공부를 해 갈 때에 하루는 스승

30　초례상 : 혼례를 치를 때 베풀어 놓는 큰상.

이 제자들한테 말했다.

"공부만 하면 못쓰는 법이다. 날씨가 좋고 기운이 화창해서 산놀이 꽃놀이가 한창인데 우리도 소풍 삼아서 산놀이를 가자꾸나."

"그렇거든 그리하십시오."

산놀이를 나서서 깊은 산으로 들어가니 삼사월 좋은 시절이라 진달래가 가득 피어났는데 봄 나비가 꽃 속에서 해죽해죽 웃으며 너울너울 춤을 췄다. 그 모습을 보자니 붉은선비 마음에 아내 생각이 파릇이 올라왔다.

"영산각시는 집에서 삼사 년 동안 나를 보고 싶어서 어찌 살아가는가."

그때 동쪽을 살펴보니 강남 갔던 제비가 날아와 앉는데 어미가 새끼한테 벌레를 물어다 주면서 너 먹어라 나 먹어라 지저귀었다. 그 모습을 보자니 부모님 생각이 파릇이 올라왔다. 그날 밤중에 부엉새가 울자 붉은선비는 식구들 보고 싶은 생각이 간절해져 잠을 설쳤다. 아침이 되자 그는 스승님을 찾아가서 말했다.

"집 떠난 지 어느덧 삼 년이라 제가 집으로 가 봐야겠습니다. 다녀올 동안 평안히 지내십시오."

"무슨 일로 가려는지 모르겠다만 오늘 일진이 나쁘니 다른 날 가거라."

"선비한테 무슨 일진이 있으리까만, 정 그렇다면 막을 방책을 일러 주십시오."

"굳이 가겠다면 알려 주마. 가다가 목이 마를 때에 길 위에 맑은 물이 있고 길 아래 흐린 물이 있거든 맑은 물은 안 체 말고 흐린 물을 마셔라. 십 리만큼 내려가다 머루 다래 포도가 탐스러워도 안 체 말고 내려가고, 오 리만큼 내려가다 악수가 쏟아져도 피하지 말고 그냥 가라. 더 내려가다 십 년 묵은 나무에서 새파란 각시가 천불 지불이 타올라서 불을 꺼 달라고 소리쳐도 안 체 말고 떠나라."

붉은선비가 그 말을 받아 듣고 길을 나서서 한참을 가는데 갑자기 목이 몹시 많이 말랐다. 보니까 길 위에 맑은 물이 있고 길 아래 흐린 물이 있는데 흐린 물을 떠먹으려니 딴 생각이 들었다.

'내가 맑고 깨끗한 선비로서 어찌 흐린 물을 먹겠는가. 맑은 물을 먹어야겠다.'

맑은 물을 마시고 십 리만큼 내려가니 머루 다래 포도가 탐스럽게 만발해 있었다.

'내가 저 열매를 보고서 그냥 갈 수 있겠느냐.'

한 송이를 따서 왼손에 들고 또 한 송이를 오른 손에 들고서 내려갔다. 오 리만큼 내려가니까 쾌청하던 날씨가 갑자기 변해서 하늘땅이 맞붙는 듯이 비가 쏟아졌다.

'스승님이 피하지 말라고 하셨지만 내가 선비로서 어찌 비를 맞겠는가.'

비를 피한 뒤 오 리만큼 내려가니 십 년 묵은 나무에 가지가 무성히 뻗쳤는데 새파란 각시한테 천불 지불이 붙고 있었다.

"저기 가는 붉은 선비야. 이 불 좀 꺼 주소!"

벽력같이 소리를 치니 붉은선비가 스승님 말이 떠올랐으나 그냥 갈 수 없다며 도복을 벗어 물에 적셔서 천불을 끄고 지불을 껐다. 겨우 불을 끄고 나자 각시가 서너 번 땅에서 뛰더니만 이락이라는 대망신(大蟒神)[31]이 돼서 입을 벌겋게 벌리며 잡아먹으려고 들었다.

"어떤 짐승이 애써 불을 꺼 주었더니 은혜가 변하여 원수가 되느냐?"

"여봐라. 붉은선비 들어라. 내가 옥황에서 귀양 내려와서 십 년을 마치고서 맑은 물을 마시고 머루 다래 먹고서 천불 지불 붙어서 승천하여 가려고 했더니 네가 먼저 먹고 불까지 꺼 버렸도다. 내가 승천하려면 너를 잡아먹는 수밖에 없다."

붉은선비가 말했다.

"여봐라 이 짐승아. 나는 오 대 독자 아들로 부모님이 집에 계시고 각시가 홀로 있다. 내려가서 인사하고 내일 아침 해돋이에 올 테니 그때 잡아먹어라."

"오냐. 네가 올 시간에 안 오면 너희 집에 가서 일가족을 다 멸망시키리라."

붉은선비가 집으로 내려가서 부모님께 문안드리고 안방으로 들어가자 영산각시가

---

31 대망신(大蟒神) : 용이 되려는 큰 뱀으로 보통 이무기라고 한다. 대망신은 곧 이무기 신.

진짓상을 차려서 들여왔다. 붉은선비가 온몸에 근심이 가득해서 상을 물리자 각시가 물었다.

"여보시오 낭군님. 무슨 일이 있기에 진지를 안 드시고 수심이 가득합니까? 제가 도울 테니 말씀이나 하십시오."

"그런 것이 아니고 내가 떠나올 때 스승님이 가르침을 주셨는데 내가 그대로 못하고 어겨서 화를 입게 됐습니다. 내일 아침 해돋이에 대망신한테로 가서 죽어야 하니 어쩌면 좋습니까?"

오는 길에 있었던 일을 이야기하자 영산각시가 말했다.

"낭군님아, 걱정 마시고 어서 진지나 드십시오. 내가 방비를 하겠습니다."

다음 날 새벽에 영산각시는 베를 짤 때 쓰던 칼을 품에다 넣고서 남편을 따라나섰다.

"낭군님아. 내가 먼저 가서 있다가 손을 흔들면 그때 내려오십시오."

"그것은 그리하십시오."

영산각시가 시간에 맞춰 내려가자 대망신 짐승이 스르르 다가와 물었다.

"여보시오, 아가씨. 이 밑에 초립 쓴 선비 오는 걸 못 봤는가?"

"여봐라. 큰 짐승이 인간은 왜 찾느냐?"

"그런 것이 아니라 내가 십 년간 귀양을 왔다가 승천하려 할 때 그 선비가 불을 껐으니 내가 그를 잡아먹어야 승천을 합니다."

"여봐라, 이 짐승아. 그분이 바로 나의 남편이다. 내가 낭군 없이 살자면 평생에 쓰고 입고 먹을 것이나 마련하고서 잡아먹어라."

"그것은 그리하시오."

짐승은 목을 세 번 씰룩거리더니만 팔모야광주를 토해서 각시한테 주었다.

"이것을 가지면 한평생 먹고살 테니 가지고 가시오."

"여봐라, 이 짐승아. 아무리 큰 보물이라도 쓰는 법을 알아야 할 게 아니냐. 자세히 가르쳐라."

그러자 대망신이 야광주 쓰는 법을 알려 주는데 한 모를 겨누면 없던 돈이 나고, 한 모를 겨누면 없던 집이 나고, 한 모를 겨누면 없던 사람이 난다는 둥 일곱 모 사용법을 알려 줬으나 마지막 한 모는 가르쳐 주지 않았다. 그러자 영산각시가 말했다.

"이 짐승아. 이 한 모도 어서 가르쳐라."

짐승이 안 가르쳐 주자 영산각시는 품에서 칼을 꺼내 든 채 베 짜던 줄로 짐승을 두 번 세 번 감아쥐며 어서 말하라고 소리쳤다. 짐승은 눈물을 주룩주룩 흘리며 줄을 늦춰 주면 알려 주겠다고 했다. 영산각시가 감은 줄을 늦춰 주자 짐승이 말했다.

"한 모는 미운 이한테 겨누면 절로 죽는 모입니다."

"이 짐승아, 이 짐승아. 너보다 더 미운 게 어디 있겠나!"

그러면서 영산각시가 그 모를 짐승한테 겨누니까 대망신이 힘없이 자빠져 죽었다.

영산각시가 짐승을 죽이고서 고개에 올라가 손을 흔들자 붉은선비가 내려왔다. 두 사람은 큰 짐승이 죽은 것을 그냥 버릴 수 없다며 이 나무 저 나무를 가득 내려다가 우물 정(井) 자 모양으로 쌓은 뒤 짐승을 거기 올려서 화장을 했다. 화장한 재라도 그냥 버릴 수 없어서 여덟 봉지에 넣고 가서 팔도 산천에 던졌다. 함경도에 던지자 백두산 산령(山靈)[32]이 생겨나고 평안도에 던지자 모란봉 산령이 났다. 강원도에 던지자 금강산 산령이 나고 경기도에 삼각산 산령이 났으며, 황해도에 구월산 산령이 나고 전라도에 지리산 산령이 났다. 충청도에 던지자 계룡산 산령이 나고 경상도에 던지자 태백산 산령이 났다. 남은 재를 사방으로 뿌리자 목신 꽃신과 석신(石神) 산령이 되고, 물에다 뿌리니까 물고기가 되었다.

그때 두 사람이 땅으로 내려갈 때 붉은선비 실낱같은 몸에 태산 같은 죽을병이 이르렀다. 은돈 금돈을 내어서 점을 치니까 점치는 선생이 말했다.

---

32 산령(山靈) : 산의 영. 산신령.

"여보시오 붉은선비. 산천 동티[33]가 이르렀습니다. 팔도 산천 산령님이 산천 동티를 내렸으니, 깨끗한 쌀로 메[34]를 지어 강원도 함경도 평안도 경기도 팔도 산천에 산령 기도를 드리십시오. 그러고서 그 짐승이 죽은 산으로 들어가서 정성껏 상을 차리고 산천굿을 드려야 나을 수 있습니다."

두 사람은 그곳을 하직하고 집에 내려와 깨끗한 흰쌀을 고이 가려서 정성껏 메를 지어 팔도 산천을 찾아가 기도를 드리고 그 짐승 죽은 산천으로 들어가 굿을 베풀었다. 상을 여덟 개 차려 놓고 정성을 다해 산천굿을 드리자 붉은선비가 살아났다. 앓았는지 말았는지 깨끗이 병이 나아 각시와 함께 잘살았다.

이때부터 사람들은 산천 동티로 병이 나고 안 좋은 일이 생기면 산에 가서 산천굿을 베풀게 되었다. 산천굿을 베풀 때에 영산각시 붉은선비한테도 정성을 바쳤다. 팔도 어디라도 산천에 정성을 바치면 백골이든 나무든 돌이든 그 마음을 알고서 동티를 면해 주고 극락왕생을 도와주는 법이다.

자료

〈산천굿〉은 함경도 망묵굿의 굿거리 가운데 하나다. 1965년 김복순 구연 자료가 정리 보고된 바 있다.
출처 : 김복순 본 〈산천굿〉: 임석재·장주근, 「관북지방무가(추가)」, 문교부, 1996.

---

33 동티 : 해서는 안 될 일을 한 탓에 신이 노하여 내리는 재앙.
34 메 : 제사 때 신위 앞에 올리는 밥.

저 깊은 산천에는…

 이야기 속으로

〈산천굿〉은 산천이 내린 죽을병을 벗어난 사연을 전하는 신화입니다. 사람들이 산천에 굿을 바치게 된 내력을 전하는 신화이기도 하지요. 산천(山川)은 '산과 시내'를 뜻하는데 그냥 산(山)이라고 생각해도 됩니다. 산에는 물이 흐르기 마련이어서 '산천'이라고 하지요. 우리가 깃들어 사는 자연이 곧 산천이라고 할 수 있어요.

이 신화는 인간과 자연, 또는 문명과 자연의 관계를 생생하게 보여줍니다. 인간이 자연에 함부로 끼어들 때 어떤 일이 생기는지를 잘 말해주지요. 이야기 속에서 붉은선비는 흐린 물 대신 맑은 물을 먹고, 탐스러운 머루 다래를 취하며, 쏟아지는 비를 피하고, 나무에 붙은 불을 끕니다. 인간 중심의 문명적 질서를 따른 일이었지요. 인간의 입장에서 볼 때 마땅히 그리 해야 할 일이었습니다. 저 사람은 공부를 하는 '선비'였으니까 더더구나 그랬지요.

하지만 이야기는 그것이 자연의 섭리를 거스르는 일이었다고 말합니다. 맑은 물과 머루 다래는 자연이 가져가야 할 몫이었고, 하늘에서 내린 소낙비와 산에서 난 불 또한 자연의 섭리였지요. 이야기는 그 불을 '천불 지불'이라고 말해요. 하늘이 낸 불과 땅이 낸 불이라는 말이니 자연의 조화라는 뜻입니다. 붉은선비는 그 불에 한 생명이 타는 걸 보고 그를 구하는데, 실은 그게 이무기가 승천하는 과정이었어요. 선비가 끼어든 탓에 그 일이 무산되지요. 인간의 개입으로 자연의 생태계적 순환이 어긋난 상황입니다. 대망신 이무기가 붉은선비를 공격하는 일은 그 입장에서 당연한 바가 됩니다. 선의로 행동한 붉은선비 입장에서는 억울하겠지만요.

이무기에 의해 죽게 된 선비를 나서서 구한 것은 그 아내였습니다. 결혼이라는 문명적 제도를 통해 맺어진 사람이었지요. 그녀가 이무기를 공격한 수단은 베를 짤 때 쓰는 칼이었습니다. 이 또한 인간의 문명적 도구에 속하는 바였지요. 그 공격을 면하려고 자연신 이무기는 '팔모야광주'라는 큰 보물을 내줍니다. 그러자 영산각시는 어떻게 했던가요? 자연으로부터 받은 그 보화로 자연을 공격하여 죽입니다. 문명의 공격성을 단적으로 보여주는 장면이지요. 그 즉각적 배반 앞에 이무기가 힘없이 쓰러지는 모습은 참 많은 생각을 하게 합니다. 자연의 입장에서 볼 때 사람은 참 이기적이고 무서운 존재일 거예요.

하지만 사람 입장에서는 어쩔 수 없는 일이기도 합니다. 흐린 물을 먹거나, 궂은 비를 그냥 맞거나, 산불이 난 걸 그대로 방치할 수는 없으니까요. 또는 제 남편이 죽어가는 상황에서 가만히 있을 수는 없는 노릇이지요. 이렇게 인간의 편에서 당연한 일이 자연의 편에서는 그릇된 일이었으니 참 곤란한 모순적 상황입니다. 거기 자연의 응징이 이어져서 더욱 상황이 복잡해집니다. 붉은선비한테 죽을병이 생겨난 일 말이에요. '산천 동티'로 표현된 그 병은 인간이 자연을 거역한 데 따른 부작용이었지요. 실제로 사람들이 얻게 되는 수많은 병이 자연의 이치를 거스른 탓으로 생겨나는 것이기도 합니다.

사람은 스스로 아주 잘났다고 생각하지만 실상 자연과 신의 앞에서 작고 나약한 존재일 따름이지요. 어느 날 갑자기 병이 들고 사고가 나서 속절없이 죽어가는 게 인간이에요. 그때 인간이 할 수 있는 일은 무엇일까요? 이야기는 그것이 바로 '산천굿'이라고 합니다. 스스로 몸을 낮추고서 자연산천에 사죄하고 진심과 정성으로써 자연을 포용하는 일이지요. 그리해야 죽을병에서 벗어나 삶을 이어갈 수 있다고 합니다. 한마디로 말하면 그것은 인간과 자연의 화해라고 할 수 있어요. 붉은선비와 영산각시는 그 화해의 몸짓을 행함으로써 화를 면하고 건강한 삶을 이어갈 수 있었지요.

이 신화에서 한 가지 눈여겨볼 대목은 대망신이 죽어 쓰러졌을 때 붉은선비와 영산각시가 행한 일입니다. 그들은 죽은 대망신을 외면하여 방치하는 대신 나무를 쌓아서 고이 화장해 주고 그 재를 팔도 산천에 뿌려줍니다. 자연을 자연으로 돌려보내 주는 일이었지요. 그리 한 덕분에 대망신은 팔도의 산신으로, 그리고 나무와

꽃과 돌과 물고기의 영(靈)으로 거듭납니다. 인간에게 죽은 한이 남아서 붉은선비한테 동티를 내리지만, 그가 굿을 베풀어 용서를 청하자 결국은 그 재앙을 풀어주지요.

만약 붉은선비와 영산각시가 죽은 대망신을 고이 챙겨주는 일을 하지 않았다면 어찌 됐을까요? 어떤 식으로든 살아나지 못하고 비참한 최후를 맞았으리라는 생각입니다. 어쩔 수 없이 자연에 맞섰으면서도 자연에 대한 경건함을 잃지 않았기에 그들은 마침내 삶을 이어갈 수 있었다는 것이지요. 사람들이 붉은선비와 영산각시를 신처럼 여기면서 정성을 바치는 것은 이 때문이라고 할 수 있습니다.

왜 인간은 자연 또는 신(神)하고 조화를 이루어 살아가야 할까요? 인간이 본래 자연에서 온 존재이고 신적인 존재이기 때문입니다. 인간이 자연산천과 화해하여 하나가 되는 일은, 존재의 근본으로 돌아가는 일이 됩니다. 인간 중심의 문명이 갈수록 위세를 떨치는 오늘날에 더욱 귀하게 새겨야 할 깨우침입니다.

상상하고, 이야기하기

- 만약 붉은선비가 스승님의 말을 그대로 들어서 불타는 각시를 놔두고 갔다면 그 뒤의 일은 어떻게 됐을까? 붉은선비와 영산각시는 이야기 속에서보다 더 잘 살게 됐을까?
- 이야기는 자연신이 인간을 도울 수도 있고 큰 해를 끼칠 수도 있다고 한다. 인간의 입장에서 자연신은 어떤 존재이고 자연신의 입장에서 인간은 어떤 존재일지를 서로 대비해서 말해보자.
- 인간은 자연에서 온 존재이지만 자연을 조정하고 이용할 수밖에 없는 처지에 있기도 하다. 인간이 자연을 이용함에 있어서 어기지 말고 지켜야 할 원칙이 무엇일지에 대해 이야기해 보자.

제4편
이승차사 강림이 저승차사 된 내력

차사본풀이

옛날 동정국 범을황제가 아들 아홉 형제를 뒀는데, 위로 삼 형제가 죽고 또 아래로 삼 형제가 죽어서 가운데 삼 형제만 살고 있었다. 하루는 삼 형제가 밖에 나가서 놀고 있는데 대사 스님이 지나가다가 혀를 끌끌 차면서 말했다.

"그 녀석들, 나기는 잘 났다만 운수가……. 쯧쯧쯧."

삼 형제가 아버지한테 달려가 그 말을 전하자 황제는 급히 사람을 보내 스님을 불러들였다.

"스님, 이 아이들한테 뭐라고 하셨습니까?"

"이 아이들이 귀하기는 하지만 단명할 팔자입니다."

"그렇다면 아이들을 살릴 방도가 없습니까?"

"집을 나가서 은붙이와 놋그릇을 팔고 비단 장사를 하면서 다니면 혹시 살지 모르겠습니다. 다만 장사를 나가더라도 과양생이 집에 들어가면 안 됩니다."

범을황제는 아들 삼 형제를 살려보겠노라고 은붙이와 놋그릇, 비단을 가지고 세상에 나가서 장사를 하게 했다. 집을 떠난 삼 형제는 갖가지 고생을 하면서 이곳저곳으로 떠다녔다. 서로 단속하고 도우면서 무사히 삼 년 세월을 채워 나갔다. 그러던 어느 날 그들이 주년국 연못가에서 쉬고 있는데 웬 여인이 말에게 물을 먹이러 왔다가 말을 걸었다.

"어떤 도령님들이 여기 있습니까?"

"우리는 동정국 범을황제 아들인데 인간 세상에 장사차로 나왔습니다."

"그러면 우리 집에 머물러서 쉬어 가면 어떻습니까?"

삼 형제는 다리 아프고 배가 고파 힘들던 차에 잘됐다며 여인을 따라서 집으로 들어갔다. 거기가 과양생이 집이라는 사실을 미처 알지 못했다.

삼 형제를 방으로 들인 과양생이 각시는 진수성찬을 차려서 내고 좋은 말로 약술을 권했다. 삼 형제가 술에 담뿍 취해 쓰러지자 여자는 그 귀에 달군 기름을 솔솔 부었다. 세 사람이 소리 없이 죽어 가자 여자는 형제가 가지고 있던 물건을 차지하고 시체는 돌을 매달아 연못에 던졌다.

하루는 과양각시가 연못에 가서 가만히 보니까 고운 꽃 세 송이가 탐스럽게 떠 있었다. 욕심 많은 각시는 배실배실 웃으며 꽃을 꺾어다가 문간에 달아 놓았다. 꽃송이들은 각시가 문에 드나들 때마다 머리를 박박 긁어 댔다. 그러자 각시는 못된 꽃이라면서 떼어서 아궁이에 던져 버렸다.

다음 날 천태산 늙은 할망이 불을 빌리러 와서 화로를 뒤적이는데 불은 없고 영롱한 구슬 세 개가 나왔다.

"화로에 구슬이 있으니 웬일이오?"

"내 구슬이니 건드리지 마오!"

과양각시가 얼른 구슬을 뺏어서 놀 때에 하도 고와서 입 안에 물고 도글도글 굴렸다. 그러자 구슬 세 개가 소르르 녹으면서 각시 배 속으로 들어갔다.

그 일이 있은 뒤로 과양각시 몸이 이상해지면서 배가 자꾸 불러 왔다. 열 달이 지나자 아기가 태어났는데 세쌍둥이 아들이었다. 자식이 없던 과양각시는 뛸 듯이 기뻐하면서 삼 형제를 고이고이 기르고 글공부를 시켰다.

열다섯 살이 되었을 때 삼 형제는 과거길에 올라 삼천 선비를 제치고 나란히 장원 급제를 해서 돌아왔다. 각시는 온 세상이 다 제 것 같았다. 널리 사람들한테 자랑하려고 큰 잔치를 준비했다. 하지만 잔칫날은 초상 날이 되었다. 멀쩡하던 삼 형제가 밤사이에 갑자기 숨이 끊어져 죽어 버린 것이었다.

"이게 무슨 일이냐! 어찌 이런 일이 있느냐!"

아이들을 흔들면서 발악하던 과양각시는 원통함을 억누르지 못하고 고을을 다스리는 김치원님한테 달려갔다. 각시가 석 달 열흘 동안 하루도 빠지지 않고 원님을 찾아가서 자식이 죽은 이유라도 밝혀 달라고 호소문을 올리니 그 종이가 아홉 상자 반이나 되었다. 원님이 일을 처리할 길이 막막해서 답답해하자 과양각시가 분을 내며 대들었다.

"이 못난 원님아! 한 고을 수령이 돼서 이만한 일도 처리를 못 한단 말이냐."

김치원님이 매일 욕을 먹다 보니 창피하고 분한 마음에 차라리 죽는 게 낫겠다 싶었다. 그 모습을 보다 못한 아내가 말했다.

"그러지 말고 도사령[35] 강림한테 명을 내려서 염라대왕을 잡아 오라 하십시오. 염라대왕은 어찌 된 일인지 알 터이니 그이가 처리하게 하십시오."

원님 생각에 강림이 아무리 용맹한들 어찌 염라대왕을 잡아 올까 싶었으나 달리 도리가 없어서 강림을 불러 호령했다.

"네가 사령으로서 할 일이 있다. 가서 염라대왕을 잡아 와라. 그리 못 하면 목숨을 내놓아야 할 것이다."

뜻밖의 명을 받은 강림이 대답은 했으나 아무리 생각해도 죽기가 더 쉽지 염라대

---

35 도사령 : 관청에서 일을 보는 사령들의 우두머리.

왕을 잡아 올 길이 없었다. 차라리 자결해서 죽으려 하자 각시가 말리면서 말했다.

"염라대왕을 잡아 올 방법이 없지 않으니 죽지 마십시오."

각시는 흰쌀을 서른 번 곱게 가려 커다란 시루떡 세 쪽을 쪄서 한 개는 부엌 조왕신한테 올리고 한 개는 뒤뜰의 단 위에 바치고 한 개는 낭군한테 주었다.

"이 떡을 가지고 한없이 가다 보면 알 도리가 있을 것입니다."

강림이 행장에 떡을 챙겨 넣고서 발 가는 대로 끝없이 가다 보니까 앞서서 길을 가는 노파가 보였다. 강림이 말을 걸려고 다가가는데 아무리 열심히 쫓아가도 따라잡을 수가 없었다. 그렇게 한참을 가던 중에 노파가 동산에 자리를 잡고 앉자 강림이 얼른 다가가 넙죽 절을 했다.

"내가 누군지 아느냐? 너희 집 조왕할미다. 네 아내 정성이 지극해서 길을 인도하려고 왔노라."

노파가 떡을 내놓으면서 맛보라고 해서 먹어 보니 아내가 만든 떡이 분명했다. 놀란 강림이 다시 넙죽 절하면서 물었다.

"염라국 가는 길을 알려 주십시오."

"이 길로 쭉 가다 보면 연제못이 나올 게다. 거기서 목욕재계를 하고 떡을 올려 정성껏 기도하면 알 도리가 있을 게야."

말을 마치고 훌쩍 사라지니 강림이 조왕신 알려 준 대로 길을 찾아 나아갔다. 연제못을 찾아 목욕을 한 뒤 떡을 차리고서 기원하고 있노라니 하늘에서 삼신선이 내려와 시루떡을 먹고서 강림을 굽어봤다.

"너는 어떠한 사람인데 여기 있느냐?"

"저는 강림이라는 사람으로 염라국을 찾아가는 중입니다. 길을 인도하여 주십시오."

그러자 삼신선이 청부채 금부채와 붉은 줄을 내주면서 말했다.

"가다가 어려운 일이 있거든 이것을 써라. 그러면 알 길이 있으리라."

강림이 받아 들고서 다시 길을 가다가 보니 갑자기 안개가 자욱하게 끼어 동서남북을 전혀 분간할 수 없었다. 강림이 방황하다가 청부채를 내던지자 안개가 훌쩍 걷히면서 길이 나타났다. 그 길을 따라서 다시 한참을 가다 보니 넓고 청정한 곳이 나오는데 길이 사라져서 갈 곳을 알 수 없었다. 강림이 방황하다가 금부채를 던지자 한쪽으로 길이 생겨났다. 강림이 그 길로 나아가다 보니 맞은편에서 차사 하나가 살랑살랑 걸어오고 있었다. 왕방울을 달고 붉은 쪽지를 든 차사였다.

"여보시오, 차사 동무님. 말 물읍시다. 나는 이승차사 강림입니다."

"저승차사 이원잡이오. 죄 지은 인간들을 잡으러 가는 길인데 그대는 어디를 갑니까?"

"염라대왕을 만나러 가는 길입니다. 어떻게 하면 대왕을 만날 수 있습니까?"

"여기가 그 지나다니는 길입니다. 여기 있으면 내일모레 염라대왕이 지나갈 겁니다."

강림이 기쁜 마음으로 이원잡과 작별하고 그 자리에 퍼질러 앉아서 자다 깨다 하면서 기다리자 정말로 이틀이 지난 날 아침에 염라대왕이 가마를 타고 나타났다. 강림은 고함을 지르며 달려들어서 가마채를 붙잡아 흔들었다.

"이승차사 강림이오. 대왕님을 잡으러 왔소이다."

"무엄하구나. 나를 잡아갈 자가 어디 있느냐! 여봐라, 강림이를 잡아라!"

대왕이 명령을 내리자 하늘과 땅이 흔들리고 세상이 캄캄해져서 사방을 분별할 수가 없었다. 강림이 겁이 덜컥 났지만 가만히 정신을 진정시키고는 이래도 죽고 저래도 죽으니 용맹을 다해 보리라면서 홍세줄 붉은 줄을 훌쩍 던지며 소리쳤다.

"저승이나 이승이나 임금은 마찬가지요. 아무리 저승 임금이라도 이승 임금 명령을 들어야 합니다!"

그러자 염라대왕이 강림의 용맹을 칭찬하면서 말했다.

"정 그렇다면 내가 가겠노라. 하지만 지금 유승상 딸아기가 기도를 올려서 청하는지라 거기를 가 봐야 한다. 그 일을 마치고서 며칠 뒤에 가도록 하마."

"그렇다면 나도 함께 가겠습니다."

강림이 염라대왕을 따라서 유승상 집에 이르러 보니 딸아기가 정성을 다해 기도하고 있었다. 함께 굿을 보면서 시간을 보낼 때에 염라대왕이 강림한테 말했다.

"네가 먼저 가서 기다리고 있으면 내가 내일 가리라."

강림은 그 말을 믿고 인간 세상으로 돌아와 김치원님한테 염라대왕 만난 일을 알렸다. 김치원님은 믿지 못하겠다며 강림을 옥에다 가두었는데, 다음 날이 되니까 하늘땅이 흔들리고 세상이 캄캄해지더니만 염라대왕 행차가 관아로 훌쩍 들어왔다. 김치원님이 무서워서 기둥이 되어 서 있자니 염라대왕이 화를 내며 기둥을 베라고 명령했다. 원님이 덜덜 떨며 앞으로 나오자 대왕이 혀를 차며 말했다.

"이런 졸장부가 나를 불렀단 말이냐? 그래 무슨 일로 불렀느냐?"

김치원님이 과양각시 삼 형제의 일을 앞뒤로 아뢰자 염라대왕이 말했다.

"짐작했던 일이다. 가서 과양각시를 잡아 와라."

과양각시가 들어오자 염라대왕은 그녀를 이끌고 연못으로 가서 사람들로 하여금 물을 퍼내게 했다. 물을 다 퍼내고서 보니까 범을황제 삼 형제 시체가 산 사람처럼 누워 있었다.

"저것이 무엇이냐? 이래도 네 죄를 모르겠느냐?"

다시 과양각시 아들 삼 형제를 묻은 곳을 파내고 보니 시체는 없고 허수아비뿐이었다.

"네가 범을황제 삼 형제를 죽인 까닭에 그 혼이 환생해서 고통을 준 것이다. 죄 없는 아이들을 죽였으니 벌을 받을 차례다."

염라대왕은 앞밭 뒷밭에 형틀을 건 뒤 과양각시를 매달아 죽이고 시체를 가루로 만들어서 바람에 날려 버렸다. 범을황제 삼 형제는 되살려 내서 부모님 있는 곳으로 가게 했다. 그런 다음 원님한테 말했다.

"강림차사가 영리하고 용맹하니 내가 저승차사로 데려가리라."

"안 됩니다. 강림은 내줄 수 없습니다."

"그럼 반씩 나누어 가지자꾸나. 몸을 가지겠느냐 혼을 가지겠느냐?"

"몸을 가지겠습니다."

그러자 염라대왕은 강림의 몸을 남겨 두고 혼을 쏙 빼서 염라국으로 데려갔다. 혼이 나간 몸은 힘없이 쓰러졌다. 김치원님이 후회하고 강림 각시가 통탄했지만 속절없는 일이었다.

그 후로 강림은 저승차사가 되어서 수명이 다 된 사람의 혼백을 저승으로 빼 가는 일을 맡게 되었다. 삼천 년을 안 죽고 도망 다니던 동방삭도 그가 붙잡아서 저승으로 데려갔다고 한다.

자료

〈차사본풀이〉는 구전신화 가운데도 내용이 무척 길고 복잡한 이야기이다. 여기서는 여러 자료 가운데 가장 간략한 박봉춘 구연본을 바탕으로 내용을 정리했다. 생동감은 조금 부족하나 이야기의 큰 맥락은 오롯이 갖추고 있다. 다른 자료 내용을 소개하면, 주인공 강림은 강림도령이라고도 하며, 강파도라는 이름으로도 불린다. 과양생이 각시(과양각시)는 과양선이 각시라고도 하며, 사람을 아무렇게나 죽이는 간악한 여인으로 묘사된다. 강림은 헹기못이라는 연못에 뛰어들어 저승에 이르렀다고 하는데, 박봉춘본에서는 독특하게 부채를 이용해 길을 찾는다. 자료에 따라서는 강림이 저승차사가 된 뒤에 삼천갑자 동방삭을 잡아오는 과업을 완수했으나 인간 수명을 적은 글을 까마귀한테 맡기는 바람에 혼란이 생겨났다는 후일담을 곁들이기도 한다. 전체적으로 박봉춘본의 내용을 따르되 세부 서술은 다른 자료를 참고해서 조금씩 보완했다.

[출처] 박봉춘본 〈차사본풀이〉 : 赤松智城·秋葉隆, 《朝鮮巫俗의 研究》상, 옥호서점, 1937.

이야기 속으로

〈차사본풀이〉는 저승차사의 내력을 전하는 신화입니다. 제목에 들어 있는 차사가 곧 '저승차사'예요. 본래 이승차사였다가 어느 날 저승차사로 발탁된 강림이 그 주인공입니다. 염라대왕을 감동시켜서 이승으로 오게 할 정도로 우직하고 용맹한 사내입니다. 인간의 의기를 잘 보여 주는 모습이지요.

이 신화에는 강림 말고도 흥미로운 인물이 많이 등장합니다. 본래부터 저승차사로 있던 이원잡이란 인물도 눈길을 끌며, 이승으로 직접 행차해서 세상을 벌벌 떨게 만들고 죄인을 추상같이 다스리는 염라대왕의 모습도 눈에 확 들어옵니다.

또 눈길이 가는 인물이 누가 있나요? 강림의 지혜로운 각시와 강림 부부를 도와주는 조왕할머니가 있지요. 남편보다 훨씬 나아 보이는 김치원님의 아내도 있고요. 그리고 과양각시(과양생이 각시)가 있습니다. 무척 흉하고 무서운 여인이지요. 아무렇지 않게 사람을 죽이고 재산을 빼앗는 모습이 소름끼칠 정도입니다. 그렇게 삼 형제를 죽여 놓고 깔깔거리며 좋아했다고도 하니 요즘 말로 사이코패스라 할 만합니다.

과양각시의 마수에 걸려든 삼 형제의 인생 역정이 참으로 파란만장합니다. 황제의 아들로 태어났으니 편안히 살 만도 한데 험한 세상으로 나아가 갖은 고생을 해야 했지요. 스님이 삼 형제로 하여금 세상을 다니며 장사를 하게 한 것은 스스로 제 운명에 맞닥뜨려 극복할 힘을 찾으라는 뜻이 아니었을까 싶어요. 그런데 그만 고비를 넘기지 못하고 거꾸러지지요. 다시 살아나 제 길을 찾기까지 정말 긴 시간이 걸렸으니 운명의 함정은 참 얄궂은 것 같습니다. 하지만 결국 죽을 운명을 이겨 낸 터이니 거친 세상으로 나선 것은 바른 선택이었다고 하겠습니다. 아마 그 뒤로 오래오래 잘 살았을 것 같아요. 제 앞가림을 스스로 해 가면서요.

생각하면 삶과 죽음 또는 기쁨과 고통이란 멀고도 가까운 짝이라 할 수 있습니다. 한창 행복하다 싶을 때 갑자기 커다란 고통과 절망이 찾아오곤 하지요. 범을황제 삼 형제도 그랬고 과양생이 각시도 그랬어요. 강림의 각시를 보더라도 남편이 살아 왔다고 좋아하는 순간 저승차사가 되어 떠났으니 극과 극을 오가지요. 그 오르내림의 갈림길에는 바로 '죽음'이 있습니다. 사람이라면 누구라도 피할 수 없는 절대적인 함정이지요. 모든 것이 하루아침에 사라져 없어지는 일이란 아무리 생각해도 아득하기만 합니다. 언제 어떻게 닥쳐올지 모른다는 데 더 큰 아득함이 있지요.

그렇더라도 죽음을 주재하는 신들이 그리 무섭고 가혹하지만은 않은 것 같아서 위안이 됩니다. 이야기 속 저승차사 강림은 모질고 독한 인물이라기보다 어수룩하고 친근한 인물로 다가옵니다. 함께 저승길을 가면 왠지 재미있을 것 같고, 말을 잘하면 슬쩍 도와줄 것 같기도 합니다. 염라대왕은 더 무섭고 엄해 보이는 쪽이지만, 강림한테 당하고서도 그를 탐내는 모습을 보면 인간적인 면이 꽤 있는 것 같아요. 죽은 사람을 되살리기도 하니 꼭 두려워할 신이 아닐지도 모릅니다. 염라대왕한테 잘 보이면 더 좋은 곳에 다시 태어날 수 있지 않을까요?

**상상하고,
이야기하기**

- 만약 범을황제 삼 형제가 장사를 하러 나가지 않고 궁궐 안에 꼭꼭 숨었다면 어떤 일이 벌어졌을까? 삼 형제는 세상으로 나갔다가 죽음을 당하는데 그렇더라도 그들이 나간 것은 잘한 일일까?
- 과양각시의 죄를 드러내고 다스린 것은 저승에서 행차한 염라대왕이었다. 만약 강림이 원님의 명을 받고 직접 과양각시를 조사해서 서로 맞붙었다면 어떤 일이 벌어졌을까? 두 사람의 캐릭터를 잘 살려서 이야기를 만들어 보자.
- 웹툰 〈신과 함께〉에 등장하는 강림도령과 이 신화 속에 나오는 강림의 캐릭터를 비교해서 둘 사이에 어떤 공통점과 차이점이 있는지 말해 보자.

제5편

죄 많은 영혼들의 갸륵한 수호신

바리공주

　옛날에 나라를 다스리던 임금이 나이가 늦도록 짝을 못 찾다가 칠대부인을 왕비로 맞아들였다. 그때 천하궁 자주박사와 지하궁 소슬아기, 명두궁 주역각시가 점을 쳐 보고서 그 해는 흉하고 다음 해가 길하니 혼례를 미루는 게 좋겠다고 하자 대왕이 말했다.

　"그런 점괘가 무슨 소용이 있으랴. 하루가 열흘 같으니 어서 서둘러라."

　그해 칠월 칠석으로 날을 잡아서 혼례를 치르니, 석 달 뒤부터 왕비 몸에 변화가 생겨났다. 굵은 뼈가 휘는 듯하고 잔뼈가 녹는 듯하며 밥에서 생쌀 냄새가 나고 탕에서 날장[36] 냄새가 났다. 대왕이 자주박사와 소슬아기, 주역각시를 시켜 점을 쳤더니 공주가 탄생할 거라고 했다.

　"점이 꼭 맞을 리 있으랴. 엊저녁 꿈에 금과 옥이 가득 쌓였으니 세자가 분명하다."

36　날장 : 끓이지 않은 장(醬).

세자 맞을 준비를 착실히 시켰으나 열 달이 차서 태어난 것은 아들이 아닌 딸이었다.

"공주가 나면 세자인들 안 나리. 젖을 잘 먹여서 고이고이 기르라."

세월이 흘러 삼 년이 지나 왕비가 다시 아기를 가졌는데 이번에도 공주를 낳으리라는 점괘가 나왔다. 대왕이 해와 달이 어깨에 돋아난 꿈을 말하며 세자를 낳으리라고 했으나 역시나 공주였다. 대왕은 그 딸도 고이고이 잘 기르도록 했다.

다시 삼 년이 지나서 아기를 잉태했는데 기대와 달리 이번에도 딸이었다. 그렇게 세 공주가 태어나고서 삼 년 뒤에 넷째 공주가 나고 다섯째 여섯째 공주가 났다. 대왕은 딸들을 고이 잘 기르도록 했으나 몸은 점점 늙어 가는데 대를 이을 세자 걱정에 시름이 점점 깊어졌다.

여섯째 공주가 탄생한 지 삼 년 만에 왕비는 다시 아기를 잉태했다. 굵은 뼈가 휘어지는 듯하고 잔뼈가 녹는 듯하며 밥에서 생쌀 냄새가 나고 탕에서 날장 냄새가 났다. 자주박사와 소슬아기, 주역각시의 점괘는 이번에도 딸이라는 것이었다.

"내가 꿈에서 오른손에 홍도 복숭아 가지를 꺾어 들었으니 세자가 분명하다."

세자 맞을 준비를 착실히 시켰으나 예닐곱 달 지나고 열 달이 차서 태어난 것은 딸이었다. 딸을 낳은 왕비 얼굴에 눈물이 절로 흘러내렸다.

"내가 전생에 무슨 죄가 많아서 하늘이 딸만 일곱을 점지하셨나. 무슨 낯으로 상감을 만나리."

그때 대왕이 칠공주 낳았다는 소식을 전해 듣고 낙담해서 말했다.

"중전도 담대하다. 무슨 면목으로 나를 보리. 이 아이는 보기도 싫으니 내다 버려라."

왕비가 그 말을 전해 듣고 대왕한테 와서 말했다.

"아무리 그래도 나라 자손을 어찌 버리라 하시나이까. 자손 없는 신하한테 양녀라도 주십시오."

"나라 자손을 어찌 신하한테 줍니까. 어서 가져다 버리십시오!"

왕비가 울면서 아기에게 마지막 젖을 물리고 나서 대왕한테 청했다.

"버리는 아기라지만 이름이라도 지어 주십시오."

"버려도 버리데기, 던져도 던지데기. 바리공주라."

옷고름에 태어난 날을 적어 두고서 뒷동산 후원에 버렸는데 청학 백학이 날개를 덮어 주고 열매를 먹여 줘서 죽지 않았다. 어느 날 대왕이 꽃구경을 갔는데 난데없는 아기 울음소리가 들려왔다.

"이 산에 아기 우는 소리가 웬 소리인가?"

"황송하오나 전에 버린 바리공주가 젖 그리워 우는 소리입니다."

그때 칠대부인이 아기를 찾아서 안고 보니 귀에 왕개미가 가득하고 입에는 금개미, 눈에는 실개미가 가득했다. 왕비가 연꽃 같은 얼굴에 진주 같은 눈물을 흘릴 때에 대왕이 말했다.

"여봐라. 내가 사해용왕한테 진상이나 보내리라. 저 아이를 옥함에 넣어서 바다에 띄워라."

왕비가 울면서 애원하고 신하들이 말렸으나 대왕의 뜻은 철석 같았다. 아이를 갖다 버리지 않으면 역적으로 여겨서 목을 베겠노라고 했다. 신하들은 할 수 없이 아기를 옥함에 넣어서 지옥고개와 불탄고개 염불고개를 건너 까치여울 피바다에 훌쩍 내던졌다. 그러자 바닷물이 핏빛으로 변하면서 천둥 번개가 치더니만 금거북이 옥함을 싸안고 바다 한가운데로 사라져 갔다.

그때 석가세존 부처님이 제자들을 데리고 구경을 나왔다가 말했다.

"저 바다를 보아라. 사람이라도 하늘이 아는 사람이고 귀신이라도 하늘이 아는 귀신일지니 가서 살펴보아라."

제자들이 태양서촌 바닷가에서 옥함을 발견하고서 살펴보니 칠공주 버리데기라고 새겨 있었다. 그때 비럭할미 비럭할아비가 석가세존을 발견하고 달려와서 절을 올리자 세존님이 말했다.

"너희들이 공덕을 아느냐? 깊은 물에 다리를 놓아 주고 헐벗은 사람 옷을 주고 배고픈 사람 밥을 주는 것도 공덕이거니와, 젖 없는 아기를 데려다 기르면 큰 공덕이 되리라."

"그것도 공덕입니다만 집 없는 비렁뱅이가 어찌 귀한 아기를 기르리까?"

"이 아기를 받아 기르면 초가삼간이 생기고 먹을 것과 입을 것도 생기리라."

세존님이 간곳없이 사라지자 비럭할미 할아비가 절을 올리고서 옥함을 소중히 집어 들었다. 옥함을 안고 돌아서자 초목산 아래에 난데없는 초가삼간이 나타났다. 할미 할아비가 그 집에 들어가 옥함을 열고 보니 아기 입에 모래알이 가득하고 귀에 물거품이 가득했다. 부부가 시내에 흐르는 맑은 물로 몸을 씻기니까 먹빛을 벗고서 옥 같은 아기가 되었다.

비럭할미 비럭할아비가 버리데기 바리공주를 거두어서 키울 적에 세월이 물처럼 흘러갔다. 아이는 총명해서 따로 배우지 않고도 세상 이치를 깨우쳤다. 어느 날 아이가 물었다.

"할머니 할아버지요. 날짐승과 길벌레도 다 어미 아비가 있는데 나는 어찌하여 어머니 아버지가 없습니까? 우리 부모님은 누구입니까?"

"이 할미가 어미이고 할아비가 아비니라."

"그런 말 마십시오. 이렇게 늙으신 분들이 어찌 나 같은 자손을 낳습니까?"

"하늘이 네 아버지고 땅이 네 어머니니라."

"할머니 할아버지요. 어떻게 하늘땅이 인간 자손을 낳는단 말입니까?"

"전라도 왕대나무가 아버지이고 뒷동산 잎 많은 나무가 어머니니라."

"그런 말 마십시오. 어찌 산천초목이 인간을 낳습니까?"

"거짓말이 아니라 산천에 풀과 나무가 우거지면 이슬이 내려서 인간 탄생을 하느니라."

아이는 그 말을 듣고서 전라도는 멀어서 못 가고 뒷동산 나무에 하루 세 번씩 문안하기를 그치지 않았다.

그렇게 세월이 흐를 때에 대왕과 왕비가 큰 병이 들어 자리에 누우니 세상 모든 약이 다 소용없었다. 대왕은 옛일을 생각하고 천하궁 자주박사와 지하궁 소슬아기, 명두궁 주역각시한테 점을 쳐 보게 했다.

"칠공주를 내다 버렸으니 어찌 천벌이 없겠습니까. 이제라도 칠공주를 찾아 들이고 무상신선 약려수를 구해 오면 모르려니와 그렇지 않으면 두 분이 한날한시에 세상을 떠날 것입니다."

그 말을 전해 들은 대왕이 신하들과 상의하여 칠공주 찾을 방도를 내려 했으나 바다로 띄워 보낸 자식을 찾을 길이 없었다. 어쩔 줄을 모르고 있을 때에 어느 날 석가세존 부처님이 대왕 앞에 훌쩍 나타나서 말했다.

"지옥고개와 불탄고개 염불고개를 넘고 까치여울 피바다를 건너 초목산 비럭할미 비럭할아비가 칠공주를 키우고 있으니 찾아 들이라."

깜짝 놀라 일어나 보니 꿈이었다. 꿈 얘기를 하니까 한 신하가 썩 나서서 말했다.

"가다가 죽더라도 칠공주님을 찾아오겠습니다."

사람들을 데리고 길을 나선 신하는 지옥고개 불탄고개 염불고개를 넘고 까치여울 피바다를 건너서 초목산 초가삼간에 이르렀다. 비럭할미 비럭할아비를 찾아서 나랏님 자손을 데리러 왔다고 하자 아이가 썩 나서서 말했다.

"나라 자손이 어찌 이 산중에서 천하게 자랍니까? 믿을 수 없습니다."

신하가 지난 일을 말하면서 공주님이 맞다고 하자 바리공주는 샘에서 맑은 물을 길어다 은쟁반에 받쳐 놓고서 하늘에 빌면서 자기가 나라 자손이 맞으면 응답을 달라고 했다. 그러자 난데없는 검은 구름이 일어나고 천둥 번개가 치면서 소낙비가 쏟아졌다. 공주가 그제야 알고서 따라 나서려 하자 대신이 가마에 오르라고 했다.

"가마도 싫고 수레도 싫습니다. 내 한 몸으로 가겠습니다."

피바다를 건너고 염불고개 불탄고개 지옥고개를 넘어서 대궐에 이르러 대왕한테로 나아가 아홉 번 절을 올리자 대왕이 눈물을 흘리면서 말했다.

"아가, 이리 올라오너라. 내가 너를 미워서 버렸으랴, 홧김에 버렸구나. 보자꾸나. 머리는 쇠덕석[37]이 되었고, 손은 가축 발이 되었고, 발등은 바위가 되었구나. 여름 석 달은 어찌 살고 겨울 석 달은 어찌 살았느냐?"

"추워도 어렵고 더워도 어렵고 배고파도 어렵더이다. 그중에 어려운 것은 어머니 아버지 그리워 어렵더이다."

"우리는 너를 버린 죄로 이렇게 병이 들어 죽어 가노라."

그때 대왕이 만조백관 신하 시녀와 딸들을 모아 놓고서 말했다.

"칠공주가 돌아왔거늘 누가 가서 약을 구해 올까. 만조백관 신하 시녀 백성들아. 무상신 약려수를 얻어다가 나라 보전을 할 사람이 없느냐?"

"무상신선 약려수가 이승 약이 아닌데 어찌 얻을 수 있겠습니까?"

"초공주 이공주 내 딸들아, 부모 효양 가려느냐?"

"만조백관 신하 시녀가 못 가는 길을 소녀가 어찌 가오리까."

"언니가 못 가는 곳을 제가 어찌 가오리까."

"저승길이 멀다는데 거기를 어찌 가오리까."

여섯 공주가 다들 못 간다고 할 때에 버리데기 바리공주가 썩 나서서 말했다.

"아버님께 하룻밤 신세지고 어머니 배 속에서 열 달을 살고서 세상을 구경한 것이 다 은공이니 어찌 부모 효양을 아니 가리까. 제가 가서 무상신 약려수를 구해 오겠습니다."

공주는 가마와 수레를 마다하고 무쇠 두루마기와 무쇠 신발에 무쇠 지팡이를 들고서 남자 모양으로 차리고 길을 나섰다. 무쇠 지팡이를 짚으며 천 리를 가고 이천 리를 가고 하염없이 갈 때에 산천초목이 우거져 날짐승도 드나들지 못할 곳에 집채

---

37 쇠덕석 : 추울 때에 소의 등을 덮어 주는 멍석.

196

만 한 호랑이가 앉아 있다가 입을 딱 벌리고 잡아먹으려 들었다.

"나의 정성이 부족해서 이러한가. 잡아먹히는 것은 서럽지 않으나 부모를 못 살리면 이 일을 어찌하리."

호랑이가 그 말을 듣고서 삼세번 재주를 넘더니 부처님으로 변해서 말했다.

"내가 범이 아니라 이 산의 신령이다. 네 정성이 지극하여 이 낙화를 주나니 가다가 험한 곳이 닥치거든 이 꽃을 흔들어라. 그러면 바다도 육지가 되고 가시덤불 억센 곳도 평지가 되리라."

공주는 낙화를 받아서 품에 넣고 다시 길을 나섰다. 무쇠 지팡이를 짚으며 천 리를 가고 이천 리를 가다가 가시덤불 칡덩굴이 엉켜서 오도 가도 못 할 곳에 이르러 낙화를 던지니까 평지가 되었다. 앞에도 열두 바다 뒤로 열두 바다가 가로막힌 곳을 당도해서 또 낙화를 던지니까 바다가 육지로 변했다. 그렇게 한없이 길을 갈 때에 저승 십대왕이 바둑을 두다가 공주를 보고서 말했다.

"네가 귀신이냐 사람이냐. 여기를 어떻게 왔느냐?"

"나라의 세자로서 약려수를 구해서 부모를 살리려고 왔습니다."

"나라에 칠공주 있다는 말은 들었으나 세자 있다는 말은 못 들었다. 네가 거짓말한 죄가 있도다."

십대왕은 공주를 지옥에 집어넣고 문을 덜컥 채웠다. 공주가 둘러보니 수천수만 귀신들이 우글우글 모여서 고통을 겪고 있었다.

"언제 이곳에 갇혔습니까. 언제나 여기서 나갈 수 있습니까?"

"낙화가 있으면 모르려니와 몇 천 년을 갇히고 몇 만 년을 갇혀도 못 나갑니다."

애기가 그 말을 듣고 품속에서 낙화를 꺼내어 흔드니까 옥문이 덜컥 열리며 성이 무너졌다. 죄인들이 개구리 떼 끓듯 공주를 에워싸며 극락으로 보내 달라고 애원했다. 공주는 불쌍한 죄인들을 위해 기원을 올려서 그들이 서방정토 극락세계로 갈 수 있도록 했다.

공주가 다시 길을 가다 한 곳을 바라보니 사방으로 높다란 오색 유리문이 두른 곳에 한 사람이 서 있었다. 키가 하늘에 닿을 듯하고 이마는 도마 같고 눈은 화등잔 같으며 입은 짚신짝 같고 손이 솥뚜껑 같았다. 공주가 무서움을 참고 다가가 절을 하자 그 사람이 물었다.

"귀신이냐 사람이냐. 날짐승 길짐승도 못 들어오는 곳에 어떻게 왔느냐?"

"내가 귀신이 아니라 나라의 세자로서 무상신 약려수를 구하러 왔습니다."

"내가 그 사람이다만, 물값을 가져오고 나무값과 불값을 가져왔느냐?"

"경황이 없어서 못 가져왔습니다."

"그러면 삼 년간 날 없는 낫으로 나무를 하고, 차돌로 불씨를 피우고, 물을 길을 수 있느냐?"

"부모를 살릴 길이라면 그리하리다."

공주가 나무하고 물을 긷고 불을 피우며 삼 년을 살고 나니 무상신선이 말했다.

"그대가 앞으로 보아도 여자 몸이고 뒤로 보아도 여자 몸이라. 나하고 백년가약을 맺어 아이 칠 형제를 낳아 주면 부모를 살릴 길이 있으리라."

"부모를 살릴 길이라면 그리하리다."

서로 백년가약을 맺어 바위로 병풍 삼고 두견새로 벗을 삼으며 샛별로 초롱 삼고 등걸을 베개 삼아 함께 지내다 보니 바리공주가 아이를 배서 칠 형제가 태어났다. 그때 공주가 꿈을 꾸었는데 은그릇이 깨어지고 수저가 부러지며 용상이 물리어졌다.

"부모 효양이 늦어 가니 이제 어서 가야겠습니다."

"갈 때는 가더라도 뒷동산 꽃구경을 하고서 가십시오."

둘이서 뒷동산에 올라가 꽃구경을 하노라니 각색 꽃이 만발해 있었다.

"저 꽃 이름이 다 무엇입니까?"

"저것은 죽은 사람을 살리는 꽃입니다. 그대가 삼 년간 나무를 한 일이 뼈살이꽃이 되고, 삼 년간 물을 길은 일이 살살이꽃이 되고, 삼 년간 불씨를 피운 일이 피살이

꽃이 되었습니다."

"어느 것이 약려수입니까?"

"그대가 밥하고 빨래하던 물이 약려수입니다."

공주가 약려수를 길어서 짊어지고 뼈살이꽃 살살이꽃 피살이꽃을 품에 넣고서 길을 나서는데 올 때에는 혼자였던 몸이 갈 때에는 아홉이었다. 극락 가는 배 지옥 가는 배가 줄줄이 떠 있는 바다를 건너고 대세지 고개와 피바다를 지나 주역고개 불탄 고개 지옥고개를 넘어서 나아갈 적에 나무하는 아이들이 지게 작대기를 이리저리 치면서 하는 말이 듣기에 이상했다.

"칠공주가 무상신 약려수를 구하러 가더니 여러 해가 지나도 오지 않아서 더 기다리지 못하고 나라님 장례를 치른단다. 구경 가자꾸나."

바리공주가 그 말을 듣고 깜짝 놀라서 무상신을 수풀에 숨기고 칠 형제는 덤불 밑에 감춰 놓고서 상여 행렬 가는 곳으로 달려가서 보니 명정에 쓰인 것이 임금 왕(王) 자가 분명했다. 공주가 경황없이 달려들어 길바닥에서 곡을 하자 상여꾼들이 놀라서 말했다.

"곡을 하려거든 길 아래에서 할 일이지 어찌 길 위에서 곡을 합니까?"

"내가 다른 사람이 아니라 칠공주입니다. 무상신 약려수를 구해 왔습니다."

사람들이 깜짝 놀라서 모셔 들이자 공주가 상여를 내리고서 관을 열었다. 공주가 부모님 시신에 뼈살이꽃을 대자 뼈가 살아나고, 살살이꽃을 두르자 살이 살아나고, 피살이꽃을 문지르자 피가 살아났다. 무상신 약려수를 입에 흘려 넣자 대왕과 왕비가 숨을 내쉬면서 함께 살아났다.

"내가 잠을 곤히 잤구나. 그런데 다들 옷이 왜 그러한가? 누가 죽었는가?"

"대왕마마 중전마마께서 한날한시에 돌아가셨다가 칠공주께서 무상신 약려수를 구해 와서 한날한시에 회생하셨나이다."

"죽으라고 버린 자식이 우리를 살렸구나. 무정한 얼굴이 꽃방석 되었구나."

대왕이 대궐로 돌아와 조복을 입고 용상에 앉으니 온 나라가 꽃밭이 되어 신하와 백성들이 만만세를 불렀다. 이때 공주가 나가서 세 번 절을 올리고 말했다.

"제가 부모 몰래 죄를 지었습니다. 무상신과 연분을 맺어서 일곱 아들을 두었습니다."

"그것은 네 죄가 아니라 나의 죄로다. 어서 그들을 들게 해라."

무상신과 칠 형제가 대궐로 들어올 때에 무상신이 너무 커서 사대문 귀퉁이를 헐고서 들어왔다. 대왕이 딸과 사위를 번갈아 보고서 말했다.

"너희가 천생배필이로다. 죽은 부모를 살렸으니 무엇을 줄까? 나라를 반을 떼어 줄까, 만금 상을 내릴까?"

"나라도 싫고 만금도 싫습니다. 무당 만신들의 왕이 되어서 산 사람을 보살피고 죽은 사람들을 극락으로 천도하겠나이다."

그래서 바리공주는 무당 만신의 신이 되고 영혼의 신이 되어 죽은 사람들을 극락으로 인도하게 되었다. 무상신은 저승 가는 혼령들한테 평토제[38] 제사를 받게 되었고, 일곱 아들은 칠성이 되어서 칠월 칠석 맞이를 받게 되었다. 비럭할미와 할아비는 길제사[39]를 받아먹게 되었다. 사람이 살다가 죽으면 저승 가는 길에 이들을 만나게 된다.

자료

〈바리공주〉는 전국적으로 전승돼 온 신화로 이본이 무척 많으며 자료에 따라 내용이 꽤 다르다. 주인공 이름만 하더라도 바리공주, 바리데기, 버리데기, 베리데기, 비리데기 등으로 다양하다. 주인공은 바다에 버려지기도 하고 산에

---

38 평토제 : 무덤 속에 관을 넣은 뒤에 흙을 쳐서 평평하게 메우고서 지내는 제사.
39 길제사 : 멀리 떠나는 사람의 가는 길이 편안하기를 빌며 지내는 제사.

버려지기도 하며, 주인공을 버린 뒤 부모가 함께 병들어 죽기도 하고 아버지 혼자 죽기도 한다. 약수를 지키다 공주와 결혼하는 사람은, 서울경기 쪽에서 무장승(무장신선, 무장선관, 무상신)이라 하고 동해안과 영남 쪽에서는 동수자라고 한다. 죽은 부모를 살린 뒤에 주인공은 보통 무당의 조상신이나 영혼을 천도하는 오구신이 되며, 때로 인도국왕 보살이나 칠성신이 되기도 한다. 여기서는 인천에서 전해 온 〈바리공주(말미)〉 자료를 바탕으로 사연을 정리했다. 인천의 〈바리공주〉는 정영숙본과 도정희본이 있는데, 정영숙본을 주자료로 삼고 도정희본 내용을 일부 가져왔다. 이야기는 원전을 많이 간추려 정리했다.

[출처] 정영숙 구연 〈바리공주(말미)〉 : 홍태한 엮음, 《바리공주전집》 1, 민속원, 1997. 도정희 구연 〈바리공주(말미)〉 : 홍태한 엮음, 《바리공주전집》 1, 민속원, 1997.

🔍 이야기 속으로

염라왕과 저승차사에 의해 잡혀간 죽은 사람들에게 안식과 새 생명을 주는 신에 대한 이야기입니다. 죽음이라고 하면 흔히 저승사자나 염라왕을 떠올리지만, 한국 신화에서 죽음과 관련되는 가장 중요한 신은 바리데기 바리공주라 할 수 있어요. 그 어떤 신보다도 너그럽고 자애로운 신입니다. 바리공주의 인도를 받으면 이승에서 죄를 지은 사람도 극락으로 갈 길이 열리지요. 죽어서도 내려놓지 못한 원한도 바리공주의 손길이 닿으면 솜솜이 풀리게 됩니다. 태어나자마자 부모로부터 버림받은 고통을 스스로 풀어낸 신이고 수만 리 저승길을 홀로 다녀와 그 부모를 살려낸 신이니 오죽할까요.

〈바리공주〉는 마음 깊이 새기고서 평생을 함께할 만한 넓고 깊은 이야기입니다.

바닥을 알 수 없는 샘 같은 이야기이지요. 백 개가 넘는 자료 하나하나가 다 소중합니다. 여기 소개한 인천 지역의 〈바리공주〉만 하더라도 사이사이에 여러 가지 깊은 뜻이 깃들어 있지요.

바리공주가 태어나고 버려지는 과정을 한번 볼까요? 바리공주가 딸로 태어났다는 이유로 버림을 받는 것은 이해하기 어려운 일입니다. 부모가 제 자식을 버린다니 더없이 무참하지요. 하지만 그러한 버림이 실제로 벌어지는 것이 세상사입니다. 진짜로 내다 버리는 경우는 적지만, 마음으로 자식을 버리는 부모들이 적지 않아요. 헤아려 보면 사람들은 누구라도 버림받음을 경험하면서 살기 마련이지요. 어쩌면 엄마 배 속에서 나오는 순간 세상에 던져지고 버려지는 것이라고도 말할 수 있습니다. 거친 세상에서 스스로 살아남아야 하지요.

하지만 〈바리공주〉는 사람이 세상에 난 것이 버려지기 위함이 아니라고 말합니다. 피바다에 띄워진 공주를 부처님이 나서서 인도하고 살 길을 열어 주는 일은 그가 거둠을 얻고 기림을 받기 위해 태어난 존재임을 잘 보여 줍니다. 비럭할미와 할아비가 바리를 정성껏 돌보는 일도 마찬가지입니다. 이야기에서는 이를 '하늘이 아는 사람'이라는 말로 표현하지요. 어찌 보면 바리가 특별한 존재라서 그런 혜택을 받는 것 같지만 그렇지 않습니다. 그것은 모든 사람들한테 해당되는 말이라 할 수 있어요. 이 세상 모든 사람은 '하늘이 내린 사람'이고 '하늘이 아는 사람'이니까요.

비럭할미 할아비는 부모님을 알려 달라는 바리의 말에 하늘이 아버지이고 땅이 어머니라고 답합니다. 대충 둘러댄 말처럼 보이지만, 곰씹어 보면 이치에 꼭 맞습니다. 하늘이 있고 땅이 있어서 사람이 세상에 태어나 살 수 있는 법이니 그들은 크나큰 아버지이고 어머니라 할 수 있지요. 할미 할아비가 어미 아비라는 말도 마찬가지입니다. 비록 직접 낳지 않았지만 키워 주고 입혀 주었으니 어머니 아버지가 아니겠어요? 왕대나무가 아버지이고 잎 넓은 나무가 어머니라는 말은 어떤가요? 사람이란 자연과 초목의 기운을 받으며 살아가는 존재이니 이 또한 이치에 맞습니다. 바리가 할미 할아비 말을 듣고 뒷동산의 나무를 어머니처럼 귀하게 대하는 데는 그런 뜻이 담겨 있지요. 이와 같이 자라났기 때문에 바리는 세상 여러 신령의 도움을 얻으면서 큰일을 해 낼 수 있었던 것이 아닐까요?

바리공주 신화를 처음 보는 사람들은 바리가 부모를 살리기 위해 저승으로 떠나는 대목을 쉽게 이해하지 못합니다. 아무리 효녀라지만 그건 아니지 않느냐는 얘기를 많이들 하지요. 자식을 붙잡지 않고 저승으로 보내는 부모가 이기적이어서 못마땅하다는 얘기도요. 충분히 그리 생각할 만합니다. 어린 자식한테 너무 가혹한 일이라는 생각을 안 할 수 없지요. 하지만 바리의 떠남은 제 스스로의 판단에 따른 것이었어요. 바리는 왜 그리했을까요? 억울함과 원망이 누구보다 컸을 텐데, 부모를 위해 그 멀고 험한 길을 떠났을까요?

부모님한테 효를 다해야 한다는 의무감 때문일 수도 있고, 부모한테 자기가 얼마나 소중한 자식인지를 인정받고 싶어서였을 수도 있겠지요. 이런 건 또 어떠할까요? 그가 자기 자신을 찾고 또 세우기 위해 길을 떠난 것이라고 보면요. 부모를 살리는 일이 곧 자신을 살리고 세우는 일이었다는 말이지요.

바리가 무상신 약려수를 구하러 가는 여정에서 눈여겨볼 대상이 '낙화'입니다. 없는 길을 만들어 주고 무서운 지옥까지 허물어뜨리는 꽃이라니 대단한 보물이지요. 그 놀라운 보물 '낙화'가 상징하는 바는 무엇일까요? 그것은 바리 안에 있는 무엇이 아닐까요? 정성이나 의지, 믿음 같은 것 말이지요. 바리는 어려울 때마다 그 신령한 꽃을 꺼냄으로써 길을 열었던 것이라고 생각해 봅니다. 궁금한 것은 왜 그 꽃이 하필 '낙화'인가 하는 점이에요. 낙화(落花)라면 '떨어진 꽃'일 텐데 그것이 놀라운 힘을 낸다니 좀 신기하지요. 하지만 잘 헤아려 보면 이 또한 이치에 잘 맞습니다. 꽃이 떨어져야 열매가 맺히고 새 생명이 생겨나게 되니 말이에요. 어찌 보면 바리의 저승 여행 자체가 '스스로를 버림으로써 더 큰 자신을 얻어 내는 과정'이었으니 한 송이 낙화의 길이었다고 할 수 있겠습니다.

바리는 저승에 다다른 뒤 약수를 구하기 위해 나무하기와 불 피우기, 물 긷기 같은 힘들고 귀찮은 일들을 다 합니다. 남자와 결혼해서 자식을 낳기도 하지요. 약수를 가지고 돌아갈 일이 바쁜데 왜 이렇게 지체하는가 싶어요. 무상신이 영 못마땅해 보이기도 합니다. 하지만, 그것은 바리가 부모를 살리기 위한 필수적인 과정이었다고 볼 수 있습니다. 바리는 세상을 살아가는 일이 무엇인지를 온몸으로 경험하면서, 부모가 되는 일이 어떤 일인지를 몸소 체험하면서 구원의 힘을 얻고 있는 중입니다. 그것은 자기를 버린 부모의 마음을 이해하는 과정이기도 했을 거예요. 이야기에서 바리가 삼 년간 나무를 한 일이 뼈살이꽃이 되고, 물을 길은 일이 살살이꽃이 되고, 불을 피운 일이 피살이꽃이 됐다고 하는 데에 이러한 이치가 잘 담겨 있습니다.

약수를 구해 와서 죽은 부모님을 살린 바리공주는 사람들의 영혼을 극락으로 인도하는 신이 되고, 무당 만신들의 신이 됩니다. 여기에는 또 어떤 뜻이 담겨 있을까요? 이에 대한 답은 여러분이 직접 찾아보면 좋겠습니다.

상상하고, 이야기하기

■ 부모 밑에서 사랑을 받고 자란 여섯 공주는 저승으로 갈 엄두를 내지 못하는데 무참하게 버림받은 일곱째 공주만 저승으로 갈 수 있었던 이유는 무엇일까?

■ 홀로 약려수를 지키다가 바리공주와 결혼해서 칠 형제를 낳고서 인간 세상으로 나온 무상신은 어떤 내력을 지닌 인물일지 상상해서 이야기해 보자.

■ 이야기는 바리공주가 무당들의 조상신이 되었다고 한다. 무당들의 내력과 하는 일을 조사해 보고 그들이 어떤 이유로 바리공주를 자신들의 신으로 모시게 됐는지 헤아려 보자.

제5부
인간사 운명과 희로애락, 그리고 신

제1편 궁산이와 명월각시, 그 운명의 실타래
제2편 인간은 무엇으로 사는가. 운명신 가믄장아기
제3편 어둠 속에 울던 형제, 세상의 빛이 되다
제4편 복 없던 삼 형제가 장수하고 신이 된 내력
제5편 덧없는 인생, 놀고나 가세! 도깨비 영감 신
　▶ 한국설화 속 귀신과 괴물, 그리고 도깨비

세상에 태어나서 늙거나 병들어 죽기까지

사람들은 평생 수많은 일을 겪습니다.

세상 누구의 삶이든 변함없이 늘 평탄하고 행복하거나,

내내 험난하고 고통스럽게 이어지지는 않습니다.

기쁨과 분노, 슬픔과 즐거움의 오르내림이 있고

사랑과 미움, 욕망의 굴곡이 함께하지요.

일컬어 희로애락(喜怒哀樂)과 애오욕(愛惡慾)입니다.

그러한 우여곡절에는 어떤 운명과 인연이 얽혀 있는 걸까요?

우리는 그것을 어떻게 감당하고 풀어 나가야 할까요?

그 물음에 맞닥뜨려 방황하면서 길을 찾아낸 주인공들이 있습니다.

우리 서 있는 곳과 나아갈 곳을 비추는 등불 같은 존재들이지요.

마치 '또 다른 나'를 보듯 우리 자신과 닮은 주인공들.

이제 그들이 펼쳐 내는 신화와 만나 볼 시간입니다.

제1편

궁산이와 명월각시, 그 운명의 실타래

일월노리푸념

옛날에 궁산선비가 명월각시 해당금이한테 첫해에 말을 붙이고 둘째 해에 편지를 받고 셋째 해에 혼인 약속을 이루어 장가를 가게 되었다. 집이 가난해서 서낭당에 걸린 비단을 모아 예단을 삼고 마루 밑의 나무 신짝으로 함을 삼은 뒤 말 대신 수탉에 함을 싣고서 장가를 갔다.

혼인 잔치를 한 뒤로 궁산이는 명월각시가 하도 예뻐서 잠시도 그 곁을 떠나지 않았다. 그렇게 아무 일도 하지 않으니 밥을 굶을 지경이 되었다.

"오늘은 산에 가서 나무라도 해 오십시오."

"나무를 하려 해도 각시님을 두고서 갈 수가 없습니다!"

"그렇다면 내 얼굴을 화상으로 그려줄 테니 가져가십시오."

명월각시가 얼굴 그림을 전해 주니까 궁산이는 산으로 들어가서 나뭇가지에 그림을 걸어 놓고서 보고 또 보며 나무를 했다. 그때 갑자기 미친바람이 불어 그림을 허공으로 훌쩍 띄워 올렸다. 그림은 훨훨 날아서 아랫녘 배선비네 안마당으로 떨어졌다.

"이게 누구냐? 윗녘 사는 명월각시가 잘나기도 잘났구나!"

명월각시가 탐이 난 배선비는 배에다 생금을 가득 싣고서 궁산이를 찾아갔다. 윗녘에 이르러 궁산이를 불러내 가지고 좋은 말로 꾀면서 내기 장기를 두자고 했다.

"나는 가난해서 붙일 것이 없으니 내기 장기를 못 하겠네."

"각시를 걸면 되지 않는가. 자네가 이기면 생금 한 배를 전부 다 주겠네."

"그렇다면 그리하세."

궁산이는 생금이 탐나서 내기 장기에 나섰으나 배선비의 상대가 되지 못했다. 삼세판을 내리 지니 꼼짝없이 각시를 빼앗기게 되었다. 집으로 돌아온 궁산이가 자리에 드러누워 밥도 먹지 않자 각시가 물었다.

"무슨 일이 있기에 갑자기 누워서 밥도 안 먹습니까?"

"아랫녘 배선비가 생금을 한 배 싣고 와서 내기 장기를 청하기로 내가 장기를 뒀습니다. 이기면 생금을 받고 지면 각시를 내주기로 했는데 삼세판을 다 졌습니다. 이제 곧 각시를 데리러 올 테니 어쩌면 좋습니까!"

궁산이가 울음을 섞어 한탄하자 명월각시가 한숨을 내쉬면서 말했다.

"그 일이 정녕 잘됐습니다. 가난한 낭군 대신 재산 있는 사람이랑 살게 되니 그 아니 좋습니까."

궁산이가 소리를 더 크게 내서 울자 명월각시가 말했다.

"여보세요 낭군님. 내 말 들으십시오. 아랫녘 배선비가 나를 데리러 올 때 우리 집 몸종을 나인 듯 꾸며서 앉혀 놓고 나는 헌 옷을 입고서 한 눈을 감은 채로 다리를 절고 있으면 그 사람이 종을 데려갈 것입니다. 일어나서 밥이나 먹으십시오."

그 말에 궁산이가 활짝 웃으면서 자리에서 일어나 앉았다.

"마누라님아. 그런 지혜가 어디로부터 나옵니까? 염통에서 나옵니까, 콩팥에서 나옵니까? 정말로 좋습니다."

이윽고 아랫녘 배선비가 찾아와서 명월각시를 내놓으라고 하자 방에서 몸종을 데리고 있던 궁산이가 몸종을 돌아보며 데리고 가라고 말했다. 배선비가 그 종을 살펴보더니 이렇게 말했다.

"그리는 못 할 일이로다. 너하고 백년해로할 마누라를 데려가면 원수가 될 게 아니냐? 각시 대신 저 마당에 물 긷는 종을 나를 다오."

궁산이가 아무 대꾸도 못 하고 아내를 빼앗기게 됐을 때 명월각시가 나서서 말했다.

"내가 가오리다. 그러나 데려갈 땐 데려가더라도 닷새만 말미를 주오."

배선비가 허락하고 돌아가자 명월각시는 닷새 동안 소를 잡고 포육을 떠서 말려 가지고 궁산이 바지저고리에 솜 대신 가득 넣어 두었다. 또 명주실꾸리와 바늘 한 쌈을 옷깃에 이어 주었다. 닷새가 지나서 배선비가 찾아오자 각시가 말했다.

"우리 둘이 살기는 하겠지만 궁산이를 이대로 둘 수 없습니다. 데리고 가다가 섬 가운데에 내려놓읍시다."

"그러면 그리합시다."

배선비가 명월각시를 데리고 배를 타고 가다가 궁산이를 섬 가운데 내려놓으니 오갈 데가 없었다. 사방을 둘러봐도 먹을 것이 하나도 없어 쫄쫄 굶다 보니 죽을 지경이 되어 갔다. 하도 배가 고파서 옷깃을 뜯어 보니까 쇠고기 포육이 나왔다. 궁산이가 포육으로 허기를 채우는데 날이 지나자 그것도 다 떨어졌다. 궁산이는 실꾸리와 바늘을 들여다보다가 바늘을 구부려 낚시를 만들고 명주실로 낚싯줄을 만들어 낚시질을 시작했다.

궁산이가 낚시로 고기를 잡아서 먹으며 지내고 있을 때에 하루는 하늘에서 학이 내려와 새끼를 치기 시작했다. 새끼들이 아직 어릴 때 어미 학은 무슨 일인지 하늘로 올라가 돌아오지 않았다. 새끼 학들이 다 굶어 죽게 되자 궁산이는 물고기를 낚아서 이들을 먹여 살렸다. 여러 날 만에 어미 학이 내려와서 보니 궁산이가 자기 새끼들을 먹이고 있었다. 학은 그 보답으로 궁산이를 등에 태워서 육지로 내보내 주었다.

　그때 배선비를 따라간 명월각시는 통 말을 안 하고 웃지도 않으며 세월을 보내고 있었다. 배선비가 애가 달아서 무엇이든 원하는 것을 말하라고 하자 각시가 입을 열었다.

　"소원이 하나 있소. 사흘 동안 거지 잔치를 베풀어 주면 당신하고 말을 나누리다."

　"그건 그리하리다!"

　배선비가 기뻐하며 거지 잔치를 베풀자 사방의 거지들이 다 모여들었다. 섬에서 나와 거지로 떠돌던 궁산이도 소식을 듣고서 잔치를 얻어먹으러 갔다. 첫날 궁산이가 아래 구석에 앉았는데 상이 위쪽부터 차려져서 먹지 못하고, 둘째 날은 위쪽 끝에 앉았는데 아래서부터 상이 차려져서 또 못 먹었다. 사흘째는 가운데에 앉았더니만 양 끝에서부터 상이 나와서 얻어먹지 못했다.

　"내 팔자는 어떤 팔자인고. 초년에 아내 잃고 중년에 거지 되고 이제는 거지 잔치도 못 얻어먹네!"

　궁산이가 울면서 나가려고 할 때에 명월각시가 사람을 시켜서 말했다.

　"따로 한 상을 잘 차려서 사흘 잔치 못 먹은 거지를 먹이십시오."

　궁산이가 따로 상을 받아 고픈 배를 채우고서 남은 음식을 싸서 나가려 할 때 명월각시가 구슬 옷을 높이 들고서 사람들한테 소리쳤다.

　"이 옷의 깃을 잡고 고대[40]를 들추어 입으면 거지라도 내 낭군입니다."

　그 말에 거지들이 우르르 달려들었지만 아무도 옷을 입지 못했다. 그때 궁산이가 썩 나서더니만 고대를 들추고 깃을 잡아서 구슬 옷을 척척 차려 입었다. 옷을 다 입은 궁산이는 흰 구름 떠 있는 하늘로 훌쩍 날아 떴다가 사뿐히 내려왔다.

　"나도 그 옷 입어 보자!"

40　고대 : 옷깃의 뒷부분.

배선비가 달려들어서 구슬 옷을 빼앗아 억지로 끼어 입자 몸이 하늘 가운데로 높이 날아올랐다. 하지만 그는 구슬 옷을 입는 재주만 있고 벗는 재주가 없어서 땅으로 내려오지 못했다. 배선비는 내내 하늘을 떠돌다가 죽어서 솔개가 됐다.

그 뒤 궁산이와 명월각시는 다시 부부로 합쳐서 잘 살게 되었다. 두 사람은 이승의 삶을 마친 뒤 그 넋이 해와 달에 깃들어 일월신으로 세상을 밝게 되었다.

자료

〈일월노리푸념〉은 함경도 지역 신화로 비슷한 이야기가 〈돈전풀이〉와 〈궁상이굿〉에도 들어 있다. 〈돈전풀이〉에서는 망자의 저승 행로에 관한 내용에 이어 궁산이와 명월각시 이야기가 나오며, 둘이 뒤에 신선계로 올라가 돈을 주관하는 신이 되었다고 한다. 〈궁상이굿〉은 궁상이 부부가 배선비를 물리치고 재결합한 뒤 개와 고양이가 물어다 준 보물 구슬로 부자가 되어 살다가 신선계로 돌아가는 것으로 이야기가 전개된다. 남녀 주인공이 일월신이 되는 내용은 〈일월노리푸념〉에만 나온다.

[출처] 전명수본 〈일월노리푸념〉 : 《청구학총》 28호, 1933(손진태 정리). (서대석·박경신 역주, 《서사무가 1》, 고려대 민족문화연구소, 1996에 해설과 함께 재수록.)

🔍 이야기 속으로

신화 속에 인간사 희로애락이 담겨 있다고 했어요. 위 신화에서도 이를 두루 찾아볼 수 있을 거예요. 아리따운 여인과 결혼한 한 사내의 기쁨이 있고, 자기를 내기에 건 남편을 보는 아내의 분노가 있으며, 아내를 잃고 섬에 홀로 남겨진 남편의 슬품이 있고, 헤어진 부부가 다시 만나 행복을 되찾은 즐거움이 있지요. 이 밖에도 질투와 경쟁심, 애욕과 물욕, 고독과 절망감 같은 여러 감정이 켜켜이 깃들어 있습니다. 이야기는 짧지만 감정의 굴곡은 무척이나 큽니다.

제목을 '운명의 실타래'라고 했는데 이 신화에서 궁산이와 명월각시의 인생행로를 운명이라고 말할 수 있을까요? 그냥 궁산이가 사람이 모자라고 대책이 없어서 시련과 고통을 겪은 것이 아닐까요? 얼핏 그리 보이지만 그 밑바탕에는 운명에 관한 생각이 깃들어 있는 것이 아닌가 합니다. 이야기 속에 궁산이가 "이놈의 팔자는 어떤 팔자인고." 하며 한탄하는 대목이 있는데 그 '팔자'가 곧 운명론에서 말하는 '명(命)'이지요. 궁산이가 그렇게 고생할 운명을 타고 났음을 암시합니다.

그 숨은 맥락은 이 이야기와 같은 유형의 신화인 〈돈전풀이〉와 〈궁상이굿〉을 통해서 엿볼 수 있어요. 이들은 궁산이(궁상이) 부부가 본래 하늘 선계 사람이었다가 벌을 받아서 지상에 내려와 고초를 겪은 것이라고 전합니다. 그 과정을 거쳐서 죄를 풀고 선계로 되돌아갔다고 해요. 그러니까 두 사람이 만나서 결혼한 일이나 헤어져 고통을 겪은 일이 다 '하늘이 짜 놓은 일'이었다는 뜻이지요. 뒤에 하늘나라로 돌아간 것도 마찬가지이고요.

그렇다면 사람들은 하늘이 정해 놓은 각본에 따라서 살도록 마련돼 있다는 뜻일까요? 그렇지는 않습니다. 명(命)은 '살아지는' 것이 아니라 '살아 내는' 것이라 할 수 있어요. 운명이란 말의 '운(運)'에 그런 뜻이 담겨 있지요. 어떻게 살아 내는가에 따라 인생의 방향이 아주 달라집니다.

궁산이와 명월각시를 보면, 두 사람이 자기 방식으로 헤어짐의 시련에 대처하는 모습을 보게 됩니다. 명월각시는 남편한테 포육과 실꾸리를 준비해 줬고 끈기 있게 재회의 날을 기다렸지요. 절망 속에 있던 궁산이는 포육을 먹고 살아난 뒤에 바늘로 낚시를 만들어 물고기를 잡고 새끼 학을 구하는 등 '살아 냄'을 행합니다. 그러한 몸짓 덕분에 그들은 마침내 다시 만나서 인연을 이어 갈 수 있었지요. 그들이 하늘로 돌아가 빛이 된 것도 그들이 그리할 만하게 인생을 살아 냈기 때문이라 할 수 있습니다.

사람들은 누구나 하늘의 명(命)에 따라서 세상을 살고 있는 중이지요. 궁산이와 명월각시처럼 희로애락의 오르내림을 겪으면서 말이에요. 이야기 속 궁산이의 궁상맞은 모습은 곧 우리 자신의 초상이라 할 수 있습니다. 중요한 건 그 슬픔과 고통을 어떻게 감당하며 살아 내는가 하는 일이지요. 그 일을 잘해 낼 때 하늘은 열리고 그 일을 못 해내면 하늘이 닫히게 됩니다. 저 궁산이와 명월각시는 하늘을 여는 데 성공함으로써 우리 삶을 비추는 거울이 되었다고 할 수 있습니다. 해와 달이라는 크고 밝은 거울이요.

이야기 속 '구슬 옷'을 주목해서 살펴볼 만합니다. 궁산이가 반짝이는 구슬 옷을 입고 하늘을 오르내린 일은 해가 떴다가 지는 모습을 연상시킵니다. 이때 '오르고 내림'이 중요합니다. 해는 늘 하늘에 떠 있을 수 없어요. 졌다가 다시 떠오르는 것이 순리지요. 밤이 있어야 낮이 있습니다. 달리 말하면, 헤어짐이 있어야 만남이 있고, 고통이 있어야 행복도 있는 법이지요. 궁산이는 깜깜한 밤과도 같았던 외딴섬 생활이 있었기에 밝고 찬란한 날을 맞이했다고 할 수 있습니다. 달에 해당하는 명월각시도 마찬가지예요. 어둡고 긴 인고의 시간이 있었기에 다시 밝게 떠오를 수 있었지요.

거기 견주면 배선비는 어떤가요? 그는 늘 '밝음'을 찾고 영광만을 누리려 했어요. 마치 해가 지지 않을 것처럼 말이에요. 하지만 그것은 불가능한 일이지요. 배선비가 구슬 옷을 입고 하늘에 올랐다가 다시 내려오지 못한 일은 양지(陽地)만 좇는 삶의 허망한 결말을 상징한다고 볼 수 있습니다.

사람은 많이 힘들 때면 자기 안에 갇히곤 합니다. 온 세상이 깜깜해 보이지요. 하지만 눈에 보이지 않아도 해는 어디선가 빛나고 있습니다. 그래요. 꼭 해만 찾을 게 아닙니다. 해 없는 하늘에 달이 있고 또 별이 있으니까요! 해와 달과 별은 사실 늘 우리 곁에 있습니다. 우리는 그들과 어울려 살고 있는 귀한 주인공이지요. 스스로 빛을 내며 행복하게 잘 살아 볼 일입니다. 그것이 이 신화가 말해 주는 인간의 운명이 아닐까요?

상상하고, 이야기하기

■ 궁산이와 명월각시가 해와 달의 신이 되는 것은 사리에 맞는 일일까? 철없고 무능해 보이는 궁산이의 어떤 면모가 해의 신이 되는 바탕이 됐을지 헤아려 보자.

■ 왜 명월각시는 배선비로 하여금 궁산이를 외딴섬에 내려놓게 했을까? 궁산이가 찾아올 것을 어떻게 알고 거지 잔치를 베푼 것일까? 잔치에 온 궁산이한테 밥상이 못 가도록 해서 사흘 동안 굶게 한 까닭은 무엇일까? 명월각시를 화자로 해서 그 속마음을 말이나 글로 옮겨 보자.

■ 이야기 속 배선비의 숨은 이야기를 상상해서 말해 보자. 그는 어떻게 부자가 되었을까? 만약 명월각시가 웃으면서 짝이 되어 주었다면 그는 뒤에 어떻게 했을까? 그리고 솔개가 된 뒤에 그는 어떻게 살아갔을까?

그날 그때 명월각시 해당금이는…

제2편

인간은 무엇으로 사는가. 운명신 감은장애기

삼공본풀이

강이영성이수불은 윗녘에 사는 거지이고 홍문소천구애궁전은 아랫녘에 사는 거지였다. 각기 아랫녘 윗녘으로 얻어먹으러 길을 나섰다가 길 가운데서 마주친 뒤 남녀 간에 연분이 닿아 언약을 맺고 부부가 되었다.

강이영성과 홍문소천이 살림을 합쳐서 살다 보니 자식들이 생겨났다. 첫째 딸 은장애기와 둘째 딸 놋장애기가 태어나고 셋째 딸 감은장애기가 태어났다. 이웃집에서 밥을 갖다 주고 그릇을 안 찾아갈 정도로 가난했는데 감은장애기가 태어난 뒤로 재산이 불붙듯 일어나서 천하거부가 되었다.

하루는 비가 촉촉 내리는데 강이영성이수불이 큰딸을 불러서 호강에 겨운 말로 물었다.

"은장아가 은장아가. 너는 누구 덕에 밥을 먹고 은대야 놋대야에 세수를 하느냐?"

"아버님 덕이고 어머님 덕입니다."

"내 딸애기 착실하다. 네 방으로 들어가거라."

다시 둘째 딸을 불러 놓고서,

"놋장아가 놋장아가. 너는 누구 덕에 밥을 먹고 은대야 놋대야에 세수를 하느냐?"

"아버님 덕이고 어머님 덕입니다."

"내 딸애기 착실하다. 네 방으로 들어가거라."

다시 감은장애기를 불러 놓고서,

"너는 누구 덕에 밥을 먹고 은대야 놋대야에 세수를 하느냐?"

"하늘님 덕이고 땅님 덕입니다. 아버님 어머님 덕이 없으리까만 내 배꼽 아래 선그 뭇 덕입니다."

"내 자식이 아니로다. 네 갈 곳으로 나가라."

화를 내며 내쫓으니 감은장애기가 열다섯 살 되도록 입었던 옷을 차곡차곡 싸서 검은 암소에 싣고서 정처 없이 집을 나섰다. 그때 아버지는 문득 감은장애기가 안됐다는 생각이 들어서 큰딸을 시켜 불러오라고 했다. 그러자 은장애기가 집 밖으로 나서서 네모난 돌 위에 올라가 소리쳤다.

"동생아, 어서 빨리 가 버려라. 어머니 아버지 성질을 모르느냐?"

말을 마치고 내려서더니만 그날 나고 그날 죽는 용달버섯으로 환생을 했다.

강이영성이 다시 둘째 딸한테 감은장애기를 불러오라고 시키자 놋장애기가 집 밖 거름 더미 위에 올라가서 욕을 하며 소리쳤다.

"어서 빨리 가 버려라. 돌아오면 큰일 난다."

말을 마치고 거름 더미에서 내려서더니만 파란 벌레로 환생을 했다.

강이영성은 막내딸이 정말 가는가 보려고 창문으로 나서다가 문고리에 눈이 걸려 장님이 되고, 홍문소천은 대문으로 나서다가 문고리에 눈이 걸려 장님이 되었다. 하루아침에 집안이 멸망하여 두 소경이 한 지팡이를 짚고서 다시 거지가 되었다.

그때 감은장애기가 무인지경으로 길을 가다 마 캐는 큰마퉁이를 만나 말을 물었다.

"어디로 가야 사람 사는 곳으로 갈 수 있습니까?"

"여자는 꿈에 나타나도 못쓰는 법인데, 어디 말을 거느냐. 가다가 거꾸러져라."

감은장애기가 다시 길을 가다가 둘째마퉁이를 만나 사람 사는 곳을 물으니 형과 마찬가지로 욕을 하면서 가다가 거꾸러지라고 했다. 할 수 없이 다시 길을 가다가 작은마퉁이를 만나 사람 사는 곳을 물으니 작은마퉁이가 말했다.

"이 고개 저 고개를 넘어가다 보면 비수리 초막에 천태산 마고할망 사는 데가 있습니다. 거기 가서 묵고 가기를 청하십시오."

감은장애기가 고맙다고 인사를 하고서 이 고개 저 고개를 넘어가니까 정말로 비수리 초막이 나타나고 노파가 보였다.

"할머니, 묵어갈 수 있게 집을 조금 빌려주십시오."

"마퉁이 삼 형제가 발을 대고 누울 곳이 없어지니 빌려줄 수 없노라."

"그럼, 마당 구석이라도 좀 빌려주십시오."

"그건 그리하자."

감은장애기가 마당 구석에 포장을 치고 앉아 있노라니 울크르랑 울크르랑 소리가 나면서 큰마퉁이가 망태기를 짊어지고 들어왔다. 큰마퉁이는 감은장애기를 보더니만 어머니한테 쓸데없는 계집을 묵게 했다며 욕을 했다. 마를 삶아서 내와 가지고 어머니한테는 모가지를 주고 손님은 꼬리를 주고 몸통은 자기가 먹었다. 조금 있다가 다시 울크르랑 울크르랑 소리를 내면서 둘째마퉁이가 들어오더니만 형과 마찬가지로 어머니를 욕하고는 마를 삶아서 몸통을 자기가 먹었다. 조금 있다가 다시 을 그르랑 소리가 나더니 작은마퉁이가 들어와서 감은장애기가 머문 것을 보고 어머니한테 말했다.

"잘하셨습니다. 우리가 못 누울지라도 방을 빌려줄 걸 그랬습니다."

마를 삶아서 내오더니만 가운데 몸통을 둘로 갈라서 한쪽은 어머니를 드리고 한쪽은 손님한테 주고서 자기는 머리와 꼬리를 먹었다.

"할머니, 저한테 솥이나 조금 빌려주십시오."

감은장애기가 이렇게 말하고 부엌으로 가서 솥을 열고 보니 마 껍질만 잔뜩 눌어붙어 있었다. 수세미를 걷어다가 열세 번을 닦은 다음 흰쌀을 앉혀 밥을 한 상 차려서 내가니까 큰마퉁이가 말했다.

"우리 할아버지 적에도 이런 벌레 밥을 안 먹었으니 그냥 치우라."

둘째마퉁이한테 상을 내니까 그가 또 말했다.

"우리 할아버지 적에도 이런 벌레 밥을 안 먹었으니 어서 치우라."

다시 작은마퉁이한테 밥상을 들어다 놓으니까 선뜻 다가앉아서 밥 한쪽을 떼어 어머니를 드리고 메추리만큼 병아리만큼 맛있게 떠먹었다. 그러자 두 형이 다가와서 말했다.

"작은마퉁아. 나도 한 숟가락 줘 봐라. 먹어 보자."

손바닥에 뜨거운 밥을 받아서 이리 할짝 저리 할짝 핥아 먹었다.

저녁상을 물리고 나서 잠을 자려 할 때에 감은장애기가 할머니한테 말했다.

"할머니, 마음에 드는 아들을 보내서 나그네의 찬 발을 덥히게 하십시오."

할머니가 큰마퉁이한테 가라고 하자, 큰마퉁이는 기껏 먹여 살렸더니 자기를 죽이려 한다며 어머니를 욕했다. 다시 둘째마퉁이한테 가라고 하자 형과 똑같이 욕을 하고 가지 않았다.

"작은마퉁이 네가 가거라."

"그건 그리하겠습니다."

작은마퉁이가 건너오자 감은장애기는 끓인 물을 내다가 깨끗이 목욕을 시키고 바지저고리 버선까지 속속들이 챙겨 입혔다. 작은마퉁이가 의관을 차려입고 망건과 갓을 쓰고 앉으니 대장 기상이 우러났다. 감은장애기는 그날로 작은 마퉁이와 천상 배필로 부부를 이루었다.

다음 날 삼 형제가 마를 캐러 나갈 때에 감은장애기가 작은마퉁이 손목을 잡고 따라나섰다. 큰마퉁이 마 판 데를 가 보니까 나뭇잎만 쌓여 있고, 둘째마퉁이 마 판

곳에는 자갈만 흩어져 있었다. 작은마퉁이 마 판 곳을 가 보니까 돌이라고 던진 것이 금덩어리가 돼 있고 흙이라고 던진 것은 옥덩어리가 돼 있었다. 주변에는 청기와 흑기와가 흩어져 있었다.

감은장애기가 청기와 흑기와를 주워다가 넓은 들판에 깔아 놓고서 잠을 자고 일어나 보니 청기와 흑기와는 커다란 기와집이 되고 거친 들판은 기름진 밭이 돼 있었다. 금덩어리 옥덩어리는 갖은 가축과 세간이 돼 있었다. 감은장애기는 삽시간에 천하 거부가 되었다.

감은장애기가 천태산 마고할미를 모시고 부유하게 살 때에 하루는 남편한테 말했다.

"낭군님아. 우리가 이만치 살고 있으니 거지 잔치나 한번 베풀면 어떻습니까?"

"그건 그리하십시오."

감은장애기가 사방으로 널리 알려 거지 잔치를 베풀 때에 사흘 나흘 닷새 엿새가 지나도 강이영성이수불과 홍문소천구애궁전이 오지를 않았다. 감은장애기가 근심하고 있을 때에 이렛날이 되자 강이영성 홍문소천 두 소경이 한 막대기를 짚고서 문간으로 들어왔다.

"저 노인 둘한테는 아무것도 주지 말고 떨어 버려라."

감은장애기가 이렇게 말하자 심부름하는 사람들이 강이영성 홍문소천 앉은 곳으로는 음식을 내지 않았다. 아래에 앉으면 위쪽부터 음식을 나르고 위에 앉으면 아래부터 나르고 가운데 앉으면 양 옆부터 나르니 잔치가 끝나도록 두 사람은 아무것도 먹지를 못했다.

"어쩐 일로 우리는 거지 잔치를 아니 줍니까?"

두 사람이 슬피 한탄하면서 나가려 할 때 감은장애기가 말했다.

"두 분은 우리 집에서 아궁이지기나 해 주십시오."

"그건 그리하십시오."

그때 감은장애기가 따로 저녁상을 잘 차려서 내다 주자 두 소경이 밥을 먹으면서 조청 같은 눈물을 뚝뚝 떨어뜨렸다. 상을 물리고 나서 감은장애기가 말했다.

"할머니나 할아버지나 옛말이든 본 말이든 이야기나 하십시오."

"본 말도 없고 들은 말도 없고 옛날 우리 살던 말이나 하오리다. 우리가 부부간인데 은장애기 놋장애기가 태어나고 감은장애기가 태어난 뒤로 부자로 잘살다가 감은장애기가 제 복으로 산다기에 쫓아낸 뒤로 우리 둘이 소경이 되고 집이 망해서 거지가 되었습니다. 그래서 이렇게 두 소경이 한 막대기를 짚고서 얻어먹으며 다닙니다."

그때 감은장애기가 술잔에 술을 가득 부어 드리면서 말했다.

"아버님 어머님, 내가 감은장애기입니다. 이 술 한 잔 드십시오."

"이게 무슨 말이냐!"

강이영성과 홍문소천이 잔을 받으면서 번쩍 눈을 뜨고 보니 과연 자기 딸 감은장애기가 분명했다. 그 술 한 잔을 받은 뒤에 두 소경이 눈을 환히 떠서 세상을 새로 보게 되었다. 부모와 자식이 그렇게 다시 만나서 흥성하게 잘 살았다.

자료

〈삼공본풀이〉는 제주도 큰굿에서 빠짐없이 구연되는 주요 본풀이 신화로 10여 편의 자료가 보고돼 있다. 큰 이야기 내용은 서로 일치한다. 다만 주인공 이름은 자료에 따라 감은장애기, 가믄장애기, 감은장아기, 가믄장아기 등으로 조금 다르게 되어 있다. 부모의 이름도 자료에 따라서 꽤 차이가 있다. 단, 은장아기(은장애기)와 놋장아기(놋장애기) 이름은 대다수 자료에서 일치한다. 여기서는 1962년에 고대중이 구연한 자료를 바탕으로 내용을 정리했다.

[출처] 고대중본 〈삼공본풀이〉: 장주근, 《제주도 무속과 서사무가》, 역락, 2001.

🔍 이야기 속으로

이 신화, 특별하고 신령한 이야기라기보다 세상살이에 관한 일상적인 사연처럼 보이지 않나요? 그리고 감은장애기, 신이라기보다 주변 어딘가에 사는 이웃 같지 않나요? 신화가 아니라 민담이나 소설의 주인공이라 해도 잘 어울릴 것 같습니다. 실제로 이와 비슷한 이야기가 〈내 복에 산다〉라는 민담으로 전해오기도 해요.

하지만 위 이야기 주인공 감은장애기는 사람들 사이에서 귀하게 모셔지는 신입니다. 삼공(三公)에 해당하는 신이지요. 삼공은 '전상'을 주관하는 신으로 알려져 있어요. 전상에 관해 한 자료는 "인간 세상 장사하는 것도 전상이요, 목수일도 전상이요, 술먹음도 전상이요, 담배 먹음도 전상이요, 노름함도 전상이요, 밥 먹음도 전상이요, 인간살이 모든 일이 전상입니다."라고 말하고 있지요. 전상은 '사람이 한평생 그렇게 살도록 마련된 어떤 운명이나 팔자'를 뜻하는 말로 풀이됩니다. 흔히 '나쁜 팔자나 기운'을 뜻하는 말로 쓰는데 꼭 나쁜 일만 일컫지는 않는 듯합니다. 이야기 속에서 버섯과 벌레가 된 은장애기 놋장애기와 장님이 된 부모의 운명은 궂은 쪽이지만 감은장애기는 좋은 복을 마음껏 펼쳐 내지요. 그러니까 〈삼공본풀이〉는 궂은 운명과 좋은 운명을 함께 얘기하는 신화라 할 수 있습니다. 그 주인공인 감은장애기는 '운명신'이라고 불러도 좋을 것입니다.

앞의 궁산이와 명월각시 이야기에서도 말했지만, 신화에서 운명은 정해진 것이 아니라 '만들어 가는 것'으로 표현됩니다. "나는 내 배꼽 아래 선그믓 덕으로 산다"고 한 감은장애기의 말은 "나의 삶 나의 운명은 내가 만들어 간다"는 말로 이해할 수 있습니다. '선그믓'은 배꼽 아래쪽으로 길게 난 선을 말하는데 이것이 있으면 잘 살게 된다고 해요.

배꼽 아래에 실제로 선그믓이 있는가가 중요한 바는 아니겠지요. 진짜로 중요한 것은 스스로를 향한 믿음과 행동력이라 할 수 있습니다. 부모님한테 버림받았다고

226

실망하는 대신 스스로 길을 찾아내고 남자를 찾아내서 복을 일구어 낸 감은장애기
처럼 말이지요. 또 한 사람이 있습니다. 감은장애기라는 낯선 사람한테 몸과 마음
을 열었던 작은마퉁이 말이에요. 그는 잘생긴 꽃미남이라기보다 밝고 힘찬 기운이
우러나는 사람이 아니었을까 합니다. 자신감과 긍정의 마음을 가진 두 사람이 서로
만나 짝을 이루었으니 일이 잘 풀리는 것이 당연하지요! 금덩이 옥덩이를 발견해
서 천하거부가 됐다고 하는데 그건 단지 물질적인 부를 뜻하는 말이 아닐 거예요.

감은장애기나 작은마퉁이 곁에는 이들과 달리 궂은 운명의 길을 가는 사람들이
있었습니다. 은장애기 놋장애기 자매와 큰마퉁이 둘째마퉁이 형제가 그들이지요.
그들은 존재감을 잃고 세상에서 설 곳을 잃어버립니다. 은장애기 자매가 버섯과 벌
레가 되었다는 것은 이를 말해 줍니다. 이야기에는 안 나오지만 큰마퉁이 형제의
운명도 별반 다르지 않았을 거예요.

이들은 나쁜 팔자를 타고나서 이렇게 되는 걸까요? 그보다는 살아가는 방식이
문제라 할 수 있습니다. 은장애기와 놋장애기는 "아버지 어머니 덕에 세상을 산다"
고 말하는데 이는 "내 삶의 주인은 부모님이다." 하는 말과 같습니다. 이들은 부모
에 기대어 살면서 혜택을 더 보려고 동생을 쫓아내는 일에 적극 나섭니다. 그렇게
의존적이고 배타적으로 살아가니까 인생길이 좁아지고 막힐 수밖에요. 큰마퉁이
형제도 마찬가지입니다. 눈앞의 욕심만 차리고 바깥세상과 담을 쌓으니 좋은 운명
의 길로 나아갈 수 없습니다.

그러니까 이 신화도 밝은 거울이라고 할 수 있습니다. 지금 우리가 자기 삶의 주
인으로서 잘 살고 있는가를 비춰 주는 거울이지요. 그 거울에 비춰진 자신의 모습
은 누구와 닮았는지요? 감은장애기나 작은마퉁신선비인가요? 아니면 은장애기 놋
장애기나 큰마퉁이 둘째마퉁이? 후자라고 해도 너무 걱정할 일은 아닙니다. 운명
의 길은 바꿀 수 있는 법이니까요. 그리고 저 믿음직한 운명신이 우리가 가야 할 길
을 환히 밝히고 있으니까요!

상상하고,
이야기하기

■ 강이영성과 홍문소천 부부가 감은장애기를 쫓아낸 다음 장님이 된 까닭은 무엇일까? 뒤에 그들은 감은장애기를 만나서 다시 눈을 뜨게 되는데 거기에는 어떤 뜻이 담겨 있을까?

■ 천태산 마고할미를 어머니로 모시고 사는 마퉁이 삼 형제는 어떤 존재였을지 상상해서 말해 보자. 작은마퉁이가 감은장애기와 결혼해서 부자가 된 뒤에 큰마퉁이와 둘째마퉁이는 어떻게 되었을까?

■ 주변에서 감은장애기와 같은 삶을 사는 사람을 찾아서 그 사연을 발표해 보자.

제3편

어둠 속에 울던 형제, 세상의 빛이 되다

숙영랑 앵연랑 신가

옛날에 숙영이라는 선비와 앵연이라는 각시가 살았다. 숙영 선비가 열다섯 살이 되고 앵연 각시가 열네 살이 됐을 때, 숙영랑 집에서 청혼을 했는데 두 번 거절을 당하고 세 번 만에 반허락이 났다. 고개 이쪽에 핀 꽃이 저쪽으로 수그러지고 고개 너머에 핀 꽃이 이쪽으로 수그러지자 비로소 참 허락이 났다.

두 집에서 아랫녘 선생한테 혼인 날짜를 받는데, 예단은 삼월 삼짇날에 들이고 사월 초파일에 혼례를 치르게 되었다. 신부 집에서 억만금 재산을 써 혼수를 차리니 살아 있는 호랑이 눈썹까지 없는 것이 없었다. 밤에 짠 월광단과 낮에 짠 일광단으로 예단을 챙겨 가니 다섯 짐은 신부 몫이고 세 짐은 예물이었다.

두 사람이 부부가 되어 부러울 것이 없었는데, 나이 스무 살 서른 살을 지나고 마흔 살이 되도록 자식이 생겨나지 않았다. 하루는 날씨가 좋아서 숙영이 하인을 앞세우고 앞산으로 소풍을 갔는데 진달래 철쭉꽃 봉선화가 만발한 가운데 강남 갔던 제비가 앞뒤로 새끼들을 데리고서 '구지구지' 노래하며 날아왔다. 삼년 묵은 둥지에 새끼들을 앉혀 놓더니 벌레를 물어다가 너 먹어라 나 먹는다 하면서 노닐었다. 그 모습을 보노라니 숙영의 마음이 처량하기 그지없었다. 집에 돌아와 자리에 눕고서 밥도 안 먹고 마음을 쓰자 앵연이 물었다.

"꽃구경 나비 구경을 다녀와서 어찌 눈물을 흘리십니까?"

"부인님하고 나하고는 어찌 남들이 낳는 자식을 못 낳아서 엄마 아빠 소리를 못 듣습니까. 나는 새도 새끼들과 어울려 지저귀니 그 아니 부럽습니까."

"대감님, 내가 들으니 아랫녘에 묘한 점쟁이가 있다고 하더이다. 가서 사주팔자나 물어보십시오."

그러자 숙영은 생금 한 봉지를 들고 아랫녘으로 길을 나섰다. 점쟁이를 찾아가 팔자 풀이를 청하자 점쟁이가 말했다.

"덕을 쌓고 공을 들여야 자식을 보겠습니다. 윗논의 물을 아랫논에 대고 아랫논의 물을 윗논에 대어 그날로 벼를 심어 키워서 백미 서 말 서 되를 찧으십시오. 노란 초 하얀 초와 큰 초를 많이 준비하고 노란 종이 흰 종이와 큰 종이를 넉넉히 갖추어서 안애산 금상사를 찾아가 인왕부처 금강부처와 생불성인께 석 달 열흘간 기도를 올리십시오."

숙영과 앵연이 그 말대로 안애산 금상사를 찾아가 기도를 마치고 돌아와 비단 이불에 원앙 베개를 돋워 베고서 함께 잠을 잤더니 그달부터 앵연부인 몸에 태기가 있었다. 밥에서 겨 냄새가 나고 떡에서 가루 냄새, 장에서 누룩 냄새가 나며 이상한 것들이 먹고 싶었다. 다섯 달 여섯 달을 지나 아홉 달에 문을 닫고 열 달 만에 아기를 낳으니 발그레한 사내아이였다. 잘나기도 잘나서 한쪽에 해가 돋고 한쪽에 달이 돋은 듯했다. 부부는 온 세상이 자기 것 같았다.

그런데 아기가 사흘이 되어도 눈을 안 뜨고 이레가 되어도 눈을 뜨지 않았다. 삼 칠일이 되어도 눈을 안 뜨고 석 달이 되어도 뜨지 않았다. 숙영과 앵연은 빗질 같은 손길로 땅을 땅땅 치며 한탄했다.

"산천도 무정하고 신령님도 사랑 없다. 앞 못 보는 소경 자식을 무엇 하겠나."

둘은 아기 이름을 거북이라고 짓고 유모한테 내맡겼다.

그 아이가 세 살이 되었을 때 앵연부인의 몸에 다시 태기가 있었다. 밥에서 겨 냄새, 떡에서 가루 냄새, 장에서 누룩 냄새가 나며 신 것이 먹고 싶어 산골짜기 돌배까지 찾아서 먹었다. 다섯 달 여섯 달을 지나 아홉 달에 문을 닫고 열 달 만에 아기를 낳으니 이번에도 사내아이였다. 두 눈을 살펴보니 샛별 같은 눈동자가 똘똘 굴러다녔다. 그러나 사흘 만에 아기를 향물에 목욕시키려고 등을 만져 보니 곱사등이였다. 또 다리를 만져 보니 다리가 굽어 앉은뱅이였다. 숙영과 앵연은 마음을 끓이다가 아기 이름을 남생이라고 짓고 유모에게 주었다.

그 집 재산이 억십만인데 숙영과 앵연은 두 아이를 낳은 뒤로 화병이 들어 세상을 떠났다. 형제가 부모 없이 가만히 앉아서 먹고 쓰다 보니 재산이 점점 사라져서 가난뱅이가 되어 갔다. 거지가 된 형제가 손을 잡고 밥을 빌러 나가자 사람들이 병신 둘을 어찌 거저 먹이느냐며 박대했다. 형제가 문밖으로 나와서 붙잡고 울 때에 남생이가 형한테 말했다.

"우리를 점지한 안애산 금상사 절로 가서 부처님과 생불성인을 만나 봅시다."

"내가 앞이 어두워 어찌 가겠나?"

"나는 걷지 못하니 형이 나를 업으십시오. 내가 형의 지팡이를 쥐고서 앞길을 짚으며 똑똑 소리를 내리다."

그리하여 소경이 곱사등이를 업고 길을 나설 때에 하늘에서 무지개가 뻗쳤는데 동쪽은 푸른 길이고 남쪽은 붉은 길, 서쪽은 하얀 길이었다. 형제가 이리저리 길을 찾아서 금상사 절 어귀로 접어들면서 보니까 연꽃이 피어난 늪에 솥뚜껑 같은 생금이 둥둥 떠다니고 있었다.

"형님, 늪에 솥뚜껑 같은 생금이 있으니 건집시다."

"우리가 무슨 복이 있어서 그것을 쓰겠나. 본 척 말고 들어가자."

거북이와 남생이가 절에 들어올 때에 부처님이 스님들한테 말했다.

"그 아이들이 생기느라 우리 절에 생금 탑을 쌓았으니 남쪽 초당에 들이고 글공부를 시켜라. 하루에 흰 쌀밥을 세 번씩 지어 먹여라."

절에서 부처님 말을 따라 아이들을 맞아들였으나 일이 많아지자 스님들은 심통이 났다. 몰래 아이들을 괴롭히며 못살게 굴자 참다못한 남생이가 말했다.

"우리가 올 적에 보니 늪에 생금이 떠 있었습니다. 그것을 건져서 가지십시오."

삼천 스님이 나가 보니까 생금이 금구렁이가 되어서 한쪽은 하늘에 붙고 한쪽은 땅에 붙어 있었다. 화가 난 스님들은 불같이 소리치며 형제한테 욕을 했다. 그때 남생이가 형과 함께 나아가서 늪을 살펴보니 틀림없는 생금이 떠 있었다. 그 금을 안고서 부처님 앞으로 들어오자 절이 움찔움찔 춤을 추었다. 금으로 부처님을 감싸고 법당을 감싸자 부처님이 말했다.

"거북아, 네 눈을 띄어 주마. 남생아, 네 몸을 펴 주마."

말이 끝나자 감겼던 장님 눈이 환히 밝아지고 곱사등이의 등과 다리가 활짝 펴졌다. 그 뒤 두 사람은 여든한 살까지 건강하게 잘 살다가 세상을 떠나 혼수성인으로 섬김을 받게 되었다.

자료

〈숙영랑 앵연랑 신가〉는 1926년에 함흥의 큰무당 김쌍돌이가 구연한 것으로 손진태의 《조선신가유편》에 원문이 수록돼 있다. 이 신화는 아이들이 병에 걸렸을 때 혼수성인(혼시성인)에게 올리던 이야기였다고 한다. 원전의 문맥을 조금씩 가다듬어서 내용을 정리했다.
[출처] 김쌍돌이본 〈숙영랑 앵연랑 신가〉: 손진태, 《조선신가유편》, 향토문화사, 1930.

🔍 이야기 속으로

이 신화는 제목이 '숙영랑 앵연랑 신가'인데, 실제 주인공은 거북이와 남생이 형제라 할 수 있습니다. 혼수성인이라는 신이 되는 인물도 거북이 남생이 형제이지요. 하지만, 숙영과 앵연 부부의 구실이 작지 않습니다. 더없이 화려한 결혼에 꿈같은 신혼 생활을 시작했으나 자식이 없어 깊은 시름에 잠겼고 자식을 얻은 환희에 들떴다가 심화를 못 이겨서 죽었으니 극과 극을 오간 희로애락의 삶이었지요. 거북이와 남생이 이상으로 파란만장한 인생이었다고 할 만합니다.

간절한 바람으로 갖은 정성을 다 들여 얻은 자식이 장님과 앉은뱅이였다는 건 어찌 된 일일까요? 숙영과 앵연은 어찌 이럴 수 있느냐며 하늘을 원망하고 팔자를 한탄하지만, 문제는 그들 자신에게 있었습니다. 장님이나 앉은뱅이도 똑같이 귀한 생명이고 소중한 자식이지요. 하늘이 내린 귀한 생명인데 제 뜻에 안 맞는다고 실망하고 내팽개쳤으니 부모로서 자격이 많이 부족합니다. 어쩌면 그들은 자식이 아니라 그들 삶을 더 빛나게 할 화려한 꽃이나 인형 같은 걸 바랐는지도 몰라요. 좋은 것만 가지려는 얄팍하고 이기적인 마음이지요.

생각해 보면 억만장자 집안의 귀한 자녀로 태어난 숙영과 앵연은 늘 원하는 것을 가지면서 살았던 것 같아요. 실은 그것이 함정이었지요. 누리기만 하다 보니 어려운 상황에 대처할 준비가 안 돼 있었던 거예요. 돈으로 안 되는 일이 없다고 생각했을지 모르지만 이 세상이 그런 곳일 리 없지요! 스스로 깊은 함정 속으로 굴러떨어져 울화 속에 죽어 간 두 사람은 빛 좋은 부귀영화가 얼마나 덧없는지를 잘 보여줍니다. 눈이 안 보이고 등이 굽은 그 아이들이 억만금 재산보다 더 귀한 존재라는 사실을 그들은 왜 몰랐을까요.

거북이와 남생이가 세상의 빛이 되기까지 많은 우여곡절이 있었습니다. 부모한테 거둠을 얻지 못하고 절망으로 내몰렸고, 억만금 재산을 다 잃어버렸지요. 그렇게 그들은 모든 것을 잃어버립니다. 말하자면 그들은 '저주받은 운명'을 가지고 태어난 존재였어요. 앞날에 대한 희망 같은 건 그들 것이 아니었지요. 하지만 그 순간에 반전이 일어납니다. 그대로 주저앉으면 저주받은 존재로 결판날 상황에서 그들은 훌쩍 일어나 움직입니다. 자신들이 생겨난 근원을 향해서 발걸음을 옮기지요. 무겁고 아득한 걸음이었지만 움직이니까 길이 열립니다. 그리고 빛이 그들을 찾아옵니다. 찬란한 황금빛으로요.

만약 그들이 부모님 품 안에서 보호를 받으며 편안하게 살았다면 어찌 됐을까요? 제 힘으로 아무것도 못 하는 의존적 존재가 됐을 가능성이 큽니다. 모든 것을 다 잃은 깜깜한 어둠이 있었기에 그들은 스스로 빛을 찾아낼 수 있었지요. 고통과 절망이 신성을 낳는 바탕이라는 것. 이것이 신화가 보여 주는 역설적 진실입니다. 생각해 보면 예수도 마구간에서 태어나 성인이 되었고 석가모니도 가없는 고행을 통해 깨달음에 이르렀으니 이치가 서로 통합니다. 그래요. 바리데기, 당금애기와 오늘이, 할락궁이도, 궁산이와 명월각시도 깊은 어둠의 시간을 거쳐서 세상의 빛이 된 존재들이었지요.

거북이와 남생이 형제는 뒤에 혼수성인이 됐다고 합니다. 아이들한테 병이 왔을 때 보살펴 주고 고쳐 주는 신이에요. 아마도 몸의 병만이 아닐 거예요. "나는 못난 존재야. 세상에서 버려졌어!" 이런 생각이야말로 큰 병이지요. 그렇게 무력하고 아플 때 아이들은 혼수성인 거북이 남생이가 걸어온 길을 마음에 새기면서, 그들과 함께 발을 맞추어 걸어 나가면서 힘을 얻었을 것입니다. 아이들만이 아니에요. 어른들은 어른들대로 숙영과 앵연 같은 부모가 되지 않도록 마음을 다잡고서 힘을 냈을 것입니다. 고통과 절망을 느끼는 모든 사람들을 지켜 온 귀한 신화가 이 〈숙영랑 앵연랑 신가〉입니다.

상상하고, 이야기하기

■ 주인공 형제한테 '거북이'와 '남생이'란 이름이 주어진 것은 어떤 이유에서였을까? 뒷날 혼수성인이 된 형제한테 어울릴 만한 다른 이름을 지어 보고 그 뜻을 설명해 보자.

■ 남생이가 늪에서 본 것은 분명히 생금이었는데 왜 스님들 눈에는 구렁이로 보였을까? 생금과 구렁이가 상징하는 바를 짚어 보면서 이 대목에 담긴 뜻을 풀이해 보자.

■ 이야기는 부처님이 거북이 눈을 밝혀 주고 남생이의 등과 다리를 펴 주었다고 한다. 이는 실제로 장님이 시력을 얻고 앉은뱅이가 걸어 다닐 수 있게 됐다는 뜻일까? 또 다른 풀이가 없을지 헤아려 보자.

제4편

복 없던 삼형제가 장수하고 신이 된 내력

황천혼시

옛날에 송림동이, 이동이, 사마동이 삼 형제가 살았다. 부모님 생전에는 재산이 많았는데 형제들 때에 와서는 겨우 먹고살 정도로 힘들어졌다.

하루는 삼 형제가 칠월 칠석 논밭 구경을 나가서 보니 사방으로 곡식 이삭이 잘 익어 있었다. 삼 형제가 이삭을 꺾어 왔는데 그냥 자기들끼리 먹을 수가 없었다.

"이것을 찧어서 지신님 산신령님과 조왕님께 올리고 나서 다시 농사를 지읍시다."

사마동이가 이렇게 말하자 형들이 옳다고 맞장구를 쳤다. 삼 형제가 제사를 올리고서 다시 일을 할 때에 한창 밭을 갈면서 나아가는데 땅속에서 뜻하지 않게 백골이 나왔다.

"이게 어쩐 일이냐? 우리가 없었다면 아버님 어머님도 이 모양이 되지 않았겠느냐."

삼 형제는 입고 있던 적삼을 벗어 백년해골을 고이 싸서 집으로 가져다가 방문 앞에 모시고서 아침 점심 저녁으로 정성껏 음식을 올렸다. 그러고 나니 재물이 불같이 일어나서 부자가 되었다.

그렇게 오륙 년이 지난 어느 날 밤에 갑자기 백골이 눈물을 흘리며 울었다. 그때는 나무와 돌이 말을 하고 구렁이가 혀를 놀리던 시절이라 백골도 울음을 울었다. 난데없는 울음소리에 깨어난 삼 형제는 옷을 차려입고 나아가 절을 하고서 물었다.

"백골님, 어찌 이렇게 눈물을 흘리며 우십니까? 우리가 무슨 죄라도 지었습니까?"

"내가 너희를 만나서 호사했더니만 너희 삼 형제를 염라대왕이 잡아간다. 사흘 만에 너희를 잡으러 올 것이다."

"그러면 어찌합니까? 피할 방법을 알려 주십시오."

"내 말을 잘 들어라. 너희 집에 검정 황소가 있거든 쇠 굴레를 씌워서 항복 받고 그 소를 잡아 서른세 개 쟁반에 고기를 놓아서 금왕산 다릿목에 진수성찬으로 차려 놓아라. 그 옆에 새 신발 세 켤레를 놓아두고 너희 삼 형제가 다리 아래로 들어가 숨어라. 너희를 잡으러 온 사자들이 음식을 먹고 돌아앉아 신발을 신을 때, 다리에서 나와 물러나 세 번 나아가 세 번 절을 드리고 살려 달라고 빌어라."

삼 형제가 그 말대로 어김없이 준비를 해 놓고서 다리 밑에서 기다리고 있자니 밤이 깊었을 때 저승사자 세 명이 나타났다. 다리 위로 걸어 들어오면서 한 사자가 말했다.

"이럴 때 어린애들 먹던 밥이라도 있으면 좋으련만……."

"한 번은 해도 두 번 다시 그런 말 내지 마라. 인간 하나를 잡으러 가도 못 할 일이거늘 세 명을 붙들러 가는데 어찌 그러겠느냐. 어서 바삐 가자."

사자 셋이 다리를 다 건너왔다가 진수성찬을 차려 놓은 상을 발견하고서 말했다.

"밤말은 쥐가 듣고 낮말은 새가 듣는다고, 이 음식을 먹고서 어찌 넘어가겠느냐?"

"그러나 음식을 보고서 어찌 그냥 지나갈까. 차린 음식이니 먹고 보자꾸나."

사자 셋이 그 음식을 다 먹고서 새 신발을 갈아 신고 일어설 때에 삼 형제가 다리에서 나와 물러나 세 번 나아가 세 번 절을 드리고 넙죽 엎드렸다.

"너희가 차린 음식이구나. 너희는 어떤 사람들이냐?"

"송림동이입니다."

"이동이입니다."

"사마동이입니다."

그 말을 들은 저승사자들이 화들짝 놀라면서 말했다.

"어허 이게 웬 일이냐. 오늘 우리가 잡아갈 사람들 아니냐. 그러나 우리가 너희 음식을 먹고서 어찌 그냥 가겠나. 내 말대로 하거라. 송림동이는 누런 황소를 꺼내 오고, 이동이는 기름 적삼 한 벌을 내오고, 사마동이는 놋동이를 내와라."

삼 형제가 시킨 대로 하자 저승사자들은 삼 형제 대신 황소와 기름 적삼과 놋동이를 가지고 염라국으로 들어갔다.

"송림동이를 어찌하여 못 잡아왔느냐?"

"방방곡곡으로 다녀도 송림동이라는 사람이 없습디다. 그 고을에 누런 황소가 있기에 고삐를 풀어 가지고 왔습니다."

"이동이도 없더냐?"

"이동이가 없어서 그 고을에 있는 기름 적삼을 벗겨 들고 왔습니다."

"사마동이는?"

"방방곡곡을 다녀도 사마동이란 자가 없어서 고을에 있는 놋동이를 들고 왔습니다."

염라대왕이 화가 나서 사자들을 벌주었으나 송림동이 삼 형제는 다시 잡혀가지 않고 그대로 살아났다. 삼 형제는 여든한 살까지 살다가 죽어서 혼시성인 제사를 받아먹게 되었다.

백년해골, 다들 몰랐던 이야기

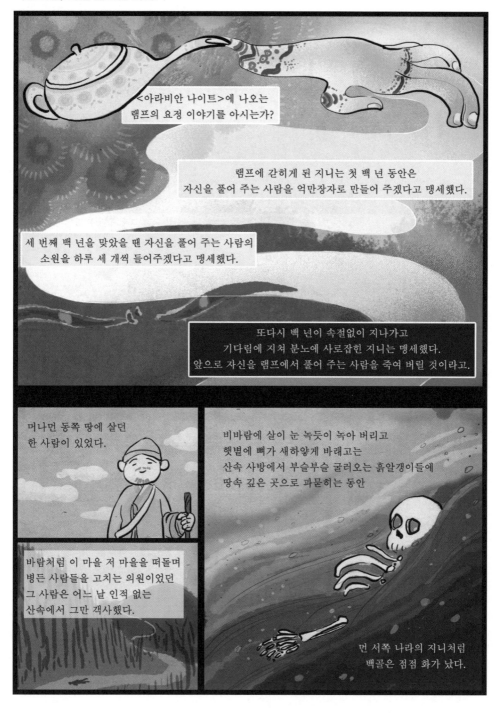

<아라비안 나이트>에 나오는
램프의 요정 이야기를 아시는가?

램프에 갇히게 된 지니는 첫 백 년 동안은
자신을 풀어 주는 사람을 억만장자로 만들어 주겠다고 맹세했다.

세 번째 백 년을 맞았을 땐 자신을 풀어 주는 사람의
소원을 하루 세 개씩 들어주겠다고 맹세했다.

또다시 백 년이 속절없이 지나가고
기다림에 지쳐 분노에 사로잡힌 지니는 맹세했다.
앞으로 자신을 램프에서 풀어 주는 사람을 죽여 버릴 것이라고.

머나먼 동쪽 땅에 살던
한 사람이 있었다.

바람처럼 이 마을 저 마을을 떠돌며
병든 사람들을 고치는 의원이었던
그 사람은 어느 날 인적 없는
산속에서 그만 객사했다.

비바람에 살이 눈 녹듯이 녹아 버리고
햇볕에 뼈가 새하얗게 바래고는
산속 사방에서 부슬부슬 굴러오는 흙알갱이들에
땅속 깊은 곳으로 파묻히는 동안

먼 서쪽 나라의 지니처럼
백골은 점점 화가 났다.

〈황천혼시〉는 함경도 함흥 지방에서 전해 온 신화로, 〈혼쉬굿〉이라고도 한다. 아이가 병에 걸렸을 때 삼 형제 신을 향해 이 이야기가 담긴 노래를 불렀다. 이와 비슷한 내용을 가진 신화로 제주도의 〈사만이본풀이〉(또는 〈맹감본〉)와 호남, 충청 지방의 〈장자풀이〉가 있다. 죽을 운명에 있던 사람이 저승사자를 잘 대접해서 죽음을 면한다는 내용은 공통적이지만 인물과 사건에 일정한 차이가 있다. 〈장자풀이〉의 주인공은 성질이 인색했던 장자로서, 해골을 모시는 내용이 들어 있지 않다. 제주도 신화 〈사만이본풀이〉는 백골을 모셔서 부자가 되고 죽음을 면한다는 내용이 〈황천혼시〉와 비슷해서 눈길을 끈다.

[출처] 김쌍돌이본 〈황천혼시(황천곡)-삼형제신의 노래〉 : 손진태, 《조선신가유편》, 향토문화사, 1930.

🔍 이야기 속으로

〈황천혼시〉라는 이름을 가진 이 신화에는 '삼 형제 신의 노래'라는 부제가 붙어 있습니다. 송림동이 삼 형제가 신이 됐다는 뜻이지요. 이들은 앞서 본 거북이 남생이 형제와 마찬가지로 '혼시성인(혼수성인)'으로 모셔집니다. 아이들이 병이나 사고 없이 건강하게 잘 살도록 도와주는 신이지요. 아이들을 보살피던 신이 예전에 꽤 많았나 봅니다. 어른이 되기 전에 죽는 아이들이 많았던 시절이라서 그랬을 거예요.

이 이야기 속 송림동이 삼 형제는 앞에서 본 거북이와 남생이 형제보다 더 평범합니다. 그리 특별한 바가 없는 보통 사람의 모습이에요. 이들이 어떻게 신이 되는지 궁금할 정도입니다. 신의 혈통을 중시하는 서양 신화에 익숙한 사람들은 고개를 갸웃하겠지만, 그것이 우리 신화의 독특한 면모입니다. 한국 신화에서는 평범한 사람도 세상의 빛이 되고 신이 되지요.

하지만 아무나 다 신이 되지는 않습니다. 사람들의 등불이 될 만한 삶을 살아야 하지요. 송림동이 삼 형제한테 그런 요소를 어디서 찾아볼 수 있을까요? 잘 살펴보면 그들은 평범해 보이는 가운데에 나름 특별한 면모가 있습니다. 무엇보다 그들은 신을 대하는 정성이 남다릅니다. 곡식을 수확해도 제 배를 채우기 전에 먼저 신에게 올렸고, 주인 없는 유골조차도 함부로 대하지 않고 신처럼 귀하게 모셨지요. 자기 앞가림을 하는 데 급급하지 않고 늘 주변을 살피며 하늘의 뜻을 겸손하게 받아들인 사람들이 송림동이 삼 형제였습니다. 이런 마음을 지녔으니 형제끼리도 늘 아끼고 화합하며 살 수 있었겠지요. 이야기는 삼 형제가 해골을 신으로 모신 뒤 큰 부자가 됐다고 하지만 그들은 이미 마음으로 큰 부자였다고 할 수 있습니다.

삼 형제가 저승사자들의 손에서 벗어나 장수할 수 있었던 것도 교묘한 방편에 의한 것이라 볼 일이 아닙니다. 그들이 천지의 모든 신령을 존중하고 그 이치에 따랐다는 사실이 중요합니다. 저승사자로 상징되는 죽음의 힘도 하나의 신령한 기운이지요. 진심으로써 신과 통하는 존재였던 삼형제는 이들 저승사자하고도 통해서 그들을 감동시킬 수 있었습니다.

지성이면 감천이라고 하지요. 이들은 진심과 정성의 힘으로 죽음의 기운을 이겨 내고 인생역전의 행복을 열어 낸 주인공들이었습니다. 이 정도라면 세상을 환히 비춰 줄 만한 등불로서 자격이 충분하지 않을까요? 그리고 이런 삶은 우리 자신도 충분히 살아 낼 만한 것이 아닐까요? 우리 자신의 삶을 신화로 펼쳐 내는 일, 저 멀리 있는 꿈같은 일이 아니랍니다!

상상하고, 이야기하기

- 방치된 채로 파묻혀 있던 하얀 해골이 사람들한테 복을 주고 화를 면하게 해 주었다는 데는 어떤 이치가 담겨 있을까? 백골이 상징하는 바에 비추어서 헤아려 보자.

- 이야기 속에서 저승사자들이 음식을 얻어먹은 보답으로 삼 형제를 살려 준 것은 바른 일이었을까? 염라대왕이 다시 사자를 보내 삼 형제를 잡아가지 않은 까닭은 무엇일까?

- 저승사자를 위해서 밥과 신발을 차려 주는 '사자상(使者床)' 풍속을 조사해 보고, 그 풍속과 위 신화에 담긴 뜻이 어떻게 통하는지 말해 보자.

제5편

덧없는 인생, 놀고나 가세! 도깨비 영감신

영감본

도깨비 영감의 근본은 서울 남대문 바깥에서 솟아난 김치백의 아들 삼 형제다. 삼 형제가 열다섯 살이 되어 어른을 박대하고 동네 처녀들 헛소문을 내자 마을에서 이들을 만주로 귀양 보냈다. 만주 벌판을 떠돌던 삼 형제는 송 영감 집을 찾아가서 이렇게 말했다.

"우리가 잘 먹으면 잘 먹은 값을 하고 못 먹으면 못 먹은 값을 합니다. 우리를 잘 대접하면 부귀영화를 시켜 주겠습니다."

"그러면 무엇을 좋아합니까?"

"소를 잡아도 한 마리를 먹고 돼지를 잡아도 한 마리를 먹습니다. 닭 잡아서 큰 잔치에 수수떡 수수밥과 제육 안주에 소주를 좋아합니다."

송 영감이 돼지를 통째로 잡고 수수떡 수수밥으로 잔치를 베풀어 주자 삼 형제가 말했다.

"세경 땅에 농사를 많이 지으십시오."

송 영감이 그 말대로 농사를 지었더니 삽시간에 재산이 불어났다. 부자가 된 송 영감이 소를 통째로 잡아서 잔치를 베풀자 다시 삼 형제가 말했다.

"돈을 많이 빌려서 소와 말을 사서 우마 장사를 해 보십시오."

송 영감이 돈을 빌려서 우마 장사를 했더니 천하 거부가 되어 갔다. 그때 동네 사람들이 이렇게 수군거리기 시작했다.

"청년 셋이 와서 산 뒤로 송 영감이 큰 부자가 됐는데 그게 사람이 아니라 생도깨비가 분명해. 도깨비를 빨리 내보내지 않으면 집안이 다 망할걸!"

사람들이 자꾸 수군대자 송 영감은 생도깨비 삼 형제를 쫓아낼 핑곗거리를 만들어 냈다.

"영감님네가 기술이 좋으니 경상도 안동 땅을 우리 집 밖으로 떼어다 주십시오. 그러면 내내 함께 살 것이고, 그리 못 하면 우리 집 밖으로 떠나야 합니다."

"대장간에서 쇠꼬챙이 일흔아홉 개를 만들어 오면 안동 땅을 떼어다 놓으리라."

송 영감이 쇠꼬챙이를 만들어다 주자 삼 형제는 그걸 가지고 안동으로 가서 땅을 도려내려고 했다. 하지만 석 달 열흘이 지나도 도저히 도려낼 수가 없었다. 삼 형제가 그대로 돌아오자 송 영감은 이를 핑계로 삼아 김 영감 삼 형제를 골목 나무에 달아매고 큰 칼로 도막을 냈다. 삼 형제는 아홉 형제 열두 형제로 갈라져서 생도깨비가 죽은 도깨비로 되어 골목으로 나섰다. 이때 송 영감이 흰 말을 잡아서 골목 어귀에 말가죽과 고기를 걸어 놓고 울안에 피를 뿌려 놓으니 도깨비 영감들이 들어갈 수가 없었다.

갈 곳을 잃은 영감들은 이리저리 방황하다 천지 사방으로 흩어졌다. 위로 삼 형제는 서양 각국으로 들어가고, 가운데 삼 형제는 일본으로 들어가고, 그 아래 삼 형제는 서울로 들어가고, 맨 아래 삼 형제는 강경으로 들어가 벼락바위에 앉았다. 이들이 벼락바위에서 별자리를 짚어 보니 제주도가 들어가 살 만했다. 마침 제주 사람들이 배를 타고 이르자 삼 형제 영감네가 물었다.

"어디 사는 어른이며 무엇 하러 옵니까?"

"살기는 제주 섬에 살고 곡식 장사차로 옵니다."

"우리 삼 형제를 뱃삯을 안 받고 제주 섬에 실어다 주면 부귀영화를 지니게 해 주리다."

"그건 그리하십시오."

영감네가 배를 얻어 타고 들어올 때에 물결이 잔잔하고 순풍이 불어서 삽시간에 제주 앞바다에 이르렀다.

"어느 포구가 좋습니까?"

"김녕 일곱마들 포구가 좋습니다."

"그러면 김녕 포구로 배를 붙입시다."

포구에 내린 영감네는 그들한테 복을 내린 다음 다시 여러 갈래로 나뉘어서 섬 곳곳으로 흩어졌다. 제주성 안에도 들어가고 산으로도 깃들고 바닷가 마을에도 자리를 잡았다.

열한 형제 열두 동무, 아홉 형제 일곱 동무 영감참봉들이 이리저리 놀음을 놀 때에 테만 붙은 망건을 쓰고 깃만 붙은 도포를 입고 목만 붙은 버선에 깃만 붙은 신을 신었다. 한 뼘도 안 되는 곰방대를 들고 앞에는 청사초롱 뒤에는 흑사초롱을 밝혔다. 바람을 의지 삼고 구름을 벗 삼아서 언뜻하면 천 리 가고 언뜻하면 만 리를 가면서 잘 먹으면 잘 먹은 값을 하고 못 먹으면 못 먹은 값을 하는 영감참봉들이다.

자료

〈영감본(영감본풀이)〉은 제주도의 신화로, 진성기 선생이 조사한 4편의 자료가 보고돼 있다. 여기서는 그중 내용이 풍부한 조술생 구연본을 바탕으로 사연을 정리했다. 다른 자료에서는 처음에 칠 형제나 구 형제가 태어났다고도 하며,

서울이 아닌 진도 완도 섬이나 강경 벼락바위에서 태어났다고도 한다. 형제들이 각지로 흩어질 때에 놀기를 좋아하던 일부 형제가 제주도로 들어와 곳곳에 자리를 잡았다는 내용은 대체로 일치한다. 제주도 여러 마을 이름은 생략하고 이야기 중심으로 내용을 정리했다.

[출처] 조술생본 〈영감본〉 : 진성기 엮음, 《제주도 무가 본풀이 사전》, 민속원, 1991.

🔍 이야기 속으로

도깨비를 모르는 한국 사람은 없을 거예요. 전설이나 민담으로 많은 도깨비 이야기가 전해집니다. 수십 년 전만 해도 도깨비를 직접 봤다는 사람들이 많았지요. 도깨비한테 홀려서 밤새 산중을 헤맸다거나 도깨비하고 씨름을 해서 나무에 묶어 놨는데 아침에 보니까 부지깽이나 빗자루였다는 식이지요. 낯설고 무서우면서도 왠지 친근한 존재가 도깨비입니다. 술과 노래를 좋아하고 놀음과 장난을 즐긴다고 알려져서 더 그런 것 같습니다. 사람은 누구라도 마음껏 놀고 싶어 하는 마음이 있으니까요.

제주도에서는 '신화의 섬'이라는 별명답게 도깨비를 신으로 받들고 신화를 전해왔습니다. 도깨비 신은 '영감'이나 '영감참봉'으로 불리는데, 도깨비가 원래 그렇듯 장난을 아주 좋아하며 놀라운 재주를 지니고 있지요. 먹으면 먹은 대로 값을 하는 우직한 존재이기도 합니다. 꺼리고 밀치는 대신 손을 내밀어서 좋은 관계를 맺으면 큰 복을 얻을 수 있어요.

그런데 도깨비들의 남다른 장난이나 심술기를 사람들이 그리 좋아하지 않았나 봅니다. 김치백 삼 형제가 골칫덩어리로 취급돼서 멀리 만주 벌판으로 쫓겨난 데서 이를 볼 수 있지요. 그들은 송 영감 집에 깃들지만, 송 영감도 삼 형제가 도깨비라는 사실을 알고는 술수를 써서 떼어 냅니다. 자기가 도와준 사람한테서 버림받고 쫓겨났을 때 도깨비 형제들의 마음은 어떠했을까요? 송 영감이 그리 한 건 잘한 일일까요?

사람들이 아무리 기피하고 없애려 해도 도깨비들은 사라지지 않습니다. 토막 난 도깨비들은 오히려 더 많은 숫자로 갈라져서 온 세상으로 퍼지지요. 그 가운데 도깨비 영감 신들이 가장 신나서 움직인 곳은 제주 섬이었어요. 오래 전부터 수많은 신들과 더불어 살아온 제주 사람들은 도깨비들을 받아들여 잔치를 베풀어 줍니다. 신명이 난 영감들은 이 마을 저 마을로 들어가 마음껏 노닐게 되지요. 잘 먹으면 잘 먹은 값을 하면서 말이지요. 제주 사람들, 대단하지 않나요?

사람들이 흔쾌히 받아줄 때 도깨비는 더 이상 흉측한 괴물이 아닙니다. 액운을 막아 주고 풍요를 가져다주는 귀한 신이지요. 신들이 다 그런 구실을 한다지만 도깨비 영감신은 특별한 면이 있어요. 우스꽝스러운 차림으로 신명나게 노니는 영감네들은 다른 어떤 신보다도 더 친근하고 즐거운 동반자가 됩니다.

제주도 굿에는 '영감놀이'가 있어요. 사람들이 도깨비 영감들과 더불어 신명나게 춤을 추면서 즐기는 놀이이지요. 도깨비와 함께 춤을! 이거 멋지지 않나요? 인생 뭐 있겠어요. 그렇게 신나게 놀다가 가는 거지요. 말 그대로 '신이 나게' 말이에요. 막히고 맺히고 꼬인 것을 다 풀어내면, 우리 안에 있는 신(神)이 우러나고 몸과 마음은 빛을 내게 됩니다. 그렇게 우리네 신명을 이끌어 내는 저 도깨비 영감네들, 소중한 신으로서 자격이 충분하다고 하겠습니다.

■ 김치백 집안에서 삼 형제를 멀리 쫓아내고 송 영감 집에서 도깨비를 죽여서 쫓아낸 것은 잘한 일이었을까? 그렇게 도깨비 형제를 쫓아낸 뒤에 김치백 집안과 송 영감네는 어찌 되었을까?

■ 제주도 사람들이 도깨비를 기꺼이 신으로 받아들인 데는 어떤 역사적 배경과 문화적 전통이 있는지 알아보자. 그들은 왜 도깨비한테 남다른 동질감을 느끼게 된 것일까?

■ 만약 밤중에 길을 가다가 갑자기 도깨비 영감을 만난다면 어떻게 대할지 자기만의 방법을 자유롭게 이야기해 보자.

보너스 이야기
옛이야기 속의 귀신과 괴물, 그리고 도깨비

신화와 전설, 민담을 포함한 옛이야기는 상상력의 보물 창고입니다. 실제 현실에서 보기 힘든 낯설고 신기한 존재들을 얼마든지 만날 수 있지요. 그 중 인상적인 존재로 귀신과 괴물을 들 수 있습니다.

'귀신(鬼神)'은 귀(鬼)와 신(神)을 합친 말입니다. 귀와 신은 신이하고 초월적인 존재라는 공통점을 지니지만, 서로 다른 점이 많습니다. 신이 밝고 맑고 가볍고 높은 존재라면 귀는 어둡고 탁하고 무겁고 낮은 존재이지요. 음양론으로 말하면 신은 양(陽)이고 귀는 음(陰)에 해당합니다. 둘 다 크고 강한 기운이지만, 신의 기운이 거침없이 활짝 통하는 쪽이라면 귀의 기운은 맺히고 뒤틀려서 꽉 막힌 쪽이지요.

지금까지 살펴본 여러 신화의 주인공들은 대개 신에 해당하는 이들입니다. 본래부터 신이었던 이들도 있고 인간이었다가 신이 된 이들도 있지요. 오늘이와 바리데기, 당금애기, 거북이와 남생이 등이 모두 인간으로서 맑고 큰 기운을 펼쳐 내어 신이 된 주인공들입니다.

귀(鬼)에 해당하는 주인공으로 누구를 들 수 있을까요? 땅귀 삼두구미를 들 수 있겠네요. 본래 신이었는지 모르지만 제 욕심을 위해 사람들을 억누르고 해치는 존재가 되었으니 악귀라는 지목을 피하기 어렵습니다. 아기들을 저승으로 붙잡아 가는 저승할망도 귀(鬼)에 가까운 존재이지요. 하지만 저승할망은 죽은 아이들을 챙겨서 돌본다는 점에서 신적 면모도 지닙니다. 염라대왕이나 저승사자는 어떨까요? 사람의 목숨을 앗아 가는 무서운 존재이지만 죽은 사람을 저승으로 데려가는 일은 세상의 질서를 위한 크고 중요한 일이니 이들은 신으로 봄이 합당합니다.

사람은 죽어서 신이 될 수도 있지만 귀가 되는 경우도 많습니다. '객귀(客鬼)'나 '원귀(冤鬼)'라는 말을 들어봤을 거예요. 객지에서 죽어 깃들 곳을 얻지 못한 귀를 객귀라 하고, 원한이 맺혀서 저승으로 들지 못하고 이승을 떠돌며 복수를 꾀하는 귀를 원귀라 합니다. 객귀가 고달프고 처량한 귀신이라면 원귀는 흉측하고 무서운 귀신이지요. 마음속 미움과 분노, 울화, 욕망 같은 것이 쌓여서 강하게 뭉치면 죽어서 원귀가 되니 조심해야 합니다. 살아 있는 상태로 무서운 원귀를 품은 사람들도 종종 보게 됩니다.

귀신이 주로 신과 사람의 영역에 해당한다면, 괴물(怪物)은 동식물과 사물 같은 물(物)의 영역에 해당합니다. 물(物)이 괴이한 모습과 행동을 하거나 상식을 깨는 조화를 부릴 때 이를 괴물이라 하지요. 동물에 속하는 존재가 신적인 힘을 내거나 인간처럼 행동하면 괴물의 전형적 사례가 됩니다. 종종 식물이나 사물이 괴물이 되는 경우도 있지요. 때로는 사람이 괴물처럼 되기도 합니다. 사람이 동물 모습을 하거나 야수처럼 본능적이고 폭력적으로 행동하면 괴물로 여겨지지요. 사람과 동물이 반씩 섞인 반인반수(半人半獸)도 전형적인 괴물인데 우리나라 이야기에 그리 많지는 않습니다.

그렇다면 도깨비는 귀신과 괴물 가운데 어느 쪽일까요? 출신과 행동 양상이 다양해서 간단히 말하기 어렵지만, 귀신보다 괴물에 가깝다고 볼 수 있습니다. 도깨비는 정체를 알고 보면 부지깽이나 빗자루 같은 사물(事物)인 경우가 많아요. 사물이 조화를 부려서 인간이나 귀신처럼 행동하는 것이 도깨비의 전형적인 모습입니다. 그런 도깨비는 성격과 행동 면에서 단순하고 우직한 경우가 많은데, 이 또한 사물적 특성이라 할 만합니다.

하지만 사물보다 인간의 속성을 더 짙게 지닌 도깨비도 있어요. 이 경우 도깨비는 괴물보다 귀신에 가까운 면모를 나타내게 됩니다. 〈영감본〉에 나오는 도깨비 영감들이 그러하지요. 이들은 귀(鬼)를 넘어서 신(神)으로 모셔졌으니 출세한 도깨비라고 할 만합니다. 그렇지만 이들도 성격과 행동 양상을 잘 보면 단순하고 우직한 점이 많아서 도깨비의 일반적 면모와 통하는 점이 있습니다.

하여튼 도깨비는 여러 모로 흥미롭고 매력 있는 존재입니다. 동화나 만화, 드라마 같은 데 자주 등장하는 것이 우연이 아니지요!

제6부
삶의 터전을 돌보고 마을을 지키는 신

제1편 하늘과 땅 사이, 농사의 신 자청비
제2편 소천국과 백주또의 후예들, 그리고
제3편 용에 맞서 삶의 터전을 지킨 영웅들
▶ 신화는 전설, 민담과 어떻게 다른가
제4편 방방곡곡, 마을마다 신이 있었다!

하늘과 땅 사이, 사람들이 사는 세상이 있지요.

산골짜기와 산기슭에, 너른 들판에, 또는 바닷가에

사람들은 마을을 이루고 함께 모여 삽니다.

그 생활 터전을 지켜 주면서 사람들이 걱정 없이

지내도록 돕는 수많은 신이 있습니다.

산신과 해신이 있고, 들녘을 돌보는 농경신이 있지요.

또 각 마을을 지켜 주는 신이 있습니다.

이제 이 신들에 관한 이야기를 만나 보기로 합니다.

본풀이 신화로 이어져 온 이야기도 있고

전설처럼 전해 온 이야기도 있지요.

어느 결에 사라진 이야기들도 많이 있습니다.

우리가 사는 21세기에 새로운 마을 신화는 가능할까요?

가능하다면 그 길은 어디에 있을까요?

오래 흘러온 이야기에서 답을 찾아보기로 해요.

제1편
하늘과 땅 사이, 농사의 신 자청비

세경본풀이

옛날 옛적에 김진국 대감과 자진국 부인이 살았다. 고대광실 높은 집에 넓은 논밭과 소 백 필 말 백 필을 가진 제일가는 부자였는데 마흔이 넘도록 자식이 없었다. 하루는 김진국 대감이 선비들하고 내기 바둑을 해서 돈을 따자 한 선비가 말했다.

"대감님아, 그 돈을 따간들 아이가 없는데 뭐 합니까?"

말문이 막힌 김진국이 바둑을 밀쳐놓고 집으로 오다 보니 높은 나무 위에서 말 모르는 까마귀가 새끼한테 먹이를 물어다 주며 오조조조 지저귀고 있었다. 또 오다가 커다란 웃음소리가 들려서 돌아보니 오막살이 거적문 안에서 거지 부부가 아이를 어르고 있었다.

'얻어먹는 거지들도 아이를 낳고서 하늘을 보며 웃음을 웃는구나.'

집에 들어와 진수성찬으로 음식을 먹고 금병 은병을 꺼내서 이리저리 굴려 보아도 웃음이 안 나오고 부부간에 깊은 한숨만 새어 나왔다. 그러는 중에 동개남 은중절 스님이 하늘 가린 송낙에 땅 가린 장삼을 걸치고 집으로 들어와서 시주를 청했다. 김진국이 쌀을 주면서 자식 없는 신세를 한탄하자 스님이 말했다.

"우리 절 부처님이 영험하니 백 일 불공을 드려 보십시오."

그 말을 들은 김진국 부부는 곧바로 백 일 불공에 나섰다. 흰쌀과 삼베를 산더미처럼 싣고 첩첩산중 은중절로 들어가 부처님에게 금옷을 입히고 천신일월님한테 정성을 바쳤다. 백 일째 되는 날 공물 백 근을 챙겨서 올렸는데 저울로 재고 보니 한 근이 모자랐다.

"딸자식이 태어날 듯합니다. 내려가서 좋은 날을 잡아 합방하십시오."

김진국 부부가 산에서 내려오다 억새 포기에 기대어 쉬는데 앞이마 뒷이마에 해님 달님이 서리고 어깨에 별이 송송 박힌 듯한 아기씨가 나타났다. 까마귀 날개 같고 물 아래 옥돌 같은 아기씨가 슬금 살짝 들어오기에 언뜻 놀라서 일어나 보니 꿈이었다. 그런 뒤에 부인 몸에 태기가 있더니 열 달 만에 옥 같은 딸이 태어났다.

"자청해서 낳은 아이니까 이름을 자청비라 하면 어떠합니까?"

"그러면 그리합시다."

자청비는 한두 살 지나 대여섯 살이 넘자 상다락과 중다락 하다락에서 베를 짜면서 놀았다. 나이 열다섯 살이 되어 갈 때 하루는 하녀 정술데기의 손을 보니까 손이 무척 고왔다.

"아주머니는 어찌 그리 손이 곱습니까?"

"상전님은 빨래를 안 하지만 나는 종이라서 상전님 입던 옷을 연내못에서 빨다 보니 손이 고와졌습니다."

"나도 가서 빨래를 하면 손이 고와집니까?"

"상전님은 일을 안 하던 손이라 나보다 더 고와집니다."

자청비는 한 살 두 살 때 입던 옷까지 가득 꺼내어 대나무 구덕[41]에 챙겨 넣고 연

---

41 구덕 : 바구니를 뜻하는 제주도 말.

내못으로 빨래를 갔다. 자청비가 철썩 철썩 빨래를 할 때에 하늘 옥황 문도령이 아랫녘으로 글공부를 가다가 걸음을 멈추고서 말을 걸었다.

"지나가는 선비입니다. 길이 먼데 목이 말라 가니 물 한 모금 떠 주십시오."

자청비는 뒤를 돌아보고는 바가지를 들어서 물을 이리 활활 저리 활활 세 번 헤치고 세 번 땅땅 두드린 뒤 수양버들 잎사귀를 띄워서 하나 가득 떠 주었다.

"얼굴은 고와도 속마음이 고약하군요. 왜 물을 휘휘 젓고 때리며 잎사귀를 띄웁니까?"

"모른 소리 마십시오. 물에도 먼지가 있는 법이라 활활 헤치며, 땅땅 두드려서 거머리를 가라앉히는 법입니다. 버들잎을 띄운 건 물을 급히 먹다 체하면 약도 없으므로 그리했습니다."

이때 문도령도 자청비가 마음에 들어 가고 자청비도 문도령이 마음에 들어 갔다.

"우리 통성명이나 합시다. 나는 하늘 옥황 문왕성 아들 문도령입니다. 아랫녘 거무선생한테 글 배우러 가는 길입니다."

"나는 주년국 땅 자청비입니다. 글공부를 가신다니 내 쌍둥이 동생하고 함께 가면 어떻습니까? 공부를 가려도 벗이 없어 못 가고 있습니다."

"어서 그건 그리하십시오."

자청비는 빨래를 챙겨 가지고 집으로 돌아와서 남자 옷을 꺼내어 차려입은 뒤 부모님한테 공부하러 가겠노라고 말하고서 동구 밖으로 나왔다.

"그대가 문도령입니까? 나는 자청도령입니다."

"내가 문도령입니다. 금방 들어간 자청비 아가씨와 어찌 얼굴이 똑같습니까?"

"한 부모님한테서 난 자식이니 그렇지요. 어서 아랫녘으로 내려갑시다."

두 사람이 친구가 되어 아랫녘 삼천서당에서 공부를 시작할 때에 자청비가 비록 남장을 했으나 남자와 한방에서 잘 일이 걱정이었다. 자청비는 잠깐 생각하다가 두 사람 사이에 은 대야를 두고 은 젓가락을 걸쳐 놓고서 자리에 들었다.

"자청도령아, 어찌 은 대야에 물을 떠 놓고 젓가락을 걸쳤느냐?"

"부모님이 말씀하시길 글도 일등을 하고 활도 장원을 하려면 이렇게 잠을 자되 젓가락을 떨어뜨리지 않아야 한다고 하셨다."

문도령이 그날 밤부터 젓가락이 떨어질까 봐 깊은 잠을 못 잘 때에 자청비는 안심하고 잠을 잤다. 그렇게 공부를 하다 보니 자청비가 글도 앞서가고 활도 앞서갔다.

문도령이 자청비한테 다 지니까 씨름이라도 이겨 보자고 시합을 청했다. 자청비는 허리에 살짝 참기름을 발라서 문도령 손을 미끄러뜨리고는 문도령의 허리끈을 잡고 다리를 걸어서 넘어뜨렸다. 문도령이 오줌발 멀리 보내기 시합을 걸자 자청비는 아랫도리에 왕대 대롱을 넣고 오줌을 열두 발만큼 날려서 또 이겼다.

그렇게 세월을 보낼 때에 하루는 하늘에서 부엉새가 날아와 문도령한테 편지를 전했다. 편지를 받은 문도령이 짐을 챙기자 자청비가 물었다.

"왜 길 떠날 차비를 하느냐?"

"아버지가 하늘에 올라와 서수왕 집에 장가들라고 하셔서 떠나려는 길이다."

"문도령아, 우리가 올 때 같이 왔으니 갈 때도 같이 가자."

"그건 그리하자꾸나."

자청비가 문도령과 함께 길을 가다 보니 냇물이 나왔다.

"문도령아, 우리가 삼천서당에서 글공부 활 공부를 하다 보니 몸에 때인들 없으랴. 목욕이나 하고 가자. 너는 이 아래에서 해라. 나는 위에 가서 하마."

문도령이 옷을 미끈하게 벗어던지고 아래 탕에서 풍덩풍덩 목욕을 할 때 자청비는 물에 발만 담그고 있다가 수양버들 잎사귀에 글자를 써서 물에 띄웠다.

어리석은 문도령아. 한방에서 공부하고 한방에서 잠을 자도 남녀를 모르느냐. 내가 바로 자청비다.

문도령이 떠내려온 편지를 읽고서 쳐다보니 머리를 늘어뜨린 자청비가 나는 듯이 훌훌 나아가고 있었다. 문도령이 자청비를 따라가려고 급히 옷을 입다 바짓가랑이 하나에 두 다리가 들어가고 윗옷이 어깨에 걸쳐졌다.

"자청비야, 자청비야. 가는 걸음 거기 멈춰라. 할 말이 있노라."

문도령이 헐레벌떡 달려가 자청비 손목을 붙잡으니까 두 몸이 하나로 품어졌다.

"여기서 이럴 일이 아니다. 내가 부모님한테 허락을 받을 테니 오늘 밤에 우리 집에서 자고 가면 어떠하냐?"

"어서 그건 그리하자."

자청비는 집으로 들어가 여자 옷으로 갈아입은 뒤 부모한테 인사를 올리고서 말했다.

"아버님 어머님아, 공부를 잘하고 왔습니다. 그나저나 함께 가고 함께 온 글동무가 있는데 해가 졌으니 자고 가게 해 주십시오."

"남자냐, 여자냐?"

"남자입니다."

"열다섯 살 안이면 네 방으로 들이고 열다섯이 넘었거든 다른 방으로 보내라."

"열다섯 살 안쪽입니다."

자청비는 이렇게 대답하고서 문도령을 자기 방으로 데리고 들어갔다. 두 사람은 기나긴 밤에 상다락 중다락 하다락에서 놀음을 놀면서 그동안 속였던 마음을 사랑으로 풀어냈다.

그 밤이 어찌 지났는지 닭이 울어서 날이 새고 문도령이 떠날 시간이 되었다. 문도령은 상동나무 얼레빗[42]을 꺾어서 증표로 전해 준 뒤 새로 꽃이 피고 열매가 열 때 돌아오겠노라면서 노각성자부줄을 타고 하늘로 올라갔다.

---

42 얼레빗 : 살이 굵고 성긴 큰 빗.

세월이 물처럼 흘러서 꽃이 새로 피고 열매가 맺혔지만 하늘로 간 문도령은 소식이 없었다. 자청비가 이제나 저제나 하면서 기다릴 때에 문을 열고 보니까 다른 집 하인들은 나무를 잔뜩 해서 머리에 꽃을 꽂고 콧노래 부르며 돌아오는데 자기 집 하인 정수남이는 양지 바른 곳에 누워서 코를 골고 있었다.

"이놈의 자식아, 저놈의 자식아. 남의 집 종들은 나무도 해 오고 꽃도 꺾어 오는데 너는 잠만 자느냐?"

"상전님아, 욕하지 마오. 말과 소를 내주면 나무도 해 오고 꽃도 꺾어 옵니다."

자청비가 그 말을 듣고 말과 소와 도끼를 내어 주자 정수남이는 마소를 끌고서 굴미굴산 깊은 산으로 들어갔다. 정수남이는 나뭇가지에 말과 소를 묶어 놓더니만 먼저 한잠을 자야겠다며 벌러덩 드러누웠다. 그가 동쪽으로 눕고 서쪽으로 누우면서 실컷 자고 일어나 보니 짐승들이 속이 캄캄 말라서 죽어 있었다. 그는 매 발톱 같은 손톱으로 소가죽 말가죽을 벗기고서 고기를 불에 구워 깨끗이 먹어치웠다. 그가 고기를 다 먹은 뒤 가죽을 짊어지고서 오다 보니까 연못에서 물오리 한 쌍이 이리 활활 저리 활활 헤엄치며 노닐고 있었다.

"내가 짐승들을 죽이고 나무도 못 했으니 물오리라도 잡아서 드려야겠다."

도끼를 휙 던지니까 물오리는 날아가고 도끼만 물속으로 가라앉았다. 위아래 옷을 벗고 연못에 들어가 이리저리 도끼를 찾을 때에 도둑이 짐승 가죽과 옷을 몽땅 가져가 버리니 맨몸뚱이가 되고 말았다. 정수남이가 나뭇잎과 줄기 풀로 몸을 가리고 돌아와서 장독대에 숨어 있노라니 자청비가 그 꼴을 보고 놀라서 말했다.

"아이고, 요놈의 자식아! 어찌 옷을 벗었으며 소와 말은 어디 갔느냐?"

"상전님아, 모른 소리 마십시오. 하늘 옥황 문도령이 궁녀 선녀들하고 굴미굴산 연못에 내려와서 목욕하다 올라갈 때에 내 옷을 가져가서 알몸뚱이로 왔습니다."

자청비가 뜻밖에 문도령 말을 듣자 마음이 풀려서 허우덩싹 웃음이 나왔다.

"정술데기야, 정수남이 옷을 새로 잘 챙겨서 입혀 주어라. 그래, 문도령이 언제 또

온다고 하더냐?"

"모레 한낮에 다시 온다고 합디다."

"그렇거든 네가 길을 인도해라. 그리로 함께 가자꾸나."

날을 맞추어 굴미굴산 아야산을 찾아갈 때에 정수남이가 저 혼자 말을 타고서 먼저 산속으로 쑥 들어가 버렸다. 자청비가 옷을 이리저리 찢기면서 겨우 찾아가 보니 정수남이는 나무에 말을 묶어 둔 채 코를 골면서 자고 있었다.

"요놈의 자식아. 어찌 그리 헤아림이 없느냐? 어서 문도령 있는 데로 안내해라."

정수남이는 자청비를 이끌고 연못 있는 데로 가더니만 엎드려서 물을 먹으면 문도령이 보일 거라고 했다. 자청비가 그 말대로 물을 먹으려니까 정수남이가 말했다.

"상전님아, 저 물을 보십시오. 하늘옥황 문도령이 선녀들과 놀이를 합니다."

자청비가 물끄러미 바라보니 연못에 파란 하늘과 흰 구름이 둥둥 떠서 흔들거리고 있었다. 비로소 속은 것을 깨닫고 돌아설 때에 정수남이가 성큼 다가오면서 말했다.

"상전님아, 은길 같은 손이나 한번 잡아 봅시다."

깜짝 놀란 자청비가 급한 길에 정수남이를 달래면서 말했다.

"정수남아, 손을 만지는 것보다 내 방의 토시를 껴 보면 더 좋아진다."

"상전님아, 앵두 같은 입술이나 한번 맞춰 봅시다."

"입술을 맞추는 것보다 내 방의 꿀단지를 핥으면 더 달아진다."

"촛대 같은 허리나 한번 안아 봅시다."

"허리를 안는 것보다 내가 베고 자는 베개를 안으면 더 좋아진다."

정수남이 뜻대로 되지 않아 팥죽같이 성을 내자 자청비가 달래어 말했다.

"정수남아. 여기 너하고 나 둘뿐 아니냐? 무릎을 베고 누우면 이를 잡아 주마."

정수남이가 벙실 웃으면서 자청비 무릎에 머리를 대고 눕자 자청비가 머리를 헤치며 이를 잡기 시작했다. 큰 이를 대장으로 남기고 작은 이를 졸병으로 두고 가운데

치만 꼭꼭 죽여 가다 보니 정수남이가 쿨쿨 잠이 들어 갔다.

'내가 이렇게 있다가 저 녀석 손에 죽어지리라.'

자청비가 손닿는 곳에 있는 꾸지뽕나무 가지를 꺾어 정수남이 귀를 오른쪽 왼쪽으로 찌르니까 곰 같은 사내가 소리 없이 죽어 갔다. 자청비가 시체를 잎사귀로 덮어놓고서 말을 타고 내려올 때에 바둑 두던 백발노인들이 말했다.

"꽃 같은 아기씨가 가는데 무지렁이 총각이 앞에 섰구나. 날피 냄새가 나는구나."

자청비는 겁결에 말을 달려 집으로 들어가서 아버지 어머니한테 말했다.

"아버님아 어머님아, 자식이 중합니까 종이 중합니까?"

"아이고 내 딸아. 종은 데리고 살다가 싫으면 버려도 그만 아니냐."

"아버님아 어머님아, 정수남이가 행실이 고약해서 죽여 두고 왔습니다."

"요것아, 사람을 죽이다니 무슨 말이냐? 그게 우리 식구 먹여 살릴 종이다!"

화를 내어 욕을 하니 자청비가 울면서 방으로 들어가 남자 옷을 차려 입고 길을 나섰다. 말을 타고서 하염없이 가다 보니 다다른 곳이 서천꽃밭이었다. 보니까 서천꽃밭 김정승 대감이 방을 붙였는데 밤마다 부엉새가 울어서 꽃이 시들어 가니 그 새를 잡아 주면 사위로 삼겠노라고 써 있었다. 자청비가 그 집을 찾아가서 말했다.

"지나가는 선비인데 부엉이를 잡으러 왔습니다."

"그건 그리하십시오."

자청비가 방에서 기다릴 때에 야삼경이 되자 부엉새가 나타나서 '각시 없다 부엉, 서방 없다 부엉' 하고 울기 시작했다. 자청비는 밖으로 나가서 위아래로 옷을 벗고 하늘을 향하여 말했다.

"정수남아. 네가 부엉이 몸으로 환생했거든 이리 내려와 내 가슴으로 들어라."

조금 있으니까 부엉이가 자청비 가슴으로 훨훨 내려앉았다. 자청비는 부엉이 몸에 화살을 꽂아서 디딤돌 앞에 던져두고 방에 들어가 잠을 청했다. 아침에 김정승이 찾아와 어찌 되었느냐고 묻자 자청비가 눈을 비비며 말했다.

"밤에 부엉이 소리가 나기에 활을 쏘아 맞췄더니 디딤돌 아래로 떨어졌습니다."

부엉이를 찾은 김정승은 크게 기뻐하면서 남장한 자청비를 사위로 맞이했다. 혼례를 올린 지 사흘이 지났을 때 김정승 딸아기가 부모한테 하소연했다.

"아버님 어머님아. 하필 거만한 사위를 얻었습니다. 부부간에 품사랑은커녕 손목도 안 잡습니다."

놀란 김정승이 화가 나서 어찌 된 일이냐고 다그치자 자청비가 말했다.

"그런 게 아니라 내일모레 과거를 보러 가는데 부정할까 봐 사랑을 못 나눴습니다."

그러면서 자청비는 서천꽃밭 꽃밭 구경을 시켜 달라고 청했다. 자청비는 꽃밭에서 사람 살리는 꽃들을 이리저리 꺾어 넣고서 과거를 본다며 길을 나섰다. 자청비가 말을 달려 굴미굴산 깊은 산속 정수남이 묻은 곳을 찾아가서 헤쳐 보니까 뼈만 앙상했다. 자청비는 뼈를 모아 놓고서 살오를꽃과 피오를꽃, 오장육부살아날꽃을 차례로 문지른 뒤 때죽나무 회초리로 몸을 두드렸다. 그러자 정수남이가 맷방석 같은 머리를 박박 긁으면서 일어나 앉았다.

"아이고 상전님아, 봄잠이라 너무 오래 잤습니다."

벌떡 일어나 돌아갈 차비를 하는데 말씨와 태도가 이전하고 달랐다. 자청비는 정수남이를 앞세우고 집으로 돌아와서 부모님한테 말했다.

"아버님 어머님아, 자식보다 귀한 종을 살려 왔습니다."

"부정한 아이로다. 어찌 사람을 죽이고 살리고 한단 말이냐. 너 같은 딸 필요 없으니 갈 데로 가라."

자청비는 조청 같은 눈물을 뚝뚝 흘리면서 집을 나왔다. 구슬피 울면서 하염없이 길을 가다 보니 깊은 밤 야삼경에 웬 오막살이에서 틀각틀각 베 짜는 소리가 들려왔다. 보니까 주모 할망이 혼자서 베를 짜고 있었다.

"지나가는 나그네인데 머물게 해 주세요. 부엌 구석이라도 좋습니다."

"너는 어떤 큰아기가 이 밤중에 혼자서 여기를 왔느냐?"

"아버지도 어머니도 없이 떠돌고 있습니다. 머물게 해 주면 어떤 일이라도 하겠습니다. 그나저나 이 밤에 무슨 베를 짭니까?"

"하늘옥황 문도령이 서수왕아기한테 장가갈 때 쓸 무명을 짜노라."

"그렇다면 그 베를 제가 짜겠습니다."

주모 할망이 밥 차리러 나간 사이에 자청비가 베틀에 앉아 있자니 문도령 생각에 방울 눈물이 뚝뚝뚝뚝 떨어졌다. 자청비는 짜던 베에 꽃을 새기고 공작새를 수놓은 뒤 한쪽에다 '가련하다 자청비, 불쌍하다 자청비.' 하고 새겨 넣었다.

아침에 할망이 무명을 가지고 올라가자 문도령이 보다가 깜짝 놀라서 물었다.

"이것이 누가 짠 무명입니까?"

"우리 집에 수양딸로 있는 주년국 땅 자청비가 짠 무명입니다."

"내가 내일모레 만나러 갈 테니 자청비한테 말해 주십시오."

할망이 집에 와서 그 말을 전하자 자청비가 창문 옆에 앉아 이제나 올까 저제나 올까 문도령을 기다렸다. 약속한 때가 되자 문 앞에 그림자가 어른거리면서 문고리를 잡았다. 자청비가 하도 반가운 마음에 바늘로 손을 꼭 찌르자 발긋하게 피가 났다.

"이거 사람 올 데가 아니로구나."

문도령이 놀라서 옥황으로 올라가 버리자 할망이 와서 물었다.

"아이고 얘야, 문도령이 어디 가나?"

"반가운 마음에 바늘로 손가락을 찔렀더니 가 버렸습니다."

"행실이 이러하니 부모 눈에서 벗어났구나. 너 같은 아이 필요 없으니 갈 데로 가라."

자청비가 주모 할망 집을 나서고 보니 갈 곳이 없었다. 자청비는 할 수 없이 절간 법당으로 들어가 머리를 깎고서 중이 되었다. 송낙을 쓰고 장삼을 걸치고 마을마다 시주를 받으러 이리저리 다니다 보니 주년국 땅이었다. 한 곳에 가 보니까 궁녀 신녀들이 구슬프게 울고 있었다.

"궁녀님 신녀님들아, 어찌 이리 우십니까?"

"옥황 문도령이 예전에 자청비와 목욕하던 물을 떠 오라 하여 주년국 땅에 왔으나 물을 못 찾아서 울고 있습니다."

"내가 자청비입니다. 그 물을 떠 주면 나를 옥황에 데려갈 수 있습니까?"

"그건 그리하십시오."

자청비는 전날 목욕하던 연내못을 찾아가 궁녀 신녀들한테 물을 떠 준 뒤 노각성 자부줄을 타고 옥황으로 올라갔다. 자청비가 문도령 집을 찾아가 팽나무 위에 앉아 있자니 밤중에 문도령이 창문을 열고서 달을 보며 말했다.

"저 달이 곱긴 곱다마는 주년국 땅 자청비만큼은 아니 곱구나."

그러자 자청비가 짝을 맞추어서 말했다.

"저 달이 곱긴 곱다마는 하늘옥황 문도령만큼은 아니 곱구나."

"이게 무슨 말이냐. 귀신이면 사라지고 생인이면 아래로 내려와라."

나무에 있던 사람이 내려와서 송낙을 벗고 보니 영락없는 자청비였다. 문도령과 자청비는 손을 잡고 방으로 들어가 회포를 풀고서 서로를 품어 갔다. 그렇게 숨어서 지내던 중에 자청비가 말했다.

"문도령님아. 부모님한테 가거든 묵은 옷 새 옷 중에 무엇이 좋고, 묵은 장과 새 장 중에 무엇이 좋으며, 묵은 사람 새 사람 중 어느 쪽이 좋은지 물으십시오. 묵은 것이 좋다 하면 나한테 장가를 오고 새것이 좋다 하면 서수왕아기한테 장가드십시오."

다음 날 아침에 문도령은 그 말대로 부모를 찾아가서 물었다.

"아버님아 어머님아. 새 장이 답니까, 묵은 장이 답니까?"

"새 장은 빛깔이 고와도 깊은 맛이 없고 묵은 장이 깊은 맛이 있노라."

"새 옷이 좋습니까, 묵은 옷이 좋습니까?"

"새 옷은 어디 갈 때에나 입지만 묵은 옷은 아무 때나 편하게 입으니 묵은 옷이 좋다."

"새 사람이 좋습니까, 묵은 사람이 좋습니까?"

"새 사람은 속을 몰라 깊은 말을 못 하나 묵은 사람은 속 깊은 말을 하니 묵은 사람이 좋다."

"아버님 어머님아. 그렇다면 제가 서수왕 집에 장가를 안 가겠습니다. 아랫녘에서 글공부할 때 언약을 맺은 자청비한테 장가를 들겠습니다."

말문이 막힌 문왕성은 서수왕한테 혼인을 무르는 편지를 보냈다. 속이 상한 서수왕딸아기는 그 편지를 태워 삼키고서 문을 꼭 잠그고 들어앉았다. 들어앉은 지 백일 만에 서수왕아기 머리에서 두통새가 나오고 눈에는 걸룡새, 귀에는 막음새, 코에는 뽀롱새, 입에는 악심새, 목에는 가는새, 가슴에는 이열새, 오금에는 자작새가 나왔다. 이후로 그 새는 인간 세상에 내려와서 남자에게 공방새, 여자에게 헤말림새를 불어넣고 어린아이한테 경증새를 불어넣게 되었다. 남녀 간에 시집 장가를 갈 때 술과 음식을 걷어서 이 새를 방비하지 않으면 제대로 살지 못하는 법이다.

이때 문왕성이 자청비를 데려와서 말했다.

"우리 집 며느리가 되려거든 도포를 지어서 올려라."

자청비가 도포를 훌륭히 지어 올리자 문왕성이 또 말했다.

"아직 부족하다. 쉰댓 자 구덩이에 석 섬 숯불을 피우고 칼 선 다리를 세워서 그 다리를 맨발로 건너와야 한다."

쉰댓 자 구덩이에서 숯불이 와랑와랑 피어오를 때 자청비가 구슬피 울며 말했다.

"명천 하늘님아. 나를 살리려거든 빗발을 내리시고 죽이려거든 볕살을 내십시오."

한 발자국 두 발자국 디뎌 갈 때에 비가 내려서 숯불을 꺼 갔다. 자청비가 칼 선 다리를 다 건너서자 문왕성이 말했다.

"아이고, 내 며느리 착하도다."

손목을 잡아 가니까 자청비가 마음 놓고 뒷발을 툭 내린다는 것이 뒤꿈치가 베어서 핏방울이 배어 나왔다. 시부모님 보시면 안 될 일이라 속치마로 쓱싹 닦으니 이때부터 여자가 한 달에 한 번 달거리를 하는 법이 생겨났다.

자청비가 문도령과 배필을 이룬 뒤 부모한테 효도하고 부부간에 사랑하고 살림을 잘 챙기자 자청비 잘났다는 소문이 궁 안팎으로 퍼졌다. 궁 안 남녀들이 시샘을 해서 문도령을 죽이려고 잔치를 열어서 청하자 자청비가 낌새를 알아차리고 말했다.

"낭군님아. 오늘 궁 안에서 너나없이 술잔을 주거든 거기 독이 있으니 먹지 말고 가슴팍에 비우십시오."

문도령이 궁 안에 들어가니까 다들 벙긋벙긋 웃으며 술잔을 권했다. 문도령이 술을 먹는 척 가슴팍에 슬쩍 비우니 솜만 젖고 취하지 않았다. 무사히 궁을 벗어나서 집으로 올 때에 웬 할머니가 술 한 잔만 팔아 달라고 간청했다. 문도령이 그건 괜찮으리라 생각하고 한 잔을 먹었더니 말 위에 몸이 축 늘어져서 죽어 갔다. 말이 집으로 돌아오자 자청비는 죽은 문도령을 방에 눕히고 매미와 풍뎅이를 잡아다가 풀어 놓았다.

궁 안 사내들은 문도령이 죽은 줄 알고서 자청비를 보쌈해 가려고 집으로 찾아왔다. 와서 보니까 방 안에서 매미 풍뎅이가 윙윙윙윙 우는 소리가 들렸다. 사내들은 문도령이 코를 고는 줄 알고서 놀라 도망가 버렸다. 그때에 자청비가 말을 타고 서천꽃밭에 가서 살오를꽃, 피오를꽃과 오장육부살릴꽃을 꺾어다가 문도령 몸에 놓자 문도령이 훌쩍 살아서 일어났다.

"아이고, 잠을 깊게 잤습니다."

"낭군님아. 드릴 말씀이 있습니다. 내가 전날에 서천꽃밭 김정승 대감 집에 장가든 일이 있습니다. 거기 가서 김정승 딸아기와 초보름을 살고 나한테로 와서 후보름을 사십시오."

문도령이 그 말을 듣고 김정승 대감 집을 찾아가니까 김정승 딸아기가 말했다.

"어찌 낭군님이 그전 얼굴이 아닙니까?"

"내가 과거를 치르다 보니 속이 타서 얼굴이 변했습니다."

김정승 따님은 그 말을 믿고서 문도령 손을 잡고 사랑으로 품어 갔다. 문도령은 거기서 초보름을 지나 후보름을 살고 또 초보름을 살아서 백날이 되도록 돌아오지를 않았다. 이때 하늘옥황에 변란이 나자 자청비가 수양버들 잎사귀에 편지를 써서 부엉이 날개에 넣어 문도령한테 보냈다. 문도령이 하늘로 돌아올 때에 말을 거꾸로 타고 등을 지고서 돌아오니 자청비가 그 모양을 보고서 기가 막혀 갔다.

문도령이 돌아온 뒤 하늘옥황 변란이 평정되자 옥황상제가 문도령과 자청비를 불러서 소원을 물었다. 자청비가 말했다.

"하늘옥황 열두 가지 곡식의 씨앗을 인간세상에 전하고자 합니다."

자청비는 열두 곡식의 씨앗을 얻은 뒤 칠월 열나흘 백중날에 문도령을 거느리고 인간 세상으로 내려섰다. 그때 정수남이가 할아버지처럼 지팡이를 짚고 다니다가 자청비를 보고 말했다.

"상전님아. 큰 상전님들이 돌아가신 뒤 재산이 다 흩어져서 이렇게 다니고 있습니다. 배고프니 밥이나 주십시오."

자청비가 정수남이한테 사래 긴 밭을 가는 농부한테 밥을 얻어오라고 했더니만 농부가 자기네 종 먹일 밥도 없다며 쫓아냈다. 자청비가 그 밭을 바라보며 말했다.

"이 밭에는 씨가 대충 뿌려지리라. 밭 갈던 쟁기 보습이 깨지리라. 보리든 귀리든 좁쌀이든 깜부기가 생기리라."

또 가다 보니까 늙은 할머니가 거친 밭에서 호미로 농사를 짓고 있었다. 거기 가서 밥을 얻어오라고 했더니만 할머니가 자기 먹으려고 가져온 음식을 다 내주면서 먹으라고 했다.

"이 밭에는 씨가 잘 뿌려지고 뿌리가 깊이 내리리라. 이삭이 튼실하게 맺혀서 풍년이 들리라."

자청비가 그렇게 정수남이와 함께 세상에 흉년을 주고 풍년을 주면서 다니는데 열두 곡식 가운데 메밀 씨앗이 비고 없었다. 자청비가 옥황에 올라가 메밀 씨를 가져올 때에 바람이 많이 불어서 씨를 겨드랑이에 끼고 내려왔다. 메밀 씨가 가벼워 하얀 톱밥에 섞어서 뿌리도록 하니 메밀꽃이 하얗게 피게 되었다.

　이후로 문도령은 상세경, 자청비는 중세경이 되어 농사를 보살피고 정수남이는 하세경으로 말과 소 같은 동물을 돌보게 되었다. 이들 삼세경을 잘 대접해야 가축이 병이 없고 농사짓는 사람들이 탈 없이 풍년을 이루는 법이다.

자료

　〈세경본풀이〉는 제주도의 주요 본풀이 가운데 하나로 농사의 신인 세경의 내력을 전하는 신화다. 문도령과 자청비, 정수남이 등 세 인물이 삼세경이 되었다고 한다. 이 신화는 무척 복잡다단한 서사를 지니고 있으며, 자료에 따라 인물 이름과 이야기 내용이 조금씩 다르다. 문도령은 대개 '문곡성 문도령'으로 칭해지며, 김정승딸애기는 '사라대왕딸아기'나 '서천꽃밭딸아기'로 불린다. 문도령이 말을 거꾸로 타고 온 것은 서천꽃밭의 각시가 마음을 잡아 두려고 그리했다는 것이 정형이다. 그 모습을 보고 자청비가 하늘을 떠나 지상으로 왔다고 한다. 일부 자료는 자청비가 문도령을 두고 혼자 내려왔다고 전하기도 한다. 정수남이(정수남)의 경우, 박봉춘본은 그가 자청비와 같은 날 같은 시에 잉태하고 출생했다고 하여 운명적 관계를 부각하고 있다. 여기서는 서순실 구연본을 바탕으로 내용을 정리했으며, 문맥이 불투명한 부분은 안사인본을 참고하여 가다듬었다.

[출처] 서순실본 〈세경본풀이〉 : 허남춘 외, 《서순실심방본풀이》, 제주대학교 탐라문화연구원, 2015. 안사인본 〈세경본풀이〉 : 현용준·현승환, 《제주도무가》, 고려대학교 민족문화연구소, 1996.

문도령과 서수왕아기, 그 뒤

오랫동안 상세경으로 사람들에게 대접받으며
평안한 세월을 보내던 문도령 마음이 어느 날부터인가 착잡하다.

사람들이
풍년을 기원하며 바친
정성들인 음식을 봐도
착잡하고

새 봄과 함께 돋아나는
새싹들을 봐도 심란하다.

속을 풀어 보려
여름 소나기를
쏟아내도 뒤숭숭

자꾸만 가라앉는
기분을 어찌해야
할지 모르겠다.

그러던 어느 날 문도령 눈에 띈
커다란 검정새.

어느 방향에서 날아온지 알 수 없는 그 새는
싸늘한 바람 일으키며 마을 쪽으로 날아간다.

아…

문도령은 근래 들어 왜 그리
심란했는지 깨달았다.

서수왕아기의 최후를 알게 되자
심란은 마음을 찍어 누르는
바윗돌 같은 죄책감으로 변했다.

그날로 문도령은 바람처럼 내달려
서수왕아기가 죽어 변한 새들을 찾아 사방 천지를 찾아다녔다.

서수왕아기가 죽어 된 새들은
가시밭에 숨어서 잠을 잤고

붙잡을 수 있겠다 싶으면
서늘한 서릿바람 일으키며
더욱 멀리 날아가 버렸다.

새들을 쫓는 문도령은
발이 터지고 무릎이 까지고 머리는 산발이요 위장은 비어
배가 고프다기보단 아픈데

그보다 더욱 힘든 건
시큰거리는 마음이었다.

문도령이 한참을 헤매다
다시 새를 발견했을 때도
새는 가시덤불 속에 숨어 있었다.

분과 원망으로 만들어진 깃털 때문에
독이 오른 몸을 고통스럽게 웅크리고 있는
새를 보니

갑자기 눈물이 났다.

뚝

뚝

사
르
르

문도령의 눈물이 닿자
덤불의 가시들이 녹아내린다.

저벅

저벅

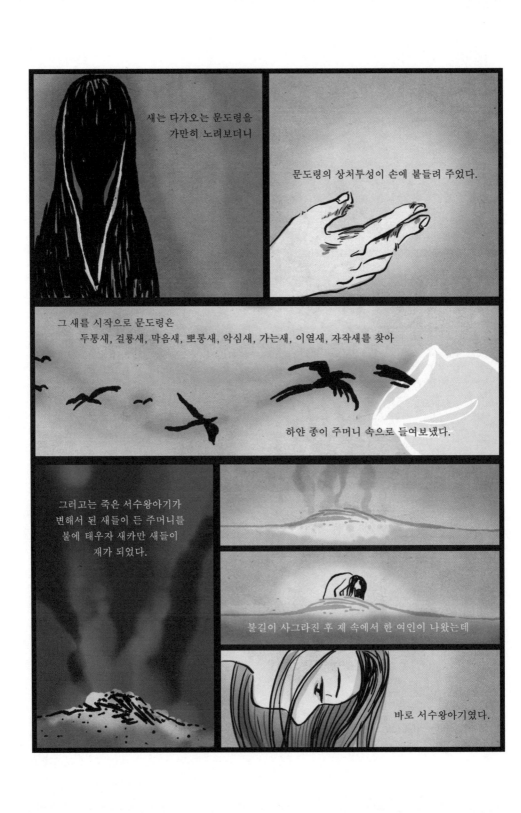

새는 다가오는 문도령을
가만히 노려보더니

문도령의 상처투성이 손에 붙들려 주었다.

그 새를 시작으로 문도령은
두통새, 걸룡새, 막음새, 뽀롱새, 악심새, 가는새, 이열새, 자작새를 찾아

하얀 종이 주머니 속으로 들여보냈다.

그리고는 죽은 서수왕아기가
변해서 된 새들이 든 주머니를
불에 태우자 새카만 새들이
재가 되었다.

불길이 사그라진 후 재 속에서 한 여인이 나왔는데

바로 서수왕아기였다.

🔍 이야기 속으로

　자청비와 문도령과 정수남이, 또 김정승딸애기와 서수왕아기까지 여러 인물이 나와 흥미진진한 사연을 펼쳐 가는 신화입니다. 그 가운데 단연 눈에 띄는 주인공은 자청비입니다. 처음부터 끝까지 모든 사연을 이끌어 가는 주체적인 인물이지요. 어찌 그리 씩씩하고 맹랑하고 당돌한지, 그 매력에서 벗어나기 어렵습니다.

　그 자청비가 마음을 주어 사랑했던 인물은 하늘 문도령이었습니다. 나름 꽃미남 같기는 한데 자청비의 짝이 되기에 무언가 부족해 보이기도 합니다. 고귀한 하늘 신의 아들이라는 걸 빼면 내세울 게 별로 없어 보여요. 마음이 얕아 보이고 신의가 부족하며 무능력해 보이기조차 합니다. 어떤 면에서 보면 문도령보다 차라리 정수남이가 낫지 않나 하는 생각이 들 정도예요. 아, 죽기 전의 정수남이 말고 죽었다가 다시 살아난 정수남이요. 여러분 생각은 어떤지 궁금합니다.

　내용만 놓고 보면 이 신화는 한 편의 미묘하고 복잡한 사랑 이야기로 다가옵니다. 자청비와 문도령의 만남과 이별, 그리고 재회를 기본 줄기로 해서 여러 애정 관계가 얽히지요. 문도령-자청비-정수남, 자청비-문도령-서수왕딸아기, 자청비-문도령-김정승딸아기 등 남녀 간 삼각관계만 해도 세 번이나 됩니다. 세부 내용으로 들어가 보면, 자청비가 부엉이 몸에 화살을 꿰는 장면, 자청비가 문도령 손가락을 찌르는 장면, 문도령이 자청비와 목욕하던 물을 떠오라고 하는 장면, 서수왕아기가 문을 닫고 들어앉아 새가 되는 장면 등 애정에 얽힌 미묘한 심리가 깃든 대목이 많아요. 사랑이란 무엇이며 인간관계란 어때야 하는지를 되새겨 보게 하는 장면들이지요. 오늘날 우리의 사랑을 돌아보게 하는 내용이기도 합니다.

　그런데 이 〈세경본풀이〉에서 '세경'은 사랑의 신이 아니라 '농사의 신'입니다. 이 신화는 농사의 신의 내력을 전하는 이야기지요. 그 세경신은 한 명이 아닙니다. 문도령과 자청비, 정수남이가 함께 세경신이 됩니다. 문도령이 상세경이고 자청비가 중세경, 정수남이가 하세경이에요. 이들 셋이 함께 농사를 보살핀다고 합니다. 농사의 신이니 크고 작은 들판이 이들의 활동 무대라고 보면 됩니다.

이 세 인물은 어떻게 세경신이 된 것일까요? 열두 곡식 씨앗을 세상에 전한 자청비와 그녀를 도와서 일을 돌보는 정수남이가 세경신이 되는 것은 그럴 만한 것 같아요. 그런데 문도령은 어떠한가요? 대체 그는 무슨 공을 세웠기에 농사의 신이 된 것인지! 약속을 깨고서 안 돌아오고, 손가락을 찔리자 제 잘못은 잊고서 훌쩍 떠나고, 아내 말을 어기고 술을 먹었다가 죽어 쓰러지고, 서천꽃밭에 가서 하염없이 노닐고……. 이런 문도령이 상세경이 된다는 결말은 선뜻 납득하기 어렵습니다.

하지만, 신화적 상징으로 풀이하면 이야기가 좀 달라집니다. 본래 천상계 출신인 문도령은 하늘을 상징하는 존재라고 볼 수 있어요. 그 하늘이란 농사를 짓는 사람한테 어떤 것인지요. 무심하고 변덕스러워서 원망스러울 때도 많지만, 하늘 없이는 처음부터 농사가 불가능합니다. 하늘에서 빛과 볕이 내리고 비가 내려야 생명이 자라날 수 있지요. 그러니까 하늘은 농사의 근원이자 출발이라 할 수 있습니다. 무심하고 야속하다고 해서 농부가 하늘을 외면할 수는 없는 법이지요. 믿고 기다리고 따라야 하는 대상이 하늘입니다. 이야기 속에서 자청비가 문도령을 좇는 일을 이런 맥락에서 이해해 볼 수 있지요. 문도령이 상세경이 되는 일도 마찬가지이고요.

문도령이 하늘을 상징하는 존재라면 정수남이는 어떤가요? 정수남이는 문도령의 반대편, 그러니까 땅 쪽에 존재합니다. 그는 땅을 상징하고 짐승을 대표하는 인물로 볼 수 있습니다. 정수남이를 보면 한 마리 게으르고 완악한 짐승이 떠오릅니다. 손톱으로 동물 가죽을 벗기는 일, 완전한 '짐승남'의 면모 아닌가요? 그의 게으르고 둔하고 완악한 성격은 '거친 땅'과 같은 면모를 잘 보여 줍니다.

본래 자청비는 정수남이를 무시했습니다. 있어도 그만 없어도 그만이라는 식이었지요. 급기야 그를 죽이기도 합니다. 그러고 나서 자청비는 정수남이의 자리와 역할을 뒤늦게 깨닫게 됩니다. 그가 있어야 집안 노동이 돌아가는 것이었지요. 신화적 상징으로 말하면, 땅이 있어야 농사가 가능하고 짐승이 있어야 농사가 가능합니다. 자청비는 이런 사실을 뒤늦게 깨닫고서 정수남이를 되살리러 나선 것이라고 볼 수 있습니다. 자청비가 부엉이를 불러서 가슴에 품는 일은 그 '손 내밂'의 상징이라 할 수 있지요.

흥미로운 점은 자청비가 정수남이를 재발견해서 동반자로 삼으니까 하늘로 향하는 길이 열린다는 사실입니다. 그 동안 자청비는 늘 위만 바라보고 있었지요. 이는 농부가 하늘만 바라본 것과 마찬가지입니다. 하늘이 알아서 모든 것을 이루어 줄 리가 없지요. 사람이 스스로 땅을 일굴 때 하늘도 그를 향해 열리는 법입니다. 자청비가 정수남이를 살려내자 문도령으로 향하는 길이 열린 것을 이런 맥락으로 이해할 수 있습니다. 땅과 동반자가 됨으로써 하늘과도 동반자가 될 수 있다는 것, 아주 그럴듯하지 않나요?

상상하고, 이야기하기

- 이야기는 자청비 부모가 올린 정성이 모자라서 아들이 아닌 딸을 낳은 것처럼 말하고 있다. 하지만 자청비가 보인 능력은 웬만한 아들보다 훨씬 뛰어난 것이었다. 자청비가 딸로 태어난 일을 어떻게 평가해야 할까?
- 자청비가 죽어서 부엉이가 된 정수남이를 가슴에 내리게 한 다음 그 몸에 화살을 꽂은 일을 어떻게 보아야 할까? 정수남이가 다시 살아난 뒤 자청비한테 순종하는 것은 이 일과 어떤 연관이 있을까?
- 자청비는 문도령과 결혼하기 위해서 숯불 구덩이에 놓인 칼 선 다리를 건너야 했다. 이런 시험은 필요하거나 정당한 것이었을까?
- 문도령과 결혼하려다가 자청비한테 밀려난 뒤 원망 속에 죽어 간 서수왕아기를 어떻게 보아야 할까? 그는 억울한 피해자일까? 그의 몸에서 생겨났다는 새들은 무엇을 상징하는지도 헤아려 보자.

제2편

소천국과 백주또의 후예들, 그리고

송당본향 외

소천국과 백주또 _송당본향

제주 구좌읍 송당리에는 윗송당에 금백주 백주또가 좌정하고 아랫당에 소로소천 국이 좌정해서 마을을 보살폈다. 백주또와 소천국은 아들 열여덟과 딸 스물여덟을 두었다. 손자 손녀는 삼백일흔여덟 명이었다. 이들이 가지가지로 벌어져서 여러 마을 본향신이 되었다.

백주또와 소천국 큰아들은 거멀 문곡성이며, 둘째 아들은 대정 광정당, 셋째 아들은 성산 신풍리 웃내끼를 차지하고, 넷째 아들은 제주 내왓당과 광양당을 차지했다. 다섯째 아들은 선앙당과 제주 화북동 다릿당을 차지하고, 여섯째 아들은 구좌 한동리 본산국이며, 일곱째 아들과 여덟째 아들은 제주 삼문으로 들어가 광양당에 함께 좌정했다. 아홉째 아들은 조천 교래리 다리 본향신이 되고, 열째 아들은 조천 와흘리 궷드르 신, 열한째 아들은 와흘리 본향이 되었다. 열두째 아들은 제주 회천 동 셈잇당을 차지하고 열셋째 아들은 제주 도련동 본향이 되었으며, 열넷째 아들 시월도병서는 제주 삼양동 감을개를 차지했다. 열다섯째 아들은 조천 선흘리 아랫선흘 본향이며, 열여섯째 아들은 구좌 김녕리 궤네기 본향이다. 열일곱째 아들은 표선 토산리의 신으로, 열여덟째 아들은 제주 도두리 도들봉 신으로 좌정했다. 이렇게 아들애기 열여덟과 딸애기 스물여덟이 가지가지 송이송이 벌어져서 사람들의 섬김을 받고 마을을 보살피게 되었다.

내왓당 천자또마누라 본풀이

윗송당 백주또와 아랫송당 소로소천국은 아들이 열여덟, 딸이 스물여덟, 손자는 삼백일흔여덟이다. 소천국은 절해고도 제주섬에서 솟아나고 백주또는 강남천자국 백모래밭에서 태어났다. 백주또가 열다섯 살이 넘었을 때 천기를 짚어 보고 제주로 들어와 소천국과 짝을 맺었다.

백주또와 소천국이 배필을 이루어 아들딸이 많이 태어나자 백주또가 말했다.

"낭군님아, 이렇게 놀기만 하면 어찌 삽니까? 아기들을 먹여 살려야 하니 농사를 지으십시오."

소천국이 그 말을 듣고 들녘으로 나가 보니 볍씨 아홉 섬과 피씨 아홉 섬을 뿌릴 만한 밭이 있었다. 소를 몰고 가서 밭을 갈고 있으려니까 백주또가 국 아홉 동이와 밥 아홉 동이로 점심을 차려 왔다.

"점심밥은 거기 소 길마로 덮어 두고 내려가십시오."

백주또가 내려간 뒤 한 스님이 지나가다가 밭을 가는 소천국한테 말했다.

"밭 가는 선관님아, 점심 잡수다가 남은 밥이나 조금 주십시오."

"거기 소 길마를 걷고서 먹으십시오."

스님이 먹은들 얼마나 먹을까 했는데 밭을 갈고 와서 보니까 국 아홉 동이와 밥 아홉 동이를 말짱 먹고 달아나서 남은 것이 없었다. 허기가 진 소천국은 밭 갈던 소를 손톱으로 잡아서 불에 구우면서 한 점씩 먹어 갔다. 소 한 마리를 다 먹어도 허기가 덜 채워지자 묵은 밭에 서 있는 검은 암소를 끌어다가 잡아먹었다.

소천국이 소머리 두 개와 소가죽 두 개를 밭두둑에 걸쳐 놓고서 배때기로 밭을 갈고 있자니 백주또가 그릇을 가지러 왔다가 물었다.

"어찌 된 일입니까? 소는 어디 두고 배때기로 밭을 갑니까?"

"그런 게 아니라 웬 중이 밥을 달라기에 먹으랬더니 전부 먹고 달아났습니다. 허기가 져서 밭 갈던 소를 잡아먹고 묵은 밭의 검은 암소까지 잡아먹고서 배때기로 밭을 갑니다."

"이게 무슨 말입니까? 남의 소까지 잡아먹었으니 소도둑놈 아닙니까? 도둑하고 살 수 없으니 살림을 가릅시다."

서로 살림을 가르고 살아갈 때에 배 속에 있던 아기가 태어나 세 살이 되었다. 백주또가 아이를 데리고 남편 있는 데를 찾아가 보니까 소천국은 사냥을 해서 짐승을 구워 먹으며 살고 있었다. 세 살 된 아기를 그 앞에 내려놓으니까 아이가 아버지 무릎에 앉아 수염을 뽑고 가슴팍을 두드렸다.

"못된 아이로다. 동해용왕국으로 띄워 버려라."

아이를 석함에 담아 동해로 띄우니 물 위로 삼 년 물 아래로 삼 년을 떠다니다가 용왕황제국으로 들어가 산호수 윗가지에 걸렸다. 그로부터 밤에는 초롱불과 촛불이 요란하고 낮에는 글 읽는 소리가 요란하자 용왕이 이상하게 여겨서 딸들한테 보고 오게 했다. 큰딸 둘째 딸이 보고 와서 별일이 아니라고 했으나 막내딸이 나가서 석함을 발견했다. 그 석함을 큰딸도 못 내리고 둘째 딸도 못 내렸으나 막내딸은 석함을 오른쪽 겨드랑이에 끼워서 사뿐히 내려놓았다. 막내딸이 발로 툭탁 치니까 석함이 설강 열리면서 손에 책을 든 옥 같은 도련님이 나타났다.

"너는 어느 나라에서 왔느냐?"

"조선 남방국에서 왔습니다."

"무엇 하러 왔느냐?"

"강남천자국 변란을 막으러 가는 길입니다."

용왕이 천하명장인 줄 알고서 딸과 결혼을 시키려 할 때에 그가 큰딸 둘째 딸은 거들떠도 안 보고 막내딸 방으로 들어가서 배필을 이루었다. 용왕국에서 흰쌀밥과 백시루떡으로 진수성찬을 차려 갔으나 그는 음식을 거들떠보지 않았다.

"나는 소 한 마리를 먹고 닭도 한 마리를 통째로 먹습니다."

그가 석 달 열흘간 소와 닭을 통째로 먹으니 동쪽 서쪽 창고가 다 비어 갔다. 안 되겠다고 생각한 용왕은 막내딸을 불러 남편을 데리고 바깥세상으로 나가도록 했다. 그때 막내딸아기가 남편한테 말했다.

"낭군님아, 무쇠 바가지와 무쇠 방석을 주고 금동 바가지와 비루먹은 망아지를 주면 나가겠다고 하십시오."

남편이 용왕을 찾아가서 아내가 시킨 대로 말하자, 용왕은 그 물건들을 다 주고서 둘을 석함에 담아서 물 위로 띄웠다. 백주또의 아들은 강남천자국으로 들어가 비루먹은 망아지를 타고 천 리에 번쩍 만 리에 번쩍 난을 평정했다.

난을 다 다스린 뒤 하늘에 축원을 올리자 옥황상제는 그로 하여금 제주땅 내왓당에 좌정해서 소 한 마리와 닭 한 마리로 제사를 받고 마을을 보살피게 했다. 제주 용담동 내왓당 본향신 천자또마누라가 그 신이다.

눈미 불돗당 본풀이

제주 조천읍 와산리 윗당 당신은 불도삼승또다. 옥황상제 막내딸아기가 내려와 이곳에 자리 잡았다. 하늘에 있을 때에 부모 말씀을 거역하다가 이곳으로 귀양을 왔다.

막내딸아기가 처음 내려온 곳은 와산리 당오름 꼭대기였다. 노각성자부줄을 타고 내려와서 돌이 되어 앉아 있었다. 그때 한 사람이 나이 마흔이 되도록 자식이 없어서 점을 쳤는데 '홀연히 솟아난 큰 돌을 위하라'는 점괘가 나왔다. 그 부인이 어디에 가면 큰 돌이 있나 찾을 때에 당오름 꼭대기에 난데없는 큰 돌이 생겨났다는 소문이 들려왔다.

여자는 당오름을 찾아 올라가서 돌을 향해 제를 올렸다. 그랬더니 정말로 몸속에 아기가 들어섰다. 해산달이 되어서 다시 제를 지내려고 당오름을 올라가는데 산 중턱에 이르자 다리가 무거워서 걸음을 떼기 어려웠다.

"저 위에 계신 조상님, 영험함이 있거든 요만큼으로 와서 앉으시면 우리가 덜 괴롭지 않겠습니까?"

이렇듯 말을 하고 봉우리에 올라가 제사를 드리고 와서 아이를 낳으니 잘 생긴 아들이었다. 여자가 감사 인사를 드리려고 제물을 차려 오름을 올라가다 보니까 산 중턱 먼저 쉬던 곳으로 미륵돌이 내려와 앉아 있었다. 부인이 거기서 제사를 올린 뒤에 다시 축원을 했다.

"원하는 곳으로 좌정하시면 일만 자손들이 조상으로 섬기며 정성을 바치겠습니다."

다음 날 다시 나가 보니 마을 안 만년 팽나무 아래에 미륵돌이 좌정해 있었다. 그로부터 마을 사람들은 삼월 열나흘날을 제삿날로 잡아서 그 신을 섬기게 되었다. 자식 없는 사람한테 잉태를 시켜 주고 자손을 보살펴 키워 주는 불돗당 불도삼승또신이다.

바람웃또와 고산국 자매 _서홍리본향

고산국 지산국 자매는 중국에서 제주도에 들어온 신으로, 아버지는 홍톳도이고 어머니는 비웃도다.

서울에서 태어난 일문관 바람웃도가 중국 유람을 갔다가 대신의 집에 머물게 되었다. 그가 대신과 바둑을 두다가 뒷간을 가노라니 예쁜 처녀가 눈에 띄었다. 볼일을 보고 방으로 들어왔으나 바둑 둘 정신이 사라지고 여자 생각만 가득했다.

바람웃도가 망설이다가 딸과 결혼하고 싶다는 뜻을 전하자 대신은 선뜻 허락하면서 혼례에 필요한 물품까지 모두 챙겨 주었다. 바람웃도는 뛸 듯이 기뻤으나, 혼례를 마친 뒤 한밤중에 신부 얼굴을 보니 볼품없는 박색이었다. 바람웃도는 그녀와 한자리에서 잠을 잘 수가 없어서 책상에 엎드려 글만 보았다.

다음 날 아침에 하녀가 밥상을 내오자 바람웃도가 물었다.

"말 좀 물어보자. 이 집에 처녀가 둘이냐?"

"예, 둘입니다."

"내가 결혼한 처녀는 몇째 딸이냐?"

"큰딸입니다."

그 말을 듣고 보니 전에 본 처녀는 둘째 딸이 분명했다. 바람웃도가 이제나 저제나 그녀를 볼까 애태우던 중에 기회가 나서 둘째 딸과 서로 만나게 되었다. 미남 미녀가 얼굴을 마주하자 눈이 딱 맞아서 언약이 되었다. 어떻게 할까 고민할 때에 여자가 말했다.

"부모님이 이 일을 알면 목이 떨어질 테니 당신 살던 나라로 도망칩시다."

바람웃도는 그 말대로 둘째 딸과 함께 그곳을 떠나 제주도로 도망쳐 왔다. 다음 날 아침에 큰 부인 고산국이 세수를 하고 별자리 천기를 보다가 놀라서 말했다.

"이런 역적이 어디 있느냐. 내 서방이 동생을 유인해서 도망치고 있구나."

고산국은 급히 남자 옷으로 갈아입고서 천 근 활에 백 근 화살을 둘러메고 둘을 찾아 나섰다. 둘이 제주도로 도망쳤음을 알아차리고서 축지법을 써서 백 리 길을 오리처럼 움직이니 도망가던 두 사람이 곧 붙잡힐 지경이 되었다. 다급해진 일문관 바람웃도가 풍운조화를 부리자 사방이 캄캄해지면서 안개가 끼고 비가 왔다. 그때 고산국이 층암절벽의 죽은 구상나무를 뽑아 썩은 것을 털어 낸 뒤 줄기를 닭 모양으로 만들어서 다시 꽂으니까 나무가 닭이 되어 목을 빼며 크게 울었다. 그러자 안개가 걷히면서 한쪽 끝에 둘이 앉아 있는 모습이 드러났다.

"이 나쁜 역적놈아, 화살을 받아라!"

그때 동생과 바람웃도가 자리에 털썩 엎드려서 살려 달라고 한사코 빌기 시작했다. 고산국 생각에 그래도 자기 남편이고 동생인데 차마 죽일 수 없었다. 그녀는 마음을 돌이켜서 화살 두 개를 부러뜨리고는 좌정할 곳을 찾아서 몸을 움직였다. 그러자 두 사람도 말없이 뒤를 좇아 내려왔다.

고산국이 이리저리 형세를 살펴보다 서귀포 살오름에 들어가 보니까 앞으로 바다도 보이고 터가 좋았다. 거기 자리를 잡고 앉았더니만 동쪽으로 바람웃도가 앉고 그 옆으로 못된 동생이 앉았다. 그때 남쪽에서 한 사람이 개를 데리고 올라오다가 신령들이 앉아 있는 것을 보고 세 번 절을 올렸다.

"어떤 신이십니까?"

"나는 중국에서 들어온 고산국이다. 유람차로 왔는데 마을에 좌정할 곳이 있겠느냐? 잘 인도하면 살 길을 만들어 주마."

그 사람은 김봉태라는 사람으로 사냥을 나간 길이었다. 그는 가던 길을 돌이켜서 고산국을 서홍리 외돌 앞으로 인도했다. 고산국이 보니까 그곳이 좌정할 만했다. 마을 주변을 이리저리 살피고 나서 바람웃도한테 말했다.

"백 번 생각해도 당신하고 살 수 없으니 갈라야겠다. 인간도 가르고 땅도 물도 가르자."

"알겠습니다. 부인부터 먼저 땅을 가르십시오."

고산국이 활을 쏘아서 땅을 가르면 남편 갈 곳이 없을 듯하여 대막대기에 돌을 끼워서 집어던졌다. 돌은 멀리 흙담 있는 데로 날아가 떨어졌다.

"이 위로는 인간도 내 것이고 땅도 물도 내 것이며 산에 있는 나무와 짐승도 내 것이다. 이제부터 이곳에 출입을 말아라."

그때 일문관 바람웃도가 화살을 쏘자 서귀포 앞바다 섬에 떨어졌다. 바람웃도는 그 섬이 보이는 쪽으로 나아가서 하서귀 마을을 차지했다. 고산국의 동생이 다시 엎드려 사죄하며 갈 곳을 일러 달라고 하자 고산국이 말했다.

"그렇다면 네가 성을 고쳐라. 그러면 갈 길을 가르쳐 주마."

"예, 그러면 제가 성을 지(池)로 하겠습니다."

동생이 이름을 지산국으로 바꾸자 고산국은 동생으로 하여금 동홍리를 차지하도록 했다. 그래 놓고서 남편과 동생에게 말했다.

"너희들이 차지한 인간은 내가 차지한 인간하고 결혼을 못 한다. 또 너희 마을 사람은 내가 차지한 땅에 있는 나무를 베어다 집도 못 짓는다. 나무를 베어 가면 멸망을 시킬 테니 그리 알아라."

그렇게 갈라선 뒤에 바람웃도와 지산국이 마을에 들어가 보니까 사람들이 집이 없어 걱정하고 있었다. 고산국이 차지한 산으로 가서 나무를 베어다 집을 짓게 했더니만 도끼질하던 사람들이 한날한시에 쓰러져 죽었다. 그러자 바람웃도와 지산국이 고산국한테 사죄하면서 말했다.

"우리가 서로 적이 됐지만 사람들이야 무슨 죄가 있습니까?"

고산국이 그 말을 듣고 보니까 과연 인간은 죄가 없는지라 미리 자기한테 알리면 나무를 베어 갈 수 있게 허락해 주었다. 하지만 결혼은 여전히 금했다. 그때 생겨난 법으로 지금도 고산국이 차지한 서홍리와 바람웃도 지산국이 차지한 동홍리 서귀리 사람들은 서로 결혼을 안 한다. 법을 어기고 혼례를 하면 잘되는 법이 없다.

자료

여기 소개한 이야기들은 제주도의 마을신 신화 가운데 일부를 뽑아서 정리한 것이다. 마을신 '본향'의 내력을 전하는 본풀이 신화는 그 형태와 내용이 매우 다양하다. 신이 태어나 좌정하게 된 과정을 간략하게 전하는 것도 있고, 길고 자세한 서사를 갖춘 것도 있다. 〈내왓당 천자또마누라본풀이〉는 잘 짜인 스토리를 갖춘 신화의 좋은 사례이다. 〈서홍리본향〉도 흥미로운 스토리를 지니고 있는데, 같은 내용의 신화가 〈서귀포 본향본풀이〉로도 전해 온다. 남자 주인공 이름은 '바람웃도' 대신 '바람운'이라고도 한다.

[출처] 김오생본 〈손당(송당)본향〉 및 김영식본 〈서홍리본향〉 : 진성기, 《제주도무가본풀이사전》, 민속원, 1991. 이달춘본 〈내왓당 천자또마누라본풀이〉 및 고명선본 〈눈미 불돗당본풀이〉 : 현용준·현승환, 《제주도무가》, 고려대학교 민족문화연구소, 1996.

🔍 이야기 속으로

제주도를 흔히 삼다도라고 합니다. 돌이 많고 바람과 여자가 많다고 하지요. 제주도에 많은 것이 또 있습니다. 신(神)이 아주 많고 신화가 많아요. 제주도의 크고 작은 여러 마을들은 제각기 고유한 신을 모시며 그 내력을 담은 이야기를 전해 왔습니다.

마을을 지켜 주는 신은 보통 '당신(堂神)'이라고 하며, 내륙에서는 흔히 이를 서낭이나 성황신이라고 합니다. 이 신을 제주도에서는 '본향(本鄕)'이라고 부릅니다. 제주도의 본향신은 출신이 매우 다양해서 눈길을 끕니다. 한라산을 비롯한 제주도 땅에서 솟아난 신이 있고, 하늘에서 내려온 신도 있으며, 바다로부터 나온 신들도 있습니다. 한반도 내륙이나 다른 나라에서 들어온 신들도 많지요. 성향도 제각각이어서 사냥꾼이나 무관의 속성을 지닌 신이 있고, 신선이나 선비의 면모를 가진 신도 있으며, 강인하거나 아름답거나 자애로운 여신들도 있습니다. 능력도 제각각이어서 어떤 신은 병을 잘 막아 주고, 어떤 신은 수맥을 잘 잡아 주며, 어떤 신은 횡액을 막아 줍니다. 농사일이나 고기잡이 같은 생업을 도와주는 구실을 하기도 하지요. 각 마을 사람들이 서로 개성이 다른 자기만의 신과 어울려 살아왔다는 사실이 인상적입니다. 지역적 독립성과 다양성을 엿볼 수 있지요.

제주도의 여러 본향신 가운데 첫손에 꼽히는 이는 백주또와 소천국입니다. 제주도 본향신 중 상당수가 이들 부부신의 자손이지요. 아들딸이 마흔여섯이고 손자손녀가 삼백일흔여덟 명이라니 참 대단합니다. 완연한 다산(多産)의 신이에요. 그만큼 생명력과 생산력으로 충만하다는 뜻이겠지요.

백주또와 소천국은 그 출신이 자료에 따라 다르게 전해집니다. 소천국이 제주도에서 나고 백주또가 강남천자국에서 났다고도 하고, 반대로 소천국이 천자국에서 오고 백주또가 제주도에서 났다고도 합니다. 백주또가 서울 남산에서 나서 건너왔다고 하는 자료도 있어요. 어떻든 한쪽은 제주도에서 나고 한쪽은 외지에서 왔다는 사실은 일치합니다. 서로 출신지가 다르다는 말이지요.

백주또와 소천국은 삶의 방식도 많이 달랐던 것 같습니다. 백주또가 농사를 중시하는 데 비해 소천국은 사냥꾼 면모가 두드러집니다. 이렇게 서로 정체성을 달리하는 두 신이 서로 짝을 맺어서 새 문화를 이루고 후예를 번성시킨 셈이지요. 서로 다른 문명과 문화가 얽히는 가운데 발전해 온 제주도의 역사가 거기 반영돼 있다고 볼 수 있습니다. 서로 다른 문화의 만남은 갈등을 낳기도 하지만, 그만큼 큰 생산력을 발휘하기도 합니다. 소천국과 백주또가 수많은 신통한 자녀들을 낳은 것은 우연이 아니지요.

본향본풀이 신화들에서 눈여겨볼 사항은 신과 인간이 서로 통하는 방식입니다. 신들이 마을에 자리를 잡는 데 정형적인 틀이 있어요. 신들이 아직 임자가 없는 마을을 찾아 들어가서 제 존재를 내보이면 사람들이 그를 알아보고 뜻을 확인한 다음 마을의 신으로 모시는 식이지요. 어떤 신은 마을에 들어간 뒤 흉한 일을 일으켜서 사람들을 굴복시키기도 하지만, 마을 사람들의 뜻과 태도를 조심스럽게 살피면서 좌정하는 신도 많습니다. 불도삼승또는 오름 꼭대기에 미륵돌로 나타난 상태에서 사람들이 알아보고 찾아올 때를 기다리지요. 그리고 사람들 뜻을 헤아려서 점차 마을 쪽으로 자리를 옮깁니다. 다혈질 여신인 고산국도 자기를 알아보고 절한 사람의 인도를 받아서 서홍리 마을로 들어오는 과정을 거칩니다. 한 마을의 신으로 자리를 잡는 데 있어서 신과 인간의 교감과 소통이 중요하다는 사실을 잘 보여 주는 장면입니다.

여러 신화 가운데 〈바람웃도와 고산국 자매(서홍본향)〉를 보면서 좀 놀랐을지 몰라요. 아무리 자기 마음에 두었던 사이라고 해도 그렇지 아내의 여동생과 눈이 맞아서 도망을 치다니 어찌 이럴 수 있나 싶어요. 그런 남녀가 뒤에 마을신이 된다는 것도 선뜻 이해하기 어렵습니다. 바람웃도와 지산국을 모시게 된 서귀포와 동홍리 사람들로서는 떨떠름하거나 무안하지 않았을까요?

하지만 그들까지도 기꺼이 신으로 받아들인 옛사람들이었습니다. 그들이 잘했다는 게 아니라, 그들을 거울로 삼으면서 흠허물이 없는 삶을 살고자 한 것이겠지요. 이 신들 또한 자신의 과오를 되돌아보며 사람들을 잘 보살피지 않았을까요? 이야기에 보면 고산국이 둘을 용서하면서도 마을 간 혼인을 금하는 내용이 들어 있어요. 그 금기는 세상사의 허물이 대충 덮어지거나 되풀이되면 안 된다는 사실을 말해주는 요소라고 할 수 있습니다. 서귀포와 동홍리, 그리고 서홍리 마을에 두루 해당되는 일이지요. 나아가 우리 모두에게요.

결국 중요한 것은 어떤 신을 모시느냐보다 그 신들에게서 무엇을 느끼고 얻느냐라고 할 수 있습니다. 제주도 여러 마을의 사람들이 어디서 온 어떤 존재인가를 따지지 않고 자기네와 인연이 닿은 신들을 받아들여서 정성껏 모신 것은 그 때문일 거예요. 신은 먼 곳에 있지 않고 우리 곁에 있다는 것. 그게 우리 신화의 세계관이지요.

상상하고,
이야기하기

■ 서로 출신이 다르고 성향이 다른 백주또와 소천국이 부부신이 되어 수많은 자손들을 둘 수 있었던 원동력은 무엇일까? 백주또나 소천국은 불완전한 존재로 보이는데 사람들은 왜 이들과 자손들을 신으로 섬기게 된 것일까?

■ 〈내왓당 천자또마누라본풀이〉에서 소천국은 소를 잡아먹은 뒤 '배때기'로 밭을 갈았다고 한다. 그 모양을 상상해 보고 '배때기'가 상징하는 것이 무엇일지 헤아려 보자.

■ 신을 찾아서 모시는 일은 불편하고 귀찮을 수도 있는데 제주도 마을 사람들이 그 일을 꺼리지 않고 기꺼이 감수하는 데는 어떤 생활 방식과 세계관이 담겨 있는지 이야기해 보자.

제3편
용에 맞서 삶의 터전을 지킨 영웅들

백두산 전설

천지수

먼 옛날 백두산 일대는 산천의 경치가 아름답고 물산이 풍부하여 살기가 좋았다. 그런데 어느 날 이곳에 큰 재앙이 닥쳐왔다. 흑룡이 나타나서 강물의 발원지를 불칼로 지져서 물이 다 말라 버렸다.

백두산 사람들은 백씨 성을 가진 총각을 우두머리로 하여 물을 찾아 나섰다. 하지만 매번 흑룡이 조화를 부려 방해하는 탓에 어찌할 도리가 없었다. 시간이 지나자 사람들은 지쳐 떠나기 시작했다. 백 장군은 혼자서라도 기어코 물을 찾겠다며 삽을 들고 봉우리에 올라 땅을 파 젖혔다. 하지만 흑룡이 나타나 바위를 뽑아 굴리고 땅을 뒤엎어 놓곤 했다.

이때 백두산 근방의 봉왕에게 아름다운 딸이 있었다. 재주가 뛰어나고 덕이 많아서 수많은 중매꾼이 드나들고 다른 나라 왕자들까지 청혼을 해 왔다. 하지만 그녀는 이를 다 물리치면서 이렇게 말했다.

"물길이 막혀 초목과 곡식이 말라죽고 있습니다. 흑룡을 몰아내고 물을 되찾는 사람을 배필로 삼을 것입니다."

어느 날 백 장군이 혼자서 땅을 파고 있는데 찾아온 사람이 있었다. 봉왕의 딸이었다.

"공주께서 위태로운 곳에 어찌 오셨습니까. 이곳을 떠나 귀한 몸을 지키십시오."

"말씀은 고마우나 그럴 수 없습니다. 물을 찾는 일에 작은 힘이라도 보태겠습니다."

그러면서 공주는 신기한 말을 했다.

"예로부터 이르길 옥장천의 물을 마시면 천하무적의 힘이 솟구친다 합니다. 그 물을 석 달 열흘 동안 마시고서 일을 도모하면 성공할 것입니다."

백 장군은 공주를 따라 옥장천으로 가서 매일 그 물을 마셨다. 백 장군이 가지 못할 때면 공주가 물을 떠다 주었다. 그렇게 석 달을 마시고 나니 몸에 힘이 솟아나서 산더미 같은 돌도 던질 수 있었다. 기세가 오른 백 장군은 다시 백두산 상봉의 흙을 파기 시작했다. 그가 한 삽을 파서 던질 때마다 산봉우리가 하나씩 생겨났다.

백 장군이 밤새 땅을 파 내려갔을 때, 땅속 깊은 곳에서 낭랑한 물소리가 들려왔다. 백 장군은 더욱 힘을 내서 한 삽을 크게 푹 팠다. 그때 갑자기 땅속에서 불칼이 쑥 튀어나오며 백 장군을 찔렀다. 백 장군이 급히 칼을 들어 내리쳤으나 불칼은 꿈쩍도 하지 않았다. 백 장군이 다시 칼을 드는 순간 불칼은 크게 요동치면서 백 장군의 가슴을 찔렀다. 그는 그대로 피를 흘리며 쓰러졌다.

공주가 달려와서 보니 백 장군이 피를 잔뜩 쏟은 채로 쓰러져 있었다. 공주는 백 장군의 몸에 쓰러져 소리 내 울기 시작했다. 눈에서 하염없이 눈물이 쏟아져 내렸다. 눈물은 옷자락을 타고 흘러 구덩이를 채우면서 두 사람의 몸에까지 차올랐다. 그러자 죽은 줄 알았던 백 장군이 힘겹게 눈을 떴다.

"공주님, 제가 경솔하게 서둘러서 일을 그르쳤습니다."

백 장군이 소생한 것을 본 공주는 급히 옥장천 물을 떠다가 백 장군의 입에 넣어 주었다. 물을 마신 백 장군은 기력을 찾기 시작했다. 그렇게 여러 날이 지나자 백 장군은 이전보다 힘이 더 붙어서 천하무적의 장수가 되었다. 그가 공주와 함께 땅을 파헤치자 마침내 샘구멍이 터지며 물줄기가 솟았다. 물은 한없이 흘러나와 백두산 상봉의 거대한 구덩이를 가득 채웠다. 천지(天池)가 생겨난 순간이었다.

그때 검은 구름을 몰아 타고서 흑룡이 나타났다. 흑룡은 불칼을 휘두르며 백 장군을 향해 사납게 달려들었다. 백 장군은 만 근 칼을 손에 들고서 흰 구름을 타고 맞부딪쳐 갔다. 구름과 구름이 마주치자 번개가 치면서 천지가 떠나갈 듯 천둥소리가 진동했다.

시간이 흐르자 싸움은 점점 백 장군한테 유리하게 돌아갔다. 뒤로 밀려나던 흑룡은 방향을 바꿔 천지를 향하여 불칼을 내리찍었다. 백 장군이 급히 만 근 칼로 불칼을 받아치자 칼날이 뚝 부러지면서 백두산 북쪽 벼랑에 철렁 떨어졌다. 그 서슬에 바위벼랑이 쭉 쪼개지며 물길이 생겨났다. 이때부터 천지의 물이 북쪽으로 흘러 나가게 되었다.

흑룡을 물리치고 물을 지켜 낸 백 장군과 공주의 기쁨은 헤아리지 못할 정도였다. 배필을 이룬 두 사람은 물속 깊은 곳에 아름다운 수정궁을 짓고 살며 천지수를 지키게 되었다. 지금도 백두산에는 종종 흑구름과 백구름이 부딪치면서 천둥 번개와 함께 비나 우박이 쏟아지는데 이는 흑룡이 기회를 엿보며 두 사람에게 싸움을 걸기 때문이라고 한다.

삼태성

백두산 자락 흑룡담 아래 작은 마을에 유복자로 태어난 쌍둥이 삼 형제가 있었다. 그 나이 여덟 살이 되자 어머니는 셋을 각기 다른 길로 떠나보내며 십 년을 기약하고서 재주를 배워 오게 했다.

길을 나선 삼 형제는 서로 다른 스승들 밑에서 십 년을 공부한 끝에 신기한 재주를 익혔다. 맏이는 방석에 앉아 손바닥을 치면 구만 리를 날아갈 수 있었고, 둘째는 한 눈을 감으면 다른 눈으로 구만 리를 환히 내다볼 수 있었으며, 셋째는 칼을 휘둘러 번갯불을 일으키고 화살을 날려 새의 눈을 맞출 수 있었다. 하지만 집에 돌아온 삼 형제는 재주를 드러내지 않고 농사를 지으며 살았다.

어느 여름날, 청청한 하늘에 갑자기 광풍이 불어오고 흑구름이 뒤덮더니 천둥이 몰아치며 흙비와 돌비가 쏟아졌다. 천지가 온통 캄캄해서 눈앞도 분간할 수 없었다. 마침내 비가 멈췄지만 세상은 칠흑처럼 어두웠다. 분명 대낮인데 빛이 사라져 주위를 분간할 수 없었다. 여러 날이 지나도록 칠흑 같은 어둠이 이어지자 사람들은 공포에 휩싸였다. 맹수들만 이리저리 뛰어다니며 울부짖었다.

이때 삼 형제의 어머니가 자식들을 모아 놓고 말했다.

"너희들이 나설 때가 되었다. 해를 찾기 전에는 돌아올 생각을 말아라."

명을 받고 집을 나선 삼 형제는 맏이의 방석에 올라타고 구만 리를 이리저리 날아다니며 해를 찾기 시작했다. 세상천지를 샅샅이 뒤졌지만 해는 어느 곳에도 보이지 않았다. 삼 형제는 궁리 끝에 스승들을 찾아가서 어찌 된 일인지 물었다. 그때 한 스승이 말했다.

"나를 가르친 노 스승이 향산에 계신데 그분이라면 아실 것이다."

그들이 노 스승을 찾아가 물으니 그가 이렇게 말했다.

"이는 흑룡담에 사는 용의 장난이다. 물속에 몸길이가 십 리나 되는 흑룡 암수 두 마리가 있는데 한 번 요동을 치면 구만 리 창공을 내달린다. 지금 암용이 해를 삼키고 하늘 끝에서 수용과 희롱하고 있는 중이다."

삼 형제는 다시 방석을 타고 칠흑 같은 하늘로 날아올랐다. 구만 리 장천에 솟아오른 뒤 둘째가 한쪽 눈을 감고 하늘 끝을 유심히 살피니 과연 하늘 일만팔천 리 위에서 노닐고 있는 흑룡 두 마리가 보였다. 형제는 싸울 차비를 단단히 하고서 그쪽으로 날아갔다.

삼 형제와 흑룡의 싸움은 치열했다. 흑룡이 소리를 낼 때마다 우르릉 쿵쾅 뇌성이 울렸다. 그러나 죽음을 무릅쓰고 싸우는 삼 형제가 더 강했다. 막내가 장검을 휘두를 때마다 번개가 날아가 꽂혔다. 견디지 못한 흑룡이 몸을 돌려 달아나려 하자 막내는 있는 힘껏 화살을 날렸다. 화살은 하늘을 가로질러서 암용의 허리에 명중했다. 그러자 암용은 하늘이 무너지는 소리를 내면서 삼켰던 해를 토해 냈다.

막내는 다시 화살을 힘차게 날렸다. 화살이 목덜미에 박히자 용은 무서운 소리를 내지르며 꽂힐 듯이 흑룡담 속으로 내리박혔다. 이어서 또 한 마리가 흑룡담을 향해 내리박혔는데 물을 제대로 겨냥하지 못해 가장자리 땅에 떨어지고 말았다. 용은 흑룡담으로 기어들려고 안간힘을 쓰다가 눈을 부릅뜬 채로 죽었다.

삼 형제가 해를 되찾고 돌아오자 사람들이 환호했다. 그때 어머니가 말했다.

"물속으로 들어간 흑룡은 죽었느냐 살았느냐?"

"아마도 살아 있을 겁니다."

"그렇다면 언제 다시 해를 삼키려 들지 모르는 일이다. 하늘로 올라가서 해를 길이 지키도록 해라."

그리하여 쌍둥이 삼 형제는 하늘로 올라가 해를 지키게 되었다. 그때부터 하늘에 전에 없던 별 세 개가 새로 생겨났으니, 사람들은 그 별을 '삼태성(三台星)'이라고 부른다.

내두산과 칠성봉

옛날에 백두산 산신은 여신이었다. 사람들은 아름답고 너그러운 여신과 함께 평화롭고 행복한 나날을 보냈다. 그 태평한 세월을 짓밟으려는 자가 있었으니 바로 지옥신이었다. 지옥신은 천만 길 깊은 땅속에 있는 용암을 백두산으로 내뿜어 만물을 태워 버렸다. 그리하고도 성이 차지 않자 얼음신과 내통해서 백두산을 얼음산으로 만들어 놓았다.

백두여신은 지옥신과 맞서서 아름다운 백두산을 되찾고자 했다. 자기를 도울 자식이 필요하다고 생각한 여신은 천신에게 아기를 점지해 달라고 기원했다. 천신의 힘으로 아기를 잉태한 백두여신은 삼 년 삼 개월 만에 아기를 탄생했다. 하나가 아닌 일곱 쌍둥이었다. 칠 형제는 여신의 신령한 젖을 먹으며 씩씩하게 자라났다. 어느 날 백두여신은 아이들을 모아 놓고서 말했다.

"너희들은 하늘의 조화로 세상에 태어났다. 내가 너희를 낳은 것은 지옥신을 물리치기 위해서다. 이제 각기 길을 떠나 재주를 한 가지씩 배워 와라. 백두산의 앞날이 너희한테 달렸다."

뜻을 받들어 길을 떠난 칠 형제는 각기 스승을 모시고 재주를 배우기 시작했다. 신묘한 재주를 익힌 칠 형제는 약속한 것처럼 한날한시에 집으로 돌아왔다. 다시 만난 형제들은 지옥신과 맞서 싸우기 위해 백두산 봉우리로 향했다.

칠 형제가 상상봉 어귀에 다다랐을 때 고요하던 산야에 갑자기 광풍이 몰아치며 커다란 돌덩어리들이 우수수 날아왔다. 맏이가 방패로 돌을 막으면서 살펴보니 용문봉과 천문봉 사이에서 한 괴물이 장난을 치고 있었다. 맏이는 갑옷에 감추었던 날개를 펼치고 날아올라 괴물을 향해 칼을 뽑았다. 쇠뭉치를 휘두르며 달려드는 괴물의 정수리를 칼로 일격하자 괴물은 붉은 피를 쏟으며 백두산 얼음 위로 떨어졌다. 그러자 커다란 얼음들이 사태를 이루며 쏟아졌다. 이때 둘째가 나서서 두 눈으로 시퍼런 불빛을 내뿜자 얼음은 삽시간에 녹아서 성난 폭포수로 쏟아져 내렸다. 다시 셋째가 나서서 채찍으로 후려치니까 물은 기세가 꺾이면서 골짜기를 따라 흘러내렸다.

형제들이 미처 환성을 올리기 전에 하늘이 새까매지더니 수많은 괴물들이 시뻘건 혀를 내두르며 덮쳐 왔다. 칠 형제가 일제히 칼을 들어 휘두르자 괴물들의 머리가 뚝뚝 떨어져 우박처럼 쏟아졌다. 하지만 괴물들은 머리 한 개가 떨어지면 두 개가 새로 생겨나서 더 흉포하게 날뛰었다. 도저히 칼로 괴물들을 물리칠 도리가 없었다. 그때 넷째가 높이 솟구쳐 올라 하늘을 가린 구름 뭉치를 열십자로 갈라 사방으로 흩었다. 태양이 나타나면서 강렬한 빛이 내리쬐자 괴물들은 힘을 쓰지 못하고 쓰러졌다.

칠 형제가 집으로 돌아와 승리를 축하하는 잔치를 벌일 때에 다섯째와 여섯째가 일이 있다며 밖으로 나갔다. 한 식경이 지나도록 돌아오지 않기에 무슨 일인가 하고 나가 보니 다섯째는 집 앞에 기름진 밭을 일구어 오곡을 가득 채워 놓았고, 여섯째는 황막하던 백두산 자락을 울창한 밀림으로 만든 뒤 꽃을 한 아름 꺾어서 걸어왔다.

백두여신의 칠 형제가 백두산을 바꾸어 놓았다는 사실을 알게 된 지옥신은 불같이 화를 내면서 부하를 이끌고 직접 출전했다. 그가 사방으로 움직이면서 독을 뿌리자 초목이 마르고 짐승들이 쓰러지면서 일대 재난이 일어났다. 이번에 나선 것은 칠 형제의 막내였다. 그가 하늘로 솟아올라서 입으로 신선한 약물을 뿌리자 초목과 곡식이 싱싱하게 되살아나고 쓰러졌던 짐승들이 일어났다. 약물을 맞은 지옥신과 괴물들은 힘을 잃고 쓰러졌다.

그 뒤로 그들이 살던 곳에 봉우리 한 쌍이 젖무덤처럼 생겨나고 그 둘레에 일곱 산봉우리가 옹기종기 자리 잡았다. 사람들은 한 쌍의 봉우리를 백두여신의 젖가슴이라 하여 '내두산'이라 부르고, 그 기슭을 흐르는 물을 '내두하'라고 했다. 내두산 둘레의 일곱 봉우리는 백두여신의 일곱 아들이 깃든 곳이라 하여 '칠성봉'이라고 불리게 되었다.

자료

여기 실은 이야기들은 백두산 지역에서 구전돼 온 전설 가운데 신화적 성격이 짙은 것들을 가려 뽑은 것이다. 백두산 전설은 주인공의 영웅적 투쟁이 잘 부각돼 있어 눈길을 끈다. 이들 자료는 연변 지역에서 발간된 설화집들에 실

려 있는데, 내용이 윤색되었다고 여겨지는 부분을 덜어 내면서 내용을 재정
리했다.

[출처] 〈천지수〉: 중국문예연구회 연변분회 편, 《민간문학자료집 3》, 민속원,
1991. 〈삼태성〉: 김명한, 《민담집 삼태성》, 연변인민출판사, 1983. 〈내두산
과 칠성봉〉: 《백두산 전설》, 연변인문출판사, 1989. 이들 세 자료는 《백두산
설화 연구》(정재호 외, 고려대 민족문화연구소, 1992)에 재수록되어 있다.

 이야기 속으로

한겨레의 영산이라 불리는 백두산 지역에는 흥미로운 전설들이 전해 옵니다. 그
가운데는 신화적 체취가 짙은 것들이 있는데, 특히 영웅신화 성격을 띠는 이야기들
이 눈길을 끕니다. 천지를 지키는 백 장군 부부와 별이 되어 흑룡을 감시하는 삼 형
제는 완연한 영웅신의 면모를 뽐내고 있지요. 백두여신의 자식으로서 지옥신과 싸
운 칠 형제 또한 신의 혈통을 지닌 영웅입니다.

위의 이야기들에서 특별히 눈길이 가는 부분은 대자연에 얽힌 상상력입니다. 해
가 까뭇 사라지고, 천둥 번개가 몰아치고, 돌덩이가 우수수 쏟아지고, 얼음 사태 물
사태가 잇달아 나고…… 이런 크나큰 자연재해에 맞서서 소중한 삶의 터전을 지키
려고 분투하는 모습이 경이로움과 숭고함을 느끼게 합니다. 인간으로서 막강한 힘
을 지닌 악룡과 정면으로 부딪쳐 싸운다니 그 기백이 정말 대단하지요. 해와 달을
활로 쏜 대별왕 소별왕의 후예다운 모습입니다.

이 이야기들 속에서 벌어지는 싸움의 중심에는 '용'이 있습니다. 청룡이나 황룡
이 아닌 '흑룡(黑龍)'이지요. 용은 비를 내리고 풍랑을 움직이는 존재로 신성한 섬

김의 대상인데, 여기 흑룡은 투쟁과 퇴치의 대상이 되는 점이 색다릅니다. 〈천지수〉에 보면 흑룡이 나타나서 물골을 막았다는데 이건 무슨 일일까요? 용이 본래 물을 주재하는 존재인데 물길을 덮었다니 좀 이상합니다. 해를 삼켜서 암흑 세상을 만들기도 하는 이 흑룡의 정체가 도대체 무엇일지 궁금합니다.

이 이야기 속 흑룡은 '화산(火山)'의 상징으로 이해할 만합니다. 흑룡이 하늘로 날아오르는 모습은 용암이 분출하면서 검은 화산재가 솟구치는 모습을 떠올리지요. 화산이 폭발해서 용암과 화산재가 땅을 덮으면 물길이 막히게 되니 이야기 내용과 꼭 들어맞습니다. 해가 사라져서 깜깜해졌다는 〈삼태성〉 내용은 화산재가 하늘을 덮어 세상이 어두워진 모습을 연상시킵니다. 용이 불을 내뿜는다거나 불칼로 땅을 내리친다는 것, 강한 바람과 함께 돌덩이들이 쏟아진다는 것도 화산 폭발 모습 그대로입니다. 백두산이 실제로 화산이기도 하니까 이런 해석이 꼭 들어맞지 않나요?

한 가지 눈여겨볼 존재는 〈내두산과 칠성봉〉의 '지옥신'입니다. 이야기는 흉포한 지옥신이 땅속 깊은 곳의 용암을 분출시키고 여러 괴물들을 부려서 재앙을 일으킨다고 말하고 있어요. 본풀이 신화에서 지옥을 다스리는 신은 염라대왕을 포함한 시왕인데, 여기 나오는 지옥신은 이들과 성격이 다릅니다. 저승신이 아닌 지하 세계신의 면모를 지니고 있지요. 흑룡으로 표현되는 화산도 땅속에서 생겨나는 것이니 이 신의 소관 사항이 됩니다. 그야말로 엄청난 힘을 지닌 존재이지요. 그러면 화산뿐만 아니라 대지진도 일으킬 수 있을 거예요.

〈내두산과 칠성봉〉은 지옥신이 칠 형제에 의해 패퇴했다고 말하고 있지만, 그대로 죽어 없어지진 않았을 거예요. 지하 세계의 신이 그리 쉽게 사라질 만한 존재가 아니지요. 흑룡만 하더라도 다 죽어서 없어지지 않았어요. 〈천지수〉나 〈삼태성〉은 흑룡이 다시 나타나 재앙을 일으킬 수 있다고 말합니다. 지옥신도 땅속에 강력한 힘을 지닌 채 도사리고 있을 거예요.

화산을 포함한 자연재해가 본래 그러합니다. 어디에 어떻게 숨어 있는지 모르다가 불시에 큰 힘으로 세상을 덮쳐 오곤 하지요. 늘 세심히 살펴보면서 대비해야 합니다. 재해가 닥쳤을 때 맞서서 이겨 낼 용기와 능력을 갖추는 것도 중요하고요. 위이야기들은 사람들이 그러한 준비 정신과 용기를 갖도록 해 줍니다. 신의 보살핌이필요하고 영웅의 활약도 중요하지만, 위험과 재앙으로부터 삶의 터전을 지켜 내는데는 공동체 구성원 모두의 역할이 특히 긴요한 법이지요.

상상하고, 이야기하기

■ 백두산과 같은 험한 산간 지역에서 살아가는 일은 쉽지 않을 텐데 여러 위험과 재해를 겪으면서도 사람들이 이곳을 떠나지 않고 지키려는 까닭이 무엇일지 말해 보자.

■ 〈천지수〉는 백두산 봉우리의 커다란 호수가 순수 자연 활동이 아니라 사람의 힘이 작용해서 만들어졌다고 말하고 있다. 진짜로 사람들이 그 호수의 탄생에 이바지한 바가 있을까?

■ 흑룡이 화산을 상징하고 지옥신이 지하에 깃든 파괴력을 상징한다고 할 때 〈내두산과 칠성봉〉 속 여러 괴물은 무엇을 나타낸다고 볼 수 있을까?

신화는 전설, 민담과 어떻게 다른가

그 동안 함께 꽤 많은 이야기를 보아 왔어요. 이쯤에서 한번 이야기에 관한 이야기를 해 볼게요. 신화란 무엇이며, 전설이나 민담과는 어떻게 다른지에 대한 이야기입니다.

신화(神話)를 간단히 정의하면 무엇일까요? 딱 떠오르는 대답은 아마도 "신에 관한 이야기"일 거예요. 하지만 그게 꼭 맞는 정의라 하기는 어렵습니다. 신에 관한 이야기가 다 신화냐면 그렇지 않고, 또 신화가 다 신에 관한 이야기인 것도 아니거든요. 한국 신화는 물론이고 외국 신화를 보면 신이 아닌 사람이 주인공으로 움직이는 이야기가 무척 많습니다.

학자들이 말하는 신화의 일반적 정의는 "신성한 이야기" 또는 "신성시되는 이야기"라는 것입니다. 신성을 지니고 있다고 여겨져서 그 자체로 성스러운 존중 대상이 되는 이야기가 곧 신화입니다. 신화를 함부로 대하면 그 자체로 신성 모독이 될 수 있지요.

신화하고 비슷한 구전설화 양식에 전설(傳說)이 있습니다. 믿기 어려운 경이로운 내용을 마치 실제로 그런 일이 있었던 것처럼 전하는 이야기가 전설이에요. 그러다 보니 그 내용이 맞느냐 그르냐를 놓고 열띤 토론이 벌어지곤 하지요. 그래서 전설을 '토론적으로 전승되는 이야기'라고 규정하기도 합니다.

신화와 전설은 서로 통하는 점이 많습니다. 경이감을 불러일으키는 신이한 능력과 사건이 부각되며, 그 내용이 사실이나 진실의 차원에서 다루어지지요. 이야기 사연이 흔히 세상사의 기원과 맞닿는다는 점도 공통적입니다. 하지만 둘 사이에는 중요한 차이가 있어요. 전승 방식과 태도가 서로 다르지요. 신화의 전승에는 전설과 달리 '믿음'과 '존중'이 부각됩니다. 사람들이 이야기의 진실성과 가치를 믿으며 그것을 자기 것으로 받아들이려 하지요. 거기 비하면 전설의 전승자들은 '비평자'에 가깝습니다. 전해 온 사연이 정말 사실인지, 사실이라면 어떤 뜻이 있는지를 이리저리 가려 따지곤 하지요.

신화와 전설을 가르는 중요한 지표로 '제의(의례)'를 들 수 있습니다. 이야기의 진실성과 가치를 확인하고 발현하는 제의가 오롯이 살아있을 때 그 이야기는 신화로서 정체성을 지니게 됩니다. 제주도의 본향본풀이는 마을굿이나 제사와 결합되어 있어 신화적 성격이 뚜렷하지요. 이와 달리 별다른 제의 없이 전승되고 있는 백두산 설화는 신화보다는 전설로 보는 것이 보통입니다.

신화·전설과 이웃한 또 다른 구비 설화 양식에 민담이 있습니다. 민담은 '흥미 중심의 옛날이야기' 정도로 정의할 수 있지요. 사실 여부에 구애받지 않고 상상력을 자유롭게 발휘해서 흥미진진하게 내용을 펼쳐 나가는 이야기가 민담입니다. 신화가 진지한 존중과 음미의 대상이 되는 이야기이고 전설이 비평과 토론을 일으키는 이야기라면, 민담은 허구적 요소를 편안하게 받아들이며 즐기는 이야기입니다.

하지만 신화와 전설, 그리고 민담의 경계가 그리 뚜렷한 것은 아닙니다. 그들 사이는 서로 열려 있지요. 신화가 전설이나 민담이 되고, 전설이 신화나 민담이 되며, 때로는 민담이 신화나 전설이 되기도 합니다. 〈설문대할망〉이나 〈대홍수〉, 〈천지수〉 등은 본래 신화였다가 제의가 약화되면서 전설로 바뀐 이야기로 볼 수 있습니다. 전설이나 민담이었다가 신성성이 부여돼서 신화가 된 사례로는 〈내 복에 산다〉라는 민담으로부터 신화로 옮아 온 〈삼공본풀이(감은장애기)〉를 좋은 예로 들 수 있습니다.

구비 설화가 본래 현장에서 살아 움직이는 이야기인지라 이러한 변화가 이루어지는 것은 아주 자연스러운 일입니다. 신화냐 전설이냐, 또는 민담이냐를 가려 따지는 데 너무 골머리를 앓을 필요는 없어요. 다양한 성격을 지니는 이야기들과 두루 뜻깊은 소통을 이루는 일이 더 중요하지요.

방방곡곡, 마을마다 신이 있었다!

한반도의 당신화들

전남 진도 벽파진 당신화

옛날에 진도 벽파진 나룻배의 뱃사공이 승객 십여 명을 태우고 감부섬 쪽으로 한창 노를 저어 나아가고 있었다. 그때 느닷없이 나루에 백발노인이 나타나서 갈 길이 급하니 함께 가자고 소리쳤다. 뱃사공은 배를 돌릴 처지가 아니었지만 노인이 워낙 급하게 굴자 사람들에게 양해를 구하고 배를 돌려서 벽파진으로 향했다. 그때 갑자기 배가 처음 향하던 쪽에서 무서운 회오리바람과 함께 바닷물이 치솟았다. 가까스로 위기를 면한 배가 벽파진에 이르러서 보니 배를 부른 노인은 온데간데없이 사라져 보이지 않았다. 사람들은 신령님이 자신들을 구하기 위해 사람으로 변하여 나타났음을 깨닫고 그 신을 위해 벽파정 사당을 모시고 제를 지내게 되었다.

경남 양산 우불산 산신 설화

임진왜란 때의 일이다. 조선 군사들이 우불산성에 진을 치고 왜군과 맞서 싸울 준비를 하고 있었다. 왜병들은 지경고개를 넘어 화승총을 쏘면서 산성으로 쳐들어왔다. 그때 웬 남루한 차림을 한 도인이 나타나서 왜병들을 바라보며 붓으로 글을 쓰더니 그 종이를 하늘로 날렸다. 종이가 바람에 실려 대운산 상봉에 떨어지자 회오리 바람이 불면서 왜병들이 있는 곳으로 낙엽이 우수수 쏟아져 내렸다. 낙엽들은 모두 병졸로 변하여 왜군들을 찔러 죽였다. 사람들은 그 바람을 우불산신이 일으킨 바람이라 하여 '신풍(神風)'이라 하고 왜병들이 죽어 시체가 쌓인 곳을 '왜시등(倭屍嶝)'이라고 불렀다.

우불산 앞길에서는 고관대작이라도 말에서 내려 경의를 표해야 했다. 이를 어기고 말을 탄 채로 지나가면 화를 당했다. 한번은 경상감사 양씨가 말을 탄 채로 제당 앞을 지나가자 붉은 구름 한 점이 산꼭대기에 뜨더니 맹호로 돌변하여 그를 물어 죽였다. 그 무덤이 아직도 검단리 산기슭에 있다고 한다. 일제강점기 때에는 일본이 우불산 신당을 강제로 헐려고 한 일이 있었다. 사람들이 다 꺼릴 때에 윤씨라는 사람이 나서서 기왓장을 뜯었는데 얼마 뒤 피를 토하면서 죽었다. 그 일을 지휘했던 일본인도 스스로 목숨을 끊었다고 한다.

서울 행당동 아기씨당 신화

옛날에 북쪽에서 나라가 망하자 다섯 공주가 시녀를 데리고 피난을 나왔다. 그때는 행당동 왕십리가 가난한 시골마을이었는데, 더 내려가지 못하고 이곳에 머물렀다. 그들은 먹을 것이 없어 풀뿌리, 나무뿌리를 캐서 먹고 찔레도 먹으면서 살았다. 어느 해 봄에 그들은 산찔레꽃을 따먹다가 허기를 채우지 못하고 꽃을 입에 문 채로 세상을 떠났다. 그 뒤 세월이 흘러서 왕십리에 마을이 생겼을 때 아기씨들이 마을 사람 꿈에 나타나서 자기네 넋을 안치해 달라고 청했다. 사람들이 무시하고 지나치자 마을에 전염병이 돌아 사람이 죽는 등 갖가지 불상사가 생겨났다. 사람들은 그때서야 신당을 세워서 아기씨들을 앉혀서 모셨다. 그들이 찔레꽃 필 무렵에 세상을 떠났다고 하여 4월 보름날 제사를 모시며, 10월 상달에 햇곡식 맞이 대동굿을 베푼다.

경북 문경 화장마을 당신화

문경 황사등에 설씨와 허씨 부부가 어린 두 자매와 함께 살고 있었다. 그러던 중 설씨가 집을 나가서 오래도록 돌아오지 않으니 허씨가 두 자매를 데리고 곤궁하게 지냈다. 이때 근방에 살던 무도한 자가 허씨의 미모에 혹하여 밤중에 침입해서 겁탈을 시도했다. 허씨가 저항해서 싸웠으나 힘이 미치지 못하자 스스로 죽어서 절개를 지켰다. 어린 자매가 어머니의 죽음을 모른 채 시체에 매달려 울다가 굶어 죽으니 참혹한 일이었다. 마을 사람들이 애통해 하면서 이들을 마을 근처에 묻어 주었으나 그 원혼 때문에 불상사가 많이 나고 흉년이 겹쳐 들었다. 사람들이 전전긍긍하던 중에 어느 날 마을 어른의 꿈에 허씨가 머리를 산발한 채로 두 자매를 안고 나타나 이렇게 말했다.

"나는 원래 천상의 선녀였습니다. 반도 복숭아꽃이 아름답기에 두 시녀와 함께 가지를 꺾어다 방을 장식했지요. 그랬더니 옥황상제께서 열매를 맺지 못하게 한 일을 꾸짖으시면서 하계로 내려가 꽃터를 가꾸어 좋은 결실을 맺으라 하셨습니다. 마침내 그 명을 다하지 못하고 이렇게 원혼이 되고 말았습니다. 우리 시체를 화장하고 안치해서 정성을 올리면 수호신이 되어 마을을 보살피겠습니다."

사람들이 그 말대로 세 모녀의 시체를 화장하자 몸에서 많은 구슬이 나왔다. 사람들은 구슬을 청홍색 주머니에 넣어 살구나무 대에 달고서 세 모녀의 옷을 입혀 세 사람을 한 신으로 모셨다. 이 성황신을 모실 때는 청홍색 주머니에 동전을 넣어서 성황신이 차고 있는 구슬 주머니와 바꾸어 다는 풍습이 있다. 그리하면 복을 받는다고 한다.

강릉 안인진 해랑당 전설

강원도 강릉 안인진 바닷가에 가난한 어부의 딸이 살고 있었다. 처녀는 집이 가난했지만 자기 배필만큼은 훌륭한 사람으로 얻고자 했다. 그녀는 마을 총각들로는 마음에 차지 않아서 결혼할 시기를 놓치고 나이만 먹게 되었다. 그때 마침 근동에 사는 젊은 어부 하나가 이 처녀를 마음에 두었다. 처녀도 더는 때를 놓칠 수 없는지라 그와 약혼을 했다. 그런데 처녀와 약혼한 다음 날 젊은 어부는 바다에 고기잡이를 나갔다가 돌풍에 휘말려 죽고 말았다. 처녀는 그 사람이 죽은 것을 믿지 못하고 봉화산에 올라가서 그를 기다리다가 결국 실신해 죽었다.

처녀가 죽은 뒤로 바다에서는 고기가 잘 잡히지 않고 사고가 잇따랐다. 마을 사람들은 죽은 처녀 때문에 재앙이 온 것이라고 믿고, 해랑당 사당을 지어서 처녀를 모셨다. 이렇게 '해랑지신위'를 모신 뒤부터 다시 고기 떼가 몰려오고 사고도 사라졌다.

사람들은 결혼도 못 하고 죽은 처녀의 한을 풀어 주기 위해 나무로 남자의 성기를 깎아서 사당에 매달아 두었다. 사당에 남근을 매다는 풍속이 오래도록 내려오던 중 어느 해에 마을 여인의 몸에 해랑신이 내려서 '설악산 김대부'를 자기 짝으로 삼아 달라고 말했다. 사람들은 그 뜻을 따라 신당에 '설악산 김대부 신위'를 함께 모셨다. 그 뒤로는 남근을 매다는 풍습이 사라졌다. 누군가가 그것을 모르고 남근을 매달았다가 화를 당했다고 한다.

흑산도 진리 각시당 신화

먼 옛날에 전라남도 흑산도 진리 마을에 서로 사랑하는 처녀 총각이 살았다. 어느 날 총각은 배를 타고 고기를 잡으러 나갔다가 풍랑을 만나 죽고 말았다. 처녀는 그 사실을 모르고 몇 날 며칠을 언덕에 올라가 먼 바다를 바라보다 지쳐서 목을 매어 죽었다. 마을 사람들은 그곳에 당을 지어서 해마다 처녀 죽은 날에 제사를 지내 주었다.

그 뒤 중국의 한 귀공자가 우리나라를 구경할 겸 교역을 배우러 왔다가 귀국하는 길에 풍랑이 일어서 흑산도에 머물게 되었다. 풍랑이 쉽게 잦아들지 않자 귀공자는 무료함을 달래려고 배에서 내려 갯마을 당산에 올라 바다를 바라보며 피리를 불었다. 공자의 피리 소리는 가락이 구슬퍼서 듣는 이의 가슴을 애절하게 만들었다.

바람이 멈추자 중국의 무역선은 피리 불던 소년을 싣고 포구를 떠났다. 그런데 다시 거센 풍랑이 일어 돌아올 수밖에 없었다. 소년은 다시 당산에 올라가서 고향을 그리며 피리를 불었다. 다음 날 배가 포구를 떠나자 또 다시 거세게 풍랑이 일었다. 그런 일이 반복돼서 여러 날을 허송한 뱃사람들은 생각 끝에 섬에서 신으로 모시는 각시당에 제를 지냈다. 정성껏 제를 올렸더니 그날 밤 선장의 꿈에 각시당 여신이 나타나서 말했다.

"나는 이 섬을 지키는 각시다. 내가 너희 배에 탄 귀공자의 피리 소리와 수려한 용모에 반했으니 그를 이곳에 남겨 두고 가라. 그러지 않으면 또 풍랑이 일어나 섬을 떠나지 못할 것이다."

꿈에서 깬 선장이 그 이야기를 전하자 사람들은 서로 의견이 갈려 선뜻 결정을 하지 못했다. 하지만 또 풍랑에 발이 묶이자 소년을 섬에 두어서 여신을 위로하고 뒷날 다시 데리러 오자는 쪽으로 의견이 모아졌다. 울면서 애원하는 소년을 남겨 놓고서 포구를 출발한 배는 호수처럼 잔잔한 바다로 멀리 사라져 갔다.

섬에 남겨진 소년은 하루 빨리 자기를 데리러 배가 오기를 기다리며 밤낮으로 피리를 불었다. 먹는 것도 잊은 채 피리를 불던 소년은 올라가 있던 소나무에서 지쳐 떨어져 죽고 말았다. 사람들은 소년을 그 자리에 묻어 주고 각시당 동쪽 기슭에 새로 당을 지어 함께 제사를 지내 주었다. 그 제사는 오늘날까지 이어지고 있다. 각시당 앞쪽에는 소년이 떨어져 죽었다는 소나무가 남아 있으며 그 밑에는 소년이 묻혔던 무덤 자취가 남아 있다.

전남 영광 우평마을 당신화

영광군 우평마을은 500년 전까지 사람들이 살지 않고 도깨비가 살던 터였다. 사람들이 거기에 자리를 잡아 살려고 들어왔을 때 밤이 되면 도깨비가 나타나서 집을 부수고 못 살게 했다. 힘으로 도깨비를 이길 수 없었던 사람들은 도깨비들에게 무슨 일을 해 주면 터를 물려주고 해코지를 않겠느냐고 물었다. 그러자 도깨비가 이렇게 말했다.

"이 터 한가운데와 동서남북 사방에 나무 다섯 그루를 심어라. 그리고 음력 10월 14일에 우리를 위하여 당산제를 성대하게 지내라. 제물을 올릴 때 우리가 좋아하는 메밀묵을 올리고, 또 여기가 소 형국을 한 곳이니 반드시 소 발목을 올려라."

사람들은 그 요구대로 나무를 심고 당을 이루어 정성껏 제를 지내 주었다. 그러자 도깨비는 더는 사람들 사는 곳을 공격하지 않았다. 그 당산제는 500년이 넘도록 변함없이 엄격하게 거행돼 왔다.

전남 여천 거문리 백도 당신화

예전에 거문도에 이오복이라는 어부가 살고 있었다. 하루는 그가 백도의 바위 아래서 낚시질을 하는데 그날따라 돔이 많이 걸려 올라와서 밤이 깊어 가는 줄 몰랐다. 그때 갑자기 바다에서 다급하게 외치는 소리가 들려왔다. 소리 나는 곳을 살펴보니까 한 여인이 바닷속에서 허우적대며 살려 달라고 애원하고 있었다. 여인은 바위 쪽으로 헤엄쳐 와서 손을 내밀며 자기를 끌어올려 달라고 했다. 이씨가 바위에서 내려와 손을 잡아 주려는 순간, 난데없이 회오리바람이 일더니 큰 매 한 마리가 쏜살같이 날아와 여자를 덮치며 부리로 머리를 쪼았다. 그러자 여인은 물속으로 사라져 버렸다. 겁에 질린 이씨가 겨우 정신을 차려 보니까 여인도 매도 온데간데없었다.

바위틈에서 밤을 지새운 이씨는 날이 밝자 전날 밤에 괴이한 일이 벌어졌던 곳을 살펴보았다. 그랬더니 바닷가에 삐죽 솟은 바위의 모양이 전날 보았던 매와 아주 흡

사했다. 신기하게 여긴 이씨가 마을에 돌아와서 그 일을 이야기하자 한 노인이 이렇게 말했다.

"자네가 운이 좋았구먼. 그 여자는 '신찌갯이'라는 물귀신이야. 여자로 알고서 손을 잡은 사람은 물속에 끌려 들어가 죽고 만다네. 자네는 그 바위의 영험으로 화를 면한 거야. 좋은 날을 가려서 거기 제사를 드리게."

그제야 사태를 파악한 이씨는 노인이 말해 준 대로 바위에 정성껏 제를 올렸다. 그 뒤로 백도의 그 바위는 '매바위'로 불리며 어민들의 수호신으로 받들어지게 되었다.

자료

여기 소개한 이야기들은 한반도 내륙 지방에서 전해 오는 여러 마을신 전승들을 뽑은 것이다. 이야기 내용으로 보면 전설에 가까워 보이지만 마을 사람들이 그 주인공을 당신(堂神)이나 성황신으로 모시는 터라서 신화적 면모를 지니고 있다. 많은 학자들이 이를 '당신화'라고 부르면서 신화로 다루고 있다. 이 이야기는 각 지역 민속자료와 지방자치단체 홈페이지, 학자들의 논문 등에 소개된 내용을 바탕으로 정리했다.

[출처] 〈벽파진 당신화〉, 〈진리 각시당 신화〉, 〈우평마을 당신화〉, 〈백도 당신화〉 등 전남 지역 당신화 : 표인주, 「전남의 당신화 연구」, 전남대 박사논문, 1994. 〈우불산 산신 설화〉 : 국립민속박물관, 《한국민속신앙사전: 마을신앙편》, 2009. 〈아기씨당 신화〉 : 고영희, 「서울지역 당신화 연구」, 《한국무속학》 11, 2006. 〈화장마을 당신화〉 : 천혜숙, 「화장마을 당신화의 요소와 구조 분석」, 《민속연구》 6, 1996. 〈해랑당 전설〉 : 황루시, 「강릉지역 여서낭신화 연구」, 《구비문학연구》 24, 2007.

🔍 이야기 속으로

이야기가 무척 많지요? 전설인 듯 신화인 듯 전국 각지에서 전해 온 마을신 관련 이야기입니다. 보통 당신(堂神)이라고 하고, 때로 성황신이라고도 하지요. 사람들이 그 신의 영험을 믿고서 그를 섬기는 의례가 이어져 온 터라서 신화적 면모를 지니는 이야기입니다.

이런 이야기들은 전국에 무척 많이 전해 오고 있습니다. 이야기를 좀 번다하게 나열한 듯하지만, 백 편이 넘는 후보들을 놓고서 최소한으로 가려 뽑은 것입니다. 이는 근래에 조사 보고된 것들로서, 먼 옛날로 거슬러 올라가면 이런 이야기들은 훨씬 더 많았을 거예요. 제주도처럼 한반도 지역 구석구석에 마을신에 관한 신화가 있었으리라고 추정됩니다. 신과 더불어서 세상을 사는 것은 옛사람들의 일상이었지요.

마을신들의 내력담은 참 다양합니다. 출신과 성격이 다른 수많은 존재가 마을신으로 자리 잡지요. 벽파진 신령이나 우불산 산신처럼 본래 신에 해당하는 존재도 있지만, 특별할 것 없는 평범한 사람이 마을신으로 좌정한 경우도 많습니다. 특히 이름 없는 여성들이 신으로 좌정한 사례가 많아요. 사람 외에 동물과 식물, 또는 사물이 신으로 모셔진 경우도 있습니다. 이와 같은 다양성은 세상 곳곳 수많은 존재에 신령함이 깃들어 있다는 인식을 잘 보여 줍니다. 그 신령한 힘을 잘 감지하고 거기 오롯이 접속해서 그것을 삶의 힘으로 삼았던 것이 옛사람들의 삶이었지요.

흥미로운 사실은 신으로 좌정하는 이들이 꼭 뛰어난 능력이나 공덕을 나타내지는 않는다는 점입니다. 신령한 힘으로 죽을 사람을 구한다든가 해서 섬김을 받게 된 경우도 있지만, 한을 품고 억울하게 죽은 이들이 그에 못지않게 많습니다. 아기씨당의 다섯 공주와 화장신당의 세 모녀, 해랑당의 여서낭, 진리 각시당의 남녀 등이 다 그러합니다. 여기 소개한 이야기 외에도 이런 사례들은 아주 많아요. 사람 외에 비명에 죽은 이무기나 말 같은 동물이 마을신으로 좌정하기도 합니다.

깊은 원한을 품고서 죽은 사람이나 동물 등은 산 사람의 입장에서 친근하고 반갑기보다 두렵고 꺼려지는 존재일 것입니다. 하지만 이들은 외면하고 물리칠 수 없는 대상이에요. 그들 또한 우리와 함께 이 세상의 또 다른 주민들이기 때문입니다. 어찌 보면 그들은 우리 자신의 또 다른 모습이기도 합니다. 나 자신이, 또는 나의 형제나 자손이 그들과 같은 일을 겪지 말라는 법이 없지요. 그러니 손 내밀어 포용하여 그들을 위한 자리를 만들어 주고 따뜻한 마음을 전해 주어서 넋을 풀어 주는 것이 정답입니다. 그것이 우리 삶을 온전히 지켜 내고 관계를 확장하는 길이지요.

눈길을 끄는 사항은 그렇게 신으로 포용되는 이들 가운데 사회적 약자가 많다는 사실입니다. 가난한 처녀 같은 서민 여성이 대표적이에요. 제사를 지내 줄 후손조차 남기지 못하고 쓸쓸히 죽어 간 그 불쌍한 여인들을 마을에서 신으로 받아들여 기리고 위로합니다. 그들을 위해 당(堂)을 지어 주고 정성껏 제를 올려 주지요. 처녀신을 위해 나무로 남자의 성기를 깎아서 매달아 주었다는 것은 좀 생뚱맞고 민망하지만, 거기에는 사람들의 따뜻하고 진솔한 마음이 그대로 담겨 있습니다. 우리 주변의 불쌍한 이들을 귀하게 여기며 그렇게 마음을 베푸는 일은 스스로 복을 짓는 몸짓이라고 할 수 있습니다.

마을 신화들에서 한 가지 더 눈여겨볼 바는 마을이라는 공동체의 원리입니다. 옛 시절에 마을은 생활 공동체이자 정서적인 공동체였지요. 그 공동체는 구성원들을 한마음 한뜻으로 묶어 주는 구심점을 필요로 합니다. 그런 힘이 작동해야 서로 행복하게 어울려서 살아갈 수 있지요. 위의 여러 이야기 속 마을신은, 그리고 그 신에 대한 이야기들은 바로 그러한 구심점 구실을 해 왔다고 할 수 있습니다. 자기 마을만의 신령한 이야기를 공유함으로써 사람들은 가까운 동지이자 가족이 될 수 있었지요.

그러한 친밀감을 되새기고 북돋는 데 큰 역할을 한 것이 마을 차원의 제의입니다. 때에 맞춰 함께 마을신에게 굿이나 제사를 올리는 가운데 사람들은 자연스럽게 한마음 한 몸이 될 수 있었지요. 마을에서 굿을 하거나 제를 올릴 때는 평소 마음속에 있었던 불만이나 원망 같은 것을 깨끗이 털어 내는 것이 원칙입니다. 신령과 소통하는 가운데 영혼을 정화하고 서로 손을 맞잡는 것이지요. 크나큰 치유의 몸짓이라 할 만합니다.

　이런 이야기와 의례를 한때 '미신'이라는 이름으로 배격하기도 했어요. 뭘 몰라도 한참 모르는 일입니다. 오랜 공동체 전통을 나쁜 것으로 몰아붙여서 공격하고 파괴하는 일이야말로 턱없는 독단이고 미신이 아닐까요!

**상상하고,
이야기하기**

■ 화장마을 당신화에서 죽은 세 모녀는 왜 자기를 묻어 준 마을 사람들한테 흉사를 일으켰을까? 그들이 본래 하늘 사람이었다는 것은 사람들에게 어떤 의미를 전해 주는지도 헤아려 보자.

■ 안인진 해랑당 여성황과 진리 각시당 여신의 인물됨을 평가해 보자. 풍파를 일으켜 사람들을 훼방하거나 엉뚱한 사람을 죽게 만든 것은 합당한 일일까? 그들은 마을 수호신이 될 만한 자격이 있을까?

■ 우평마을 당신화에서 사람들에게 집터를 허락한 도깨비들은 그 뒤에 어떻게 됐을까? 사람과 도깨비가 어떻게 공생하는 것일지 그 원리를 탐구해 보자.

■ 여기 소개되지 않은 마을신 이야기들을 더 찾아보고 재미있는 자료를 골라서 내용을 발표해 보자.

제7부
가정을 비춰 주고 보살피는 신들

제1편 부부신 황우양씨와 막막부인이 사는 법

제2편 먼 길 돌아와 가신이 된 성조씨 안심국

제3편 영원한 라이벌 조왕신과 측신, 그리고

▶ 성주신에서 철융신까지, 집안에서 모신 여러 신

제4편 업(業)이라는 이름의 미물, 또는 신!

우리가 살아가는 데 가장 가깝고 소중한 공간은 어디일까요?

뭐니 뭐니 해도 가족이 있는 집 아닐까요?

먹고 자고 씻고 또 몸을 비우고……

뻔해 보이는 일상이지만 더할 바 없이 귀한 삶의 과정입니다.

바깥세상 곳곳에 깃든 신들이 우리 사는 집에 없을 리 없지요!

일상생활이 평안히 이루어지고 가족들이 행복하게

살도록 보살펴 주는 여러 신이 있습니다.

다정한 부부신도 있고 기구한 우여곡절을 겪은 일가족 신도 있어요.

눈에 잘 안 띄는 곳에 깃든 작은 동물 신도 있습니다.

이제 그 신들에 얽힌 사연을 만나 보기로 해요.

그 사연을 찬찬히 따라가다 보면 어떻게 해야 가정이라는

삶의 보금자리에서 평화와 행복을 이룰지,

마음속 깊이 스며드는 소중한 답을 찾을 수 있을 거예요.

제1편
부부신 황우양씨와 막막부인이 사는 법

성주풀이

성주님 황우양씨의 아버지는 천하궁 천사랑씨이고 어머니는 지하궁 지탈부인이다. 서로 혼인을 맺어 아기를 잉태한 뒤 열 달을 채워서 낳았는데, 얼굴이 옥과 같고 허리는 곰 같았다. 황우양은 어려서부터 울어도 용의 울음을 울고 자리에 앉아도 용상에 앉듯이 했다. 한 글자를 배우면 열 글자를 통달하며, 나무에 눈을 뜨고 돌과 흙에 눈을 떠서 재주가 남달랐다.

황우양씨는 나이 스물에 계룡산 막막부인과 인연이 닿아 평생의 짝을 이루었다. 막막부인은 용모가 천하일색이고 재주가 나라에서 으뜸이었다. 황우양씨와 막막부인은 금슬 좋게 어울려 세월 가는 줄 모르고 행복한 나날을 보냈다.

그때 난데없는 쇠바람에 하늘 천하궁 난간이 덜컥 무너졌다. 천하궁을 새로 지어야 하는데 아무리 찾아봐도 하늘에 그 일을 할 만한 이가 없었다. 한 신하가 황우양을 추천하자 옥황상제가 무릎을 쳤다. 옥황상제는 날래고 키 큰 차사를 내려보내서 황우양을 불러오게 했다.

차사가 황우양을 데리러 도착하자 조왕할아버지가 말했다.

"황우양씨가 아랫목에서 밥 먹고 윗목에서 똥을 누는데 데려다가 무엇에 쓰리오?"

또 조왕할머니가 나서면서 말했다.

"툭하면 식칼을 갈아서 부뚜막에 올려놓고 솥뚜껑을 가져다가 아궁이를 가리기 일쑤인데 데려가서 무엇에 쓰리오?"

그러나 차사는 하늘의 명이 엄중해서 어길 수 없는지라 한구석에 몰래 숨어 있다가 황우양씨를 붙들어서 하늘로 가기를 재촉했다.

"내가 부인하고 떨어질 생각이 없고 연장도 전혀 없는데 어찌 천하궁을 이룩합니까?"

그러자 막막부인이 나서서 말했다.

"여보시오 군왕님. 대장부가 아녀자를 생각하고 큰일을 그르침이 옳지 않습니다. 연장은 걱정 마십시오."

막막부인은 물을 받아 깨끗이 목욕을 한 뒤 하늘을 향해 두 번 절하고 쇠를 청하는 편지를 써서 태워 올렸다. 그러자 천사랑씨가 그 글을 받아 보고 정성을 귀하게 여겨 은쇠 닷 말과 금쇠 닷 말, 덕쇠 닷 말을 내려보냈다. 막막부인은 꼬박 밤을 새우며 그 쇠로 큰 자귀 작은 자귀 소톱 대톱에 끌과 먹줄까지 갖은 연장을 만들었다.

"군왕님. 날이 밝아 오니 일어나 세수하고 천하궁을 지으러 가십시오."

황우양씨가 일어나서 보니 갖은 연장이 갖추어져 있고 따뜻한 밥상이 차려져 있었다. 먹기를 마친 황우양씨한테 막막부인은 새로 지은 물명주 바지저고리를 건네주었다. 도포에 수를 놓았는데 앞면은 청룡 황룡이 날아오르는 듯하고 뒷면은 청학 백학이 춤을 추는 듯했다.

"과연 부인의 재주가 나라 가운데 으뜸입니다."

황우양씨가 순금 안장을 얹어 놓은 적토마에 오를 때에 막막부인이 말했다.

"여보시오 군왕님. 맹개뜰 징개뜰 내려갈 때 아이가 물으나 어른이 물으나 대꾸를 하지 마십시오."

"별일이야 있을까만 그리하겠습니다."

황우양씨가 말을 타고 길을 나서서 맹개뜰 징개뜰로 내려가자 소진항이 비루먹은 말에 조막손이 안장을 짚고 다 떨어진 패랭이를 쓰고 가다가 말을 붙였다.

"여보시오 대감님. 어디를 가시오?"

말을 물어도 대꾸를 하지 않자 소진항이 욕하여 말했다.

"보시오. 사람이 묻는데 말대꾸 안 하는 사람은 아비 없는 후레자식이랍디다!"

그러자 황우양씨가 화가 나서 말했다.

"여봐라 소진항아. 길 가는데 공연히 말 묻는 사람이 후레자식이로다!"

"그건 그렇거니와 어디를 가시는 길이시오?"

"나는 천하궁 일만이천 기와집을 이룩하러 간다만 그대는 어디를 가느냐?"

"나는 지하궁으로 터를 닦으러 갑니다."

"지하궁에 가면 방향을 아느냐? 내가 알려 주마. 자손궁에 집을 지으면 자손이 번성하고, 우마궁에 집을 지으면 마소가 잘되며, 농천궁에 집을 지으면 큰 부자가 되느니라. 이 옷이나 입고 가라."

도포를 벗어 주고서 채찍을 쳐 천하궁으로 나아갈 때에 소진항은 길을 바꾸어 황우양 집으로 향했다. 그때에 막막부인이 남편을 보내고서 산란한 마음을 달래려고 뒷동산에 올라 꽃구경을 하는데 난데없이 티끌이 일어나며 말굽 소리가 요란했다.

'대감님 없는 낌새를 알고 도둑이 오는 게 분명하다.'

대문을 꽁꽁 걸고 대청으로 올라설 때에 소진항이 들이닥쳐서 소리쳤다.

"여봐라. 서방님 왔으니 문을 열어라."

"그런 소리 마시오. 당신이 어찌 서방입니까? 밤도둑도 죄가 있지만 낮도둑은 죄가 더 큰 법입니다."

"못 믿겠거든 네가 지은 옷을 보아라."

소진항이 도포를 벗어서 쉰 길 담 너머로 팽개치자 부인이 받아 들고서 탄식했다.

"바느질 솜씨가 내 솜씨요 살 냄새도 군왕님 것이로구나. 이게 어찌 된 일이냐?"

막막부인은 옷을 품에 안고서 밖을 향하여 소리쳤다.

"여봐라. 대감님은 어디 가고 이 옷을 가져왔느냐? 살리고 왔느냐, 죽이고 왔느냐?"

막막부인이 속지 않고 호통을 치자 소진항은 주문을 외워서 문을 왈칵 부수고 들어가 부인의 손을 움켜쥐었다.

"여보, 부인! 그러지 말고 나하고 부부 인연을 맺읍시다."

그때 막막부인이 아무리 해도 힘으로 당하지 못할 일이라 꾀를 내어서 말했다.

"여보시오, 소진항님. 새 정도 좋지만 옛 정을 버리리까. 오늘 저녁이 할아버지 제사이고 내일 저녁은 할머니 제사이며 모레는 증조할아버지 제사입니다. 제사나 마치고서 백년가약을 맺읍시다."

"그건 그리합시다."

사흘 말미를 얻어서 제사를 마치자 소진항이 다시 인연을 맺자고 재촉했다.

"여보시오, 소진항님. 내가 제사를 지내다 몸에 일곱 가지 귀신이 붙었습니다. 뒷동산에 굴을 파고 석 달 열흘 구메밥을 먹어서 귀신을 뗀 뒤에 백년가약을 맺읍시다. 지금 인연을 맺으면 동티가 납니다."

소진항이 할 수 없이 뒷동산에 굴을 파고 막막부인 구메밥을 석 달 열흘간 먹여 줄 때에 하늘로 간 황우양씨는 있는 재주를 다해서 바삐 천하궁을 지어 갔다. 집 짓기를 마친 황우양씨는 급한 마음에 적토마를 달려서 집으로 향했다. 돌아와 보니 예전 살던 집은 온데간데없고 쑥대밭이 돼 있었다. 황우양씨가 집터에 주저앉아 대성통곡하다가 설핏 잠들었는데 문득 부인이 나타나서 말했다.

"여보시오 군왕님. 날이 늦어지고 때가 늦어지는데 무슨 잠을 잡니까?"

깜짝 놀라 일어나 보니 꿈이었다. 황우양씨가 놀라서 이리저리 살펴보니 베고 있던 돌이 전에 살던 집의 주춧돌이었다. 그 돌을 들추자 막막부인의 속적삼[43] 한 조각이 나오는데 글이 한 줄 적혀 있었다.

군왕님. 살아서 오시든 죽어서 오시든 소진궁으로 오십시오.

황우양씨는 그 일이 다 소진항의 농간임을 알아차리고 원수를 갚고자 소진궁으로 말을 달렸다. 하지만 소진궁의 앞뒤로 군사가 겹겹이 지키고 있어 들어갈 틈이 없었다. 황우양씨가 물가 나무 위에 올라가서 기척을 살필 때에 막막부인이 석 달 열흘 구메밥 먹기를 마치고서 바가지를 들고 물을 길러 나왔다. 황우양씨가 버들잎 한 쌍을 훑어서 바가지에 떨어뜨리자 막막부인이 알아차리고 말했다.

"여보시오 군왕님! 살아서 왔거든 허허 웃으며 내려오고 죽어서 왔거든 엉엉 울며 내려오십시오."

황우양은 허허 웃으며 내려와서 막막부인 손을 잡고 말했다.

"여보 부인님. 그때 그새를 못 참아서 다른 남자를 섬기었습니까?"

"여보시오 군왕님. 내가 뭐라고 했습니까? 어른이 물으나 아이가 물으나 말대꾸를 하지 말라고 안 합디까? 말대꾸한 죄로 이런 풍파를 겪게 됐습니다. 그러나 날이 늦어 가고 때가 늦어지니 어찌 이대로 있으리까. 오늘 소진항이 술을 많이 마시고 누웠으니 내 치마에 숨어서 들어가 소진항을 잡아 묶고 원수를 갚읍시다."

황우양씨가 부인의 열두 폭 치마에 싸여 소진궁으로 들어갔더니 과연 소진항이 술에 크게 취해 누워 있었다. 황우양씨는 소진항을 꽁꽁 묶어서 섬돌 아래 꿇려 놓고 서리 같은 호통을 쳤다.

"여봐라 소진항아. 네 죄를 생각하면 한칼에 목을 벨 일이로되 우리 부인 석 달 열흘 구메밥을 먹여 준 공이 있으니 서낭으로 내치리라. 만인간의 고수레 떡이나 받아먹고 살아라."

소진항을 팔도 서낭으로 내치고서 오랜만에 부부간에 밤을 보낼 때에 막막부인이

---

43 속적삼 : 윗도리에 입는 홑옷. 모양이 저고리와 비슷하나 고름 없이 단추로 여민다.

말했다.

"여보시오 군왕님. 우리가 나이 마흔 넘도록 자식이 없으니 죽은 뒤에 누가 물 한 그릇이나 떠 주리까? 군왕님은 어디로 깃들어 무엇이 되시렵니까?"

"방방곡곡 집집마다 금성주 성주신이 되오리다. 부인은 무엇이 되오리까?"

"나는 문지방 아래 터주신 지신이 되오리다."

그리하여 황우양씨는 성주님이 되고 막막부인은 지신 대주님이 되어 사람들 사는 집을 돌보게 되었다. 이들을 잘 모시면 집안이 평안하며 귀여운 자손들이 더덕더덕 늘어나는 법이다.

자료

황우양 부부를 주인공으로 하는 〈성주풀이(성주굿)〉는 서울 경기 지역에서 전승돼 온 가정신 신화이다. 여기서는 화성 지역 김수희 구연 자료를 바탕으로 내용을 정리했다. 황우양씨는 다른 자료에서 황에양이나 하우황으로도 불리며, 소진항은 소진왕이나 소진랑, 소지맹이라고도 한다. 막막부인은 다른 자료에 그냥 부인으로 되어 있다. 김수희본 외의 다른 자료에는 천하궁 차사가 와서 조왕신 도움으로 황우양을 잡는 과정, 소진항이 황우양을 속여서 말을 갈아타고 옷을 바꿔 입는 과정, 황우양이 흉몽을 꾸고서 급히 천하궁 공사를 마치고 돌아오는 내용, 소진항을 징치한 뒤 황우양씨 부부가 갈대밭에 장막을 치고 사랑을 나누는 장면 등이 더 자세히 들어 있다. 황우양씨가 소진항을 서낭이 아닌 장승으로 만들어 세웠다고도 전한다. 자식이 없던 황우양 부부가 함께 사람들 집에 깃들어 성주신과 지신이 되는 결말은 모든 자료에서 일치한다. 이야기를 정리함에 있어 김수희본과 같은 화성 지역 자료인 심복순 구연본을 일부 적용하였다.

[출처] 김수희본 〈성주풀이〉 : 김태곤 편, 《한국무가집》 3, 집문당. 1978. 심복순본 〈성주풀이〉 : 김태곤 편, 《한국무가집》 3, 집문당. 1978.

신(神). 보이지 않으나 느껴지는…

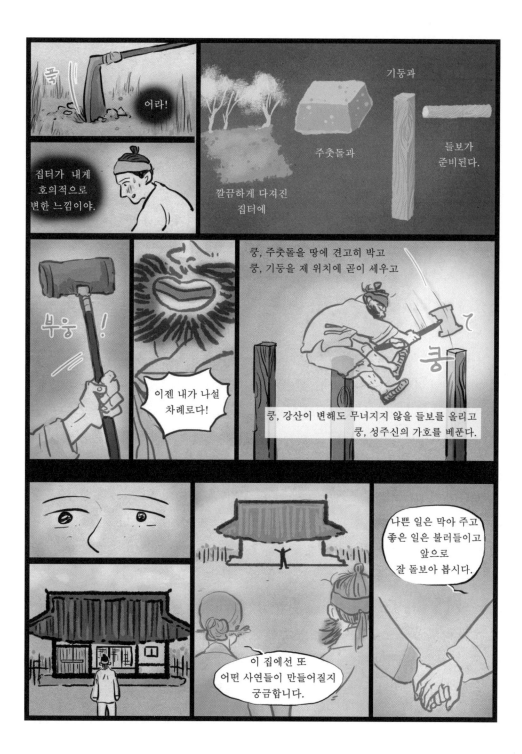

🔍 이야기 속으로

황우양씨와 막막부인, 이름이 특이하면서도 눈에 쏙 들어옵니다. 그 이름에 어떤 뜻이 있을까요? '황우양'은 잘 모르겠지만 '막막부인'은 알 듯도 합니다. 남편 떠난 뒤 막막한 일을 겪어서 막막부인 같기도 하지만, 널리 거침없이 통한다는 쪽으로 풀고 싶네요. 그 헤아림이 막막해서 끝이 없을 정도니까요.

이 부부는 이야기에서 아주 다정한 사이로 그려집니다. 요즘 말로 하면 '닭살커플' 같은 짝이지요. 어떤 자료는 부부가 결혼한 뒤에 다른 일을 다 제쳐 놓고서 늘 함께 시간을 보냈다고 해요. 위 이야기에서도 황우양씨가 집을 떠나게 됐을 때 제일 먼저 한 걱정이 아내와 떨어지는 일이었지요. 막막부인도 남편이 떠난 뒤 마음이 산란해서 뒷동산에 올랐다고 하고요. 둘이 얼마나 정이 깊었는지 알 수 있습니다.

너무 편안하고 여유로워서였을까요? 시간이 흐르면서 둘의 생활이 좀 흐트러지기도 했던 것 같아요. 일을 하는 데 쓸 연장이 없다는 데서 이를 알 수 있습니다. 부엌신인 조왕할아버지와 할머니의 말에서도 형편을 엿볼 수 있고요. 아랫목에서 밥 먹고 윗목에서 똥을 눈다니 느긋함을 넘어서 무척 게으른 모습이지요. 칼을 함부로 부뚜막에 올려놓거나 솥뚜껑으로 대충 아궁이를 막는 것도 마찬가지입니다. 별다른 걱정이 없이 평화로운 날들이 계속되다 보면 생활습관이 흐트러지기 쉽지요. 신들이 뭐가 저래, 하는 생각도 하게 되지만, 그러한 허술함 때문에 더 인간적으로 보이기도 합니다. 이들 부부한테 흠을 잡는 조왕할아버지와 할머니의 모습도 꽤나 인간적이에요.

이야기 속에서 부부가 시련을 맞이하는 것도 이러한 흐트러짐이나 소홀함 때문이라고 생각해 볼 수 있어요. 평화가 계속되다 보니 무방비 상태처럼 된 모습이지요. 황우양씨와 막막부인은 얼른 정신을 차리고 문제를 풀려고 하지만 허점이 생겨납니다. 황우양씨가 욱하는 마음에 종적을 노출한 일이나 옷을 벗어 준 일이 그러합니다. 그런 소홀함이 큰 위험을 가져올 수 있다는 걸 미처 몰랐지요. 아내를 믿었을지 모르지만, 아내의 방어력에는 한계가 있었어요. 난폭한 공격에 맞서기에 힘이 부족했습니다.

크나큰 위기였지만 다행히도 부부는 그것을 잘 감당하여 해결해 냅니다. 그 동력은 무엇이었을까요? 무엇보다 막막부인의 곧은 마음과 지혜로움이 눈길을 끕니다. 자칫 잘못하면 파국으로 갈 수 있는 상황에서 최선의 대응책이었지요. 그녀가 동굴에 들어가 구메밥 먹기를 자처한 일도 눈길을 끕니다. 문제를 해결하려면 스스로를 낮추어서 가진 것을 버릴 수 있어야 하지요. 한편, 황우양씨의 역할도 무시할 바가 아닙니다. 그가 주춧돌 아래에서 편지를 발견하지 못했다면, 그리고 소진항을 잡아내어 다스리지 못했다면 문제는 해결되지 못했을 거예요. 하늘 천하궁을 세우는 일을 빠른 시일 안에 마치지 못했어도 일을 그르쳤을 공산이 큽니다.

결국 막막부인과 황우양씨 둘의 힘이 제대로 모아졌기 때문에 가정 파탄의 위기가 극복된 것이라 할 수 있습니다. 둘 사이에는 굳은 신뢰와 애정이 있었습니다. 막막부인은 황우양씨가 제때에 자기를 찾아와 구해 주리라는 희망을 놓지 않았고, 황우양씨는 막막부인이 상황을 헤쳐 내며 자기를 기다리라는 믿음을 잃지 않았지요. 그 믿음이 서로를 이끌어서 다시 만나게 하고 큰 힘을 내도록 했습니다. 이것이야말로 가정의 평화와 행복을 이루는 가장 중요한 동력이 아닐까요?

이 다정한 부부 신이 우리 사는 집을 보살핀다고 생각하면 얼마나 미더운지 모릅니다. 서로 도와서 가정의 여러 문제를 훌륭히 해결해 줄 테니 걱정할 일이 없지요! 부부한테 자식이 없었다는 게 걸릴지 모르지만, 자식이 없는 만큼 집안의 아이들을 제 자식처럼 더 잘 돌봐줄 수도 있을 거예요.

하지만 아무리 너그럽고 재주 많은 신들이라 해도 모든 걸 대신해 줄 리는 없습니다. 사람들 스스로가 제 자리와 역할을 팽개치고 가정을 깨려 들면 막을 수 없지요. 결국 중요한 건 사람들 스스로의 몫인데, 이때 '이야기'가 길잡이가 되어 줍니다. 황우양씨 부부의 사연을 보면 가족이 서로 어떻게 어울려 살아가야 하는지 잘 알 수 있지요. 해야 할 일과 해서는 안 될 일까지도요. 그 사연을 거울삼아서 서로 도우며 잘 지내다 보면 집안에 위기가 닥쳤을 때 신들도 훌쩍 나서서 도와주겠지요. 스스로 돕는 사람을 돕는 존재, 그가 바로 신(神)이거든요!

상상하고, 이야기하기

■ 신들 사이에서 태어난 황우양씨와 달리 계룡산 막막부인은 이름만 보아도 인간적 면모가 두드러져 보인다. 둘이 어떻게 만나서 짝을 이루고 보금자리를 마련했을지 그 사연을 상상해서 이야기해 보자.

■ 이 신화에서 황우양씨와 막막부인이 가신(家神)이 되는 이유는 무엇일까? 둘 가운데 왜 황우양이 가옥의 신이 되고 막막부인이 집터의 신이 될까? 가족 내에서 남편과 아내, 또는 아버지와 어머니의 역할에 비추어서 설명해 보자.

■ 소진항은 남의 부인을 빼앗으려 한 악한인데 서낭신이 되었다고 한다. 이런 인물이 마을신이 되는 건 이치에 합당한 일일까? 과연 소진항은 신으로서 마을을 잘 돌볼 수 있을까?

제2편
먼 길 돌아와 가신이 된 성조씨 안심국

성조풀이

성조(成造)의 근본은 서천국이다. 아버지는 천궁대왕 어머니는 옥진부인이고, 할아버지는 국반왕씨 할머니는 월명부인이며, 아내는 계화부인이다.

천궁대왕과 옥진부인은 나이 마흔이 되도록 자식이 없어서 걱정이었다. 그러던 중 옥진부인이 선한 마음으로 정성을 드리면 자식을 얻을 수 있다는 말을 듣고 좋은 곳을 이리저리 찾아다니며 갖은 공을 들이고 덕을 널리 베푸니 정성이 헛되지 않아서 아기를 잉태했다. 열 달 만에 아기를 낳으니 옥 같은 귀동자였다. 옥진부인은 꿈에서 신령이 가르쳐 준 대로 아기 이름을 안심국이라 짓고 별호를 성조씨라고 했다.

성조는 어려서부터 재주와 총명함이 남달랐다. 두 살에 걸음을 걸어서 못 가는 곳이 없었고 세 살에 말을 해서 막힘이 없었으며 네 살에 예의를 갖추어 어긋남이 없었다. 다섯 살에 서당 공부를 시작하여 나이 열다섯이 되자 만 권 서책을 읽어서 모르는 바가 없었다.

그때는 세상에 새와 짐승도 말을 하고 까막까치가 벼슬을 하며 나무와 돌이 걸어 다니던 시절이었다. 하루는 성조가 세상을 살펴보니 옷나무에 옷이 걸리고 밥나무에 밥이 열리고 국수나무에 국수가 열리고 온갖 열매가 다 열려 사람들이 먹고살기에 풍족하나 집이 없이 수풀에 의지하여 한여름 무더위와 한겨울 찬바람에 고통을 겪었다. 성조는 사람들에게 집을 지어 줘야겠다 생각하고 재목을 찾아 지하국으로 내려갔다. 지하국에 이르러 살펴보니 어떤 나무는 산신이 좌정하고 어떤 나무는 당산(堂山)을 지키며 어떤 나무는 까막까치 새들이 집을 지어서 쓸 만한 나무가 없었다. 성조가 나무 없는 사정을 낱낱이 적어 상소를 올리자 옥황상제가 기특히 여겨 솔 씨 서 말 닷 되 칠 홉을 내려 주었다. 성조는 인간 세상으로 내려와 주인 없는 산에 여기저기 솔 씨를 심어 놓았다.

성조 나이 열여덟이 되자 천궁대왕과 옥진부인은 사람들을 모아 놓고 신부 간택할 일을 상의했다. 이때 한 신하가 황휘궁 공주가 재주가 뛰어나고 숙녀 기상을 갖추었으니 그리로 청혼하라고 했다. 대왕이 옳게 여겨 혼인을 청하자 황휘궁에서도 반갑게 허락했다. 성조는 금관조복에 사모관대를 쓰고 옥가마에 올라 황휘궁으로 가서 혼례를 올리고 황휘궁 공주 계화씨를 아내로 맞았다.

성조가 신방에 들어서 신부와 서로 술잔을 나눈 뒤 첫날밤을 보내는데 하늘이 정한 바가 통하지 않고 연분이 부족했는지 계화씨가 마음에 들지 않았다. 성조는 그날부터 아내 소박[44]을 시작하더니만 갈수록 박대가 심해져서 밖으로 방탕하게 나돌기 시작했다.

성조가 놀이에 취하여 나랏일을 팽개친 채로 여러 달이 지나자 신하들이 왕한테 그 일을 고했다. 왕이 법전을 살펴보니까 부모에 불효하는 자와 어진 아내를 소박하는 자, 이웃 간에 정이 없는 자를 낱낱이 살펴서 천 리 무인도에 삼 년간 귀양을 보내도록 되어 있었다. 대왕이 법을 어길 수 없어 귀양을 명하자 성조가 하릴없이 부모

44　소박 : 아내를 박대하는 일.

를 이별하고 무인도 황토섬으로 귀양길을 나섰다. 삼 년 먹을 양식과 옷가지를 배에 싣고 황토섬으로 들어가 홀로 남겨지니 제 팔자가 한심하고 세상이 야속했다.

성조가 무인지경 황토섬에서 눈물을 친구 삼고 새 짐승을 벗 삼아서 하루 이틀 한 달 두 달 지내다 보니 어느 결에 한두 해가 가고 삼 년이 다가왔다. 성조가 오늘이나 소식 올까 내일이나 소식 올까 목을 빼고서 고국 소식을 기다리자니 마음이 답답했다. 하지만 삼 년이 지나 사 년이 다 되도록 아무 소식이 없었다. 성조가 입을 것이 부족하여 추위를 참을 수 없고, 양식이 떨어져 굶기를 거듭하니 배가 고파 견딜 수 없었다. 소나무 껍질을 벗겨 먹고 해초 나물을 캐어 먹어 목숨은 이었으나 온몸에 털이 나서 짐승인지 사람인지 알 수 없었다.

세월이 흘러 춘삼월이 되자 새 잎이 돋아나고 온갖 꽃이 피어나며 새들이 날아들었다. 두견새 앵무새와 까막까치 원앙새, 제비 백학이 날아들어 울음을 울 때 성조가 탄식하여 말했다.

"슬피 우는 두견새야. 나도 이곳에서 죽으면 저런 넋이 아니 될까."

그때 청조가 휠휠 날아들자 성조가 바라보며 말했다.

"반갑구나 청조새야, 어디 갔다 이제 왔나. 사람 자취 없는 곳에 봄빛 따라 너 왔거든 편지 한 장 가져다가 서천국에 전해 다오. 명월각 계화부인이 나와 백 년 임이로다."

편지를 쓰자 하나 종이도 없고 붓도 없으므로 해진 옷자락을 뜯어서 앞에 놓고 손가락의 피를 내어 아내에게 글을 썼다.

두 분 부모님께서는 건강하시며, 부인은 서로 이별한 지 몇 년에 귀한 몸 평안한지요? 이 남편은 황토섬 귀양 후로 외롭기 그지없는데 양식과 옷가지가 차례로 떨어지니 춥고 배고픈 일을 어찌 다 말하리까…….

설움으로 적어서 청조한테 편지를 맡기니 청조가 덥석 물고 두 날개를 훨훨 치며 둥둥 날아올랐다. 청조가 서천국을 바라보고 높이 날아 바다를 훌쩍 건너 명월각에 훨훨 날아들 때, 계화부인은 누각에 높이 올라 봄빛을 구경하면서 귀양 간 남편 생각에 눈물이 났다.

"지난 가을에 이별하던 제비가 봄빛 따라 다시 와서 옛 주인을 찾건마는, 슬프다 성조님은 황토섬 귀양 간 지 몇 년이 지나도록 이곳을 못 오시는가? 새야, 청조 새야. 세상천지 다니다가 황토섬 들어가서 우리 낭군이 죽었는지 살았는지 생사라도 알아다가 전해 주렴."

탄식하며 슬피 울 때에 청조가 내려와서 물고 있던 편지를 계화부인 무릎에 떨어뜨렸다. 부인이 편지를 열어 보니 낭군의 글씨가 분명한데 눈물이 번져서 글발을 살피기 어려웠다. 겨우 읽기를 마친 뒤에 편지를 들고서 아들 생각에 시름하고 있던 옥진부인한테로 나아갔다.

"어머님, 마음을 진정하시고 태자님의 편지를 보옵소서."

옥진부인이 꿈인가 생시인가 하고 편지를 받아 살펴보니 기나긴 사연에 글자마다 설움이었다. 부인이 참았던 울음을 터뜨리며 말했다.

"대왕님도 무정하고 조정 신하도 무정하다. 우리 태자가 떠난 지 수삼 년에 어찌 귀양을 풀 줄 모르는고. 한겨울 찬바람에 추워서 어찌 살며 삼사월 긴긴 날에 배가 고파 어찌하는고."

부인이 서럽게 울자 계화부인과 궁녀들이 다 같이 울어서 소리가 진동했다. 그때 천궁대왕이 나랏일을 의논하다가 난데없는 울음소리를 듣고서 무슨 일인지 알아보게 했더니 한 신하가 아뢰었다.

"황토섬에 귀양 중인 태자의 편지가 왔나이다."

대왕이 편지를 받아서 사연을 살펴보니 글자마다 설움이었다. 대왕은 눈물을 흘리며 금부도사를 불러 태자를 귀양지에서 데려오도록 명했다. 금부도사는 일등 목수를 불러서 배를 만든 뒤 순금비단 돛을 달고 스물네 명 뱃사공들과 황토섬으로 향했다.

그때 성조씨가 청조에게 편지를 전한 뒤로 답장이 오기를 밤낮으로 바라고 있는데 어느 날 난데없는 배 하나가 바다에 둥둥 떠서 흘러오고 있었다. 성조는 상상봉에 높이 올라 배를 향해 소리쳤다.

"저기 가는 선인들아. 배고픔에 지쳐 죽게 된 사람을 구원하십시오."

선인들이 그곳을 바라보니 음성은 사람인데 모양은 짐승이었다.

"네가 짐승이냐, 사람이냐?"

"나는 다른 사람이 아니라 서천국 태자 성조입니다. 덥힌 음식을 못 먹어 온몸에 털이 났으나 어찌 사람이 아니리까."

금부도사가 그 말을 듣고 황급히 배를 대고 성조를 모셔서 높은 자리에 앉게 하니 성조가 나라 형편과 사람들 안부를 낱낱이 물었다. 일행이 좋은 음식으로 성조를 봉양하자 온몸에 났던 털이 빠졌다. 깨끗한 물에 몸을 씻고 새 옷을 갖춰 입으니 호걸 남아가 분명했다.

성조씨가 며칠 만에 바다를 건너서 서천국에 이르러 부왕 앞으로 나아가 절을 하자 대왕이 한편으로 기뻐하고 한편으로 슬퍼하며 나라의 죄인들을 풀어 주었다. 다시 성조가 남별궁으로 들어가니 옥진부인이 아들의 손을 잡고 수삼 년 고생을 만 번이나 위로했다.

그날 밤에 성조는 명월각에 들어서 아내 계화부인과 더불어 삼사 년 못 보던 애정을 풀어냈다. 그간 그리웠던 말을 낱낱이 주고받고 원앙 베개 비취 이불에 깊은 정을 나누었다. 그 밤을 지낼 때 도솔천 신령님이 집으로 들어와 열 명의 자식을 마련해 주었다. 아들 다섯과 딸 다섯이 차례로 태어나서 하루가 다르게 쑥쑥 자라나 단란함이 비할 데 없었다.

세월이 흘러 성조씨 안심국이 백발노인이 되어 지난 일을 생각하니 무상한 인생이고 다시 못 올 청춘이었다. 소년 시절 하늘에 올라가 솔 씨를 얻어다가 심은 일을 생각하고 햇수를 헤아리니 사십구 년이었다. 아들 다섯 딸 다섯을 거느리고 찾아가서 살펴보니 나무들이 장성해서 숲을 이루었다.

성조는 열 자식을 거느리고 시냇가에 내려가 풀무[45] 세 채를 차려 놓고 온갖 연장을 장만했다. 큰 도끼 작은 도끼와 큰 자귀 작은 자귀, 큰톱 작은 톱, 큰 집게 작은 집게, 큰 끌 작은 끌, 큰 칼 작은 칼, 큰 대패 작은 대패, 큰 송곳 작은 송곳, 큰 자 작은 자와 큰 못 작은 못까지 갖은 연장을 마련한 뒤 서른세 명 목수와 함께 집 짓기에 나섰다. 나무를 베고 다듬어 재목을 마련하고 천지 신령께 제사를 올린 뒤 궁궐과 관사에 이어 백성들 살 집을 지었다. 방위를 제대로 잡아 주춧돌을 놓고 기둥을 세워서 튼튼한 집을 마련하여 백성들이 평안히 깃들어 지내게 되었다.

그 후 성조씨 안심국과 계화부인은 성조신이 되어 사람들 집에 깃들었다. 아들 다섯은 다섯 땅의 신이 되고 딸 다섯은 다섯 방위의 신이 되어 부모와 함께 갖은 액을 막고 사람들을 보살피게 되었다.

자료

[자료] 〈성조푸리〉는 경기 지역 〈성주풀이〉와 다른 계열의 가신 신화로 1925년에 손진태 선생이 조사 정리한 자료가 보고돼 있다. 오늘날 부산에 해당하는 동래군 구포 지역에서 최순도라는 맹인 무속인이 제공한 이야기이다. 원전은 세부 묘사가 자세하여 분량이 많은데 많이 줄여서 정리했다.
[출처] 손진태, 《조선신가유편》, 향토문화사, 1930.

---

45 풀무 : 불을 피울 때에 바람을 일으키는 기구.

🔍 이야기 속으로

성조씨 안심국과 계화부인. 〈성주풀이〉와 마찬가지로 〈성조푸리〉에서도 부부가 함께 가신이 됩니다. 이번에는 여러 자식들도 같이요. 이 부부 신은 어떠한가요? 이들은 믿음으로 화기애애했던 황우양씨 부부하고는 꽤 다릅니다. 처음부터 잘 안 맞아서 어긋났던 짝이었지요.

한 나라의 왕자로서 빼어난 용모에 특출한 재주까지 모든 것을 다 지녔던 안심국은 왜 계화부인을 소박했을까요? 한 나라의 공주인 데다 아름답고 현숙한 여인인데 말이에요. 이야기에서는 그 이유를 "하늘이 정한 바가 통하지 않고 연분이 부족했다"는 식으로 말합니다. 쉽게 말하면 서로 궁합이 잘 안 맞았다는 뜻이겠지요. 사람들과 관계를 맺다 보면 왠지 마음이 안 가고 자꾸 어긋나는 경우가 있잖아요?

안심국이 워낙 '금수저'로 태어난 터에 무엇이든 제 뜻대로 하면서 살다 보니 웬만한 사람은 눈에 안 차고 아래로 보였을 수 있겠어요. 작은 꼬투리 하나도 크게 보는 식으로요. 아니면, 그는 한 여인의 남편이 되는 일을 자유를 잃고서 울타리에 갇히는 것으로 여겼을까요? 혈기 넘치는 젊은이로서 세상 여자들과 두루 놀고 싶은 마음에 짐짓 아내를 외면하고 밖으로 나돌았을 가능성도 있습니다.

어떤 식으로든 안심국한테는 '이유'가 있었을 거예요. 이런저런 변명을 붙일 수 있겠지요. 하지만 이야기는 그것이 정당화될 수 없다고 말합니다. 제 욕망 때문이든, 또는 성격이 안 맞아서든 저렇듯 가정을 외면하고 방탕하게 나도는 건 옳지 않다는 말이지요. 아닌 게 아니라, 그런 행동 때문에 아내가 절망에 빠졌고 집안이 온통 헝클어졌어요. 세상까지 어지러워졌고요. 자기 편한 대로 욕망의 길로 도피한 데 따른 결과가 그렇게 큽니다.

무책임한 방탕에 대한 징벌로 안심국은 무인도 황토섬에 귀양을 가게 됩니다. 법이 꽤나 무섭다는 생각이 들고 부모가 아주 냉정하다는 생각도 하게 됩니다. 3년이 넘었는데도 귀양에서 풀려나지 못했다는 대목을 보면 더 그래요. 때가 되었는데 부모는 무얼 하고 있나 의아할 정도입니다. 대체 왜 그랬을까요? 왜 안심국은 3년이 지났는데도 구원을 받지 못한 채 한 마리 짐승처럼 되어서 황량한 황토섬을 떠돌았을까요?

얼핏 앞뒤가 안 맞아 보이지만, 이치를 따져 보면 무릎을 치게 됩니다. 이야기는 나라에서 안심국을 귀양 보냈다고 하지만, 사실은 안심국이 스스로를 귀양 보낸 것이라고 볼 수 있습니다. 자기 자신을 황량한 섬 안에 가두었으니까 말이에요! 욕망을 좇아 방탕하게 지내는 삶은 일시적 쾌락을 가져다줄지 모르지만, 심신을 피폐하게 해서 사람을 짐승처럼 만들어 버립니다. 그런 생활이란 마치 감옥 같아서 쉽게 벗어나기 힘들지요. 안심국이 꼭 그와 같은 상태였다고 할 수 있습니다. 본래 촉망받는 인재였지만 스스로를 저급한 욕망 속에 내던짐으로써, 그리고 그런 생활이 습성화됨으로써 그는 '황량한 황토섬의 외로운 짐승'이 되고 맙니다. 다른 누가 꺼내 주고 말고 할 성질의 일이 아니지요. 스스로 헤어나야만 그 귀양에서 풀려날 수 있습니다.

안심국이 황토섬에서 벗어날 실마리는 그 스스로 찾게 됩니다. 아내한테 후회의 뜻을 담은 편지를 쓴 일이 그것이었지요. 자기 자신을 돌아보아 잘못을 깨닫는 몸짓이었고, 자기 때문에 큰 상처와 고통을 겪은 사람에게 용서를 구하는 행위였어요. 그렇게 그는 자기 본 모습으로 돌아오지요. 그러자 짐승의 털이 벗겨지고 귀양에서 벗어납니다. 소중한 가정을 되찾고 오래 전부터 꿈꾸던 이상을 펼칠 수 있게 되지요. 집을 마련해서 사람들을 평안히 살게 하는 일 말이에요.

사람의 관계라는 게 뭐든지 딱딱 잘 들어맞아서 편안하기가 쉽지 않아요. 크고 작은 갈등과 불화를 피하기 어렵지요. 이는 부부를 비롯한 가족들 사이도 마찬가지입니다. 서로 잘 안 맞아서 어긋나면서 스트레스가 쌓이는 경우가 꽤 많지요. 안심국과 계화부인이 처음에 그러했듯이 말이에요. 그럴 때에 '이건 안 되는 관계야. 벗어나야 해!' 이렇게 손쉽게 생각할 바가 아니라고 위 신화는 강조합니다. 길을 찾아서 풀어내는 노력이 필요하다고 말하지요. 대개의 문제는 그런 노력을 통해 풀어낼 수 있습니다. 그렇게 문제가 풀리고 나면 전에 몰랐던 보람과 행복이 찾아오기 마련이지요. 가정이 소중한 보금자리로 살아나게 됩니다.

혹시라도 집이 감옥처럼 느껴질 때, 가족이 남남처럼 느껴질 때, 안심국의 인생 행로를 떠올려 볼 일입니다. 우리 자신이 보금자리를 팽개치고서 황토섬 귀양살이를 하고 있는지 모르니까요.

**상상하고,
이야기하기**

■ 이 신화 속 안심국과 계화부인에게 세상을 살아가는 보통 사람들의 면모가 있다면 어떤 것일지 말해 보자.

■ 안심국이 오래도록 황토섬에서 방황하면서도 편지를 보낼 생각을 안 하다가 3년이 훨씬 넘은 시점에 그 일을 하게 된 계기는 무엇이었을까? 그날의 처지와 심경을 1인칭으로 서술해 보자.

■ 황우양씨 막막부인 부부와 안심국 계화부인 부부는 가정을 보살피는 신으로서 각기 어떤 특장점이 있을까? 자기 집 가신을 자랑하여 내세우는 형식으로 이야기해 보자.

제3편

영원한 라이벌 조왕신과 측신, 그리고

문전본풀이

집을 돌보는 문전신 녹디생인의 할아버지 할머니는 해만국 달만국이고 아버지 어머니는 남선비와 여산부인이다.

남선 고을 남선비와 여산 고을 여산부인이 서로 부부를 맺어 아들 일곱 형제를 낳고서 농사를 지으며 살 때에 한 해는 흉년이 들어서 먹고살 길이 막막했다. 남선비는 생각 끝에 칠 형제를 시켜서 굴미굴산 깊은 산에서 나무를 베어다가 배를 하나 만들게 한 다음 물건을 싣고 육지로 장사를 나갔다. 그가 오동 나라 오동 고을에 다다라서 선창에 배를 묶을 때에 한 여자가 다가와서 말했다.

"선주님아, 나는 노일저대입니다. 머물 곳은 정했습니까? 괜찮으면 우리 집에 묵으십시오."

"그건 그리하십시오."

노일저대의 집에 머물게 된 남선비는 그녀한테 마음이 홀려서 첩으로 삼은 뒤 놀이나 하고 잠만 자면서 날을 보냈다. 그 사이에 노일저대가 남선비의 물건을 몽땅 먹어 버리고 배까지 팔아 버리자 화가 치민 남선비는 눈이 멀어서 봉사가 되었다. 오갈 데 없는 신세가 된 남선비는 쓰러져 가는 오두막에 거적문을 달고서 지나가는 개를 쫓으며 지내게 되었다.

그때 남선 고을에서는 남선비가 떠난 지 삼 년이 넘어도 아무 소식이 없어 살았는지 죽었는지 알 수가 없었다. 어느 날 여산부인은 상동나무 머리빗에 참실 일곱 발을 감아서 바다에 던지며 말했다.

"낭군님아. 배가 부서져 죽었거든 이 빗에 머리카락 혼백이 올라오고 살았거든 소식이 들리게 하십시오."

사나흘 지나고 이레째 되는 날 건져 보니 머리빗에 혼백이 올라 있지 않았다.

"낭군님이 죽지 않고 살아 있구나. 여봐라, 설운 아기들아. 내가 아버지 찾아올 테니 이전처럼 배를 하나 만들어라."

일곱 형제가 굴미굴산에 들어가 좋은 나무들을 베어다가 새로 배를 하나 만들자 여산부인은 그 배를 타고 남편을 찾아 나섰다. 오동 고을에 이르러 배를 묶어 놓고서 길을 가다 보니까 밭에서 아이들이 새를 쫓으며 노래하고 있었다.

"이 새 저 새, 너무 약은 척 말아라. 남선비가 약아도 노일저대한테 홀려서 배 한 척을 몽땅 팔아먹고서 눈 어두워 앉았단다. 훠어이, 저 새~."

여산부인이 아이들한테 갑사댕기를 주고 길을 물어 남편 있는 곳을 찾아가 보니 과연 남선비가 쓰러져 가는 오두막 거적문 옆에서 죽 그릇을 옆에 끼고 개를 쫓고 있었다.

"여보시오. 주인 아주버님아. 나그네를 머물러 주십시오."

"아이고, 아주머님아. 이 집을 보십시오. 어디에 주인이 자고 또 나그네가 잡니까?"

"길 가는 사람이 가릴 데 있습니까? 부엌 구석이라도 빌려 주십시오."

"그러거든 그리하십시오."

이때 여산부인이 밥이라도 하려고 솥뚜껑을 열어 보니 죽 찌꺼기가 딱딱하게 눌

어붙어 있었다. 여산부인은 덩굴풀을 걷어다가 솥을 박박 씻고서 가져간 쌀을 놓아 따뜻하게 밥 한 상을 차려 내갔다.

"주인 아주버님아, 이 밥이나 먹으십시오."

남선비가 첫 숟가락을 먹더니 목이 탁 메면서 말했다.

"이 밥이 옛날 먹던 맛입니다. 내가 남방국 남선 고을에 여산부인과 일곱 형제를 두고 장사를 왔다가 노일저대를 만나 배 한 척을 몽땅 팔아먹고 화가 치밀어서 눈이 멀었습니다."

"여보시오 남선비님. 내가 여산부인입니다. 낭군님 나간 지 삼 년이 돼도 소식이 없기에 물어 물어서 찾아왔습니다."

"어허 이게 무슨 말입니까!"

부부간에 서로 손을 잡고 이야기를 나누노라니 노일저대가 동네 잔칫집에서 죽 한 그릇을 얻어 왔다가 그 모양을 보고 벌컥 뛰어들면서 소리쳤다.

"이놈아 저놈아! 죽을 얻어다가 세 끼를 먹여 주었더니만 지나가는 여자를 들여 놓고 희롱을 하느냐?"

"그게 아니라 남방국에서 부인이 나를 찾아왔노라."

그러자 노일저대가 선뜻 낯빛을 바꾸면서 말했다.

"아이고, 형님. 내가 그런 줄 알았으면 어찌 욕을 합니까. 잘 오셨습니다. 멀리서 오자니 땀인들 안 났겠습니까? 주천강 연못으로 목욕이나 갑시다."

둘이 함께 주천강 연못에 이르자 여산부인이 말했다.

"동생님아, 우리 낭군 데리고 살면서 속 썩었구나. 내가 등을 밀어 주리라."

"아이고 형님아. 무슨 말씀입니까? 물이 아래로 흐르지 어떻게 위로 넘어갑니까? 내가 먼저 밀어드리면 그때 해 주십시오."

여산부인이 그 말을 듣고 돌아앉으니까 노일저대가 바가지로 등에 물을 세 번 끼 얹더니만 등을 미는 척하면서 몸을 확 밀어 버렸다. 여산부인은 감태 같은 머리가 산산이 흩어진 채로 얼음산에 구름 녹듯 물 아래로 가라앉고 말았다.

노일저대는 여산부인 옷을 걷어 입고서 집으로 돌아와서 말했다.

"아이고 낭군님아. 노일저대 행실이 괘씸해서 물에 밀어서 죽이고 왔습니다."

"아이고 잘했습니다. 내가 그이 때문에 눈이 어두워졌습니다. 잘 죽였습니다."

"낭군님아, 이제 아기들 찾아서 남방국으로 들어갑시다."

두 사람은 선창에 나와서 닻을 걷고 배를 띄워서 남방국 남선 고을 땅으로 향했다. 그때 일곱 형제가 마중을 나오는데 큰아들은 망건을 벗어 다리를 놓고 둘째는 저고리, 셋째는 바지, 넷째는 행장, 다섯째는 버선, 여섯째는 두루마기를 벗어 다리를 놓았다. 그때 일곱째 아들 녹디생인이 말했다.

"형님들아. 저 배가 어머니 타고 간 배가 분명하고 아버지도 분명하지만 저 여자는 우리 어머니가 아닌 듯합니다. 나 하는 대로 잘 보십시오."

노일저대가 가까이 왔을 때 녹디생인이 썩 나서면서 말했다.

"어머님아. 어찌하여 그 전 얼굴이 아닙니까?"

"아이고, 아들들아. 너희 아버지 데려오자 하니 뱃멀미가 나서 그렇다."

"밖에서 들어올 때는 어머니가 앞서는 법입니다. 앞에 서서 걸으십시오."

노일저대를 앞장세우고 나아가니까 마을을 못 찾고 길을 제대로 못 찾았다.

"어머님아, 어찌 우리 다니던 골목을 못 찾습니까?"

"아이고, 아들들아. 너희 아버지 데려오자 하니 뱃멀미가 나서 그렇다."

집에 들어가서 밥을 지어서 내오는데 노일저대가 큰아들 받던 밥상을 작은아들한테 주고 작은아들한테 주던 밥상을 큰아들한테 주었다. 그러자 형제들이 눈치를 채고서 말했다.

"막내의 말이 맞다. 우리 어머니가 아니로다."

그때 노일저대가 생각하기에 일곱 형제의 눈치가 다르니 죽기가 십상이었다. 곰곰 생각하다가 남선비가 들어올 시간에 맞춰서 마당 네 구석을 동글동글 뒹굴며 죽는 시늉을 했다.

"아이고 부인님아. 이게 어떠한 일입니까?"

"아이고 낭군님아. 내 몸에 큰 병이 난 듯합니다. 점이나 봐 오십시오."

남선비가 점쟁이를 찾아가서 그 일을 묻자 점쟁이가 점괘를 뽑는 척하고는 노일 저대와 미리 약속한 대로 말했다.

"이 병은 약을 먹어도 안 좋습니다. 일곱 형제의 간을 내어서 먹어야 합니다."

남선비가 그 말을 듣고 돌아와서 마음이 착잡하여 우두커니 있으니까 노일저대가 다시 배를 움켜쥐고 죽는 시늉을 하다가 말했다.

"아이고, 왜 말이 없습니까? 뭐라고 합디까?"

"그게 약 먹어도 안 좋고 일곱 형제를 죽여서 간을 내어 먹어야 한답니다."

"아이고 낭군님아. 어떻게 난 아기들인데 간을 내어서 삽니까? 안 됩니다. 다른 데 가서 다시 물어보십시오."

남선비가 다른 데를 찾아가서 다시 그 일을 말하자 거기서도 똑같이 말했다. 남선 비가 집에 돌아와서 그 말을 전하자 노일저대가 기색을 살피면서 말했다.

"좋은 수가 있습니다. 일곱 형제 간을 먹고 살아나면 내가 한 배에 세쌍둥이씩 세 번을 낳아서 아홉 형제를 두면 어떻습니까? 그럼 둘이 더 많아집니다."

그러자 남선비는 장도칼을 내서 쓱쓱 싹싹 갈기 시작했다. 형제들이 그 기척을 알 고 울음을 울 때에 녹디생인이 말했다.

"내가 뭐라 했습니까? 어머니 같으면 우리를 죽이자고 안 했을 것입니다. 내가 무 슨 수를 쓰든 아버지 손에 든 칼을 가져오겠습니다."

녹디생인이 들어가서 아버지한테 칼 가는 이유를 묻자 남선비가 사실대로 대답했 다. 그러자 녹디생인이 말했다.

"생각 잘하셨습니다. 자식은 다시 낳으면 되지만 한 번 가면 못 오는 게 부모입니 다. 하지만 아버님이 낳은 자식인데 어찌 칼을 대겠습니까. 그 칼을 주시면 내가 여섯 형님 간을 내어서 드리겠습니다. 그래도 아니 낫거든 나를 더 죽여서 간을 내십시오."

남선비가 그럴듯하게 여겨서 칼을 내주자 녹디생인은 칼을 들고 와서 형들과 함께 굴미굴산 깊은 산으로 들어갔다. 그들이 울다가 억새 포기에 기대어 잠을 잘 때에 어머니가 꿈에 나타나 말했다.

"설운 아기들아, 어서 일어나라. 산으로 가다 보면 노루 사슴 산신령이 내려올 것이다. 활로 노루 사슴을 쏘아 죽이려 하면 알 도리가 생길 것이다."

형제가 잠에서 깨어 산으로 오르다 보니 과연 노루 사슴이 내려왔다. 형제가 활로 쏘려고 하자 사슴이 말했다.

"나는 산신령이니 쏘지 말아라. 내 뒤에 산돼지 일곱 마리가 내려올 것이다. 한 마리는 자손을 잇게 놔두고 여섯 마리를 쏘아서 간을 빼 가라."

형제들이 노루 사슴을 놓아 보내자 과연 산돼지 일곱 마리가 내려왔다. 형제는 한 마리를 남겨 두고 여섯 마리를 잡아서 간을 꺼내어 마을로 돌아왔다. 녹디생인이 형들을 집 근처에 숨긴 뒤 방 안에 들어가서 말했다.

"어머님아, 형님들 죽여서 간을 꺼내 왔습니다. 이것을 먹어야 살아납니다."

"오냐. 그러나 설운 아기야. 약 먹는 걸 다른 사람이 보면 안 된다."

밖으로 나온 녹디생인은 손가락에 침을 발라 구멍을 뚫고서 방 안을 살폈다. 노일저대는 입술만 발긋발긋 바른 뒤 간을 베개 아래에 숨겨 놓고는 배를 잡고서 소리쳤다.

"아이고 배야, 아이고 배야! 하나만 더 먹으면 살아날 것 같은데!"

이때 녹디생인이 방으로 들어가 베개를 걷으려고 하자 노일저대가 놀라서 막았다. 녹디생인은 화를 내며 뿌리치고 간 여섯 개를 꺼내 든 뒤 지붕에 올라가서 소리쳤다.

"동네 어른들, 이것 보십시오. 가짜 어미가 우리를 죽이려 합니다. 설운 형님들. 동서남북으로 달려드십시오."

형들이 사방에서 활과 창을 들고서 오라치라 달려들 때에 남선비가 무슨 일인가 하고 올레를 넘어가다가 정낭에 발이 걸려 넘어져 죽고 말았다. 노일저대는 벽을 뜯고 나가서 뒷간으로 들어가 목을 매고 죽었다.

"설운 형님들. 어서 어머니를 찾으러 갑시다."

녹디생인은 형들과 함께 배를 타고 오동 나라 오동 고을로 가서 어머니가 빠져 죽은 주천강 연못에 이르렀다. 형들과 함께 강물을 채찍으로 두드려서 물을 바짝 말리고 보니 뼈만 살그랑했다. 녹디생인은 서천꽃밭으로 올라가 피오를꽃 살오를꽃과 오장육부살아날꽃을 꺾어 와서 뼈 위에 꽃을 올려놓고 채찍으로 삼세번을 두드렸다.

"이것은 어머니를 때리는 매가 아니고 살리는 매입니다."

그러자 여산부인이 뼈에 살이 오르고 피가 오르고 오장육부가 살아나서 일어나 앉았다.

"아이고 아기들아. 봄잠이라 너무 오래 잤구나."

그렇게 되살아난 어머니를 모시고 돌아온 뒤 녹디생인은 돌을 주워서 부뚜막 화덕을 만들고 큰 솥 작은 솥을 걸어 놓고서 말했다.

"어머니, 물속에서 추웠을 테니 아침 점심 저녁으로 불 때면서 불을 쬐십시오."

어머니를 조왕신으로 마련해 놓고, 정낭에 걸려 죽은 아버지는 정낭 주목지신으로 마련했다. 그리고 형들한테도 앉을 자리를 정해 주었다.

"첫째 형님은 동방 청제장군으로 들어서고, 둘째 형님은 서방 백제장군, 셋째 형님은 남방 적제장군, 넷째 형님은 북방 흑제장군, 다섯째 형님은 중앙 황제장군으로 들어서십시오. 여섯째 형님은 여기저기 빈 방위로 좌정하십시오. 나는 앞문전 열여덟 뒷문전 스물여덟 문전(門前)을 차지하겠습니다."

각각 그렇게 차지하고는 노일저대는 뒷간을 차지해서 얻어먹고 살게 했다.

부엌에서 나온 것은 아무 거라도 뒷간에 던져도 괜찮지만 뒷간에서는 좋은 것이라도 부엌으로 가져오면 동티가 나는 법이다. 뒷간에서 똥이나 오줌을 누다가 미끄러져 넘어지면 똥떡을 백 개 해서 백 사람을 먹여야 명을 이어 살 수가 있다.

자료

〈문전본풀이〉는 문신을 비롯한 집안 여러 신의 내력을 전하는 신화다. 제주도의 주요 본풀이 가운데 하나로 큰굿에서 빠짐없이 구연된다. 10여 편의 자료 가운데 서순실 구연본을 바탕으로 내용을 정리했다. 이 자료에 남선비의 본부인은 '여산국 부인', 첩은 '노일제대귀일의 딸'로 돼있는데, 간략하게 여산부인과 노일저대로 표현했다. 다른 자료들에서 흔히 사용되는 이름이다. 이야기는 세부 내용을 사이사이 간추리면서 정리했다.

[출처] 서순실본 〈문전본풀이〉: 허남춘 외, 《서순실 심방 본풀이》, 제주대 탐라문화연구원, 2015.

이야기 속으로

신화의 섬 제주도에서 구전돼 온 가정신 신화입니다. 내륙 지방에도 이와 비슷한 신화가 〈칠성풀이〉라는 이름으로 전해지는데 내용이 더 극적으로 짜인 〈문전본풀이〉를 가져왔어요. 조왕신과 측신까지 집 안에 깃든 여러 신들의 내력을 함께 전하는 점이 인상적이지요.

이 신화에 나오는 신들, 어떠한가요? 남선비를 보면서 답답하고 화가 나지 않던가요? 꽤나 한심하고 초라한 가장입니다. 집안의 생계를 책임져야 하는 처지에서 여자의 꼬임에 넘어가 거지 신세가 됐으니 민폐가 이만저만이 아니지요. 신화는 남선비가 눈이 어두워졌다고 하는데 그는 본래부터 눈이 먼 존재였다고 해도 좋을 듯합니다. 눈앞의 즐거움에 빠져 앞일을 내다보지 못했으니 눈이 먼 것 아니겠어요?

남선비를 눈멀게 만드는 노일저대라는 인물이 인상적입니다. 노일저대의 신화적 상징은 무엇일까요? 아마도 그건 '욕망'이나 '쾌락'이 아닐까 합니다. 나중에 측신이 되는 걸 생각하면 '배설'이라고 할 수도 있겠어요. 배설은 인간의 기본 욕구입니다. 똥과 오줌을 안 누고 살 수는 없지요. 성욕도 이와 비슷합니다. 하지만 그 배설에는 법도가 있습니다. 아무 데서나 함부로 똥오줌을 눌 수는 없지요. 남선비는 그런 기본 법도를 못 지켜서 망가진 존재라 할 수 있습니다. 본능적인 욕망 앞에 허망하게 무너진 모습이지요.

남선비가 노일저대라는 본능적 함정에 빠진 결과는 스스로만 망가지는 데 그치지 않습니다. 아내인 여산부인을 죽게 하고 자식들까지 위험에 빠뜨리지요. 이야기에서 여산부인을 죽인 사람은 노일저대지만 더 큰 잘못은 남선비한테 있습니다. 문제는 그가 그런 실수를 되풀이한다는 점이에요. 여산부인을 죽인 노일저대를 데리고 집으로 온 일이 그러합니다. 정말 '착각' 때문이었을까요? 그보다는 욕망에 빠져 진실을 외면한 것이 아닐까요? 뒤에 그녀를 살리려고 자식들 간을 꺼내려 하는 그의 모습은 어떠한지요! 제 손으로 자식까지 없애려 들다니, 절제되지 못한 욕망이란 이렇게 무섭습니다. 온 집안을 파멸로 이끌 수 있지요.

죄 없이 불쌍하게 죽은 여산부인은 부엌신 조왕할머니가 됩니다. 물속에서 추웠을 테니 불을 쬐며 살라는 말이 마음을 아프게 합니다. 아궁이와 솥이 있는 부엌은 집에서 중요한 곳이에요. 집안의 온기를 피워 내고 먹을 것을 만들어 내니까요. 아내 또는 어머니는 가정에서 따뜻한 온기의 중심이라 할 수 있지요. 어머니인 여산부인이 조왕신이 되는 일은 무척 자연스럽습니다. 그 신을 잘 모셔야 집안이 잘 돌아간다는 것도요.

놀라운 사실은 한 가정을 파탄으로 몰고 간 노일저대도 신이 된다는 사실입니다. 측신, 그러니까 화장실의 신이지요. 멀리 쫓아 버려야 마땅할 듯한데 왜 그한테도 자리를 마련하는 것일까요? 그것은 집안에 부엌과 함께 화장실이 필요하다는 이치를 반영한 것으로 볼 수 있습니다. 집안에는 불과 함께 물이 있어야 하고, 섭생과 함께 배설이 이루어져야 하지요. 중요한 점은 그게 적절히 통제가 돼야 한다는 사실입니다. 뒷간은 한 구석에서 조용히 제 구실을 해야지 부엌을 침범하면 곤란합니다. 그러면 집안 질서가 흐트러지지요. 뒷간에 있는 것을 부엌으로 가져오면 안 된다는 데는 이런 뜻이 담겨 있습니다.

그렇더라도 측신은 꽤 중요한 신입니다. 배설에 문제가 생기면 큰 탈이 나지요. 측간에서도 몸과 마음을 잘 추스려 탈이 없도록 해야 합니다. 측간에서 넘어지면 똥떡을 만들어서 방비하는 일은 '깔끔한 뒤처리'의 중요성을 보여 줍니다. 생각하면 측신이 무척 섬뜩해 보이지만 그리 무서워할 일은 아닙니다. 그 또한 가정생활이 원활히 이루어지도록 하는 존재니까요.

자식 이야기로 넘어가 볼까요? 〈문전본풀이〉에서는 〈성주풀이〉 등과 달리 자식의 구실이 부각됩니다. 문제 해결의 주역을 담당하지요. 아버지와 어머니한테 배를 만들어 주었고, 노일저대를 다스리고 어머니를 되살려서 질서를 회복시켰어요. 이 신화는 가정의 평화와 행복을 이루는 데에 자식들의 주체적 역할이 필요함을 잘 보여 줍니다. 자식들이 일방적으로 부모한테 의지하거나 끌려가면 집안에 생기가 돌지 못하지요. 만약 이야기에서 자식들이 아버지 뜻대로 했다면 노일저대가 집안을 차지하고 집이 망가졌을 거예요. 집 전체가 뒷간처럼 될 뻔한 상황이었지요. 어른들이 제 몫을 못하고 흐트러질 때는 자식이 나서는 것이 맞습니다.

여러 자식 가운데 가장 어린 녹디생인이 중심 역할을 하는 점이 독특합니다. 제일 어리지만 판단력과 행동력은 최고였지요. 이러한 전개는 집안이 돌아가는 데 '위아래'가 중요하지 않음을 보여 줍니다. 부모와 자식이든, 형이든 동생이든, 아들이든 딸이든 누구라도 안목과 능력이 있는 사람이 제 구실을 하면 된다는 식입니다. 수평적이고 민주적인 사고라 할 만하지요. 오늘날에 꼭 맞는 사고방식입니다.

제주도는 집에서 '문(門)'을 중시하는 것이 특징이에요. 녹디생인은 문을 지키는 문전신이 됐다고 합니다. 집 안과 바깥을 연결하는 통로라서 문을 중요하게 여겼지요. '관계'를 중시하는 사고입니다. 이야기를 보면 남선비가 정낭신이 됐다고 하는

데, 정낭 또한 집의 마당과 바깥을 잇는 자리에 있어요. 그러니까 아버지와 아들이 함께 가정생활을 비춰 주고 돌봐 주는 '관계의 신' 구실을 하는 셈입니다. 여섯 형들도 크게 다르지 않습니다. 그들은 여섯 방위의 신이 됐다고 하는데, 집을 중심으로 한 방위라고 볼 수 있어요. 집 안 여러 방향을 두루 돌보는 것이 그들의 구실이지요. 아마도 녹디생인과 힘을 합쳐서 앞으로 열여덟 뒤로 스물여덟, 집 안의 들고 나는 모든 곳을 꼼꼼히 살필 거예요. 이들과 함께라면 엉뚱한 어긋남 없이 가정의 평화와 행복을 잘 지켜갈 수 있지 않을까요?

상상하고, 이야기하기

- 이 신화에 나오는 노일저대의 캐릭터를 평가해 보자. 왜 남선비에 이어 그 아들들까지 위기를 겪으며, 점쟁이들도 그녀를 도울까? 그녀의 숨은 면모, 숨은 이야기를 상상해서 이야기해 보자.
- 신화의 화소는 실제 일이라기보다 상징으로 풀이해야 할 때가 많다. 이 신화에서 남선비가 자식들을 죽여서 간을 빼내려는 일도 그러하다. 그것은 어떤 심리적 상징으로 해석할 수 있을까?
- 남선비는 왜 하필이면 집 마당과 마을길의 경계에 해당하는 정낭에 걸려서 죽고 또 정낭신이 되는 것일까? 남선비의 행로와 관련하여 의미를 풀이해 보자.

보너스 이야기
성주신에서 철융신까지, 집 안에서 모신 여러 신들

눈에 보이지 않지만, 세상에는 수많은 신이 있습니다. 사람들은 그 신들이 어디에 어떻게 있다고 여기면서 그들과 소통했을까요?

신들 가운데는 아주 먼 곳에 거주하는 이들이 있습니다. 옥황상제 같은 천신은 하늘에 있고, 염라대왕을 비롯한 시왕과 저승사자 등은 저승에 있으며, 부처님은 보통 극락에 있지요. 땅속에 깃든 신도 있고요. 신은 우리 가까운 곳에 기거하기도 합니다. 마을신은 서낭당이나 성황당으로 불리는 마을 신당에 머무르지요.

그리고 사람들의 일상생활이 이루어지는 가정집에도 여러 신을 모셨습니다. 가신(家神)을 당연히 집에 모셨고, 그 밖에도 다른 신들을 집안에서 받들었어요.

집에서 성주신이 머무는 곳은 대들보입니다. 대들보가 튼튼해야 집이 단단하듯이 성주신이 가정의 중심을 잘 잡아 줘야 하지요. 집에서 대들보는 마루 또는 대청 공간에 서는 게 보통입니다. 대청마루가 성주신의 거주 공간인 셈이지요.

성주신의 짝으로 집터를 관장하는 터주신은 어디에 깃들었을까요? '터줏대감'이라고도 불리는 이 신은 집터와 뜰을 두루 보살피는데 주로 뒤뜰 장독대 항아리에 햅쌀을 담아 놓고 모셨습니다.

다음으로, 부엌을 관장하는 조왕신은 부뚜막 위에 모셨습니다. 깨끗한 물을 담은 사발을 올려놓고 매일 물을 갈아드리며 손을 모아서 예를 올렸지요.

그리고 안방에 삼신할머니를 모셨습니다. 아이를 점지하고 출산과 성장을 보살피는 신이지요. 안방 한쪽에 삼신 단지를 두고 그 안에 쌀과 보리 같은 귀한 곡식을 넣고 한지를 덮어 두었습니다. 아기가 태어나면 '삼신메'라는 밥을 지어 바치며 산모와 아이의 건강을 기원했어요.

아이가 일곱 살이 되면 칠성신이 아이를 넘겨받아서 돌본다고 합니다. 칠성신은 하늘의 북두칠성을 일컫는데 집 안에도 칠성신을 위한 자리를 마련했어요. 뒤뜰 장독대에 정화수를 떠 놓고 이 신에게 빌었고, 우물가에서도 기원을 드렸습니다.

집 안에 모신 또 다른 중요한 신은 조상신입니다. 세상을 떠난 조상님들이 후손을 보살펴 준다고 믿었지요. 큰 집에서는 따로 사당을 두어서 신주를 안치해 조상신을 모셨고, 사당이 없는 집에서는 대청이나 안방에 '신줏단지'를 두어 조상신을 기억하고 위했습니다.

제주도에서는 집의 여러 문에 신이 깃든다고 합니다. 앞뒤 좌우 수많은 문에 문전신이 깃들어 사람들을 보살핍니다. 마당에서 바깥으로 통하는 문인 정낭에는 남선비가 자리하고 있지요.

조왕신의 숙적인 측신도 빼놓을 수 없겠어요. 측신이 머무는 곳은 뒷간입니다. 꽤 사납고 음흉스러운 신이니 화장실에서도 늘 몸과 마음을 잘 추슬러야 하지요.

이 밖에 소나 말 등이 사는 축사는 우마신이 보살핀다고 합니다. 곳간에는 도장지신이 깃들어 있다고 해요. 우물에는 용왕신이 살면서 맑은 물이 잘 나도록 해 줍니다. 장독대에 깃들어 장맛을 지켜 주는 신도 있어요. 이를 철륭신이라고 합니다. 장독대에는 칠성신과 터주신도 모셔지니 무척 중요한 장소가 됩니다. 낮에 햇빛이 들고 밤에 달빛 별빛이 잘 드는 곳이라서 그럴 거예요.

사람들이 일부러 찾아 모시는 것이 아니라 제 스스로 집에 깃들어 한 구석을 차지하는 미물 신도 있습니다. 곳간이나 지붕 구석 등에 머무는 업(業)이 그들이지요. 이 이야기는 뒤에서 보게 될 거예요.

집 안에 신이 이렇게 많으면 귀찮고 부담스러울 것 같지만, 그리 볼 일은 아니에요. 그 신들은 구체적인 실체라기보다 신령한 기운 같은 것으로 보아도 좋습니다. 가족들한테 집은 작은 우주와 같은 소중한 공간입니다. 집 안 곳곳에 귀한 기운이 깃들어 있다는 건 고맙고 든든한 일이지요!

업(業)이라는 이름의 미물, 또는 신!

업 설화

구렁이를 모셔서 부자 된 사람

옛날에 강원도 횡성에 원세덕이라는 가난한 사람이 살았다. 이자가 비싼 장리쌀[46]을 빌려서 겨우 끼니를 때우고는 힘들게 품을 팔아 빚을 갚곤 했다.

그해도 원세덕은 벼를 한 가마니 빌려 지게에 지고서 고개를 넘고 있었다. 벼가 원래 껍질이 많아서 그리 무겁지 않은데 이번에는 웬일인지 아주 무거웠다. 가마니에 돌멩이가 들었나 싶어서 살펴보니까 뜻밖에도 안에 구렁이가 한 마리 들어앉아 있었다.

"애고, 네가 내 복이로구나."

원씨는 가마니를 그대로 짊어지고 집으로 돌아온 뒤 광에 내려놓고서 그 앞에 밥을 갖다 놓았다.

---

46 장리쌀 : 빌린 양의 절반 이상을 더하여 갚아야 하는, 높은 이자의 쌀.

"네가 내 복이면 이 밥을 먹어라."

그러고서 문을 닫았다가 와서 보니 밥이 사라지고 없었다. 원씨가 또 밥을 갖다 놓으니까 그 밥도 곧 없어졌다.

그렇게 구렁이를 집에 들이고서 살기 시작한 뒤로 원씨는 이상하게도 일이 술술 잘 풀려 살림이 일어나기 시작했다. 정씨를 며느리로 들였는데 살림이 더 불어나서 근동에서 손꼽는 부자가 되었다. 그 집안은 다섯 대가 넘도록 재물을 유지하며 오래오래 잘살았다.

행운을 가져다주는 돼지

예전에 한 사람이 부모형제 없이 외톨이로 숯장사를 하면서 가난하게 살았다. 사람이 성실하다는 소문이 나자 어떤 노인이 중매를 하겠다고 나섰다. 총각이 반가워하며 여자를 만났는데 키가 작고 머리가 노란 데다 지저분해 보여서 마음이 안 갔다. 그때 노인이 총각한테 넌짓 말했다.

"자네가 일가친척도 없고 살림도 없는데 달리 어디를 가려고 그러는가? 실은 저 처녀 뒤에 작은 돼지새끼가 하나 따라다닌다네. 꿈도 돼지꿈이 좋다고 않던가. 무조건 장가를 들게나."

노인이 그렇게 말하자 남자는 마음을 고쳐 그 처녀와 결혼했다. 물을 떠 놓고 혼례를 치러 살림을 시작했는데 신기하게도 일이 술술 풀리면서 마음먹은 대로 되었다. 살림이 뽀독뽀독 일어나서 점점 살기가 좋아졌다. 여자도 단장을 하고 보니까 그리 밉지 않았다.

어느덧 부자가 되고 자식을 낳아서 잘살고 있던 어느 날, 여자가 걱정스러운 표정으로 말했다.

"웬일인지 돼지가 집을 나가서 안 들어오니 큰일입니다. 살림이 줄어들려나 봐요."

내외가 함께 걱정을 하고 있는데 해 질 무렵에 돼지가 집으로 뛰어 들어왔다. 그 뒤로 총을 든 포수가 하나 따라 들어오면서 말했다.

"이리로 금방 멧돼지가 왔는데 못 봤습니까?"

"돼지는 무슨 돼지입니까? 못 봤습니다."

포수는 이상한 일이라며 툴툴거리다가 부부한테 말했다.

"해도 저물고 했는데 여기서 하룻저녁 자고 갈 수 있겠습니까?"

"얼마든지 그리하십시오."

함께 밥을 차려 먹고서 잠자리에 누웠는데 한밤중이 되자 밖에서 사방이 쿵쿵거리며 법석이 일어났다. 나쁜 패거리가 그 집을 털려고 몰려온 것이었다. 주인 부부가 무서워 떨고 있을 때 포수가 총을 꺼내 하늘로 탕탕 쏘았다. 그러자 몰려왔던 패들이 깜짝 놀라서 달아나 버렸다.

그때서야 주인 부부는 돼지가 집을 지키려고 포수를 데려온 사실을 깨달았다. 그 얘기를 전해 들은 포수 또한 신기하게 여기며 감탄했다. 부부는 포수를 잘 대접해서 보내고 오래도록 부자로 잘살았다.

두꺼비의 보은

옛날 어느 마을 가난한 집에 처녀 하나가 살았다. 부모를 도와 일을 하면서 살았는데, 하루는 저녁에 밥을 지어 그릇에 담으려 할 때 두꺼비 한 마리가 나타나 앞에 쪼그려 앉았다.

"두껍아. 어디서 이렇게 왔니?"

처녀가 밥알을 몇 개 집어 주자 두꺼비는 기다렸다는 듯 받아먹었다. 그 뒤로 두꺼비는 밥을 차릴 때마다 나타났고 처녀는 다독거리면서 밥을 주었다.

처녀가 살던 마을은 해마다 섣달그믐이 되면 처녀를 굴 앞에 제물로 바치는 풍속이 있었다. 그리하지 않으면 마을이 망한다고 하여 오래 전부터 이어져 온 일이었다. 제물로 바칠 처녀는 제비를 뽑아서 골랐는데 하필 그 처녀가 딱 걸렸다. 섣달그믐이 되자 처녀는 눈물을 뚝뚝 떨어뜨리면서 마지막으로 두꺼비한테 밥을 주었다.

"두껍아. 네가 우리 집에 와서 나하고 사귄 지 어느새 삼 년이 됐구나. 나는 부모도 못 모시고 시집도 못 가고 오늘 저녁에 죽는다. 나를 제물로 바치면 호랑이가 물어 가는지 귀신이 잡아가는지 아무도 모른다는구나. 이제 나를 더는 기다리지 마라."

저녁이 되자 처녀는 새 옷을 입은 채로 제물이 되어 굴 앞의 제각에 앉혀졌다. 사람들이 제사를 마치고 내려간 뒤 처녀가 혼자 쪼그리고 앉아 있자니 자기가 밥을 주던 두꺼비가 기어 들어왔다. 처녀는 반가운 마음에 눈물을 흘리며 두꺼비를 쓰다듬었다.

"어찌 내가 여기 온 줄을 알고서 찾아왔니? 고맙구나!"

밤이 한창 깊었을 때 처녀는 깜빡 졸다가 이상한 소리를 듣고 눈을 떴다. 보니까 천장에서 길이가 세 발이나 되는 지네가 쉬쉬 소리를 내며 입에서 연기를 내뿜었다. 그 지네를 향해 두꺼비가 독을 뿜으며 싸우고 있었다. 서로 맞붙어 싸우는 모습이 어찌나 무서운지 처녀는 질색하여 쓰러졌다. 얼마 있다가 팡 소리가 나기에 눈을 떠 보니 지네가 바닥에 떨어져 죽어 있었다. 두꺼비도 그 옆에 쓰러져 있었다.

날이 새서 동네 사람들이 올라와 보니까 제각 안에 커다란 지네와 두꺼비가 죽어 있고 처녀가 쓰러져 있었다. 처녀는 아직 죽지 않고 숨이 붙어 있었다. 사람들이 물을 먹이고 몸을 주무르자 처녀가 눈을 뜨면서 살아났다. 처녀가 밤에 있었던 일을 사람들한테 이야기하자 모두들 깜짝 놀라 감탄했다. 이후 그 마을에는 처녀를 제물로 바치는 풍속이 사라지게 되었다.

등짐장사가 업은 업

강원도 열두 고개 마을에서 등짐장사를 하는 사람이 있었다. 숯을 짊어지고 열두 고개를 이쪽저쪽으로 40리씩 걸어 넘으며 장사를 했다. 열일곱 때부터 스무 해가 넘도록 매일같이 고개를 넘어 다녔지만 고단한 처지를 면할 수 없었다. 고개 양쪽에 주막이 있는데 그 집에서 자고 먹으면 돈이 다 떨어졌다.

"내가 이십 년을 이렇게 살아도 되는 일이 없으니 차라리 죽어야겠다."

이렇게 생각한 등짐장사는 가진 돈을 다 털어 돼지 다리 하나와 술 한 말을 샀다. 그는 지게를 마당에 세워 놓고 그 위에 술과 고기를 차려 절을 하고는 술을 뿌리면서 말했다.

"너도 한 잔, 나도 한 잔. 이제 우리가 이별이다."

그때가 동지섣달이었는데 마을 안에서 죽을 수 없다고 생각한 등짐장사는 열두 고개 높은 곳으로 올라갔다. 고개 위에 돌을 모아 놓은 서낭당이 있는데 거기 앉아서 얼어 죽겠다는 생각이었다.

그가 고개를 올라가 서낭당에 이르렀을 때 이상한 모습이 보였다. 세 살쯤 되어 보이는 빼빼 마른 아이 하나가 돌무더기 앞에 쪼그려 앉아 있었다. 등짐장사는 그 아이가 너무 불쌍해서 차마 그대로 놔두고 죽을 수가 없었다. 아이를 등에 업고서 다시 주막집으로 향했다. 이상하게도 사람들은 그가 아이를 업은 일을 말하지 않았다. 그러면서 술과 밥을 주었다.

'이상하다. 그렇다면 내가 업은 게…….'

그 사람은 무슨 용기가 났는지 아이를 업은 채로 강릉의 소문난 부자 과부를 찾아갔다.

"내가 그물을 놓으면 큰돈을 벌 수 있는 곳을 아는데 자본이 없습니다."

그러자 뜻밖에도 주인이 아무 조건 없이 선선히 큰돈을 대주었다. 등짐장사는 그 돈으로 바다에 큰 어장을 만들고 고기를 많이 잡아서 더없이 큰 부자가 되었다. 강릉 땅 이 부자가 그 사람이다.

그가 부자가 된 것은 우연이 아니었다. 고개에서 업은 아이가 업(業)이라서 복을 받은 것이었다.

우리 곁의 또 다른 업신

뼈대 깊은 양반 집안인 저희 집에서
할머니는 조금 남다른 분이었습니다.

공자님과 맹자님 같은 옛 성현들 말씀이
지배하는 집안에 바리공주님, 당금애기님,
강림도령님 같은 신들의 이야기를
들이시곤 하였습니다.

할머니는 왜 하필,
업신을 가장 사랑하시나요?
다른 크고 멋진 신들도 많은데 말이에요.

혹시 나중에
신들의 도움이 필요할 때에도
그 신들이 더 잘 도와주실 것 같은데.

업신을 보는 것이,
이 할머니로선 가장 어려운
일이기 때문이란다.

이해가 잘 안 돼요.

우리 집안은 곳간 빌 날 없는 천석꾼
집인 데다 대대로 높은 벼슬하신
조상님들이 계신 지체 높은 양반 가문이지.

높이 올라오니 세상 구석구석
다양한 모습과 형편의 사람들이
보여야 하는데, 이 위만 보이게 되는 것이지.

아가야.
우리는 구름 위에서
살고 있는 거란다.

이곳은 안락하고 아름다워.
구름 위 세상만 보고 있으면
마음이 아주 편해.

?

그래서 굳이 구름을
파헤쳐 보지 않으면, 그 아래 커다란
세상이 있다는 것을 잊는단다.

자료

민가에서 신처럼 여기는 업(業)에 관한 이야기들이다. 자료는 《한국구비문학대
계》 등의 설화 자료집에서 뽑았으며, 세부내용을 조금씩 가다듬어서 정리했다.
[출처] 〈구렁이를 모셔 부자 된 원세덕〉 : 강원대 인문과학연구소, 《강원의
설화》 2, 2005. 조석준 구연 〈행운을 가져다주는 돼지〉 : 《한국구비문학대
계》 5-4, 1984. / 마영식 구연 〈두꺼비의 보은〉 : 《한국구비문학대계》 6-3,
1984. 김상태 구연 〈등금장사가 업은 업〉 : 《한국구비문학대계》 7-5, 1980.

 이야기 속으로

 '업(業)'이라는 말 들어봤는지 궁금합니다. 집에 깃들어 사는 구렁이와 족제비,
두꺼비 등을 업이라고 해요. 구렁이업, 족제비업… 이런 식으로 말하지요. 업구렁
이, 업족제비… 이렇게 부르기도 하고요. 지역에 따라 돼지업도 있고, '인업'이라고
하여 사람을 업으로 치기도 합니다. 집 안에 업이 있으면 나쁜 일을 막아 주고 부자
가 되게 해 준다고 여겨 왔지요. 가정 수호신이자 재물신이라 할 수 있습니다. 그래
서 '신(神)'을 붙여서 '업신'이라고도 하지요.

 집 어딘가에 구렁이나 족제비, 두꺼비 같은 동물이 깃들어 산다는 것, 좀 꺼림칙
하지 않나요? 구렁이는 물론이고 두꺼비와 족제비는 보기에 예쁜 동물이 아닙니
다. 흉하고 징그러운 쪽이지요. 모습을 보면 흠칫 놀랄 정도예요. 그런 흉측한 동물
따위는 아예 집 근처에 얼씬도 안 하면 좋겠다는 생각을 하게 됩니다.

 하지만 옛사람들은 이런 흉해 보이는 동물한테 기꺼이 집 한 구석을 내주었어요.
먹을 것을 챙겨 주기도 하고, 신처럼 여겨서 정성을 바치기도 했습니다. 사실 이들은
집에 해를 끼치는 동물이 아닙니다. 구렁이는 독사와 달리 독이 없어서 사람을 해치

지 않아요. 두꺼비와 족제비도 사람에게 해가 없습니다. 구렁이 같은 경우 쥐나 해충을 막아서 곡식을 지키는 구실도 하지요. 집에 해가 되면 방비해야겠지만, 단지 보기 싫고 거리낀다는 이유로 쫓아낼 일은 아니겠지요. 어차피 눈에 잘 띄는 동물도 아니니 알아서 집 한 구석에 살도록 두는 것이 옛사람들의 방식이었습니다. 따지고 보면 이 세상은 사람만 사는 곳이 아니지요. 사람이 사는 집도 그 재료들은 자연에서 온 것이잖아요? 집 한 구석을 자연의 미물들한테 내주는 것은 순리에 꼭 맞는 일입니다.

귀찮고 꺼림칙한 존재들을 이렇게 동반자로 받아들이자 신기한 일이 생겨납니다. 구렁이와 돼지를 들인 집안이, 또는 가엾은 아이를 업은 사람이 가난뱅이에서 부자로 인생 역전을 이루지요. 돼지는 강도로부터 집을 지켜 주는 신통력까지 발휘합니다. 밥을 얻어먹은 두꺼비는 처녀의 목숨을 구해 주어 집안을 온전히 하고 마을의 폐단까지 없애는 역할을 하지요. 이 설화 속 두꺼비는 보통 업으로 치지 않지만 수호신 업 구실을 했다고 할 만합니다.

넷째 이야기 속 인업은 어떠한가요? 눈여겨볼 바는 그 인업이 훌륭한 귀공자나 건장한 청년이 아니라 갈 곳 없는 가여운 사람이라는 사실입니다. 보통 버려진 아이나 노인 등이 업으로 여겨집니다. 구렁이나 두꺼비와 마찬가지로 힘없고 보잘것없는 존재이자 기껍지 않은 대상입니다. 모른 척 외면하기 십상이지요. 그런데 이야기는 이들이 바로 복덩어리이고 신(神)이라고 말합니다. 손을 내밀어서 가족으로 받아들이면 신령한 일이 일어나게 되지요. 이거 정말 신기하고 멋지지 않나요!

업신은 앞에서 살핀 성주신이나 터주신, 조왕신처럼 정식으로 신 대우를 받은 존재는 아니에요. 말 그대로 미물에 가깝지요. 사람들은 그들에게 말을 건넬 때 신들을 대할 때와 달리 편안하게 반말을 하곤 합니다. 업 신앙은 '위에 대한 존숭'이라기보다 '아래에 대한 포용'이라고 할 만합니다. 먹고살기 힘든데 그것까지 챙겨야 되나 싶지만, 그렇지 않습니다. 어쩌면 이것이야말로 더 중요한 일이라 할 수 있어요. 높고 귀한 존재는 누군가라도 챙기겠지만, 우리 곁에 있는 작은 존재들을 다른 누가 보살피겠어요. 그건 바로 우리 자신의 몫입니다.

작고 보잘것없는 존재를 귀하게 보살피는 그 손길은 큰 기적을 가져옵니다. 가난이 풍요로 바뀌고, 냉기가 온기로 바뀌며, 죽음이 삶으로 바뀌지요. 갈등은 공존과 평화로 바뀌고, 고독과 고통은 행복으로 바뀝니다. 이것이야말로 우리 삶을 저 밑바탕에서 빛나게 하는 신령한 힘이 아닐까요? 그래서 나는 이러한 이야기들도 하나의 신화가 된다고 생각합니다.

이들 업 설화를 포함해서 먼 옛날부터 전해 온 우리 신화는 신령하고 성스러운 삶이 멀리 있다고 말하지 않습니다. 주변에 있는 존재들을 진심으로써 포용하는 삶이 곧 신성한 것이라고 말합니다. 거듭 이야기해 왔지만, 신성은 우리 가까운 곳에 두루 깃들어 있지요. 내 곁의 가족과 친구들, 동물과 미물들, 그리고 우리 자신에도요. 내 안의 신과 내 곁의 신이 서로 어울려 통하는 아름다운 삶. 그 삶을 풀어내는 당신이 바로 신화의 주인공입니다.

상상하고, 이야기하기

- 구렁이나 두꺼비, 족제비 등과 달리 돼지는 가축으로 치는 동물인데 소나 말, 개와 달리 업으로 여겨지는 이유는 무엇일까?
- 주변의 소외된 사람이나 미물 가운데 나의 신(神)이 될 만한 존재를 찾아서 손을 내밀고 소통해 보자.
- 지금까지 한국의 여러 신화들과 만나면서 특별히 인상적으로 느낀 바가 있다면 무엇인지 자유롭게 의견을 나누어 보자.
- 각자가 생각하는 가치 기준에 따라 세상 곳곳에 깃들어 있는 숨은 신화를 찾아내서 기록하고 공유해 보자.

또 다른 여행을 위해

신동흔

우리 신화와 함께한 여행, 어땠나요?

전에 들어본 적 있는 이야기도 있고, 새로 만난 이야기도 있을 거예요. 알고 있던 이야기도 다시 보니까 무언가 새롭지 않던가요? 글을 쓰는 나는 그랬답니다. 다섯 번 열 번 본 이야기에서도 전에 몰랐던 새 모습이 자꾸 보이니 참 신기해요. 그게 옛이야기의 매력이지요! 신화는 더 그런 것 같습니다.

행복한 시간이었어요. 젤리빈 작가님이 그려 주신 일러스트와 툰들 덕분에 더 그랬지요. 오늘이나 주몽 일러스트, 완전 멋지지 않나요? 신화적 상징을 오묘하게 함축하고 있어서 마음이 환해집니다. 툰은 또 어떤가요? 청의동자의 기운이 퍼져서 하늘이 푸르러졌다는 것, 정말 놀라운 상상력이에요. 깜짝 놀랐어요. 삼두구미의 아내 이야기도, 당금애기와 서수왕아기, 명월각시의 숨은 사연들도 하나같이 마음에 확 와닿았지요. 역시 작가는 다르구나, 이러면서 고개를 끄덕였어요.

신화가 열어 놓은 상상력의 길은 그야말로 무궁무진합니다. 이 책에 쓴 신화에 관한 해설은, 그리고 젤리빈 님이 펼쳐 낸 상상의 세계는 수많은 가능성 가운데 몇몇 자락을 잡았을 따름이지요. 수천 수만의 사람들이 수백만 수천만의 상상력을 새롭게 펼쳐 낼 수 있어요.

그 실마리들을 '상상하고 이야기하기' 부분에 제시해 놨는데, 직접 상상하고 이야기해 보았나요? 안 했다면, 꼭 해 보세요. 그렇게 스스로 헤아리고 음미하는 과정에서 신화는 '내 것'이 될 수 있답니다. 만약 한번 해 봤다면, 이야기를 되짚어 보면서 새로 또 해 보세요. 또 다른 생각과 상상이 펼쳐질 거예요. 보고 또 보고, 새기고 또 새기고, 거듭 음미할수록 좋은 이야기가 바로 신화랍니다.

우리의 신화 여행이 이렇게 새로운 시작이 되기를 바랍니다. 사실 이 책에 펼쳐 놓은 이야기는 우리 신화의 전부가 아니에요. 빙산의 일각일 따름이지요. 어떤 본 풀이 신화는 구술하는 데만 네다섯 시간이 걸리기도 합니다. 한 구절 한 구절이 생생하지요. 그런 자료가 각 신화마다 여러 편씩이에요. 드넓고 풍성한 숲이지요. 우리 신화의 숲으로 더 깊이 걸어 들어가서 많은 것을 느끼고 얻으면 정말 좋겠습니다. 《살아있는 한국 신화》 같은 책이 좋은 안내자가 되어 줄 거예요.

예전에 신화 책을 쓰면서 우리 신화가 보란 듯이 다시 살아서 돌아올 거라고 했어요. 그 예언이 그리 틀리지 않았나 봐요. 우리 신화를 소재로 한 소설과 만화, 영화, 공연 등이 많이 나오고 있거든요. 애니메이션 〈오늘이〉와 소설 《바리데기》가 큰 반향을 일으켰고, 바리데기와 자청비 등을 주인공으로 한 많은 공연이 펼쳐졌지요. 그리고 〈신과 함께〉와 〈묘진전〉, 〈도깨비훈장〉 같은 웹툰이 나와서 젊은 독자들 마음을 움직였어요. 이렇게 우리 신화가 힘을 내는 모습을 보자면 마음이 벅차 옵니다. 그리 될 일이었어요. 우리 겨레는 오롯한 신화의 민족, 신명의 민족인 걸요!

이 또한 시작일 뿐이에요. 우리 신화 안에 깃든 힘은 무궁무진하거든요. 〈세경본 풀이〉에 보면 자청비가 하늘에서 열두 곡식 씨앗을 가지고 오잖아요? 그 씨앗이 땅에서 싹터서 세상을 황금물결로 가득 채우지요. 우리 신화가 그런 귀한 씨앗이라고 생각해요. 씨앗을 잘 고르고 싹 틔워서 풍성하게 키워 내면 우리 사는 세상이 황금 빛으로 아름답고 행복해지지요. 여러분들이 그 주역이 되어 주세요. 신화를 키워서 꽃피우고 신령한 결실을 얻는 상상력 농사, 멋지지 않나요?

옛이야기는 말합니다. 움직여 행동하는 사람이 세상을 바꾼다고요. 스스로를 믿고서, 운명을 믿고서 힘차게 나아가면 좋겠습니다. 옆에서 누군가가 늘 도와줄 거예요. 저 갸륵한 신들이요.

또 다른 여행을 위해

또 다른 여행을 위해

젤리빈

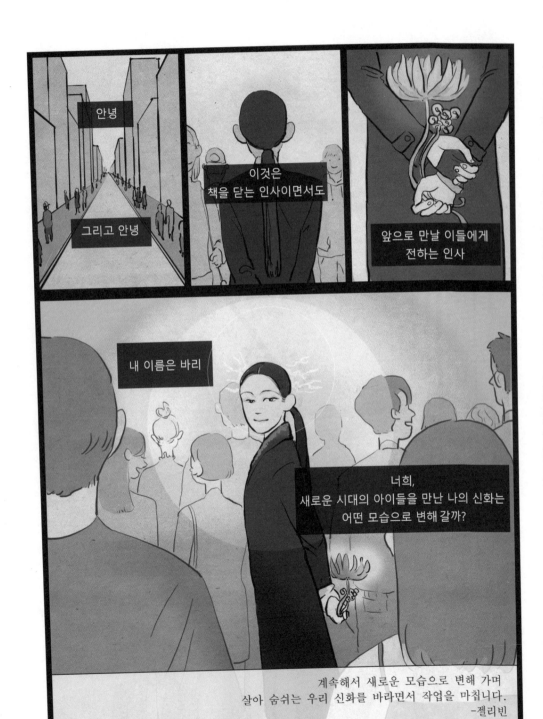

계속해서 새로운 모습으로 변해 가며
살아 숨쉬는 우리 신화를 바라면서 작업을 마칩니다.
-젤리빈